愛吻文創

萬有引力

Universal Gravitation

騎鯨南去 / 著　黑色豆腐 / 繪

5

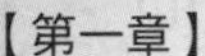

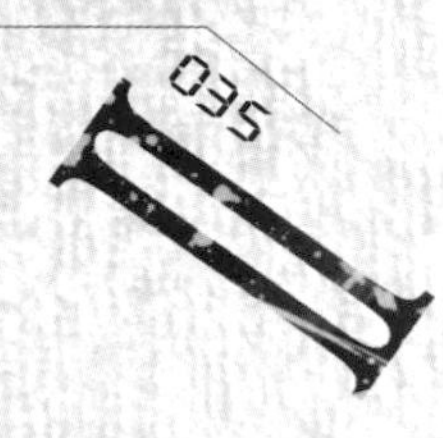

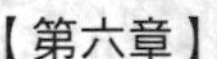

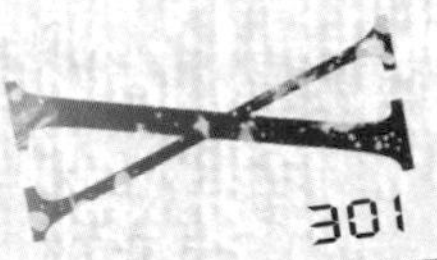

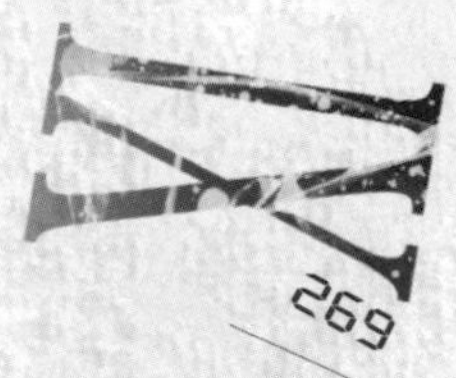

CHAPTER

01:00

人就是在一線夾縫裡
也要努力去找光明的生物

強自甩開不祥的念頭，占叻重新穩住陣腳，在南舟砸碎一樓僅存的窗玻璃前，它特意記錄下來了南舟的形影，又在一間房的鏡子中爬出，化作實體。

它躡手躡腳地打開了門，又順手掩上，這潛入的動作做得相當熟悉。

只是，南舟他們究竟去哪裡了？

三層走廊的玻璃都盡碎了後，整間旅館就是上下通透、一目了然的。他能藏在哪裡？

占叻手提鋼刀，慢吞吞地遊走，不斷切換視角，一個個房間看過去。它還經常會受到影響，在切換時不慎將視角切到散落在一樓熱帶花草中的鏡子碎片上。

連續多次切換失誤，占叻心浮氣躁，直想罵人。

而就在占叻眼睛裡綻開血絲、周身戾氣橫生時，一隻手突然鬼魅似地從後探來，徑直摸上它冷冰冰的喉結。

占叻當場定住，動彈不得，一腔早就冷了的血轟然一下湧上了頭臉。

它做過很長一段時間的生物。占叻並不覺得自己死了。因此，在生命遭到這等威脅的情況下，作為一隻鬼，它竟然恐懼得發不出聲音來了。

南舟無聲無息地立在它身後，微冷的手指拂過它頸部的皮膚，讓它無端起了一身雞皮疙瘩。

「你在這裡啊。」

言罷，占叻感覺頸部驟然一痛，腦袋以不可思議的角度向後調轉，以背對著南舟的姿態和他面對面了。

南舟比它高上一點，卻纖細許多。他捧著占叻扭曲了 180 度的臉頰，抬起手，很輕地拍了拍。

占叻嚇得當場潰散，逃竄回了鏡子，大口大口地喘著氣。

在占叻落荒而逃後，南舟看向江舫，「這樣很嚇人吧。」

在江舫眼裡，這是他家的小紙人在求表揚。

他笑答：「很可愛。」

於是，南舟便自顧自認為，他還不夠嚇人。他打碎了消防玻璃，在製造了新的反射介質，持續分散占叻力量的同時，從中取出了一把暗紅色的長柄消防斧。

他倒提斧柄，將斧頭的斧尖拖曳在地上。

所到之處，木屑翻捲，噪音襲人。那利器切割地板的聲音，經由回字形的走廊擴散，更顯得可怖磨人。

占叻躲在一間無人客房的鏡子中，聽到南舟用他有點呆板的平靜聲音道：「影子先生，你在哪裡？」

「先生，我們談一談呢。」

「你出來找我吧。」

「或者，我也可以來找你啊。」

占叻：「⋯⋯」哪裡來的神經病？！

它摸著發冷的後頸，頸骨還殘留著被徹底擰斷的怪異感。遭到這一番襲擊後，占叻終於確定，剛才身上的虛弱和刺痛不是自己的錯覺。它的確是被大大削弱了。

現在的情形，對占叻來說是徹底尬住了。討不到便宜，對於它這種善於趨利避害的人來說，當然想要立刻離開這個是非之地，下次有機會再論長短⋯⋯可惜，它走不了。

旅館是施降的中心點，是一切的起源。它的根就扎在「旅館」這個圓心上了。

簡單來說，現在的它，反倒被降頭困在了這座小小危城裡。而被煉製成降頭的它，無權呼喚主人，讓他把自己帶走。

還沒等占叻從一團亂麻的思緒中拉出個線頭來，就聽到走廊裡又添了一個讓它後背發冷的新聲音⋯⋯

所有客房的備用鑰匙都統一放在前臺，由專人保管。現在的前臺空無一人，所以南舟毫無阻礙地取到一大串鑰匙。他將黃銅製成的大鑰匙圈套在手腕上，悠然地打著轉。

嘩啦——嘩啦——空寂的走廊裡，滿是鑰匙彼此撞擊的脆響，清亮悅耳，然而落在占叻耳中，卻是讓它汗毛倒豎的噪音。

好死不死，南舟來到它藏身的二樓，在距離三步開外的 201 房門外，數出了正確的鑰匙。

——咔嚓。占叻只覺得這鑰匙像是直直捅到了它的腦瓜仁裡。

南舟還很有禮貌地敲了敲門，「你在嗎？我進來了。」

在這句溫和的話過後的下一秒，一聲敲碎盥洗室鏡子的脆響，宛如炸雷，驚得鏡中的占叻打了個巨大的哆嗦。

在極度的不安和驚惶下，占叻算是徹底明白，不能這樣下去了。它是來殺人的。現在還有一人一鼠逃竄在外，如果一味拖延下去，萬一被他們發現了降頭所在……

來前，「坤頌帕」就隔著罈子，向它強調過，只許成功，不許失敗。它一條命完全被「坤頌帕」拿捏在掌心，如果自己失利，他決計不會放過自己的！

占叻心下一橫！就不信了，自己一個死人，無掛無牽，還能被南舟一個活人嚇死？

而就在它下定決心的時刻，剛剛被南舟打碎、散落一地的盥洗室鏡子碎片中，幻化出無數黑色的流動物質，蜿蜒著爬出來，形成了粗壯的影子觸手，蛇一樣蠕動著，向外爬行而去。

此時，黑髮與銀髮青年都回到走廊上。黑髮在低頭開下一扇客房的門鎖，銀髮則微笑地注視著他。

……誰也沒有注意到自己。影子觸手隱沒在陰影中，沿著牆根，蟒蛇般地蜿蜒而行。

當南舟他們走入 202 房後，占叻蹲伏在門口，嚴陣以待，做好了突然暴起、殺死南舟的一切準備。

占叻報復心極重。剛才南舟擰斷了它的脖子，那它也要禮尚往來，在南舟出來的一瞬間把他的頸骨擰碎！

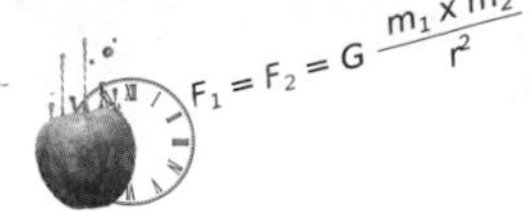

雖然不將人一點點折磨致死，十分不符合它的美學，可現在也顧不得許多了。

占叻立在門口，胡思亂想地考慮了許多計劃，想了很多種南舟的死相。直到時間漸漸流逝，它才意識到了不對……南舟和江舫，一直留在裡面沒有出來。房內也沒有鏡子的破碎聲傳來。那黑洞洞地開啟著的 202 房門，黑著燈，沒有光，像極了一個無底的深淵。

望著這片漆黑，占叻冷汗泉湧似地冒了出來。他們去哪裡了？他們還在裡面嗎？或者說，那個黑髮青年，是不是也在門的另一側，靜靜窺伺著自己？

占叻僵在了門邊，小心翼翼地分出一部分精神，流轉到了 202 房的反射介質上，想要看看房內是什麼情況。

誰想，它剛剛出現在盥洗室的鏡子上，就見銀髮的江舫笑盈盈地抱臂站在鏡子前，彷彿早就知道它會到來。

吃了這一嚇，占叻不敢再停留，抽身急退……

就在它倒退著遠離房間時，恐怖的一幕出現了。

一隻修長白皙的手從 202 房內伸出，發力抓緊了門框。

南舟幽幽從門邊探出腦袋來，黑沉沉的眼珠依舊美麗，定定地望向了它。可落在占叻眼中，不啻是見到了一隻厲鬼。

占叻以為自己的行蹤神鬼不覺，但向來敏銳異常的南舟，早就留意到走廊角落裡陰影的流動。

他從房內探出頭來，對已經退離三、四步開外的影子觸手輕聲道：「抓到你了。」

在巨大的恐懼面前，占叻沒有再選擇退縮。相反，它的暴戾在剎那間水漲船高！

怕個卵！無法出其不意，那就來硬的！這裡明明該是它的地盤、它的主場，殺了他，還不容易！

心念急動間，被打碎的數千片玻璃殘片中大量湧出黑霧，擰成了樹藤一樣的虯結，一路攀援而上，齊齊湧向二樓。

殺了他！此時的占叻，心裡只有這麼一個念頭。殺了他！！

大量的影子觸手前赴後繼，將南舟徹底淹沒。就連南舟手中的匕首可折射出影子的一面，也源源不斷地析出了黑色物質，小蛇一樣覆蓋纏繞上了他的手腕。

占叻用影子觸手為自己搭建了一個接近它本相的漆黑身體，立在不遠處，等待著親眼目睹南舟的慘相。它想像著南舟被撕成碎片的樣子，心中大悅。

可這種歡喜的想像，隨著一大團影子觸手軟趴趴地橫飛而出，在半空中就此潰散，緊跟著煙消雲散了。同時，幾乎透支了自己全部力量的占叻，感受到身體傳來前所未有真實的刺痛感。

小小的一把短匕首，被南舟用到了快不及眨眼的程度。白光爍爍間，南舟用匕首將一片影子從中斬剖開來，飛影濺射。

另一道觸手意欲奪走他的武器，被南舟反手釘殺在牆上後，那把匕首又被他飛速交換到了另一隻手上，切水果般將大片的影子觸手絞殺殆盡！

占叻疼痛難當，癱軟在地。

每一個影子的本體都是它。它的能力被自己濫用到了極限。現如今，每一點影子分身的疼痛也會如實地傳遞到身上。

虛弱到了一定程度的占叻，甚至無法自主把自己傳送回鏡子裡了。占叻艱難挪動著身體，意圖在南舟結束戰鬥前，摸到一面鏡子前，融入其中……哪怕是一塊鏡片也好。

它從未如此渴望隱藏起來，躲在暗處。

占叻蠕蟲一樣地在地上扭動著，在周身皮膚被一寸寸劃割開來的劇痛中，向 201 房間爬去。

只差一點……只差一點點……然而，就在即將爬入 201 房間時，一隻手從後輕輕抓住了它的腳腕，阻止它的動作。占叻通體生寒，木然著一張臉，回頭看去……

南舟歪了歪頭，平靜道：「先生，你好呀。」

南極星奔逃在無人的街巷上，速度極快，腳爪沾地時幾乎帶著殘影。

牠一邊逃，一邊機敏地左右環顧。

一側櫥窗內，一隻「南極星」豁然張開嘴巴，撕咬向南極星的咽喉。牠理也不理，一矮身子，調轉 90 度，飛速拐入下一條街道。

牠不能停下來。在牠身後，正尾隨一片黑壓壓的鼠海。無數老鼠翻滾著、尖叫著，在無人的街巷中，像是一道活動的食人狂浪。任何活物落入其中，都會被吞噬殆盡。

吱——吱——蜜袋鼯的尖叫聲，淒厲地響徹在寂靜的午夜街道上。

南極星頂著一輪怪異的血月，衝上了空無一人的過街天橋。牠跳上了掛滿銅銹的欄杆，低頭俯瞰這個對牠來說太過巨大的城市。牠既然接受了南舟的任務，那牠的奔跑和尋找就並不是毫無依據的。

南極星的聽力超群。牠能聽到在不間斷的吱吱追殺聲之外，還有另外一個聲音，存在於這片被封鎖起來的空間中。

所以，牠找到了這裡來。

南極星將一雙毛茸茸的耳朵高高豎起，天線一般地四處轉著，尋找信號……來了。快到了。

然而，更先一步到達的，是逼命的危機。南極星一停留下來，鼠海馬上逼近了牠。

幾隻打頭的「南極星」咧開嘴巴，露出尖銳的牙齒，不作絲毫停留，一馬當先，朝南極星直撲而來！

南極星沒有躲避。或者說，牠根本沒有打算躲避。

以月為背景，南極星的腦袋驟然變大，朝著迎面撲來的蜜袋鼯海，張開了血盆大口……歡迎光臨。無數鼠影剎不住車，徑直衝入了牠的口腔，當場觸發死亡條件，煙消雲散。

轉眼之間，就有七、八十隻蜜袋鼯葬身在牠的口中。其他的蜜袋鼯顯然並不擁有這樣的本事，一時間都有點傻眼。生物怕死的本能，讓牠們踟躕不前起來。

就在這一個猶豫的當口，南極星等待的聲音源頭，終於逼近了天橋——一輛滿載了垃圾的大卡車，正在夜色中高速疾馳著。它是在這片封閉又寂靜的降頭覆蓋區內，唯一處於異常運動狀態的物體，車速足有每小時 100 公里。

身後虎視眈眈的蜜袋鼯們，都在等著一個要南極星命的機會。牠必須在車輛行進的同時，跳到這輛車上。

只要錯過，就會落入萬劫不復的境地。

南極星有點緊張。牠的四隻小爪子，在護欄邊上交替摩擦出了刷刷的細響，將暗紅色的銅鏽抓撓得簌簌直落。

當炫目的車燈逼近天橋的瞬間，南極星看準時機，縱身躍下！而一隻被複製的「南極星」，幾乎在同一時刻縱身跳起，咬向了南極星的腦袋！可惜咬了個空。

南極星還是跳歪了一點。好在牠及時張開了自己的翼膜，完成了一段小小的滑翔，跟頭軲轆地滾上了車。

牠的運氣不大好，因為慣性，一頭撞上了一個垃圾堆中的一個硬紙殼箱，當場就暈了好幾秒。牠趴在另一袋柔軟的垃圾上，緩了半天。

當牠好不容易緩過一口氣時，垃圾車又穿過了下一座天橋。南極星抖一抖絨毛，準備起來查探情況。但是，當牠剛剛在一袋垃圾上站穩時，突然感到身後一陣勁風襲來。

那速度過於快了，南極星未及閃躲，只來得及回過半顆小腦袋，就見一隻人腳兜頭而來。牠連唧都沒來得及唧上一聲，就被噗嘰一聲踩進了柔軟的垃圾袋夾縫裡，南極星：「……」

從下一座天橋上跳下來的，是邵明哲。他回身望去，只見十七、八個

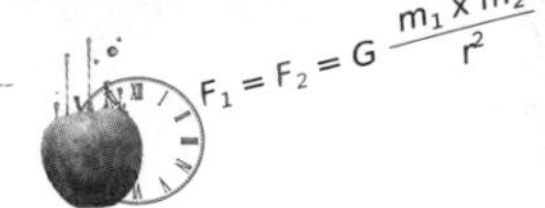

「邵明哲」站在天橋邊緣，滿面怨毒地緊盯著他。

邵明哲的帽子和假髮，在長久的追逐中早就遺失了。他原本厚重的衣物也在不間斷的追殺中，被撕扯了個七零八落，身體下半還算完整，上半身乾脆被撕成了裸體，露出精實漂亮的肌肉。

只有他的口罩還倔強地蓋住了他的大半張臉。他一頭漂亮的金髮，在高速行駛的卡車上，隨著風勢向後倒飛。

他根本沒有注意到南極星的存在，毫無恐懼地靈活跳上卡車的前廂頂，一手握緊駕駛座一側的反光鏡，身體探下，往駕駛室內看去。

在飛舞的金髮間，他看清了司機的面孔。司機翻著眼白，木偶般地被人控制，機械地在城中兜圈子。

邵明哲早就注意到這輛車了，只是每小時 100 公里的速度實在太快，害他錯失了兩次機會。

他追了很久，好在是追上了。

在副駕駛座上，放著兩只罈子。這和先前扔到海底的黃泥罈子不同。兩只新罈子上刻著密密麻麻，密度讓人作嘔的黑色符文。

邵明哲很少參與南舟和江舫關於降頭問題的討論，但他的耳朵還是管用的。他知道這是什麼。

邵明哲翻身從駕駛室進入，屈身踩著司機的大腿，翻到了副駕駛座一側，抱起其中的一只罈子，研究半晌，隨手拿起車上懸掛著的金屬小掛飾，在符咒紋路上狠狠劃了兩道，從物理上破壞了符咒的構造。

一件事了結，他正要去抱另一只罈子時，突然，一隻小動物掠入窗內，揚爪一揮，刷地一下撓壞了他手中罈子上的降頭符咒。

當目光落到突然闖入車中的南極星身上時，邵明哲面色突變。他的眼中第一次流露了明顯到過分的情緒。

「你……」

偏巧，南極星破壞的降頭，是控制著垃圾車司機的迷幻降。司機的降頭一解，他的身體頓時癱軟下去，沒了意識。高速的車子失去控制，開始

在馬路上左衝右突地跳舞。

邵明哲顧不得這個，手一抬，要去捉南極星，誰想碰到了方向盤，車輛霎時向左失控，輪胎發出吱扭一聲怪響，朝道旁的樹直撞而去！

邵明哲縱身推開司機，去狠踩了剎車。幸好，在上一個遊戲任務中，他被教過怎麼開車。車輛在即將傾覆的前一刻，終於面對著一棵參天古木險險停下。有驚無險。

可當邵明哲轉頭，再度望向副駕駛座時，卻再也看不見剛才那小小的蜜袋鼯了。他迅速下車，在夜色中顧盼一番，仍是難尋其蹤。

心煩意亂之下，邵明哲一把扯下了有些遮擋他視線的口罩，更加仔細地搜尋起來。由於用力過猛，牽絆在他耳朵上的口罩棉線也崩裂了開來——他的臉上有與南極星額頭上的三角金紋、金色面鬟，包括軀幹上細微的金紋走向，完全一致。

邵明哲頂著一張茫然的臉，在車輛未消的尾氣中，低眉沉思之餘，攥起了拳頭。他知道，自己一直在找這樣一隻小鼯鼠……去哪裡了呢？

這一場謀殺，在作為鬼的占叻跪在地上，哭著向南舟搓手道歉時，就已經結束了。

當南舟那張豔鬼一樣的臉在它面前放大、再放大時，占叻恐懼得渾身抖如篩糠，半個字也吐不出來。

它的確是死過一次，但這種事情永遠做不到一回生二回熟。何況，這和當初它中槍身亡時的狀況完全不同。被那幫員警追捕時，槍速實在太快，占叻根本都沒能反應過來，人就已經倒頭掉入了冰冷的江水。心臟被射穿的那一刻，占叻甚至還懷著無窮的能僥倖逃脫的希望。

被煉製成降頭後，占叻的信心更是百倍膨脹了。在它的認知裡，自己死過一次，總不可能再死一次。

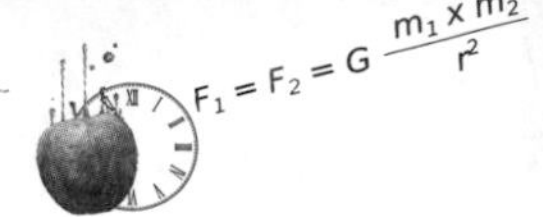

這幻想的泡沫，在南舟抓住它時，隨著占叻的心態一道土崩瓦解。這回可不是一槍了事那麼簡單。

南舟身材不粗不壯，甚至有點書生文氣，力量卻駭人地大。柔軟雪白的皮膚之下，包裹著磐石鋼鐵似的骨頭。

他一路將占叻拖行至身前，垂首靜靜打量研究它，眼神裡不含半點人類感情的樣子，讓占叻一點也不懷疑，自己會被他一刀刀碎剮了。

因此，占叻求饒時跪得非常標準，操著一口塑膠普通話連連祈求，指天畫地，什麼卑微哀求的話都說出了口。

它一面恐懼、一面屈辱難當、一面在心中做著另一番暗暗的祈求：「坤頌帕」，快點結束吧，快點救救我……

直到感受到漩渦一樣的吸力，將它從南舟的魔爪下扯離，它心神一鬆，只覺得自己從地獄裡爬回來了。

心寬下來，它也一掃先前的頹唐軟弱，獰態畢露地留下了一句：「等著吧，我還會回來的。」

話是這麼說，占叻這輩子都沒有再見到南舟這個瘟神的打算了。

降頭解開，結界消散。

占叻從南舟的掌控下消失，他們回到了各自的房間，就連被南舟好好揣著的李銀航也回到了她的床上。

午夜的鐘聲剛敲過最後一遍，夜蟲淒切的叫聲從窗外響起，窗櫺重新被灑上了薄鹽似的月光。

顯然，剛才的他們被吸入了時間的某個罅隙……竟然可以憑空敲開這樣一道裂縫，並在裂縫中創造一個小世界嗎？

南舟還沒來得及說話，就聽外面一片摧崩之聲，上下三層樓的玻璃齊齊碎裂，他們的門也不堪重負，整扇倒下。好在201房是空著的，碎裂的鏡子沒有對任何人造成傷害。

旅館內大半旅客當即驚醒，還以為遭受了炸彈襲擊，房客的尖叫聲此起彼伏。老闆和值夜班的服務生匆匆趕來，一見這滿地瘡痍，險些當即昏過去。

他們馬上報了警。這片街區本就是賺外地遊客錢的廉價旅館聚集區，經常發生治安鬥毆事件，值班的員警也在打瞌睡，聽到「玻璃碎了」的報案，還以為又有打架的了，一點都沒往心裡去。兩公里的距離，硬是一個小時後才姍姍來遲。等他們看到三層全炸的玻璃，也傻眼了。

喝了酒後就呼呼大睡的導遊也被震醒，被嚇得差點心臟病發。他匆匆爬起身來，剛一開門，頓時被憤怒的遊客們包圍了，大家都要討個說法。

他們出來旅遊，經費不多，圖個便宜，住宿環境差一點兒，也不是不能忍。可現在出了有可能危及人身的安全事故，誰能忍得了？導遊被四面八方湧來的吵嚷聲弄得焦頭爛額，只得苦著臉跟總社打電話交涉。

在外間的一片混亂中，南舟他們這一層相對比較安定。三樓的住戶，也就他們六個玩家。小夫妻倆恐怕還在昏睡，邵明哲行蹤不明，他們三個還留在房間裡，靜觀其變。

同樣被傳送回房的南極星遲遲回不過神來，牠對四周突變的環境左顧右盼了一陣，微微歪頭，「……唧？」

李銀航捧起南極星，「是你找到降頭位置的嗎？」

南極星：「唧！」

牠高高舉起左前爪，用短短細細的小爪尖，試圖比出一個1——有一個罈子是我弄的。

李銀航喜出望外，在牠腦門上叭地親了一下，作為獎賞。

南極星愣住了。下一秒，牠掉頭飛回了南舟身旁，大半個身體都埋到他的臂彎內側，只剩下一小截屁股還露在外面。只是牠的小尾巴興奮地啪啪拍打著南舟的手臂，將牠的真實心情出賣了個徹徹底底。

李銀航溜下了地，「我出去看看……」

江舫笑望著她，「找邵明哲？」

李銀航老實地說：「嗯。」

他們或多或少還是有些交情的。他無端失蹤，還流了血，現在危機又

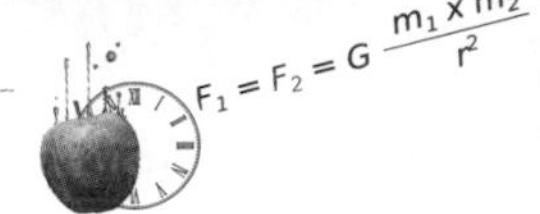

已經解除，要說自己完全不在意他的安危，也不大可能。當李銀航邁步向門口走去時，彷彿心有靈犀似的，門旁傳來篤篤的敲擊聲。

他們的門已經名存實亡，門內外可謂是一覽無遺。但門口還是不見人影……從影子判斷，來人正貼著牆根，站在門外的視覺死角處。

李銀航站住腳步，「誰？」

無人應答。

不過，李銀航已經通過這異常的沉默，隱約猜到了是誰在外面。她緊走兩步，從房內探出頭來。等看到邵明哲的尊容，李銀航一愣之下，關心的話還沒有問出口，就噗哧一聲樂出了聲。

邵明哲正頂著一條旅館裡標配的白床單，拙劣地把自己隱藏了起來。他現在像一齣低成本舞臺劇裡的大號幽靈，不大嚇人，還挺可愛。

裹在床單裡的邵明哲：「……」

他也不想這樣的。可他的衣服、口罩、帽子和假髮都沒有了，他沒有時間去弄新的，也不想讓別人看到自己的臉。因為他和別人長得不一樣，他不想引起麻煩。但李銀航居然還會笑話他。

李銀航也知道這樣不大禮貌，笑過兩聲後，馬上乖乖收聲。看到他安然無恙，李銀航的心情變得有些百感交集。

她望著他，輕聲道：「……還活著。」

邵明哲：「……」這難道不明顯嗎？

不過，他還是用呆板的腔調回答了這個無聊的問題：「嗯。活著。」

李銀航踮起腳，抱了抱他的肩膀，「挺好。」

這個擁抱，李銀航用了一半心機、一半認真。

一半的認真是因為下午他們才談過話，怎麼說也是有些感情的。一半的心機，是因為她想繼續和他結交，從他嘴裡獲得更進一步的情報。

然而，邵明哲整個人愣住了。他低下頭來，仔細揣摩李銀航的用意。在他的邏輯裡，這種親密等級的肢體接觸，除了代表一件事外，沒有任何其他的含義。

他想：她想和我交配。我是不會同意這種事的。

打定這個主意後，邵明哲紅著一張臉，輕輕嗯了一聲，俯下身，放下了兩個提在手裡的東西。

李銀航這才發現，一道隱藏在床單下的，不只有他的身體……還有兩個用黑色的血畫著細密邪異的紋路的罈子。

他把罈子放下來，平靜道：「我不需要這個，送來給你們。」

邵明哲自覺姿態穩重，口吻冷酷，並無不妥。但在李銀航眼裡，他這個樣子，很像在說「我打獵回來了」。

李銀航本來想問他是不是和南極星一起將他們救出危機的，但轉念一想，「南極星」這個名字的所有權現在屬於南舟，便主動閉上了嘴，不再多提，而是開口道：「謝謝。」

罈子是很珍貴的，李銀航怕他反悔，於是先表態收下，再說其他。她又客氣了一下：「你可以和我們一起研究這個降頭……」

「不。」邵明哲又強調了一遍：「不需要。」

他要找的，從來不是什麼罈子。他要找一隻小鼯鼠。找到牠，他就能完整了。只是，這件事沒必要對不相干的人提起。

他放下罈子，頂著床單，磕磕絆絆地摸回了自己房間。

等回到了獨處的環境，邵明哲動手扯下床單，只穿一條褲子，繞過一地的玻璃碎片，取下淋浴蓮蓬頭，研究半天，還被水燙了一下，才打開了正常水溫的熱水，開始清洗自己腰部被占叻刀刃劃傷的傷口。

當他舉起手來清洗後背，他不自覺想到了剛才擁抱他的李銀航。邵明哲閉上了眼，輕輕哼了一聲。他身上縱貫交錯的金紋卻一起煥發出光芒來，讓自己成為了這漆黑空間內的一道小小光源。不過，他沒能看見。

李銀航把兩個罈子抱了回來。

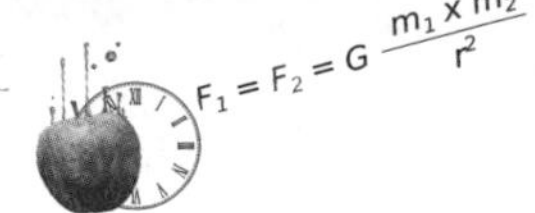

南舟嘗試把它們放到儲物槽內。可惜，收容失敗。早在系統因為他們更新重大補丁後，副本生物和倉庫就不再具有相容性了。

好在黃泥罈子雖然沉重，但不是很大。南舟他們去附近的便利商店花了極低的價格，買來了兩個小號登機箱，用來擺放這兩個罈子，再加上他們從海底撈出來的兩個罈子，剛剛好。

旅館內的混亂大約持續到了午夜 2 點左右。

最終得出的事故結論是，因為旅館樓層許久不修繕，天長日久，樓板產生了形變，壓迫玻璃，量變導致質變，引發了玻璃連環爆炸的事故。至於被震塌的一扇門，也可能是受到了爆炸的波及。

南舟所屬旅行團的導遊，在和群情激奮的旅客協商過後，決定作為補償，大家集體平升一級，調整到 VIP 旅遊待遇，明天就換旅遊線路和酒店，條件是不要投訴，影響他們的資質評級。至於其他旅行團安撫遊客的方式，也和他們差不多。

險死還生的小夫妻倆昏迷了一整夜，在第二天 8 點半才雙雙轉醒。醒來後，聽說可以換旅館，他們第一時間就到了旅館的自助餐廳，打算大吃一頓，多在肚子裡揣點食物再走。心態可謂穩定至極。

罈子裡的占叻，自從知道自己並沒有被尊敬的「坤頌帕」回收，而是兜兜轉轉，又落入了南舟的手裡後，大概是覺得自己臨走前放的狠話足夠讓它再死一次，索性閉嘴，只當已經死透了，一個屁都不敢多放，生怕南舟意識到它的存在。

但也是從這一天早上開始，得知旅行團要改道前往叻丕府旅遊後，邵明哲不見了。他與所有人徹底分道揚鑣，也沒有向任何人交代去向。

而「立方舟」也選擇了脫隊行動。別的不說，旅館的修繕費用和賠償金，他們還是要找罪魁禍首討一討的。

當夜，南舟和江舫一起到了蘇查拉。

頌帕似乎早就預料到了他們的到來。

在他們踏入小院時，他正臉色蒼白地勾著頭，坐在血跡未淨的床上，因為被降頭反噬，身上斑斑點點都是血跡，不知在思考些什麼。

南舟靜靜地站在門前。

感受到門口的兩雙目光，頌帕艱難地抬起頭來。他第一眼就看到了南舟，站在過分明亮的月光下，皮膚雪白得像是一道光。當垂下眼睛打量頌帕時，雙眼皮的痕跡又深又漂亮，直捺到了眼尾。

南舟平靜地和他打招呼：「你好啊。」

南舟曾經作為《萬有引力》全服認證的頂級 boss 的氣質，讓頌帕一眼看去，臉色又慘澹了幾分，連腿肚子都開始轉筋。

南舟又問了一個問題：「你為什麼不跑呢？」

頌帕慘笑一聲，眼底青黑一片，顯然是已經沒了鬥下去的心力。他被鬼降反噬得太厲害，現在身體是虛弱至極，還有……

他慘聲笑道：「以你的本事，我跑得了嗎？」

南舟和江舫對視一眼。其實還真跑得了。

南舟的定位降也只修到了初級階段，如果頌帕真的一拍屁股，掉頭跑路，他們想要再找到他，還真不容易。不過南舟沒打算告訴他這一個事實，他客客氣氣地從口袋裡摸出了筆記本，「我是來學習的。」

南舟不大能理解頌帕的心如死灰，學習還不能讓他感到快樂嗎？但他還是能敏銳體察到人的情緒變化的。他發現頌帕情緒低落，目無神采，想了一想，猜到大概是他以為自己快死了。

因此，他換用了一副盡可能表達了安慰的語氣：「沒事的。我見到你之後就不想殺你了。」

頌帕：「……」

──是在說我廢物嗎？大可不必如此陰陽怪氣。

見自己安慰過後，頌帕反倒愈發怏怏不樂，精神萎靡，鼻子中又落下一兩滴鮮紅，南舟擔心他不肯傳授更多，便放了一張紙巾在他手邊，打算轉進實施鼓勵教育：「你的鬼降很好。」

頌帕：「……」所以下一秒就是你的了？

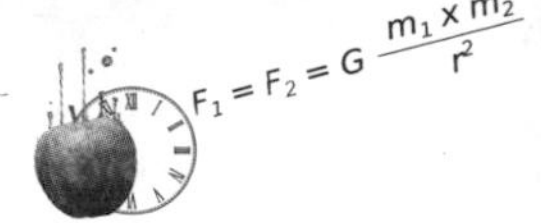

他艱難地冷笑一聲，用紙巾擦掉自己手上的鮮血，低頭不語，盯著膝蓋上自己的鼻血血點，只覺得人生如夢。

他既然醉心降頭這類神祕學，自然是篤信天命的。

如今，他先後折了兩個徒弟，被硬掐了香火，又手藝不精，被人尋上了門來騎臉挑釁。他只能表面心平氣和地悲憤著，咬著牙關，用盡可能體面的姿態迎接自己的命運。

南舟自然地接過了染血的紙巾，見他是個油鹽不進的樣子，又轉頭去扒弄他的床頭櫃，從中扒出了一份現金支票本子。

南舟找出啜滿墨水的鋼筆，連著支票本子一起放到他膝蓋上。

頌帕抬頭，木木地望著他。

南舟解釋：「你弄壞了人家的玻璃窗，要賠錢的。」

頌帕：「……」

南舟的邏輯系統向來嚴密。自己弄壞旅館的玻璃，是保命的合理手段，不過，同時也影響了別人的正常生意。而讓自己犯下這樁不得已的錯誤的，是頌帕派來的鬼降。所以自己負有要帳的責任，該掏錢的則是頌帕，而旅館長期不做維護，也需要承擔一部分責任。

所以他估算了一個相對合理的數字：「我也不要多，20 萬泰銖吧。」

頌帕心如止水。

——你他媽的。

反正他此時已經是要殺要剮隨便你的狀態，頌帕筆走龍蛇，指尖發顫地簽下了一張 100 萬的支票，一把撕下來，甩到了地上，憤恨道：「拿去。都拿去吧。」

他生平最愛旅遊和揮霍，在研發降頭和增長見聞這件事上尤其捨得一擲千金。除了蘇查拉這個落腳地，他手頭也就這些積蓄了。

南舟看了看被他扔到地上的支票頁的面額，並不多麼感興趣，另翻了一頁新的，遞到他跟前，「你要給我們損失費的話，也不用多給 80 萬，了結了你這邊的事情，我們很快就走，給我們 10 萬零花錢就好。」

這話落在頌帕耳朵裡，就是把敲詐說得清新脫俗，簡直無恥之尤。可事到如今，頌帕還有什麼好說的？他乖乖開具了一張 30 萬的支票，妥善交到南舟手裡，只想趕快了事，求個痛快。

南舟將支票遞給李銀航檢視，讓她確認有效後，就隨手裝入和墨水鋼筆放在一起的信封，打算轉手給旅館負責人，讓他們自行取用。

頌帕自認身外之物已經拋卻得差不多了，便蒼白著一張血色盡無的臉，眼眶通紅地仰起頭來，維繫著最後一絲搖搖欲墜的體面，問道：「……還有什麼事嗎？」

「有。」

南舟轉過身，從行李箱裡拿出了那個用來蠱惑司機，同時也創造了一片平行空間的黃泥罐子，「我想學這個。」

頌帕深吸一口氣，吸到自己的肺管差點炸裂，才勉強平穩住了血壓。蹬鼻子上臉！

他已經竭力去忽略自己的失敗了，可是看到這個罈子，他的心仍是抽痛不止。這是他壓箱底的手藝，乃是他 20 歲出師時最得意的傑作，沒有之一。他用這降頭咒殺了他師父，繼承了這間小院，還接下了七、八樁暗殺的生意，才賺下了足夠他揮霍的大筆財產。

不知道該說南舟雞賊，還是格外慧眼如炬，一眼便挑中了他最珍貴的絕學。頌帕連著深呼吸幾口，已經自認為完全地平靜下來了。他連死都不怕，不可能把這降頭的訣竅傳授給任何人，只能讓它爛死在肚子裡。

打定主意後，他甚至轉換了一種嘲弄的語氣，身體往後一仰，冷笑道：「學什麼？你不是很會破降嗎？我用了連環降，你都能破解，你本事應該很大啊。」

南舟相當謙虛誠懇地承認了自己的短處，並糾正了頌帕的言辭：「我目前只會打敗它們，但還不能破解它們。」

頌帕好不容易建立起來的心理防線當場破防。

他扭曲地笑了一聲，「你想學？」

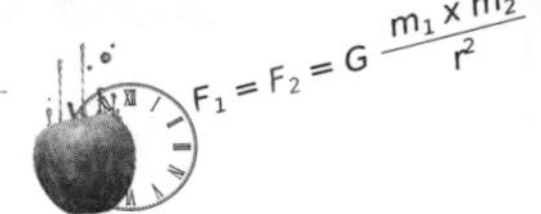

南舟：「嗯。」

頌帕提高了聲量，怒道：「做夢去吧！！」

南舟：「你說得很對，我就是這麼想的。」

頌帕冷哼一聲，盡力控制住雙腿的顫抖，閉上了眼睛。他認為，自己拒不配合，是死定了的。

可他遲遲沒有等到死亡的降臨。

等待死亡的過程是煎熬的，他好不容易鼓起勇氣又皮球似的洩下氣去，成串流下的冷汗漬得他眼皮發痛發重，一股衝動讓他想睜開眼，看看南舟究竟在等什麼？

當他在如雷的心跳中，稍稍瞇著眼睛看向南舟時，南舟竟然毫無預警地對自己出手了。

他的指尖帶著一點被咬破的新鮮傷痕，血色未乾，竟是依照紋路，補全了原本罈子上被破壞的部分。

在讀過頌帕的符咒筆記後，他已經大致能辨認罈子上降頭咒紋的每一個組成部分意味著什麼了。

將罈子用血收歸己用後，南舟又用帶著頌帕鼻血的紙巾，點到了他的天靈蓋上去。頌帕一個眼白差點翻進了天靈蓋裡去，整個人立時撲倒，沒了聲息。

眼前正常的空間像是被滴入了一滴墨的水，大片綺麗的色彩暈染開來。四周的景色被點染皴鉤，明明還是同樣真實的場景，但置身其中，誰都知道，不一樣了。

荒廢的蘇查拉夜市的確是個好地方，方圓幾公里，都沒有可以影響的物件。南舟可以盡情在這段停滯的時間和空間內好好學習。

在這片小小的時空領域，南舟把渾身僵直、翻著白眼的頌帕搬下了床，擺放在一把籐椅上，想了想，又從衣櫃裡取出一方枕頭，給他墊了腦袋。把他安排妥當後，南舟對江舫和李銀航道：「你們可以打掃出一片地方先睡。我再研究一會兒。」

李銀航應了一聲，挺乖覺地抱出一床乾淨被褥，將床仔細鋪整好。她不知道這床上幾天前還躺著一個啟蒙了南舟，又被南舟遠距離爆了頭的降頭師，因此忙得安然自在，沒有一點心理陰影。

江舫溫和摸摸他的肩膀，「別太累。」

南舟抱著罈子，眼裡淨是求學的光，「嗯，我早點睡。」

床是大床，多墊了床單，倒也和旅館差不多柔軟。李銀航睡在靠牆的位置，中間臨時加設了一條簾子，將一張床簡易地分隔開來。

江舫睡在床中央，盯著南舟坐在臺前，俯首研究、勾畫圖樣的背影，心裡格外安然……彷彿他們此時已經走出了《萬有引力》，而南舟在外找了一份教學的工作，在夜間備課時，還不忘哄他早早入睡。

這個樣子，真像一個家。

一個早就被江舫拋棄在身後，不敢去想的名詞。

在將近兩個小時的學習後，南舟悄無聲息地伸手拉滅了燈。在這時間停滯的異空間內，氣溫還是與外界不同，寒津津的。

南舟帶著一身寒氣，走到床邊，卻不急著鑽入被窩，而是耽擱了一會兒，將手掌心和胳膊搓熱，才輕手輕腳撩起被角，貓似地溜了進來，怕過了寒氣給江舫。

待他安然躺平，江舫探出指尖，摸上了他冰冷的鼻尖和嘴唇。

南舟側過臉來，小聲道：「我吵醒你了？」

江舫自然地摟過他，把臉埋在他的肩膀，軟聲道：「做夢了。」

南舟：「什麼？」

江舫適當地示弱：「夢裡帶你回家。我爸媽都在。」

南舟眨眨眼睛。他不知道正常的父母該是什麼樣子的，再加上自我感覺不算討厭，並沒有遭兩老討厭之虞。

思索一陣後，他認真問道：「那我要給爸媽帶什麼禮物呢？」

出去後，他們可以一起去看看江舫的父母。要帶什麼禮物去上墳，對南舟來說，也是一樁需要仔細考量的事情，從現在就可以準備起來了。

江舫沒有答話，只是環抱著他，心裡泛著細細密密的甜。南舟也沒有非要一個答案，只是安靜地貼著江舫的體溫，感覺很舒適安心。

兩人相擁著，只是睡覺。他們在這幻境裡扎了根。

當然，這空間每過 12 小時，都會產生不穩和搖撼感，一副行將崩潰的模樣。每當這時，南舟都會施法，讓頌帕流一些鼻血，將陣法補續上。

有了前人栽樹，後人當然好乘涼。

大約 10 天之後，南舟總算將這個空間型的降頭研習了個透。

在 10 天後的一個晚上，南舟準備好了飯食，把整整翻了 10 天白眼的頌帕喚醒，琢磨著要對其表示一番感激。面對氣若游絲、面若金紙的頌帕，南舟誠實道：「謝謝你。我學會了。」

頌帕：「……」

他翻了一個貨真價實的白眼，毫無體面地昏了過去。

這回是他主動的。

趁他昏迷，南舟三人也沒有耽誤時間，招了一輛計程車，回到旅館送支票去。

當江舫混入旅館，找到老闆的房間，將裝有支票的薄薄信封悄悄順著門縫塞入時，南舟站在旅館外面，拿著一小塊香蘭葉雞蛋燒，勻速進食。在街角轉彎處，他瞥見一個身影一閃而逝，很像是邵明哲……他還留在這裡嗎？看他行色匆匆，好像是急於在這附近尋找什麼。

南舟慢慢咀嚼著嘴裡香濃的雞蛋燒，想到和邵明哲的初遇時，他在層層嚴密包裹下唯一露出在外的眼睛。

凶惡、戒備，但又帶著一點說不清道不明的熟悉。至於為什麼熟悉，南舟也說不清楚。

再度甦醒的頌帕，又喜迎了歸來繼續求學的南舟。

這回，頌帕已經麻木了。毀滅吧，趕緊的。

他虛弱地靠在床上，一一將降頭祕法口頭傳授，再沒有什麼藏私的心。反正南舟都能在轉瞬間學會，一切都是空，何必眷戀執著呢。

在為期 12 天的授課中，某日的月圓之夜，南舟缺課了一天，頌帕也沒有察覺什麼。過度虛弱的頌帕倚在床頭，面色青灰。他知道，哪怕自己僥倖能在南舟手裡活下去，也要大病一場。

今後，他真的要當和尚去了。幹降頭師沒意思，做人也沒意思。

這一次副本，南舟他們難得地沒有提前結束任務，而是自然地度過了充實又愉快、為期 12 天的學術夏令營。

在一臉四大皆空的頌帕面前，南舟他們坦然地接受了傳送。

大概是這些時日受的刺激過多，眼見這神跡降臨似的一幕，頌帕也提不起什麼驚訝的力氣來了……他們開心就好。

與此同時，南舟他們聽到了通關的悅耳提示音。

【恭喜「立方舟」隊完成副本「邪降」，分別獲得 2500 積分！】

【恭喜「立方舟」隊、「天外飛仙」隊、玩家邵明哲，在 12 天的遊戲時限內成功存活，完成成就「惡魔的藝術」，各獲 1000 積分！】

【恭喜「立方舟」隊、「天外飛仙」隊、玩家邵明哲，存活率達到 100%，各獲得 1000 積分！】

【「立方舟」隊當前任務主線探索度達 100%。完成度 100%，可判定為完美 S 級！】

【滴滴——S 級獎勵為各 1000 積分和任一隨機道具，道具將會在 3 日內發送到各位玩家的背包～】

【請玩家在 3 分鐘內自行選擇離開副本……】

來不及吐槽小夫妻倆那個「天外飛仙」的耿直隊名，對數字極其敏感的李銀航率先發現了不對，「這……」

南舟和江舫對視了一眼……的確。

他們在當前綜合難度最低的副本、難度等級為 6 的【小明的日常】

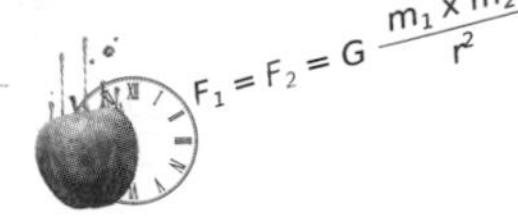

裡，獲得的通關基本積分是 2000 點。現在，他們為什麼會在難度等級 3 的副本裡，收穫 2500 點積分？

江舫拿出骰子，重新搖了一遍。面對出現的數字「7」，三人難得一致地陷入了沉默。

在他們還在考慮為什麼副本還有全自動升級功能時，他們的傳送時間到了。於是，他們臨時選擇了「鏽都」作為傳送點。當傳送結束，映入他們眼簾的東西，再一次震撼了李銀航。

他們在副本裡待了整整 12 天。而一座建設到了十幾公尺高度的半成品基站，正大模大樣地矗立在「鏽都」的東南角。以前……這裡有這個建築物的嗎？

在街邊的甜點店短暫休整期間，「立方舟」根據世界頻道裡即時進行的熱烈交流，快速補全了這些天他們漏掉的功課。

簡而言之，眼前的基站，是由「鎏金」、「青銅」、「隕鐵」，三支主要官方救援隊伍發起的建設活動。他們有著建設基站的充分依據——那些沒有進入《萬有引力》的人，這些失蹤人口的親人、朋友，始終在竭盡全力地搜索他們。在遊戲裡面的人不能什麼都不做。

因此，他們主張，要建立一個可以向外發送訊號的裝置，想辦法實現內外共同聯動，說不定可以從物理上突破當下的困局。

因為這三支隊伍先前一直在副本中努力營救其他普通人，即使不追求副本的高完成度，這些救援隊伍也以量勝質，積累下了大批的積分，足夠他們租下一片土地的使用權。

再加上他們豁出性命和鮮血，積累下的實實在在的信用度，當他們聯合發聲時，幾乎沒有人會去質疑他們的動機。

在《萬有引力》制訂的遊戲規則裡，遊戲中的土地是可以出租的，至於出租後派什麼用場，遊戲方為了彰顯自由度，不會特意去限制什麼。曲金沙的「斗轉賭坊」都開得，基站當然也建得。

而三支隊伍發出倡議的效果，異乎尋常地好。許多玩家或許並不擅長和鬼、和人心博弈。但在正常的社會秩序下，他們本該是可以發光發熱的榫卯、螺釘、螺母。與其軟弱無能地困守在安全點熬日子，不如找點有價值的事情做。

斷了一條腿，窩在小巷裡靠撿從酒吧裡扔出的食物勉強度日的男人，一瘸一拐地找到了他們，毛遂自薦說，自己曾經是電子資訊工程技術專業的博士，有 7G 基站建設與維護的職業技能高級證書。

在這裡，終於不會有人呵斥他，粗暴地讓他滾開了。他是核心力量，是大家尊敬的「黃工」。

圍繞著他，一大批在遊戲中看似無用的人齊齊聚攏而來。有在家園島裡半死不活地種著田的工程施工技術員；有專攻無線網路規劃，卻只能在 NPC 開設的酒吧裡打零工洗盤子的中級工程師；有被迫從事同性皮肉生意來換取基本生存條件的工程勘察專業副教授。

而且，建設中的基站，並不止「鏽都」裡的一座。在「紙金」、「松鼠小鎮」、「家園島」、「古城邦」，基站遍地開花，彼此間還展開了無形的速度競賽。

甚至曲金沙都饒有興致地在「紙金」的基站上投了一筆資金。當然，驅使他投資的並不是什麼好善之德。作為一個精明且清醒的商人，他並不相信他們真能對外取得聯絡。

他想要提前爭奪的，是基站的第一使用權。

如果恢復網路，他就擁有了「紙金」這個地方的 Wi-Fi 控制權，說不定可以再盆滿缽滿地賺上一筆。

原本死氣沉沉，無事可做的安全點，就這樣被源源不斷地注入了無形的活力。街上匆匆掠過的每一張面孔不再麻木迷茫，步伐落在地上，都帶著微微向上的彈力。

即使知道他們正在從事的事業可能只是一廂情願的無用功，但他們至少不願意再做回一灘在無人知曉的陰暗角落裡慢慢腐爛的活肉。

世界頻道裡的對話滾動速度異乎尋常地快且井然有序。

南舟坐在明亮的窗邊，一邊吃著檸檬布丁蛋糕，一面看著人們為了發布的各項任務四處奔忙。

作為一個完全不懂人類世界運行秩序的人，即使他不懂基建，也不大理解這意味著什麼，南舟還是覺得這樣的運轉方式很有趣，很讓他舒服。大家都有事情做，總比聚眾罵他強。

江舫則捧著一杯熱騰騰的拿鐵，優雅品賞，彷彿眼前這些繁華熱鬧，不是他在背後一手操弄得來的。

李銀航也在同步瀏覽世界頻道。恰在這時，一條需求刷新了出來。

【松柏 - 趙光祿】「紙金」網站需要補充兩噸鋼材。

而大約 1 分鐘後，他的訴求得到了回饋。

【春華 - 卞星文】收到，馬上運輸。

李銀航看著「趙光祿」這個名字，越看越覺得熟悉。就在某一刻，福至心靈，她猛地一拍掌，驚喜道：「……老趙！」

趙光祿，和李銀航同住在章華社區，共同度過了大巴車上的尋鬼任務。那個曾經自豪地宣稱自己建設了江南區的一所國際學院，卻資訊閉塞，鮮少接觸網絡基本訊息的中年男人……他還好好地活著，而且也找到了適合他的崗位。

李銀航往後一靠，一種奇妙而踏實的感覺由內而外煥發出來。她的思路越發開闊起來。

在遊戲當中搞基建，反倒可以突破現實中的某些限制。譬如交通運輸的時間耗損和材料耗損。儲物格可以輕鬆運送百噸重的物品。各色道具則可以讓他們實現定點之間的快速傳送。優質的基礎材料可以在商店裡用積分兌換。甚至，只要花費足夠的積分，他們甚至可以雇傭遊戲 NPC 來為他們幹活。

想到這裡，李銀航想到了一件滿重要的事情，抬頭擔憂道：「他們的積分夠不夠啊？」

參與基站建設的，相當一部分是排名靠後的隊伍或個人，不願進副本冒險，恐怕連養活自己都成問題。這樣的消耗，能持續多久呢？

江舫把咖啡杯抵在唇邊，平靜答道：「銀航，妳看看，200 名以後的隊伍和單人積分，和 200 名以前的積分相比較，現在是不是有了明顯的斷層下跌？」

李銀航將信將疑地按照江舫的說法對照核查了一番後，驚訝地瞪大了眼睛……的確如此。

江舫：「根據現有分差，保守估計，排名 200 名以後的隊伍，基本沒有大幅度提升名次，實現百名以上飛躍的可能性。既然沒有太大的親自獲勝的希望，他們就要設法另謀出路了。畢竟，寄希望於我們這些排名靠前的人向遊戲策劃許願，且許願真的成功，向外界發送信號求援，是另一個更靠譜、更切實際的目標。」

「為了更好實現這個目標，這些排名中游的人，有一部分會暫時觀望，有一部分則會在保證自身生存不受影響的前提下，主動投入積分，資助他們，甚至加入他們。」說到這裡，他笑著對南舟說：「人就是在一線夾縫裡也要努力去找光明的生物。」

南舟正在專心吃蛋糕。聞言，抬起頭，注視了江舫，認同地點點頭，「嗯。就像你喜歡我一樣。」

……江舫被一口咖啡嗆住了。

在江舫咳嗽連連時，李銀航用心地注視著江舫。

自己曾被他派遣去聯絡沈潔和虞退思。

她知道江舫一定想要做什麼，或是已經做了什麼。搞不好，現下的一切，都是在他的計劃推動下運行的。李銀航想問些什麼，但最終出口的話變成了：「那我們需要做點什麼嗎？」

她知道，江舫的本性裡帶著一點優雅沉靜的瘋狂，並不是一個百分百值得去相信的朋友。然而，她仍願意去試著信任江舫的決策。

江舫用紙巾擦去嘴角咖啡漬的同時，又恢復了得體的模樣。答道：「我們現在不需要考慮這些。我們的目標和其他人都不一樣。」

南舟明白他的意思。

他看向了那個始終壓在他們上面一名的隊伍──「亞當」。

一支謎題一樣、繼承了「朝暉」全部積分的隊伍。那才是他們要注視的對象。

在同一時刻，「亞當」中的高維玩家元明清，也在另一個安全點內摒退了鏡頭，關注著「立方舟」的相關情況。

相比之下，唐宋倒是更在意窗外那些螻蟻競血、來來往往的普通玩家，覺得他們的舉動又新鮮，又搞笑。

「人類果然脆弱又愚蠢。」他發表了一番高論：「他們覺得這樣就能和外界取得聯繫？想得美啊。」

元明清面色複雜，「別看他們了。看看『立方舟』，他們執行任務回來了。」

唐宋瞄了一眼他們極小的積分變化，嘲諷道：「攤上了個垃圾副本吧。時長長，回報少。我不能理解，究竟為什麼要我們關注他們？明明只要上面動一點小小的手腳，多分配給他們一些低等品質的副本，他們就沒有再超越我們的可能。」

元明清的表情卻並不多麼輕鬆，「但是，我聽說，他們玩過的副本又崩潰了。」

唐宋哦了一聲，「怎麼弄的？還是像【沙、沙、沙】副本那樣，直接把 boss 扣了？上面不是已經修正了這個 bug 嗎？」

元明清搖了搖頭，「兩個小 boss 死亡，一個 boss 聽說去修了佛。」

唐宋有點不敢相信自己的耳朵，「……修佛？」

元明清：「就是出家了。」

唐宋：「……」這個發展他是沒有想到的。

不過唐宋很快就調整好了心態：「是人類 boss 吧？」

元明清：「是的。」

唐宋哈了一聲：「果然，廢物對打罷了。」

「不是。」元明清說：「這已經是第四個了。」

唐宋挑起了眉毛，「……什麼？」

元明清：「資料顯示，他們目前玩過的幾乎所有副本，都出現了崩潰現象。」

唐宋笑了，「你在跟我開玩笑？」

「是真的。」

元明清嚴肅地念起了他剛剛收到的上級報告：「【小明的日常】裡，因為玩家南舟帶走了關鍵人物小明所有畫有時鐘的筆記本，核心道具【逆流時針】缺失，沒有破解的鑰匙，新的玩家也無法成功入內了。」

「【沙、沙、沙】是什麼情況，我們都清楚：副本 boss 死亡，整個副本徹底報廢。」

「【圓月恐懼】裡，核心關鍵人物鄭星河心願得償，怨念消失，副本也報廢了。」

「【腦侵】和我們的世界相連接，是唯一沒有崩潰的。但根據他們對那五個童話世界的破解完成度，尤其是『天鵝湖』、『糖果屋』這兩個故事，他們讓繼母的本相暴露，也讓兄妹兩人獲得了幸福，摧毀了故事存在的基礎，導致這兩個故事單元徹底關停。」

「【邪降】，就是我剛才說的 boss 出家。」

結束了一輪情況通報後，元明清直視了眉心凝成了一枚鐵疙瘩的唐宋，「所以，上面在徵詢我們的意見，問我們下一步的行動方向。」

唐宋說：「收視率基本達到飽和狀態，我們的勝率也進入了預估的範圍，收益已經足夠，他們希望我們儘快剷除這個麻煩。」

他一手搭在椅背上，猜測道：「讓我們做他們 PVE 的隊友？」然後伺機下手？

「不。」元明清用手頭在做記錄的筆規律敲打著紙面，直視唐宋，「上面說，看我們的意見。如果我們同意的話，他們會通過適當的運作，讓我們在 PVP 裡和他們相遇。」

PVP，兩支隊伍一旦相遇，不是你死，就是我亡。對元明清來說，他的心情並不平靜，這是相當冒險的行為。他是個和唐宋性格互補的穩健派。在沒有收集到足夠的訊息時，他不主張和這樣一組危險且難以預測的對手直接短兵相接。

因為心思不寧，他的指尖發力過重，筆端敲到紙面的瞬間，不慎失力將筆彈飛了出去。

筆滾落出了半公尺多，在一雙路過的小皮鞋尖前停了下來。

元明清正要俯身去撿，一隻帶著蝴蝶刺青的手就先他一步，拾起了那枝筆。元明清保持著低頭撿筆的姿勢，喉頭一緊一縮地動起來，周身肌肉也異常地繃緊了。

南舟手中拿著筆，遞到了他的面前。見他一時僵直，自覺主動道：「不客氣。」

元明清：「……」誰要謝你啊？

不過元明清反應極快，從南舟手裡接過筆來，並秒速切換上一副溫和表情，「謝謝。」

南舟他們看起來也只是路過，偶然施以援手，完全沒有要和他們攀談的意思，在交還了筆後，便越過他們，走向餐廳的最裡面。

元明清挪回了原位。

唐宋垂著眼皮，端起咖啡杯，對這段小插曲並不感冒。然而，兩人均已在不動聲色間提起了十二萬分的戒備。

元明清看向唐宋。對面看似時時處在情緒失控邊緣的高傲男人，此時反倒表現得比他還要斯文沉靜。他的確是個暴躁的性情，但是他越到關鍵時刻，越能在暴躁中穩得住性子，做出最正確的決策。

兩人誰也沒有把掉筆這件事視作什麼了不得的大事。唐宋繼續望著窗

外建設中的基站塔出神，元明清則低下頭，專心致志地看著餐廳內提供的雞湯雜誌。大規模的鏡頭群，瞬間集聚在了這個只有 20 幾平方公尺的普通餐廳。

在觀眾視角，「亞當」和「立方舟」都是普通的人類隊伍，該是互不相識，王不見王的。現在突然會面，當然是非常值得關注的一件事。在這樣的關注度下，「亞當」完全沒有必要為此表現得過於激動，徒遭懷疑。

元明清手指微動，遮罩了可視鏡頭對自己視線的干擾，同時隔著三、四個卡座，看到了江舫的銀髮和白皙秀美的額頭，以及南舟的一點黑髮髮頂，以及因為剛剛午睡結束而翹起來的一根頭髮。

李銀航的身形自然是完全被卡座擋住了。好在她腦袋上有隻揣著爪爪，正好奇地和她一起研究菜單的南極星，勉強給她續上了一點存在感。

不過，對「亞當」二人組來說，這個女人和外面那些平庸且無用地忙碌著的螻蟻一樣，根本沒有意義，完全可以忽略不計。

相較之下，她腦袋上那隻一臉蠢相的動物，在各方彙聚而來的情報中看來，都比她更具價值。

CHAPTER

02:00

相信自己。還有，不要相信
除了自己以外的任何人

這裡是一間港式茶餐廳。

他們聽到南舟點了一味酥皮燒鵝、一壺茶，還有幾樣小點心。

午後的小餐廳裡只有他們兩桌客人。

陽光帶著剛好能將黃油曬得稍稍軟化的力度，隔窗透入，讓餐廳內部顯得異常祥和平靜。

只有開了上帝視角的觀眾，才知曉此地正瀰漫著濃厚到叫人喘不過氣的緊張氛圍。

他們的菜很快被端了上來。

元明清聽到了江舫對南舟說：「味道普通了點。」

南舟：「我覺得很好。」

江舫說：「等出去之後，我帶你去古井小鎮。那裡的酥皮燒鵝，切開皮肉，會流出酥油來。」

南舟眨眨眼睛，「嗯。到時候我也可以學學怎麼做。」

聞言，李銀航猛地被喝了一半的大麥茶嗆到了，伏在桌子上，抽了衛生紙掩著嘴連連咳嗽。南極星跳到她的肩膀上，擔憂地低下小腦袋，努力用尾巴去拍打她的後背。

按理說，一家店裡就兩桌人，另一張桌子發出了那麼大的動靜，如果任何反應都沒有也不合適。於是，唐宋和元明清不約而同地探頭，努力表現出感興趣的樣子……可以說是兩個相當合格的演員了。

好不容易緩過一口氣來，李銀航悲憤地控訴道：「昨天我們住的地方有烤箱，你非要嘗試做烤麵包……你知道我、舫哥和南極星昨天晚上是怎麼過的嗎？」

唐宋注意到，這番話後，南舟低下了頭，竟然是一副在認真反省的模樣……這不免大大出乎了他的意料。

在他的想像中，那個能在「千人追擊戰」中全身而退、把占據絕對道具優勢的「朝暉」斬於馬下的南舟，根本不該是這個樣子的——居然有低等又軟弱的人類敢對他指指點點？！

李銀航渾然不覺有人正在對她的行為評頭論足。她正站在「人不能浪費糧食」的傳統道德制高點上，深覺自己有理。

昨天，他們作為「鬥獸場」九十九人賽的冠軍，前往「古城邦」享受免費住宿服務。新入住的套房裡有一間小廚房，各項廚具一應俱全。

南舟站樁研究了一刻鐘，躍躍欲試。李銀航想，有江舫在，手拿把攥的，再糟也不會糟到哪裡去……

事實證明，她想多了。

一個小時後，烤箱裡冒出的滾滾白煙，直接觸發了酒店的消防系統。經過一番追根溯源後，果然是南舟的鍋。

江舫只是中途去洗了個手的工夫，南舟就往麵團裡多加了一大把酵母和小半盆麵粉，並在江舫回來前，成功用蠻力把它們調和成了看似正常的模樣。

南舟還是那一套南舟式的道理，和他第一次在李銀航面前展現他那經官方認證的亂碼廚藝時一樣理直氣壯：「我想一口氣多做一點，夠我們一起吃。」

但李銀航早已不是那個在大佬面前瑟瑟發抖的小萌新了。

她冷靜道：「結果你烤的麵包狗都打得死。」

南舟：「那是……」他想了半天原因：「意外。」

江舫笑著打圓場：「至少成型了。下次我會一直陪著你的。」

李銀航嘀嘀咕咕：「差點就要賠人家烤箱了。」

聽著那邊熱鬧的討論，唐宋和元明清各自若無其事地收回視線，繼續做自己的事情。

三人組用完那一餐飯後，便起身離開，並沒有在此停留的意思。路過他們的餐桌時，南舟又隨便瞄了一眼元明清。

但是，剛進來時被南舟揣在西服外套口袋裡，現在無所事事地蹲踞在他肩膀上的南極星，在用餘光瞥見兩人時，卻驟然變了神情，一身黑金松鼠配色的小短毛根根倒豎，跳上了桌子，衝著唐宋發出一連串尖銳的叫

聲：「死開死開死開！！」

……認出他們的非人屬性了嗎？該死的敏銳的動物！

唐宋的指尖第一時間探入了儲物格中的爆炸武器欄，做好了全面戒備。但他表面還是一切如常，俊秀的眉頭死死擰緊，身體後仰，不滿地看向南舟，「這是你們養的動物？」

南舟微微低了頭，「……抱歉。」

他伸手要去抓南極星，南極星卻異常靈敏地拐了一個彎，從他手掌下逃脫，一路繞跳到了元明清的肩膀位置，兩爪抓住元明清的風衣領子，衝著唐宋繼續大叫。

元明清：「……嗯？」

唐宋：「……啊？」

江舫反應更快，又匆匆說了聲抱歉，哭笑不得地把暴躁的南極星從元明清肩上抓了下來，解釋道：「是這樣的，牠對鮮豔的色彩反應比較大，大概以為您是牠的天敵，毒蛇猛獸一類的。」

唐宋：「……」

他看向自己身上一身鮮紅且騷包的夾克衫，無語凝噎……神經病，他還以為自己被發現了。

唐宋的反應，和任何一個遭遇到這樣突變的正常人差不多。他作出不大愉快但也沒打算深入計較的樣子，隨便地擺了擺手，「沒事兒。」

等到南舟他們的身影徹底消失，唐宋那副無所謂的表情很快被鄙薄替換。元明清再次揮手摒退了鏡頭，方便他們繼續籌劃。

唐宋懶洋洋地仰靠在了沙發卡座的靠背上，「……繼續我們之前的話題吧。據我所知，他們之前一直是打 PVE 的。如果設下機關，讓他們一定要選 PVP，和我們對上，不會顯得很突兀嗎？」

「相信上面吧。」元明清說：「上面一定會想辦法給我們一個最恰當的安排。」

唐宋：「怎麼說？」

$F_1 = F_2 = G\frac{m_1 \times m_2}{r^2}$

元明清：「以他們的聰明，這樣被連番針對，他們不可能察覺不到主辦方是在有意打壓。尤其是在攤到低等級的 PVE 副本之後，他們就應該察覺到，PVE 的路子已經走不通了。如果再堅持去打 PVE，唯一的結果，就是在積分上永遠超越不了我們，直到我們超越團隊榜單的標杆『。』，奪得第一。」

唐宋瞇起了眼睛，「也就是說，他們接下來，會轉變方向，到 PVP 遊戲裡找出路？」

元明清：「我猜，他們已經開始有這樣的想法了，只是還沒考慮好要不要付諸實踐。」

唐宋：「怎麼說？」

元明清無奈地聳聳肩，「你果然沒聽我說話，是不是？」

唐宋：「你不是說，他們剛剛結束了副本？」

元明清：「……」唉。

他糾正了唐宋的認知：「我只是說，他們從副本裡回來了……但你沒有注意到，那已經是 10 天前的事情了嗎？」

唐宋果然也察覺到了不對：「你的意思是說……」

「按照他們正常過副本的頻率來說，這非常不合理。」元明清點點頭，「他們休息的時間過長了。我想，這是他們正在猶豫觀望，下一步到底是選擇 PVP，還是 PVE 的證據。」

唐宋倨傲地揚起了下巴，「可以理解。他們應該糾結的，畢竟現在占先的是我們，如果不做點兒什麼，積分就只能被我們死死壓在下頭，該著急的是他們。」說到這裡，唐宋的心情完全鬆弛了下來。

既然對方為了謀求突破，下一步極有可能主動去選 PVP，那一切就都好說了。在 PVP 領域，「立方舟」的戰績為 0。但那可是他們「亞當」的好球區啊。

身心舒暢的唐宋抿掉了杯底的最後一口咖啡，笑道：「我剛才看……他們的感情，好像很不錯啊。」

元明清很瞭解自己這位搭檔的心思，他喜歡破壞一切美好的東西。

就像當初「朝暉」裡，唐宋就盯上了那個總是微笑著、想要救助一切的少女蘇美螢。後來，唐宋用五顆【回答】，奪走了她的朝氣、善意和真實的笑容。

元明清笑道：「你已經有計劃了嗎？」

唐宋得意地笑彎了眼睛，對著虛空開了口。

「喂，上面的，能聽見我們說話嗎？」他說：「如果可能的話，給我們安排一個能破壞他們感情的副本，越有趣越好啊。」

南舟和江舫是真的不急於提升自己的分數，這讓偶爾深陷焦慮的李銀航覺得自己才是那個太監。

當她第N次計算了他們與「亞當」的分差，並憂心忡忡地試圖和兩人進行交流時，那兩個人正在床上比賽平板支撐。

沒什麼賭注，就是比著玩兒。

而南極星蹲在他們面前，雙爪抱著一顆鹽漬櫻桃，慢條斯理地吮咬，充當一隻小小的裁判員。

眼看5分鐘過去，江舫突然探出一隻手，在南舟胸口處輕輕擰了一下。南舟躲閃不及，悶哼一聲，面朝下撲倒在了床上。

南極星吐出櫻桃核，拿櫻桃梗往南舟方向一指。出局，out。

南舟：「……」

江舫低頭，把臉悶在臂彎裡輕笑。

南舟的好勝心還是很重的。他爬起身來，跪坐在床上，低頭仔細地碰觸掐摸自己的胸口，研究為什麼自己這裡會格外敏感。

一番研究，自然無果。

見江舫還在支棱著，南舟就想使點兒壞……他也要去擰江舫的，可手

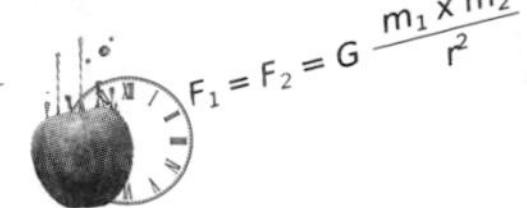

剛剛伸到一半，就被江舫當場抓獲，穩穩捉住了手腕。

江舫用單臂撐住自己全身體重，將南舟的手掌引導著貼在自己的髮頂，帶了點撒嬌性質，牽著他，叫給自己輕順了兩下毛。

南舟果然成功被誘導，一下下揉著他散開後自然垂落的銀色長髮，感覺像在撫摸一匹漂亮的絲緞。

對兩個不務正業的大佬，李銀航無語凝噎。等到江舫玩夠了，帶著一層薄汗，舒舒服服枕上了南舟的大腿，她才弱弱冒了個泡：「那個……」兩雙眼睛齊齊看向她。

李銀航把夾在耳朵上的筆拿下來，清了清喉嚨：「目前，我們和『亞當』的分差是 108000 分。」

江舫頗不走心地感嘆道：「這麼多啊。」

南舟則收回了視線，繼續專心撥弄和觀察江舫的銀髮。他的頭髮確實從根開始就是純正的淺銀色，在日光下鑽石一樣閃閃發亮。

李銀航也知道，這十萬積分，單靠自己這個弱雞輔助是補不上去的。可她就是忍不住焦慮。除非他們再接連碰上幾個像【腦侵】這樣的高難度、高收益副本。

但自從【沙、沙、沙】副本後，【圓月恐懼】直接針對了南舟和江舫的弱點，【腦侵】則完全是闢闢致人死命，打算置他們於死境的千人追擊戰後，又緊跟著一個低收益的【邪降】副本。

這一連串的操作，讓李銀航清楚地意識到，他們就算想撞這個大運，那隻操弄著他們命運的「上帝之手」也不會給他們這個機會的。不出意外的話，他們接下來會繼續遭到打壓。

主動權從來不握在他們手中。

這事兒經不起琢磨，越琢磨越讓人心慌。哪怕身處第三的高位，李銀航還是有種如履薄冰的緊繃感。

在度過了心態相對平緩的兩日休整期後，這種緊繃感就愈發強烈地作起祟來，讓她這些時日來一直寢食不安。

「重點是這個『句號』隊……」李銀航調整好心態，繼續分析道：「這支隊伍沒有任何資訊，但它就是排在第一的位置……目前看來，我們只能把它假設成一個固定的坐標系。」

「遊戲總有結束的一天。我想，不管是單人榜還是團隊榜，唯一的參照系，就是這個固定的『。』。」

「我猜想，只要有人的分數超過了位於第一的『。』，我們的排名變化就會徹底中止，所有的遊戲也宣告結束。」

「遊戲策劃特意不給出『。』的具體數值，就是要製造這樣一種焦慮。或許，排在我們前面的『亞當』，離超越『。』的積分只需要一個低級難度副本的 1000 分任務獎勵，而我們現在離『亞當』還有十萬多分的差距……這是放在驢面前的胡蘿蔔，明擺著是要鼓勵我們去競爭……」

在李銀航娓娓道來時，南極星就站在她身側，小短爪扠著腰，跟著李銀航說話的節奏，拿著吃剩的櫻桃梗，煞有介事地對著兩人指指點點。

南舟瞄了牠一眼。

牠馬上咻地往李銀航背後一縮，叼著櫻桃梗偷看南舟。

李銀航可不知道南舟在和南極星眉來眼去。經過一輪分析後，她的心裡愈發沒底。

她試探著得出了結論：「……要不，我們這就下副本吧？」

江舫笑了一聲，看向南舟，「從我們休假開始，這是她提下副本的第幾次了？」

南舟垂著眼睛，「第六次。」

習慣了 996 的李銀航：「我……」

她抓抓臉頰，後知後覺地為自己的急躁感到不好意思了。

也是，每次任務她都是苟在大佬身邊的。有南舟和江舫輪番頂在前面，她基本沒動過什麼腦子，也沒吃過什麼苦頭，說是輕輕鬆鬆地躺贏也不為過。她這麼著急出任務，仔細想想，實在有點站著說話不腰疼之嫌。

在李銀航發窘時，把玩著江舫頭髮的南舟突然開口了：「銀航。」

李銀航：「啊？」

南舟說：「妳在上一個副本裡，出了一個問題。」

李銀航知道，南舟指的是自己分明頂著化名，卻在小夫妻倆面前自報家門，變身自爆小卡車的事情。

所幸，當時小夫妻並沒有察覺。不過，這也沒有差別。

事後想想，曹樹光和馬小裴必然是早就知道了他們身分的。他們不過是互相欺騙罷了。

南舟問：「知道我們為什麼沒有立即告訴妳嗎？」

「知道。」李銀航坦然承認自己的平庸：「我演技不行。要是你們告訴我說漏嘴了，我肯定得慌，也不能很自然地和他們相處了。」

「嗯。」南舟平靜道：「妳能理解這點就好。」

他頓了頓，又補充道：「還有，妳也沒有那麼不行。」

李銀航被誇得不好意思起來，再想提議去刷副本，也沒什麼立場了，索性閉嘴作罷。

畢竟，他們回到安全點來的這些天，也並不是什麼都沒做。

他們回來的當天，在「鏽都」新建的信號塔附近徘徊時，就遇上了易水歌。遙遙看到南舟一行人後，易水歌主動上前，壓下自己的茶色墨鏡，笑著指著身後的半成塔，跟江舫打了招呼：「看看，我最近的成果，感覺如何？」

他的二十個傀儡娃娃傾巢出動，在一個工程師的指揮下，正在塔身上靈活地爬上爬下。

江舫笑容如常，彷彿眼前這個巨大工程和他完全沒有關聯。

「怎麼想起做這個？」

「閒著沒事幹，找點事情做啊。」

易水歌完美配合上他的節奏後，又衝不遠處使了個眼色，「……也帶他出來放放風。」

謝相玉也站在不遠處，正在用鉛筆摹畫圖樣，不知是在設計什麼。他並沒有被手銬束縛住。

在他不鋒芒畢露時，也是清清爽爽的一個英俊小帥哥，可惜面色失於蒼白，靠在牆上的樣子頗有些氣力不濟。

南舟還記得，他是擅長手作武器的。

江舫：「你放心他？」

易水歌笑咪咪地一語雙關：「他啊，現在得找點事情做，不然會被活活氣死。」

南舟和江舫同時了然地點了點頭……

看來，易水歌已經設法讓謝相玉知道，他們倆的好事情被同步轉播，讓人全部看光了。當然，在高維人視角看來，謝相玉自從淪為易水歌的掌中物後，總是這樣氣鼓鼓的，不足為奇。

另一邊，謝相玉再次想到了那件令他又悲又憤的事情。咔的一聲，他把手裡的 2B 鉛筆生生折斷了。

他的顏面、尊嚴、驕傲……全部毀於一旦！

早就猜測到有高維人存在的謝相玉，原本並不介意和高維人合作，讓這個有趣的死亡遊戲長久持續下去。他甚至願意許下願望，想要讓這個遊戲一直持續下去。可是，高維人根本沒有把他當成合作夥伴，他們把他當做小丑。

一想到他們拿自己每一次的失控和哭泣取樂，謝相玉便五內俱焚，胸膛一起一伏，幾乎要被自己的想像氣到氣絕當場。高維人，你們爹炸了！他很想手刃一兩個高維人，以此洩憤，但苦於根本找不到發洩對象，只能咬牙切齒地發著狠。

易水歌見謝相玉臉色脹紅，知道這傢伙氣性奇大，如果放任不管，甚至有可能像金絲雀一樣活活把自己氣背過氣去，便衝三人打了個「抱歉」的手勢，走回到謝相玉身邊。

謝相玉滿腔怨憤正無法化解，看見易水歌，可算是找到了出氣筒，含著七分嗔怒瞪了他一眼，張口就氣沖沖地罵了一聲「滾」。

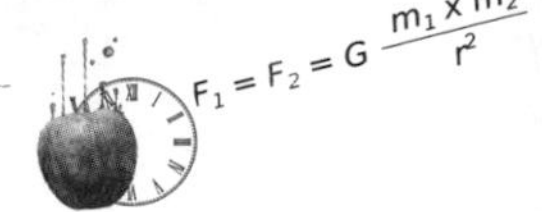

易水歌不知道貼著耳朵跟謝相玉說了句什麼，謝相玉身形往後一倒，像是氣急攻心了：「你……你……」

他抬手就要搧易水歌耳光，被奪過手腕後，整個人就勢被運上了易水歌的肩膀。

易水歌轉頭對他們打了個招呼，就挺輕鬆地哼著小曲，把捶打叫罵不休的謝相玉扛離了現場，帶回了一旁的工程小屋。

接下來，「立方舟」又在「紙金」的建設現場找到了趙光祿。

趙光祿看到南舟、江舫和李銀航三人時，頓時激動得手都不知道往哪裡放了。

在練習關卡裡，南舟和江舫救了他的命。李銀航又是曾和他住在一個社區的鄰居。在這種朝不保夕的環境中，這點平日看來微不足道的友鄰關係，也足夠讓人感懷了。

他請「立方舟」吃了一頓飯，食材用的是他在「家園島」上辛辛苦苦搞種植業時的收成。

趙光祿的臉上和眼裡都煥發著光，熱絡地推銷著：「吃，快吃。以前這些吃的想賣也賣不出去，哪裡都不缺貨，想淘換一點積分難得要死，現在可好了，幹活的人多了，人忙起來了，吃飯的嘴也多了，我現在兩頭都能賺一點，東西賣得出去，塔也建起來了，多好哇。」

李銀航小心翼翼地問：「吳玉凱呢？」那個脾氣暴躁，和他們同乘一輛大巴，最後和趙光祿搭夥行動的大學生。

趙光祿不假思索：「他在家園島那裡養魚呢。」

李銀航鬆了口氣，臉上也浮現出了真心的笑容。被救下的大家都還活著，真好。

在接下來幾天的遊蕩中，「立方舟」邂逅了行色匆匆的「青銅」，可惜沒能攀談兩句，他們便因為要和「鎏金」、「隕鐵」開會，不得不告辭離去。

他們又碰上了再次出現在了「鬥獸場」附近的「南山」。數日不見，

虞退思和陳夙峰的排名又前進了，在悶不吭聲中，他們的位次提升到了團隊榜的 69 名。

他們吃了一頓飯，期間氣氛很是平和。

虞退思向來秉承著君子之交淡如水的交友原則，並不對「立方舟」提起陳夙峰在「鬥獸場」時試圖和他們結盟的事情。但他們在用實際行動，努力證明兩人對「立方舟」的重要性。

李銀航暗暗計算了一番，只要他們加入，他們的總積分就很有超越「亞當」的希望了。但既然南舟和江舫沒有表態，她也佯裝不知虞陳兩人的弦外之音。

就這樣，他們在安全點內無所事事的休閒日子，一天天過到了現在。好像什麼都沒有做，但又好像做了許多。

資料密織，織就了一條綿綿的銀河，形成了大片大片乳白色的混沌，如霧一樣遮蔽了視線。

就在這迷霧一樣厚重的高密度資料中，轉播間內沒有了往日的熱鬧，而是一片令人窒息的肅穆。

一個沉靜而冷漠的資料音從資料深處傳來：「到目前為止，不可控的因素增加太多了。」

轉播間內的總導演汗顏，諾諾應道：「是的。」

他不敢多說分毫。

眼前這位，是《萬有引力》專案的總負責人。如他所說，近來，《萬有引力》發生的狀況實在是太多了。自己的團隊要想好過，最好依照上面的指示，不要再有什麼節外生枝的動作了。

總負責人的聲音，自帶一種冷靜至極後沉澱下來的無機質感：「下一場，想好讓他們匹配到什麼比賽了嗎？」

導演忙不迭道：「選好了。不管是PVP，還是PVE，我們都做了三種計劃。」

總負責人：「都仔細篩選過了嗎？還會出現【邪降】這類副本升級的現象嗎？」

導演捏了一把汗：「如果他們選擇PVE，將會繼續出現類似【邪降】的低級副本，而且不存在升級可能；如果他們選擇PVP，就讓他們第一時間，對上『亞當』。」

總負責人氤氳在資料霧氣中的身影優雅地動了一動，似在頷首，「做好萬全的準備吧。我們的投資人都認為，早該了結掉他們。現在時間已經拖得太長。」

導演連聲稱是。

總負責人又問：「那個邵明哲呢？查到他的來路了嗎？」

「還在排查。」

這件事和他的職責無關，該是資料組對此負責，因此導演答得理直氣壯：「據說是因為資料實在太多，難以追溯……」

「那就繼續追溯。」

總負責人繼續問：「他們在玩的建塔家家酒，想到處理辦法了嗎？」

導演一時迷惘：「……這需要我們解決嗎？」

高維觀眾都把這件事當做他們對外求助的手段。雖然他們都知道這毫無意義，但卻能為那些迷茫的玩家們提供一定的情緒價值。

總負責人說：「他們現在很快樂，導致了收視率出現了下降——有很多觀眾是樂於看到玩家痛苦的。」

導演這下有些為難了：「可……我們要干預的話，也沒有理由啊。他們合理購買並使用了土地，並沒有違反遊戲規則。」

總負責人也只是隨口提上一句：「放心，目前收視率還沒有出現明顯下跌，只是波動。還是有觀眾喜歡這樣的合作橋段的，還有觀眾很期待他們發現自己無法與外界聯繫時的絕望表情。現階段就讓他們建塔玩吧，如果出現異常，再進行調整。」他強調道：「我關心的只有收視率。你務必要操作得當。」

導演滿口稱是，並以為這就是總負責人的結束陳詞了。誰想到，總負責人再次開口：「還有……」

導演馬上提起了精神，「您說？」

總負責人輕描淡寫道：「……把『南山』想辦法給我做掉。」

「要避免『南山』加入『立方舟』，影響『亞當』的排名。」

說到這裡，總負責人的聲音更加冷淡：「距離『亞當』超越『。』登頂，只有 2 萬積分了。給我確保好，在他們合理地成為中國區服的第一名前，不會出現任何差池。」

導演見總負責人有這樣的心思，便忍不住多揣摩了一層：「那另外幾個和他們交往過密的人呢？要不要也……」

總負責人咧嘴笑了一下，不置可否。導演細細尋思，才發現自己這馬屁並不高明。

「青銅」目前是一心忙於基建，根本連副本也不下。既然他們不下副本，當然也沒辦法埋設陷阱。至於在安全點內製造「意外」，更是想也不要想了。

安全點內，用圍剿南舟作為藉口、上演過一次「千人追擊戰」，已經是例外中的例外。如果安全點不再安全，這將破壞他們自身構建的遊戲世界的規則，是自打巴掌。

曾在「千人追擊戰」中現身，幫助「立方舟」從玩家的重重包夾下突圍的易水歌，也曾是他們的重點關照對象。但經過觀察後，導演得出了結論：此人是個劍走偏鋒的神經病。

他是中早期進入遊戲的一批玩家，曾經也下過不少副本。以他的聰敏、機變和體術，綜合各項資料，原本該是「亞當」的第一順位競爭者。結果，易水歌似乎並無心去爭排名，而是將自己的排名穩定在了 300 名左右後，就熱心且自覺地充當起了「秩序官」的角色。

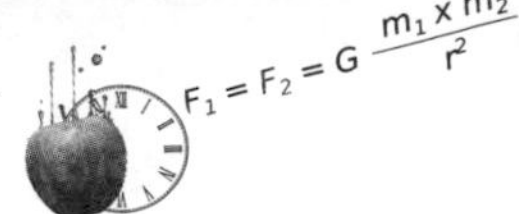

關鍵是，根本沒人要求他來當這個維持遊戲內秩序的義警。可他當得樂此不疲。

一個精神崩潰後，以強姦女玩家為樂的男玩家，直接被他割了三件套後，剝了個精光，掛死在了「紙金」街頭的一處燈箱上。在他的胸口到腰腹，橫平豎直地刻了「公豬」兩字。

他在觀眾中一戰成名。即使沒有玩家知道這是他幹的，但這有效降低了玩家在遊戲中的性犯罪率。

易水歌心態極佳，根本不會考量自己有沒有資格審判別人、手段是否殘毒這些問題。他毫無愧疚地危害著那些危害他人安全的人的安全。他身邊的謝相玉就是一個活例。

謝相玉有自己的謀劃，因而前期相當勤奮地下著副本，單人排名相對靠前，有不少積分傍身。

當他獻媚使計不成反被操，被迫和易水歌綁定後，易水歌更是完全放飛，花著他的積分，睡著他的人，坦蕩蕩地不要臉著。

他們兩人的情況和「青銅」一樣，就算導演有心要動手腳，也找不到空間。至於曾經和「立方舟」合作過的沈潔三人組和孫國境三人組……這種混日子的雞肋隊伍，節目組多給他們一個眼神都算掉價。

再說，這兩支小破隊就算湊到「立方舟」面前去，巴巴地請求入隊，他們那些可憐巴巴的積分也不夠瞧的，只能是自取其辱罷了。

這樣盤算下來，高維人其實完全不必節外生枝，萬一事情辦得不漂亮，弄出些風波來，頭疼的反而是自己。因此，針對「南山」，是性價比最高的策略了。

「南山」的積分排名，而且人數剛剛可以填補「立方舟」的人員空缺，且他們之前還表達了加入「立方舟」的意向。凡此種種，已經在無形中威脅到了他們預計好的遊戲勝負。

在陳夙峰向南舟他們提出請求時，他恐怕根本想不到，遊戲方根本沒打算和他們玩公平。

「雖然很對不起他們……」總負責人優雅地嘆了口氣，「現在，也只能請他們做出必要的犧牲了。總不能讓觀眾們投入的賭金白費呀。」

接下來的幾日，「亞當」一心休息，早睡早起，整理精神，只等著南舟他們選擇 PVP 模式，一頭撞入他們早已構築好的網羅。

然而，即使早就胸有成竹，眼看著時間一天一天過去，兩人也不免焦躁起來。

他們一面焦躁，一面還要不顯山不露水，裝作高深莫測的閒散樣子，箇中的苦不堪言，也只有他們自己心知肚明。

這裡就不得不提困擾了「亞當」許久的一樁煩惱了。

「亞當」雖然是遊戲官方一路保駕護航上來的隊伍，每每暗開綠燈，但官方也不至於囂張到無視規則，明目張膽地在觀眾眼皮底下給他們手動增加積分。尤其是他們將「朝暉」的積分全盤接收後，原本屬於「朝暉」的關注度光速分流到了他們身上。

他們躲在陰溝裡逍遙自在的日子結束了。

鋪天遮日的鏡頭，24 小時不間斷的直播，讓他們煩不勝煩。畢竟誰也不希望一睜眼就看到自己四周圍繞著一大窩密密匝匝的蜜蜂，害得他們連光也看不見。

關注他們的人變多了，他們的私人空間也被大幅度壓縮了。不僅沒有絲毫隱私，時時刻刻都要演戲，還要考慮萬一和鏡頭多次正面對上視線時要怎麼辦？而這是很難避免的條件反射，再出色的演技也無法阻擋。

直到前幾日，系統終於為他們遮罩了全部鏡頭的存在。理由是，上一個和「立方舟」分配進同一個副本的高維隊伍因為鏡頭遮蔽了視線，露出了一絲馬腳，馬上就被「立方舟」列入懷疑名單。

他們要面對的是一對目光如炬的人精，哪怕稍微懈怠一點，就只有滿

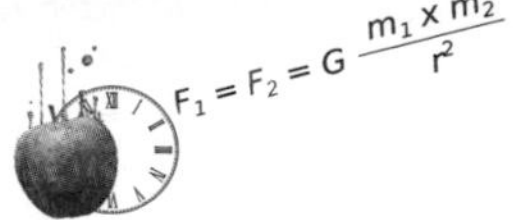

盤皆輸的份兒。然而，在解決了這樁隱患後，他們仍是難掩焦躁。等待是件熬人的事情，留給了他們相當充足的時間去浮想聯翩。

「立方舟」遲遲不動，難道說他們已經看出了什麼端倪，把握住了他們的心思，想就這樣按兵不動，拖住他們，不讓他們去做任務？而他們放任「南山」行動，是想把虞退思和陳夙峰作為他們的預備隊，叫他們在最短時間內提升積分，然後兩隊直接合併？

「亞當」不動聲色地將自己的疑問傳回了總部。他們得到的回覆是，總部已經在著手對付「南山」了。這個答案讓他們略略放鬆下來，又安下心來，休息了兩日。

兩天過後，他們又覺出了不對勁來。

他們距離第一只有一步之遙，卻一直不做任務，只在安全點內遊蕩，在場外觀眾眼中，是不是非常可疑呢？

他們本來就是接了「朝暉」的積分，才一朝飛升到如今的地位的。雖說這積分來得有理有據，可就是透著股得位不正的意思。如果懷疑蔓延下去，可能會對外界的賭盤產生一定影響。這他們可負不起責任。

當「亞當」急得快要上樹，而上頭卻沒有給出任何回應的某天深夜，他們簡單洗漱一番，正要上床，一股陌生的陰冷感席捲了他們的身體。

這彷彿是某種預示。兩人雙雙對視，心中猜了個大概。唯一的疑問是，怎麼選在現在？

不過，來不及細想，事不宜遲。他們立即點選了選關卡，選擇了PVP，率先進入了選關池，同時靜靜等著配對完成。

大概在 10 分鐘後，他們眼前一道熟悉的白光掠過，接著，便是涼浸浸的黑暗撲面而來。

「亞當」不約而同地繃緊了周身肌肉，興奮到微微戰慄。

要對接了。不知道系統會幫他們選擇一個怎樣有趣的劇本呢？

與此同時，在「古城邦」的一處賓館內，李銀航的神情緊繃，小聲道：「真要選 PVP 嗎？」

她還記得在那輛捉鬼的大巴上盛放的人頭蘑菇。一旦進入 PVP，就一定會有死傷，她不敢確信自己是否做好了萬全的準備。

「沒有辦法。」江舫聳一聳肩，無所謂道：「遊戲已經不給我們走其他的路了。」

李銀航欲言又止：「我擔心……」自己會拖後腿。

PVP 和 PVE 不同，涉及人與人之間的博弈，太容易出岔子。

南舟更是簡單直白道：「相信妳自己。還有，不相信除了妳以外的任何人。」

李銀航舒了一口氣，知道眼下是退無可退了。

她屏住呼吸，任憑選關卡薄而絢爛的微光從她指尖的碰觸點蔓延開來，將他們三人完全覆蓋。

南舟閉上眼睛，側耳傾聽著任務提示。

【親愛的「立方舟」隊玩家，你們──沙──】

【歡迎進入副本：末日症候群】

【參與遊戲人數：5 人】

【副本性質：──】

【祝您遊戲愉快～】

南舟確信自己聽到了什麼。但一種怪異的感覺襲來，諸多有效資訊落入他的耳中，像是發泡錠化入了水中，兀自熱鬧一陣，就消失無蹤了。到最後，什麼都沒有留下。

鼓膜的震動聲，喚醒了南舟宛如浸泡在水裡一樣的意識。他猛地一挺身，站了起來。

大片大片的樹木穠綠，和著閃閃競耀的日光，自微微震動的窗玻璃外傳遞了進來。

窗外的場景高速輪換著，將太陽當做了滾鐵環，一路追趕著車跑。鴨

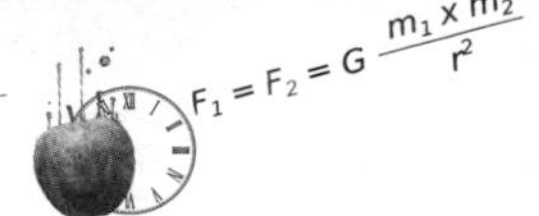

蛋黃色的太陽一會兒匿於雲後，一會兒又光芒萬丈地現了身，山巒一環扣著一環，像是一條鎖鏈，將這一條輕快奔走的綠色列車環抱在正當中。

南舟正置身於一條自動駕駛的輕軌電車。

一時間，南舟流露出了十足的迷茫神情，左右看一看、摸一摸。車內每一節車廂都是彼此連通著的，只有幾扇門是半開半合，隨著車身的晃動發出哐噹哐噹的響動。

南舟放眼望去，東西兩側都暫時瞧不見任何一個人影，他像是被驟然拋棄在了這一條活動的長蛇中。

車內的陳設很舊了，許多塑膠把手已經不在原位，教育機構的廣告單捲著髒兮兮的邊角。空氣裡瀰漫著一股淡淡的、不祥的腥臭氣息，四下裡看了個遍，也找不到這氣味的來源，反倒更讓人惴惴不安。

當南舟扶窗看向外面怪異的蔥蘢，凝神沉思時，不遠處響起了一個怯怯的女聲：「你……」

不等她一個字的音節落下，南舟驟然動了。

他身形疾厲如電，女人還沒來得及退上半步，就被迎面而來的衝擊力撞得咚的一聲撞在了車廂壁上，疼得腿都軟了。

南舟捏上了她細細的喉嚨，聲音冷冷地逼問：「妳是誰？我為什麼會在這裡？」

眼前的年輕女人也被這剎那間逼近的男人驚嚇得不輕，幾乎失去了語言能力，貓叫道：「我……」

南舟的手扶上了她的脖子，「3 秒鐘。」

感覺到他指尖處傳來的詭異力道，女人的喉腔在極端恐懼之下終於恢復了正常功能：「我、我叫李銀航，我是一個……銀行職員……」

南舟垂下眼睛，盯住她的眼睛，「妳為什麼會在這裡？」

李銀航哽咽了一下，終究還是沒敢哭出來，「我、我也不知道……」

被傳送到尾端車廂的元明清蹲在列車與列車交界處的椅子上，隱藏住了自己的身形，偷聽著兩人的對話，心中按捺不住地狂喜起來！系統當真為他們挑選了一個無與倫比的出色副本！！

據劇情交代，他們來到了一個怪異的末日世界。這裡無關喪屍、無關外星入侵、無關病毒、無關怪獸、無關天氣。

世界仍是那個世界，唯一變了的是人……無端罹患了怪異疾病的人。

起初，大批出現的是奇愛博士綜合症。這種病症，源自於電影《奇愛博士》中的角色。他會控制不住自己的手去做出納粹手勢，因此得名。

有許多人開始控制不住自己的手，做不雅手勢，將手指捅到鼻子深處直到鮮血橫流，瘋狂地揪扯自己的頭髮，連頭皮也不放過。直到有人在熟睡時用自己的雙手活活掐死了自己，事態才向異常的方向快速滑坡而去。

接下來，彼得潘綜合症出現了。這是一種源自於童話的心理綜合症，通俗來說，是一種不想長大的心態。而這種心態外化為行動時，三、四個小學生拿著斧頭、刀具，來到人群密集處，瘋狂地砍死了十幾個毫無防備的陌生大人。他們的理由很簡單：他們不想看到任何長大的人。

世界陷入了一場漫長的混亂。至於是不是在殺人魔症候群集體出現後世界才真正開始混亂的，早已無從考據。大家只知道，人與人之間不再存有任何的信任。

而元明清此刻的狂喜，也不是無的放矢。因為副本的第一句話，和任何恐怖小說的開頭一樣，庸俗、無聊。

【你被傳送到了一個陌生的世界，你只記得你是誰、你的來處，可對於為什麼會來到這裡，絲毫沒有頭緒。】

雖然元明清一路找來，沒能在車廂裡找到唐宋，但目前寥寥的資訊，已經足夠他明白自己的金手指了。

忘記為什麼會來到這裡，就意味著忘記《萬有引力》本身，失去過往在遊戲中積累的一切經驗。

他和唐宋恐怕都沒有失去關於《萬有引力》的記憶。而南舟、江舫、李銀航，卻是誰也不認得誰了！

元明清欣喜間，便想要從藏身處探頭出去，再看一看南舟的動向。當

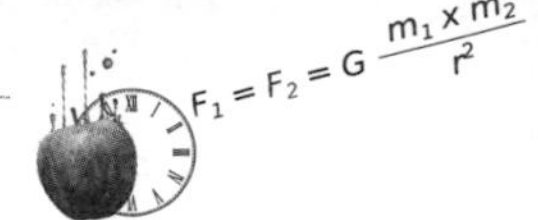

他剛剛調轉了視線，就見南舟不知什麼時候已像個蒼白的豔鬼一樣，無聲無息地立在車廂的連接處。

他們臉和臉之間的距離，只有十公分！

元明清受此一驚，險些一跤從塑膠椅子上摔下來。

南舟一把抓住他的領子，如法炮製，一雙手穩穩托住他的脖子，直白地醞釀著一場謀殺：「你又是誰？」

輕軌電車裡細微的震顫，將南舟抵著元明清頸部皮膚的觸感一點一點地深化，讓他有隨時會被扼死的錯覺。

元明清知道，自己需要以最快的速度博取信任，而不遠處躲在角落裡的李銀航已經為他試了錯。回答「不知道」，在南舟手裡，機率極高是不會死的。根據資料顯示，他雖然不是人，但總體而言並沒有殺人的癮頭。

元明清舉起了雙手，在心理和口頭上把自己和南舟劃入了同一陣線：「我叫元明清，和你一樣。什麼都不知道。」

南舟卻扶住他的脖子，把他整個人往廂壁上一搡。

元明清這具身體素質遠超常人，可被南舟這樣真材實料又猝不及防地一撞，眼前霎時舞過一片金星，耳內轟轟嗡鳴了好久，渙散的眼神才勉強聚焦到了南舟那雙冷冰冰的眼珠。

「……騙我。」

元明清強忍著窒息和不安，心思轉得飛快。他自信自己並沒有露出什麼紕漏。他不過是一開始隱匿了行蹤，沒像李銀航那樣毫無戒心地現身罷了。因此在被南舟撞破後，南舟才不肯像相信李銀航那樣立即相信自己的說辭。

可南舟也只是懷疑而已，根本沒有殺自己的理由。於是，元明清強自嚥下一口帶著血氣的唾沫，直視了南舟的眼睛，「你覺不覺得，這輛車開了太久了？」

他抬起手，微微喘息著攥緊了南舟那鋼鐵一樣的腕骨。

「你與其糾結我為什麼不在第一時間出現，不如想想，這輛車要到哪裡去。」

元明清在賭。賭自己運氣夠好，賭南舟還需要隊友和夥伴、賭自己這一刻展現出的冷靜和聰敏的價值，值得讓他把自己作為臨時的搭檔……不得不說，他賭對了。

南舟的手離開了他的咽喉。細微的壓迫感消失後，氧氣終於能夠順利湧入，元明清貪婪地大吸了一口氣，貼著廂壁，勉強站直了身體。

李銀航看著兩個男人劍拔弩張的對話，也不知道該跑還是該留，索性偷偷摸了一把深紅色的安全錘倒握在手中，背在身後，繼續龜縮在牆角窺探情況。

情景一時僵持。

南舟對此類交通工具一無所知，便去研究窗外的景色，想通過窗外的景色判定他們的所在位置。

趁南舟背對他們，元明清便採取了動作。他抬起手來，悄悄對李銀航招了招手——過來，到我這邊來。

李銀航注意到了元明清的動作，稍稍猶豫了一下，瞄了一下南舟，不敢妄動。

元明清不急於一時。他有自信，和現在這個滿身戒備、氣質詭異的南舟相比，他相信，還是自己更像正常人一些。

這個李銀航既然記憶全失，那麼抓住這點空隙，把一無所知的她拉到己方陣營裡來，推動她和原先的隊友自相殘殺，也很有趣，不是嗎？

站在窗邊的南舟看不見人煙，也看不見建築物一類的東西。他只看到遠方漫長曲彎的軌道遙遙地爬上山，沿著起伏的地勢一路不絕地延伸下去，數公里開外還有一條綿長的隧道，等待著將這條按照軌跡運動的鋼鐵怪物吞入其中。

外面日光煌煌，前路卻掩映在蔥鬱的陰影中，看不分明。誰也不知道他們的終點在哪裡？

另一邊的元明清規規矩矩地倚牆而立，心中卻是轉著百般的主意和計較。這次 PVP 沒有規定時限，那這就只代表著一種故事走向——在自己的精神被這個怪異的末日世界徹底浸染之前，殺死對方全員，便可奪取遊戲勝利。

那麼，完全占據了主導權的他們，大可以一邊博取他們的信任，一邊逐步滲透、拖延時間。不管是讓「立方舟」感染那所謂的【末日症候群】，無藥可治，讓他們淪為這末日世界裡的一份子，還是殺死他們，都可以成功通關，完成任務。

既然確定了目標，元明清便馬不停蹄地構思起相應的計劃來。他的心思向來細膩，很快便又咂摸出了一點麻煩。

按照設定來說，他們都已經失憶了。那麼，呼出道具欄，取用道具的舉動，就很容易暴露自己其實並未失憶的事實。對自己來說，等於是禁用了道具。

這的確是值得思量的一個小麻煩。所幸，這個限制對他們雙方都是一樣的。

在元明清有條不紊地推進思路時，南舟突然動作起來，邁步往車頭方向走去。

李銀航見他動了，先是下意識往後一縮，察覺他的目標不是自己，才忍不住發聲問他：「去哪裡？」

南舟並沒有回答她的興趣。眼前是他從未見過的景色，身邊是他從來未曾謀面的人。他從永無鎮裡出來了，毫無道理地跌落到了另一個全然陌生的地方。

他固然好奇，但野獸的直覺，讓他將生存問題放在了最優先的位置。他先要搞清楚這裡是哪裡？他們又要往哪裡去？

元明清見李銀航又被南舟拋下，心情相當愉快。儘管頭還是有些昏沉，但他還是主動抓住機會，向她靠近示好：「李小姐，我……」他的話並沒能說完。

砰——槍聲乍然響起時，伴隨著車窗玻璃稀里嘩啦的碎裂聲。回音一路襲來，蠻橫地闖入他們耳膜時，還是帶著叫人腿腳發軟的煞氣。

聲音是從車頭方向傳來的。

南舟站住了腳步，視線落在了旁邊的銘牌上。他們所在的是第十三號車廂。李銀航和元明清，都是從車尾方向來的。車頭的前十三節，是他們誰都不曾涉足的區域。

槍聲的來襲，叫李銀航打擺子似地狠狠哆嗦了一下，連手裡的錘子都差點沒能握緊。南舟瞄了她一眼。

她精神高度緊張，呆呆望著南舟，和他對望了許久。

直到南舟看了一眼元明清，用視線把自己和他做了個最短距離的直線連接，李銀航才後知後覺猜到了南舟的意思——去元明清旁邊待著啊，等什麼呢？

她抱著安全錘，一路小跑地躲藏在了元明清身後，同時也戒備著這個陌生人，隨時預備著一有異動，就用小錘子尻爆他的腦殼。

元明清懶得理會她的小心思。

因為他很快看到一個手持短槍，臉頰上濺著一抹鮮血的銀髮身影，出現在空蕩車廂的彼端。他的心微微擰了一下。

——只有他一個人？唐宋呢？難道剛才那聲槍響……？

江舫也看到了三人，尤其是直直站在車廂正中央，不避不退的南舟。但他步伐沒有停頓分毫，一路徑直而來。因為沒有可以反制的遠端武器，三人誰都沒有主動迎上前，只是站在原地等待。

元明清的道具庫裡，遠程火器多達十幾把，輕重火力加起來，足以把這輛車轟成前後兩截。

江舫手裡那把小小的、單動式的犀牛左輪，在他眼中根本不夠看。但如元明清先前的構想一樣，只要自己打開道具庫，動用武器，就必然露出馬腳。

儘管錯過了這個一鍋端的機會，實在可惜，可元明清並不會為此遺憾。他心知肚明，觀眾並不是傻子，不到生死關頭，他沒有必要抄出武器，冒著暴露自己身分的風險。

江舫步伐輕快，一口氣穿過七、八節車廂，在距離南舟只有一節車廂時站定了。

南舟用心望著這個長相特異，卻又特異得處處好看的青年。

江舫也感興趣地看向了他的臉，發出了第一聲疑問：「你們是誰？」

然而，不等南舟作出回答，他就無所謂地續下了下半句話：「……算了，都挺麻煩。」說完，他拉了一下撞錘，「全部殺了吧。」

言罷，他當真是毫無猶豫，掉轉槍口，瞄也不瞄，對準南舟的腦袋就是一槍！

他在混亂的地下世界待過多年，在擺弄槍械方面也算是個熟手。他看出，南舟是他們中最特別的那個，特別到當自己的眼神遇到他時，他發現自己癡了一瞬。

這樣特別的人，當然要享受最特別的待遇。

烤藍和硝煙混合的氣味瀰散開來的瞬間，南舟的身形已經從他的射程範圍中消失。子彈的熱溫從他揚起的黑色髮絲間穿梭過，而南舟俯衝到江舫身前，一手去托高他舉槍的手，另一手閃電一樣探向了他脆弱到不禁一握、被黑色 choker 妥善保護著的咽喉。

可江舫在反應力方面，絕不遜色。在扣動扳機過後，即刻動作，拉下撞錘，預備好了第二顆子彈。當手腕不受控地向高處被抬起時，江舫馬上鬆開手，任槍枝下落，另一手凌空搶過，甫一握穩，朝著南舟腰腹便又是一槍！

與此同時，江舫迅捷地偏過頭，繞過了南舟攻擊他咽喉的野獸行徑。子彈也同樣落了空，貼著南舟腰際熾熱地劃過。

一旦貼了身，便只剩下肉搏的餘地了。南舟動了腿，一膝勾過江舫的小腿，另一腿橫撞向他的小腹。如果這一下撞實在了，人恐怕只有脾臟當場破裂的份兒。但那腿的力道到了半路，就被另一條長腿生生截了去。兩雙骨骼堅硬又修長有力的腿碰撞到了一起，江舫就勢抬手抓住了他的頭髮，低頭俯視這張臉。

南舟一愣。他沒有想到還有抓頭髮這一手。這樣一個原屬無心的動作，在升騰起的殺機中，又添了一絲目的以外的曖昧。

格擋下這次攻擊，江舫已經對南舟的手段有了估量，毫不戀戰，抽身而退，並在急速後退的瞬間，再次上好了膛。

南舟連著躲過了兩次，但也看出他手頭這東西的厲害，站在原地，不再躁進，而是默默規劃起下一次迴避和攻擊的路線。

江舫盯準了南舟，開門見山：「你有什麼病？」

南舟也開門見山地予以了回答：「你才有病。」

江舫眼裡只有一個南舟，「你也是突然來到這個地方的嗎？」

南舟則緊緊盯著他的槍口，「唔。」

江舫笑了，一手半壓下槍口、一手扶在胸口處，擺出了相當誠懇的姿態，「對不起，請原諒。也請你們都多小心我一些，一睜開眼，突然到了一個陌生的地方，還被銬了起來，還有一個精神不正常的人試圖殺掉我，我精神過敏，也是情有可原啊。」

李銀航因為知道自己是純粹的弱雞，所以抵死不信，抱窩在原地，眼觀鼻、鼻觀心，心如鐵石。

畢竟她覺得江舫更像那個「精神不正常的人」。

倒是元明清，因為有意想拉攏李銀航，就拍了拍她，以示安慰，同時從車廂連接處和車廂之間細窄的藏身處探出了頭去。他想知道，江舫所說的那個「試圖殺掉」他的人，是不是唐宋。

誰想，元明清剛一動彈，江舫就毫無預兆地抬起手，俐落地對著他的方向扣動了扳機。

同時可憐巴巴地對南舟示弱：「……你看，就會這樣過敏。」

彈道有些偏斜，打碎了元明清身後的一整片玻璃。灼熱的彈殼跳到了元明清臉上，真實的炙熱感讓他大皺眉頭，往後一閃，差點整個人從裂開的窗戶中栽出去。

為了讓自己更像一個真人玩家，元明清故意作出怒氣沖沖的樣子，三分真七分假地罵道：「媽的，你也別太過分了！！」

「啊。抱歉。」江舫笑著說：「可我都說過『請小心我』了啊。」

在萬分詫異間，元明清第一次產生了明確的疑惑。

經過他們的觀察和資料收集，玩家江舫性格未知，表面看上去和顏悅色，總是笑咪咪的，一直跟在南舟後面，精通賭技，身手一流，是個個人經歷相對複雜的聰明人。

他們關於江舫的瞭解，也僅限於此。江舫如果從頭至尾都沒有進入《萬有引力》，那麼他在外邊，一旦遇到危及個人安全的突發情況，就是這樣的人嗎……一個高功能的精神病？

車廂內一時死寂，只有車輛微微轉彎時，車身與軌道沉悶的互叩聲，將車內濃滯如大霧的壓抑感在無形中更加深了幾分。

因為不能有任何調看遊戲介面，引起觀眾懷疑的動作，所以，元明清至今也不清楚，和江舫在前車發生爭鬥且失敗的，究竟是不是唐宋？元明清把自己的身體全部貼在震動的廂壁上，收斂雜亂的心神，心念運轉……不要去想其他，想想眼前。

誰說……危機就不能意味著轉機呢？江舫和南舟第一次的自相殘殺雖然以失敗告終，但他不介意做第二次混亂的幕後推手。

在江舫未到，而南舟專心觀察窗外的景象的時候，他在不動聲色間，高速且沉默地收集著一切可用的訊息。

他觀察到，這輛有軌電車即將穿過一條隧道。以當前的車速，大概還有 2 分鐘，他們所在的車廂就將被黑暗吞沒。

半透明的廣告燈箱內雜亂的電路線斷裂了大半，燈管大片大片地發黑，可見車內大部分可供照明電路都已損毀。這也就是說，當車輛進入隧道的剎那，他們的視覺會被短暫剝奪。

黑暗，是恐怖、不安和猜忌最愛的溫床。一旦置身黑暗，他就有無窮的製造混亂的契機了。

而在擁有上帝視角的觀眾眼中，全然失憶的自己，面對一個武力值難以估測的怪物，和一個肉眼可見的精神變態，趁機挑撥，漁翁得利，也是自保行為，絕不會被懷疑是節目組為他開了綠燈。

他默默扯下了自己的袖扣，預謀著當黑暗來臨的瞬間，就將這堅硬的鐵質紐扣彈擊到南舟身後的一處鐵欄上。屆時發出的響動，足以擊碎在這長久沉默中愈發緊繃著的神經。

不知不覺間，元明清的掌心裡滋生了大片的冷汗，連帶著那袖扣也像是一尾帶了活氣的小魚，有些滑不溜手起來。

——該死。

面對「立方舟」這樣的對手，他的心緒無法做到全無波瀾。即使掌握了先機，且比他們擁有更多的情報和自由度，元明清也不打算小瞧他們。他動也不動，也不去擦拭冷汗，一點多餘的動作也不肯做，盡力讓自己看上去是被剛才江舫那沒頭沒腦的一槍給嚇到了。

還有 1 分半。

不，保守估計，1 分 40 秒……

在元明清冷靜專心讀秒時，旁邊突然響起了一個顫巍巍的女聲：「兩位……」

元明清：「……」他被這突然冒出的一聲打亂了心神，剛才依序讀取的秒數也陷入了混亂。

李銀航的發言，將對峙兩人的目光成功吸引到了元明清這邊來。

元明清在心中喊了一聲，將掌中紐扣收得更緊。

在一瞬成為狹窄車廂中的目光焦點時，李銀航吁出了胸中鬱著的一口濁氣，說：「我想……我們還是先不要自相殘殺比較好。」

「我們的境遇，好像是一樣的。」

「那麼，為什麼我們要把時間花在內耗上呢？」說到這裡，她後知後覺地虛軟了語氣：「我是……這麼想的。」

為了表示誠意，她率先點了點自己，「我是忽然被傳送到這裡來的。

你們呢？」

她看向了近在咫尺的元明清。

在她的目光注視下，元明清不得不點下了頭，「我也是。」

她又看向南舟。

南舟：「唔。」

江舫舉手道：「我也是啊。」

元明清知道，自己如果繼續沉默下去，車內原本良好的、可以善加利用的負面情緒，就要被李銀航的三言兩語驅散了。

他用相當溫和的語氣，問了江舫一個綿裡藏針的問題：「這位先生，你為什麼是特殊的呢？」

他在提醒在場的其他兩人，江舫是一個可疑的特殊人員。他持有來源不明的武器，出現時身上帶血，並主動對人發動進攻，且提到了這個世界的本質，「病」。這是其他兩人還沒能掌握的情報。

在擁有上帝視角的元明清看來，在滿足「失憶」這一大前提下，從江舫的話語和身上展現出的蛛絲馬跡，以及車頭傳來的那聲擊碎玻璃的槍響判斷，他必然是在車前遭受到了某些異常的攻擊。

在這種環境下，換了任何人，一旦擁有了可供自保的武器，也會率先屠殺視線範圍內的一切可疑人員，這是人之常情。但其他人在緊張的情況下，是不會講究這種「人之常情」的，他們會對一切在極端環境下明明合理的「不合理」過度敏感。

這是元明清走過這麼多 PVP 副本後，踩在無數弱小的人類玩家的屍體上，親身實踐出來的。這些內容，也同樣不是一兩句話就能解釋清楚的。進入隧道前，警惕和不安將會持續醞釀下去，這正是他想要的。

果然，聽了自己的質疑，身側的李銀航肉眼可見地緊繃和僵硬起來。稍微和緩了一些的氣氛，不可遏制地再次急轉直下。

「江舫。」江舫愉快地介紹了自己後，卻完全對元明清的質疑不予理會，而是感興趣地轉向了李銀航，「這位……」

李銀航怯怯地自我介紹：「李銀航。」

「李小姐。」江舫和顏悅色地發問：「妳明明很害怕。在妳眼裡，我應該是變態殺人狂，我剛才還對妳旁邊的人開了槍，只是因為他動了一下。妳為什麼敢跟我說話呢？」

「是，我怕，我也怕說話會被你打死，我現在腿都是軟的。」

李銀航非常痛快地承認了自己的恐懼：「可我看到前面有隧道。萬一這裡黑下來，我們四個人中有人發動襲擊，不管你們三個怎麼樣，我跑也跑不快、打也打不過，有很高機率會死。不如我們在崩盤前先講和，這對我最有利。」

這下，換元明清僵住了。有那麼一瞬間，他以為李銀航才是在無聲無息間洞悉了他全部想法的那個人。

江舫看向南舟，哈的笑了一聲，「我有這麼可怕？」

南舟想了想，在旁插嘴：「還好。沒你想像的那麼可怕。」

「那我就當這是誇獎了。」

江舫粲然一笑，一轉槍身，俐落地下了膛。

他對李銀航禮貌地一躬身，說：「我只是比較纖細敏感而已，如果造成了李小姐的困擾，我道歉。」

李銀航：「……」

她把自己的眼珠子摳出來也看不出江舫和「纖細敏感」有哪怕一毛錢的關係。

但是，危機應該算是……解除了吧？腦海中甫一浮現這個念頭，李銀航才轟地一下汗出如漿，整個人都癱軟在車廂壁上。這一舉動，也徹底暴露了她色厲內荏的實質。

元明清萬萬想不到，自己誅心且有效的殺人計劃，居然會毀在這個不起眼的廢物李銀航身上……因為對自己的弱小太有自知之明，所以反倒更加謹慎嗎？

說話間，隧道裹挾著濃重的黑暗，已經將車頭吞噬殆盡。

最佳的時機，已經徹底錯失了。

元明清正淡淡地懊惱間，忽見一條熟悉的衣帶，從對面剛剛被江舫射穿的窗戶玻璃碎碴間流水般一閃而逝……唐宋。

唐宋在窗外！

元明還來不及驚喜，呼嘯而來的黑暗便將他們徹底沒頂。

如元明清所料，進入隧道後，燈並沒有亮起。當無窮的黑暗自窗外湧入後，四人為了維繫好不容易建立起的信任，必然會站在原地，一動不動。這是再好不過的射擊靶了。

元明清是這樣想的，唐宋也是這樣想的。

唐宋輕捷無聲地從碎裂的窗戶縫中鑽入，像是一條靈活的蟒蛇。他所擁有的條件，遠比聚集在十三號車廂裡的四個人都好。

他被獨自困在了封閉的駕駛室內。電車是自動駕駛，沒有司機。而看守他的人抱著一把民用版的雷明頓 700 狩獵步槍，點著頭打瞌睡，被他悄無聲息地用雙腿活活絞死了，並從他身上搜到了打開手銬的鑰匙。一切都順利得不像話。

很快，唐宋聽到了外間的江舫奪槍反殺看守他的人時發出的動靜。

他並未採取任何行動，而是從內悄悄加固了一層駕駛室的門鎖。果然，江舫在將看守他的人一槍斃命後，就嘗試去打開駕駛室的門。

唐宋懷抱著槍，蹲踞在角落裡以逸待勞，等待他強行破鎖而入，再給予他最精準的一擊。可惜，江舫並沒有強行進入。在發現打不開門後，他便直接離開了。

唐宋沮喪片刻，但並不打算急於一時，從後冒險狙殺。

他背著槍，爬上了電車頂端，在呼嘯的風聲中，狐狸一樣，在上方尾隨著無知無覺的獵物。

現在，是最好的狩獵時機了。而且，由於他占據了其他人都沒有的地形優勢，他對隧道的觀察，要比任何人都精確。

隧道很長，依車速判斷，通行時間可達 1 分鐘。他溜入車廂，依據視覺被剝奪前的記憶，用槍口從後對準了南舟和江舫。

這時間過分充裕了，甚至讓唐宋有餘裕猶豫一番。他在黑暗中微笑著挪動槍口。先殺誰呢？是持有槍械、隨時可以掏槍還擊的江舫？還是機動多變，有槍都未必能控制得住的南舟？哪一種是性價比最高的殺法？還是乾脆掃射就好？但如此短的距離，又是封閉空間，高密度的掃射，會造成跳彈反傷嗎？

唐宋屏住呼吸，心情極佳地計算著一絲一毫的利弊得失，嘴角的笑容越擴越大。

他心裡清楚，自己還有計算的時間和空間，說明他們贏面很大。

沒有比這更輕鬆的開局了：互相不信任的人物關係、乍然降臨的黑暗、絕對的道具壓制、巧妙的時機掌握。

唐宋甚至想不到，他們該怎樣才能輸……

然而，這一切的一切，都在一聲怪異的「喀啦」聲響起時，盡數化為烏有。以猶自散發著熱溫的槍口和他太陽穴作為連接點，唐宋腦子裡沸騰著的血液彷彿被浸入了冰川，砰的一聲，被迅速冰封。

江舫含笑的聲音，宛如嘲諷的詛咒：「讓我猜猜，你的腦袋裡在轉什麼念頭呢？」

江舫只花了半秒，就用單側鞋幫踢開了已經拉到安全點的撞錘。也就是說，只要他想，那看似卸下的槍膛，其實可以在極短的時間內，造成任何他想要造成的傷害。

唐宋心一橫，並不躲避，指尖就要扣下扳機，準備一場不計生死的掃射。只要元明清能活著，他們就能贏！

然而，下一秒，他感覺手中猛地一空。被他指尖扣得微微下陷的扳機，在擊發的邊緣驚險滑過，被一雙黑暗裡探來的手行雲流水般往上一托，隨即徑直奪去。

南舟掂了掂手裡的槍，感覺很是新奇。

黑暗中的江舫問道：「要不要試試？」

南舟：「好。」

他學著江舫的樣子，在黑暗中尋找扳機的位置。

對待槍械，南舟顯然是個新手中的新手。聽著他摸索槍身時明顯不熟練的窸窣聲，唐宋簡直想笑——天助我也。真是個蠢逼，怎麼把槍交給一個不會用的人？

南舟還在研究槍的用法，無心管他。只要沒有兩枝槍同時控住他，他的逃脫機會就能翻倍！

當唐宋正蠢蠢欲動地謀劃著如何藉黑暗脫身，就聽聞一陣破空的風聲自上而下，從頂上橫掄而下！

南舟自中央握緊槍身，把槍當成燒火棍，直接把來不及反應的唐宋劈翻在地。他滿意地掂一掂，「很好用。」

唐宋頭破血流地倒在地上的時候，滿心裡只有一個想法：

操你媽，是這麼用的嗎？！

CHAPTER

03:00

我一定是忘記了
什麼很重要的事情

經過漫長而沉悶的 1 分鐘後，隧道將蜿蜒的電車呼嘯著吐出。

天地間霎時雪亮，雪白而冰冷的天光傾瀉而下，充斥了整間車廂。

而幾乎就在光亮起來的同一時間……

啪嚓——江舫抄起不知何時拆卸下來的電車座椅板，橫向揮擊，重重敲擊在唐宋的側顱上。

在場的人甚至無法分辨，那一聲清脆的裂響，究竟是屬於座椅板，還是屬於唐宋的頭蓋骨。

唐宋被打得在地板上滾動數圈。他拱動著腰，試圖爬起，但在擺出一個尷尬至極的屁股朝天的姿勢後，就無力為繼了。

他好不容易蓄起的一口氣又被活活打散，只能毫無尊嚴地匍匐在地上喘息。他痛苦地捏緊了手掌。

——該死的……這具碳基生物的該死的身體……

這一擊，讓元明清花了 1 分鐘的時間來調節的表情險些又裂開來。他急忙錯開視線，生怕自己片刻的動搖會被這兩人捕捉到。

江舫將沾了血的塑膠板丟到一側，開朗道：「抱歉啊，先生。我有點擔心在光亮亮起的前一秒，你會利用我們視覺感光的空隙發起攻擊，所以我就先攻擊你一下。」

無力動彈的唐宋咬牙切齒：「……」媽的。

南舟在他身側蹲下，用槍口輕輕戳他的臉，「你是什麼人？」

唐宋一張口，就是一陣昏天暗地的頭暈，還一陣陣噁心欲嘔。可在心火如煎時，唐宋的思路運轉卻愈發快速與鎮靜。

他心知，自己試圖向他們發動攻擊這件事，是板上釘釘，無可狡辯的。他要賦予這場預謀的攻擊以合理性，還要讓已經對他存有殺意的兩個人打消殺意。而他甚至只有一句話的機會。如果一言不慎，在場的兩枝槍，都有可能隨時狙爆他的腦袋。

把握機會……給出合理的解釋……在這樣的絕境下，讓自己有活下去的機會和價值……

唐宋呼出了一口帶有血腥味的濁氣，「我……」

「你殺了我吧。」唐宋睜著被血糊住了的眼睛，「反正，我如果不能按時回去，就算活著，我……和我的家人也都會死的。」

江舫感興趣地挑起了眉，「哦？」

唐宋閉上了眼睛。幸好，他和元明清都沒有失憶，在情報方面，他們擁有絕對的優勢。

而現在，他必須要用這個優勢來換取自己的命了。他知道這個世界運行的基本規律，這足以讓他成功偽裝成這個世界的原住民……一個負責押運他們的士兵。

他充分表現出了一個頭部受傷的普通人緩慢而遲鈍的反應，努力裝作前言不搭後語的樣子，簡單告知了他們，這個世界被異常的精神病毒侵染的事實。

簡單來說，眾生皆有病。

江舫：「那為什麼單獨押運我？」

他舉起猶有一圈深深紅痕殘餘的手腕，略委屈地控訴：「你們對我很粗暴呢。」

「我不知道。」唐宋給出了最合適的答案：「你不該出現在這裡。」

按理說，他們都該是意外降臨到這裡的玩家，所以，偽裝成原住民的自己，肯定是不知他們的來路的。

「明白了。」江舫點了點頭，「如果這是一場有人策劃的陰謀的話，我是被格外針對的那個。畢竟我一來就被扔在了一個槍口下面。」

唐宋和元明清的心同時一震。操，這也能被他猜到？某種意義上來說，他們的確是始終被系統針對的隊伍。

江舫彎下腰來，用槍口玩笑似地頂了一下唐宋的腦袋，「請問，我很重要嗎？」

唐宋汗流浹背，強撐著一陣陣發著昏眩的大腦高速運轉，試圖想要尋找出一個最佳答案……

「不對。」南舟舉手提出質疑，「為什麼不針對我？把我也綁起來？我也很強。」

江舫被他直白的言語惹得一愣，繼而燦爛地笑了起來，「是啊。那大概只是隨機分配，而我運氣不好罷了。」

南舟問江舫道：「你為什麼會知道押送你的人有病？」

「很簡單啊。」江舫答道：「如果你剛一睜開眼，就有一個人在你面前瘋狂地讚美你的長相，激動地走來走去，自說自話，小聲嘀咕，還試圖踩你的臉和肩膀，任誰都會覺得這個人有病吧。」

南舟低眉沉思一番。

也就是說，江舫剛醒來時，接收到的訊息是神經病能自由活動，正常人卻被束縛……那麼，也難怪他會對自己這些「自由人」不分青紅皂白地發動攻擊。他決定不責怪他了。

而江舫似乎是被自己的一番描述啟發到了，頓了一頓，若有所思道：「……啊。這樣的話，他得的有可能是司湯達症候群呢。」

南舟：「嗯？」

江舫捏住自己的下巴，一本正經道：「一種對藝術美的極致追求導致的精神失調，表現是面對心儀的藝術品，會產生一定的幻覺，並展開暴力的攻擊。」

李銀航：「……」

是她的錯覺嗎？……這是他在自誇自己的長相是藝術品嗎？

南舟一瞬不瞬地注視著他的面容，認可地點了點頭，「如果是這樣的話，那就合情合理了。」

江舫聞言，一雙笑眼微微彎起，「謝謝誇獎。」

他心情愉快地轉向了默默在心裡翻白眼的唐宋，「這位……」

唐宋自報家門：「我姓唐。」

「唐先生。」江舫溫和道：「你又有什麼病呢？」

「你和那個藝術品狂熱犯是同屬一支武裝力量的吧？你一定也有病，

對不對？」

唐宋說：「我沒有。」

江舫：「哦？」

唐宋知道的資訊也很有限。但他清楚，江舫作出的判斷非常正確。唐宋手裡的武器，就是從駕駛室內睡覺的人那裡搶奪來的。在一輛車上，有兩個同樣持有槍械的人存在，一個在駕駛室內、一個在外。顯然，他們在守戍著這輛空蕩蕩的電車。

唐宋搜查過那個被自己殺死的人的隨身物品，找出了手銬、彈藥和一張電子通行證。

這些足以證明，這兩人的確隸屬於一個組織。

「我所在的組織……只會容納聽從驅使的精神病患。」

留給唐宋的時間，他每吐出一個字，都如履薄冰，如踐淵藪：「我裝作有病，是為了讓我的家人有一個安穩的棲身之地。」

江舫看起來並不信任他的說辭，反駁道：「誰知道你有沒有得愛撒謊的病呢？」

唐宋心平氣和地耷拉下了染血的眼皮，做出了認命的樣子：「信不信由你。」

南舟：「所以，這輛列車的終點是哪裡？你們手持武器，要到哪裡去？要幹什麼？」

這就觸及唐宋的知識盲區了。

他也是初來乍到，更深層次的謊言，他不敢撒，只怕圓不回來。但他也不是沒有應對之法。

他報之以絕對的沉默，咬牙不語。因為過度緊張，他的腮幫子四周鼓出了一圈肉棱，隨著電車的行駛微微震動著。

江舫和南舟下意識地對了一下目光，然後統一地怔愣了一下……彷彿他們之前已經這樣對視過無數次了。

「你不想說那麼多，是擔心我們會滅你的口？」

先前一直沉默，擔心自己會暴露和他有關係的元明清往前走了兩步，適時地插入進來。

他對江舫和南舟提議說：「我們還需要他。我們對這個世界的瞭解，還遠遠不夠吧？」

「說話了？」江舫將一雙笑眼轉向元明清，看得他後背森森透寒，「一直不說話，但為了他開口？」

元明清面不改色，「你不用這樣戒備我。能拉攏一個對方陣營的倒戈者，總比我們一點點摸索資訊和情報來得好。」

「唔。」江舫打量了一下面色蒼白如紙的唐宋，「說得也是。」

聽到江舫和緩了態度，唐宋也略略鬆弛了下來。

車廂內再次陷入詭異的寂靜。

一個問題反覆煎熬著唐宋，讓他始終難以安心。最終，他還是側過了頭來，虛弱地詢問：「我是怎麼暴露的？」

他自認為自己的行動是相當隱祕的，所以他想不通。

南舟：「你不是早就在車頂了？一路跟著銀髮先生來的？」

南舟：「你的衣帶還從窗邊掉下來了。」

南舟：「你的呼吸聲還那麼大。」

唐宋：「……」

他大意了。這裡還有一個從出生開始就生存在極端環境裡，對「暗殺」和「潛行」最瞭解不過的怪物。

他的身體機能和各項參數就算設置得再優秀，也還是在碳基生物的範疇內。這是瞞騙不過身為非人類的南舟的。

唐宋自我嘲弄地輕笑一聲，「潛行失敗了啊。」

「你管你的行為叫『潛行』嗎？」南舟詫異地望著唐宋，「我還以為你那麼囂張，一點不帶掩飾地跟過來，是很厲害的人呢。」

唐宋：「……」

被無形間羞辱了一通的唐宋心緒還未完全平復下來，視線裡就出現了江舫那張含笑的臉。

「對不起啊。」他說：「剛才那位先生其實真的說得很對，但是我還是不放心你。」

「唐先生，我能把你的腿打斷嗎？放心，我會想辦法好好照顧你，事後也會方便你接回去的那種。」

不等唐宋提出任何意見，江舫抬手就是一槍，準確無誤地擊中了他的膝蓋骨。

伴隨著骨頭的碎裂和唐宋驚異之下失聲的痛呼，江舫踩住了他的肩膀，溫和道：「謝謝合作。」

他望向了呆若木雞的元明清，「先生，你既然這麼關心這位倒戈者，那就由你來照顧他好了。」

元明清從驚愕和震怒中強行掙脫出來，強壓住胸口沸騰的怒意，抑聲答道：「好。」

南舟目不轉睛地看著他還在嫋嫋冒出煙霧的槍口，望了一眼自己的槍，拿槍尾輕輕碰了碰江舫的腰，他平靜道：「這個，你可以教我嗎？」

江舫看向他，「好啊。不過我們需要重新認識一下了。我叫江舫。你呢？叫什麼名字？」

「南舟。」

江舫歪了歪頭，望著他的目光裡添了些別的內容，「我看也像。」

「什麼叫『我看也像』？」南舟問：「你見過我嗎？」

「啊……」江舫眼中浮現出自己揪住他頭髮，逼他仰頭看向自己時，那從烏黑微亂的髮絲中露出讓他驚鴻一瞥的面容。在那樣近的距離裡，他才真正看清了南舟。

他用槍口抵住自己的頸側，緩緩摩擦了那一截發燙的皮膚，壓制著從心臟處傳來的跳動節奏，「……也許是在小時候的夢裡吧。」

南舟好奇地眨眨眼，注視著江舫，道：「我還有個問題。」

江舫放柔了語氣：「嗯，你說。」

南舟：「你很喜歡用這種假裝深情的語氣說話嗎？」

江舫：「……」

他失笑一聲，「我留給了你這樣的印象嗎？如果是這樣的話，我倒是真的想重新再認識你一次啊。」

相較於已經開始攀談的南舟和江舫，元明清望著已經半昏厥的唐宋，以及他已經扭曲了的膝蓋骨，胸腔中氣血翻湧，直往上頂。他垂著頭，極力控制著自己的情緒。

一旁的李銀航卻直勾勾地盯著南舟和江舫，神情不安又侷促。

「妳不要這樣盯著他們看，小心被針對。」元明清強忍煩躁，低聲挑撥道：「妳不覺得他們的行事方式很有問題嗎？」

「是嗎？」李銀航有些猶豫，自言自語道：「可我覺得這樣才更容易活下去呢。」

她似乎在通過自言自語給自己打氣：「是的……在這種環境，太軟弱是不行的。」

終於，她給自己做足了心理建設，快步迎著江舫和南舟走了過去。

「你們好。」李銀航有些結巴地示好：「我叫……李銀航。我是一個銀行職員……有什麼地方，我可以幫得上你們的嗎？」

元明清半天沒緩過神來。

等他讀懂李銀航的弦外之音，饒是自詡脾氣不錯的元明清，血也轟的一下湧上了臉，又羞又憤地攥緊了拳心。

她哪怕跟著這兩個神經病，也不肯跟著相對正常溫和的自己？她是什麼意思？「軟弱」又是在說誰？

自己……難道是被這個愚蠢的人類看不起了？

在劇烈的疼痛和失血的體溫驟降中，唐宋竭力呼吸，頭腦卻愈發清明。識敵不清，是他的錯誤。好在，在一連串的失誤操作之下，他至少保住了元明清。同時，他洩露了太多以他當下的「失憶」狀態而言，本不該他知道的情報。

這是不得已而為之的。但唐宋並不後悔。如果他不冒領副本人物的身分，那他就會被認定成一個不掌握有價值情報，卻具有強烈攻擊性的未知人物。

以江舫和南舟對利益計算的精當程度，不可能會選擇留下自己這樣一個隱患。

雖然按照 PVP 的規則，即使自己死亡、只要元明清殺掉對方全員，他們也能獲勝，但唐宋從破窗、被擒，到受傷，已經在極短的時間觀察出來，現如今的元明清處於一個相當不利的位置。

說白了，至少此時，他決不能開局即下線，只留元明清一個人跟那兩個麻煩人物斡旋。既然把保命作為了第一要務，那麼對情報的洩露反倒不那麼嚴重了。

唐宋在賭。

畢竟，他們不知道此次節目組會用什麼視角進行轉播。

有的 PVP 比賽，為了製造懸念，觀眾掌握的資訊和他們一樣有限，是隨著劇情的推進，他們才會漸漸得知世界的全貌。那麼，自己這一通為求自保，基於目前掌握的微薄情報而進行的胡編亂造，竟然能和劇本情節一一對應，站在大多數觀眾的視角上，他們不僅不會質疑，反倒會讚許自己的聰明，將他的作弊認定為智慧。

退一萬步說，就算這次的觀眾是全知視角，事先就知道了全部的劇本，自己直接說出了這個世界的本質，的確會讓許多觀眾產生懷疑。

但是他的推測也並非無的放矢。

他一開始的確聽到了外面看守者的瘋言瘋語，也從被他殺掉的人身上找到了諸如身分牌這樣的有效證物。

說他瞎貓碰上死耗子，碰巧猜中這世界是由瘋子支配的，也不是不可能。不管怎麼樣，為了給兩人的最終勝利加上一層保險，現在的他必須苟延殘喘，保存實力。

元明清撕下了自己的衣物，給唐宋包紮。他左右已經立下了自己在這群人裡的人設，善良而無用，那就索性貫徹到底。

兩人視線並不接觸，肌肉和神經卻都各自緊張著。他們心知，這回遇見的不是僅僅用「棘手」就能形容的對手。

江舫提著槍，去駕駛室確認了一番。

駕駛室裡的窗戶大開，空空蕩蕩，不見一人。

唐宋做得很乾淨，當他爬出窗外時，就已經把那具看守者的屍身丟出了車窗。再加之以那人是被他用腿絞死的，連血都沒有流一滴，因此什麼痕跡都沒留下。

自動駕駛的各項參數都是設定好的，江舫雖然見識廣博，倒也沒有駕駛這種自動運行的有軌電車的心得，一番觀察無果後，便折返回去，和南舟並肩在椅子上坐下了。

兩人輕聲交談，交換了一番現有的情報。

在聽到南舟對在場人員的介紹後，江舫眉頭飛揚地一挑，探頭問道：「那位先生，你叫元明清嗎？」

元明清喉頭一緊，不答話，只是板著一張臉，不含感情地輕輕「嗯」了一聲。

「那可真是巧了，這位受傷的先生姓唐。」

江舫用玩笑的口吻道：「唐先生，你不會是叫唐宋吧？」

唐宋：「……」

元明清：「……」

受傷的唐先生仰面朝天，權當自己已經暈過去了。

得不到回應，江舫對南舟聳了聳肩，「瞧，我總是不討人喜歡。」

南舟冷著一張臉給他出主意：「你的話如果少一點，會很可愛。」

江舫抿唇一笑，「就像你嗎？」

南舟困惑地皺眉，「我不可愛。」

江舫問他：「你怎麼在這裡？」

口吻彷彿兩人是相識已久的老朋友。

南舟：「我不知道。」

江舫：「不知道也好。」

南舟：「哪裡好？」

江舫身體放鬆地後仰，肘部壓在南舟身後的座椅靠背，從側面端詳南舟漂亮的鼻尖，「……這個世界上能有你，就很好。」

南舟將手隨意撐在大腿上，剛想追根究柢，突然閉緊了嘴巴。

他隔著薄薄一層、略帶著些硬質的褲子，輕輕揉搓著底下的一截皮膚，神情微妙。

江舫察覺到了他的莫名，「怎麼了？」

南舟無聲地用指尖在大腿處描摹出了一個金屬腿環的輪廓。它嚴絲合縫地套在那裡，連南舟都沒有注意到，直到這和皮膚同溫的腿環被指尖的力道壓得微微下陷時，才有了一點點的存在感。

南舟思考一番後，審慎地緩緩回答：「我也不知道。我好像出了什麼問題。」

為什麼會這樣？他離開永無鎮的時候，腿上戴著這樣的環嗎？所有的人都有嗎？

為了確證，他伸手捏了捏江舫的大腿根部內側……什麼都沒有啊。

在江舫的神情變得古怪起來時，他抽回了手，繼續思考這怪異圈環的來歷。忽然間，他感受到了一絲異常。

做完自我介紹後就乖乖待在他們不遠處的李銀航似有所感，望向窗外，「……車子是不是減速了？」

確實是的。

電車在緩緩降下速度。不遠處，出現了鑲嵌著一圈日光白邊的灰色月臺……馬上要到站了？

隨著身體的微微前傾，李銀航的肌肉自下而上漸次繃緊，緊張感一路蔓延到喉管處，恰到好處地對呼吸造成了一定的阻滯。

南舟低下眼眉，靜靜沉思盤算。

他們位於車廂的中部位置，車廂前後通透，一目了然，不存在能完美藏下人的絕對死角。

江舫來自車頭，元明清來自車尾。

這兩人一路走來，都不曾遇到其他人，也不曾發生言語和肢體衝突，基本可以確認，不算那個被江舫殺死的精神病患者，車內加上駕駛室內躲藏的唐先生，總共只有五個人。

他們的目的地，早就被規劃好了。所以說，在終點等待著他們的，究竟有什麼呢？但留給他們思考的時間不多了。

車輛進站了。

車身與車軌摩擦出了一聲彷彿緊貼著人的心臟滑過去的尖音：

吱——

在這之後，車總算停穩了，車廂門卻遲遲沒有打開。

李銀航大著膽子，隔著透明的車門和窗戶玻璃向外張望。除了灑落一地的雪白日光外，貌似什麼都沒有。

大概是日到正午，白晃晃的日光帶著柔軟而沉甸甸的銀質感，將地面上覆蓋著的薄薄一層灰土炙烤出微腥的熱氣，透過碎裂的窗戶捲了進來。

李銀航瞇起眼睛，看向月臺周邊，只覺得光中似乎有人。哪怕只是幻覺，也讓她禁不住頭皮發麻。

然而，數秒鐘之後，她原本就遍布全身的雞皮疙瘩霍然炸開——不是幻覺，月臺周邊真的有人。

總共七個人。

他們緩慢遲滯地挪動著步伐，結伴來到了十三號車廂外。七人一字排開，靜靜站立在光中，頂著蒼白的面孔，像是向日葵一樣，齊齊面朝著停下的車廂。

他們手挽手地站在光裡，和車裡的人隔了十幾公尺的距離，赤裸、直白地凝望著他們。

南舟下意識地抬起手臂，用槍身作為手臂的延伸，護在江舫與李銀航的前面。

李銀航現在的感覺極度糟糕，覺得自己彷彿是一條沙丁魚，正身處在一個已經擰好了自動開瓶器的罐頭內。如果可以的話，她希望自己一輩子不用下車。

然而，車門還是不可控制地打開了。所有車廂的車門整齊而緩慢地開啟，像是一群訓練有素的野獸，張開了鋼鐵的牙齒，靜等著吐出些什麼，或是吞入些什麼。

在令人窒息的靜默中，從七人身後，走出了一個身量高大的中年男子。他走到十三號車廂前，對著車內眾人禮貌地躬身一禮，說道：「歡迎光臨。」

除了服飾偏於異常，非常像是在披麻戴孝外，他看起來完全是一個正常的人，神情靈動，並不存在任何精神障礙。

但根據被他們打斷腿的唐先生的情報，他來自一個充斥著非正常人類的組織。車輛能在這裡停下，本身就代表著不祥。

看五人無一回應，男人好脾氣地笑了笑，「這是我們的歡迎隊伍，是不是被嚇到了？」

李銀航：「……」

這是歡迎隊伍嗎？看起來是全村吃飯的專業送人隊伍。

男人探頭詢問：「護送你們的負責人在哪兒？」

江舫站在南舟身後，面不改色地撒謊：「一個犯病跳車了，另一個……」他指了指躺在地上的唐宋，「被那個犯病的人打傷了。」

唐宋把頭埋得極低，並試圖用一頭沾了血的亂髮擋住自己的面孔，連大氣都不敢喘。

好在，男人似乎並不認得他，只是隨便瞥了他一眼，便惋惜地搖了搖頭，「哎呀。對不起，我們還特意挑選了病情相對比較穩定的人從事搜尋任務呢。」

李銀航：「……」神 tm 病情比較穩定的。

南舟提問：「搜尋？你搜尋我們做什麼？」

「我們無條件庇護和關懷一切罹患特殊疾病的人。這裡是伊甸園，不會存在外面那樣無組織、無紀律的、互相攻擊的事情。」

男人言笑晏晏：「你們到了這裡就安全了。我們這裡是一個大家庭，到了這裡，就像回家一樣。」

把他們也當做了有精神疾病的人……嗎？

李銀航不敢說話，下意識瞄了一眼南舟。

南舟果然不負眾望，語出驚人，頭鐵得讓李銀航打了個哆嗦：「我們沒有病。」

他本來就不怕。

八個人，擰斷他們的脖子，總共大概需要 1 分鐘左右，他甚至已經默默規劃好了行動路徑。

「哎呀。」男人卻相當理解道：「在我們伊甸小鎮裡，你們不用這樣緊張和防備，我們都是親密無間的。只要不觸犯規則，彼此之間井水不犯河水，就能幸福地生活下去啦。」

他的手向後一指，指向了那一字排開的七人組，「這是我們城鎮內的七種疾病症狀分區的負責人。有強攻擊症、弱攻擊症、內心恐懼症、外物恐懼症、官能障礙症、性心理症、其他特殊症，我們按表徵分得比較草率，不要見怪啊。」

李銀航：「……」懂了。

合著這群人在月臺齊聚一堂，是類似於大學各系的學長來認領報到的新生。

見對方示好，南舟只好放棄了他的硬幹策略，問道：「什麼規則？」

「慢慢學習就好啦。」男人笑盈盈道：「比如說，最基本的第一條，一旦捕獲正常人類，我們將會立即殺掉，對他們進行解剖，這可是重要的研究材料。」

……五個重要研究材料不說話。

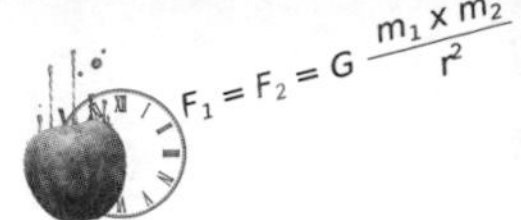

男人環視了他們，殷殷垂詢：「所以，你們都有什麼病？」

李銀航左右為難，選擇恐懼症險些當場急性發作。她腦海中瞬間跳出七、八種選擇，一種比一種離譜。

——間歇性發作窮病，具體症狀是一個月內，只有工資到帳的那一天才有絕對的安全感。

——七秒記憶症，具體表現是經常自顧自發出「我剛才想要幹什麼來著」的疑問。

——語言組織能力低下症，具體表徵是社交平臺上發滿了「哈哈哈」，除此之外一句有用的都說不出來。

李銀航這一生實在平庸，精彩得相當有限，事到臨頭，才發現自己正常得連個病都編不出來。而除了憋不出病來外，她還別有一番擔心。萬一他們有什麼能檢測出是否患病的手段，發現自己撒謊，或者乾脆強逼自己吃藥，自己又該怎麼辦？

見眾人齊齊沉默，暗地裡交換著眼神，男人拿出了紙筆，並溫和地出言鼓勵：「我們都有病。這沒什麼。我還記得自己沒得病的時候是什麼樣子的，而我們比起以往，或多或少都發生了一定的變化，『病』只是組成全部的我們的一個最普通的表徵罷了，如果我們連這樣的變化都無法接納，這裡怎麼能稱得上『伊甸園』，你們又怎麼能過得真正快樂呢？」

溫言細語的模樣，簡直像是在神父傳教。

而在一番長篇大論後，他把鼓勵的目光轉向了李銀航……

這一幕，像極了老師課堂提問的時候，不小心和老師對上了目光的那個死亡瞬間。

在她忍不住冒出汗珠時，好學生南舟主動舉起手來，率先發言，替全班的其他學生解了圍：「我討厭滿月。」

「只要看到滿月，我就渾身發軟，一點力氣都沒有。」他很有求知精神地提問：「這算是病嗎？」

男人憐憫地點一點頭，溫和道：「我明白。孩子，辛苦你了。」

他正要落筆，給南舟分組時，南舟又開口了。

「而且，我是一個故事裡的人物。」南舟態度坦誠，據實以答：「我從小就被困在一個封閉的城鎮，四周都是封閉的空氣牆，我的一舉一動都有可能被人觀看著。」

本來男人還很確定南舟是外物恐懼症，南舟這一番話，叫他頓時在「月亮恐懼症」和「童話幻想症」間左右為難起來。這位患者症狀挺多，相當棘手，要知道這兩種病可是隸屬不同分區的。

為了給南舟找到一個更合適的去處，男人進一步提問道：「滿月會對你的生活產生什麼嚴重的影響嗎？」

「會。」南舟篤定道：「它會影響我殺人的速度。」

男人：「……」

男人神情凝重，問過他的名字後，在名冊上刷刷地落下了幾筆。當之無愧的強攻擊精神病患者。

他又溫和至極地看向了江舫：「你呢？」

江舫將目光從南舟臉上挪開。

「我啊。」江舫的笑容和善動人，極具蠱惑性和感染力，看著總叫人忍不住和他一起微笑起來。

「我很敏感，只要有人碰我，做出親密的舉動，我就渾身發麻。」

男人若有所思地哦了一聲，確認過江舫的名字後，剛剛在「性心理症」的住民名單上寫下兩筆，他就聽到江舫笑咪咪道：「……然後我就會殺了對方。」

男人：「……」

他勾掉了這個名字，又翻回了剛才寫著南舟名字的一頁，把他的名字綴在了南舟後頭。

這下，李銀航不得不做出抉擇了。毫無疑問，目前的南舟和江舫都是要被分去人才雲集的強攻擊性症狀預備役。而她和他們不同，就是一個徹頭徹尾的普通人罷了。

一想到要去那種危機環伺的險境，她的頭皮就控制不住，一跳一跳地直發麻。但如果不跟著他們，自己又能去哪裡？

她的目光不自覺瞟向了元明清。

畢竟，唐先生如果是這個組織裡本來就有的成員，恐怕很快就會被帶走。元明清到時候就會落單了。

雖然在李銀航的眼裡，元明清在危急關頭，是不如南舟江舫可靠的，但一想到他有可能會落單，李銀航還是有那麼一瞬間浮出了一線惻隱。

片刻猶豫後，李銀航深吸一口氣，直面了男人，緊張地舔了舔嘴巴，她小聲說：「我沒什麼病。我挺聽話的。」

元明清聽到她這樣的發言，便猜到她是怕了。她果然不敢跟著這兩個正牌瘋子去冒險。

根本不知道自己居然被這個他認定的廢物女人同情了的元明清，迅速在心裡布下了一片羅網：如果能把她拉攏過來，悄無聲息地做掉，也算是能小小彌補他們現在付出的代價……

結果，不等他將這個計劃完善下去，李銀航便指了指南舟，旋即懷春少女似地低下了頭，「所以，他讓我幹什麼，我就幹什麼。」

元明清：「……」

男人點點頭。他明白了，是小丑女綜合症。

小丑女是完全仰慕崇拜著小丑的，要她殺人就殺人。

雖然攻擊性未必很高，但鑑於她跟隨的人物攻擊性很強，如果強行分離，也有可能導致她精神狀態的持續惡化……男人大筆一揮，把李銀航放進了強攻擊性症狀的名單裡。

起先，李銀航對是否要堅持這段剛剛建立起的結盟，的確有過一絲動搖。不過，她爭分奪秒地把這份惻隱和動搖消耗掉了。

為什麼要讓自己去向元明清靠攏呢？元明清如果想跟過來，也和自己撒一樣的謊，向他們靠攏就好了。如果他不介意落單，自己又何必過分為他糾結呢？

不等男人問話，江舫便似笑非笑地轉向了元明清，提醒道：「元先生？輪到你了。」

元明清抱著懷中的唐宋，抬起臉來，冷淡道：「抱歉，我和你們不是一路人。」

他轉向男人，面色蒼白，卻仍不失翩翩風度：「請先把這位先生送到醫院去。他失血很多，需要治療。我想，你們的登記也不急於一時吧？」

唐宋傷得很重，不便行動。而且在攻擊落空後，為求保命，他在自己的身分上撒了謊。

唐宋的存在並不光明正大。如果再一味不管不顧跟隨在南舟和江舫身後，於他們不利。不如就誘導他們，讓他們以為這是一場 PVE 好了，就讓他們慢慢被病毒浸染吧。

男人略有猶疑，瞄了做好登記的三人組一眼，似乎是擔心流程不嚴會引起他們的不滿，但見他們都沒有反應，男人便略略點了點頭。

元明清的請求得到了許可。

男人啪地一下暫時合上了名冊，對著已經做好登記的三人，展露出至真心不過的笑容，「歡迎三位正式加入『伊甸園』。」

江舫、南舟和李銀航被「強攻擊性症狀」的迎賓學長，帶離了月臺。

學長坐上了一輛泊在車位裡、藍白相間的觀光車，確定三人坐穩後，就發動了車輛。

四周是至普通不過的城市街道，巷道筆直，互相交錯。道路兩旁矗立著商鋪和居民住宅，根據外觀可以判斷，現代化程度並不低。

但奇怪的是，學長把觀光車蹦迪似地開了個曲裡拐彎。

往往他在大路上直行開出幾百公尺，便會右轉進入一條狹窄的道路，再左轉，匯入行駛在另一條大路上的車流中，前行幾百公尺後，又在下一個路口左轉。

兜兜轉轉，他們又回到了最初的那條大道。

這個地點，距離剛才他們的拐彎點直線距離不過五百公尺。

南舟提問：「我們在躲著什麼嗎？」

「是。」

學長又左轉了，順便指向了大道十公尺開外、一個端坐在二樓陽臺上，扒著欄杆往下看的長髮男人。

「他有偶數恐懼症，不喜歡偶數的人聚在一起，總想要人變成奇數才滿意。我們有四個人，需要離他遠一點。」

在又一個轉彎點，他又指著不遠處一棟被他刻意避過的建築物。

「那裡面住著的人有憎女症，會用斧頭砍死看到的一切女性。」

唯一的女性李銀航下意識往觀光車內躲了躲，假裝自己是個車內裝飾物。最終，觀光車搖搖擺擺地停留在了一棟類似賓館的建築物前。

學長從觀光車的置物櫃裡翻出一大串鑰匙。

他對這片區域內居住的精神病如數家珍，此時也輕而易舉地從一大串看了就叫人眼暈的鑰匙裡準確挑出了三把，遞給了三人，「二樓。207、208和209，一共三間房。」

「我們只需要住在這裡嗎？」江舫問：「不需要我們做點什麼嗎？」

「不需要啊。」學長和善又平靜地回答道：「在『伊甸園』裡，如果還需要幹活，那還是『伊甸園』嗎？」

觀光車冒著煙，突突突地開走了。

而他們三人握著鑰匙，站在陌生的街道上，面面相覷。

南舟：「要先到處看看嗎？」

李銀航慫慫表示：「不了吧。我們對這裡還不熟悉。」

這裡的精神病種類千奇百怪，琳琅滿目。學長走開了，她可不想再邂逅一個奇數殺人狂，被人追著砍。

江舫說：「那就等到天黑再行動吧。」

李銀航想一想，點了頭。這裡的大白天，恐怕比夜晚還要更恐怖，三人這就算是達成了共識。

他們魚貫進入賓館。這間賓館的居住條件非常出色。地毯踏感柔軟，

壁紙配色柔和，裝潢優雅精緻，牆上懸掛的藝術品幾可亂真。空氣中還懸浮著淡淡柑橘味的香調。

條件甚至好到，假如這裡不是個精神病扎堆的小鎮，李銀航是很樂意在這種條件的賓館度假的。

來到了二樓指定的房間前，她惴惴地拿著自己的鑰匙，躲入了房間，決定先睡上一覺，確認這不是噩夢一場。

從江舫手裡接過鑰匙時，南舟對江舫說：「半個小時後，可以到我的房間來一趟嗎？」

江舫微微一怔，旋即笑答：「好啊。卻之不恭。」

半個小時後。

江舫如約到來，叩響了南舟的房門。門吱呀一聲從內打開。

江舫帶著禮節性的笑意，抬眼看向南舟，「你……」

下一秒，他嘴角的笑容就僵了一僵。

南舟除去了周身所有衣物，白晃晃地站在江舫面前。他顯然剛剛洗了澡，不遠處的浴室地面透著一片水光瓦亮。他的肩頭和鎖骨還漬著水痕，一滴水蜿蜒著淌到腰際，被腰窩鎖住。只剩下一件黑色的緊身平角內褲，包裹著修長而具有強烈美感和彈性的大腿，一圈鏤著細密紋路的金色腿環貼在內褲邊緣，讓人很想就勢扯來把玩一番。

南舟卻對自己這副請君施暴的模樣毫無知覺，將門打得更開了，「請進來一下。」

江舫迅速調整好了表情，走入房內，並順手掩好房門，不讓旁人有一窺的機會。

「怎麼了？」

南舟說：「我身上有很多奇怪的傷。我不記得這些傷是怎麼來的，所以我需要你幫我記錄一下……」

說到這裡，他停頓片刻，堅定了語氣：「我一定是忘記了什麼很重要的事情。」

江舫捋散了自己綁起的蠍子辮，用帶有自己溫度的髮圈替南舟簡單紮起了一條小辮子。

然後他便開始盤點南舟身上的傷勢。他身上的傷數量可觀，長短縱橫，但幾乎全數分布在身後，身前大部分皮膚都是潔淨白皙的，胸口更是乾乾淨淨地透著粉。

南舟身上分明兼具人類的一切特徵，但就是這份特殊到了異常的乾淨，反倒讓他顯得益發不像人。他本應該是完美無缺的，但偏偏有一些傷疤從他肩頸、腰腹處試試探探地冒出頭來，像是生長得過了頭的枝椏。在江舫看來，很礙眼。

江舫如實記錄下了南舟的傷疤位置，全程沉默，只是撫摸，測量，然後記錄。他的腰上被砍過一刀，或許是一斧。蝴蝶骨下方是兩處交錯的鞭傷。後心處有兩個攢著疊在一塊兒的匕首貫通傷，分不清楚哪一次傷在前、哪一次傷在後。

在眾多傷口中，最清晰的是幾條放射性的電流灼傷。如果是放在其他地方，這傷疤時間久了會變成暗紅色，但在南舟的皮膚映襯下，疤痕赤紅，豔豔如新，總讓人疑心這是昨天添上的新傷，再然後就忍不住替他害疼。好在他的四肢都還完好，只有右手腕上一隻來路不明的蝴蝶刺青被記錄在冊。

身體大致檢查完畢後，江舫將南舟安置在床邊，蹲在南舟身前，替他檢查腿上是否有暗傷。那雙腿看著筋骨勻停，其實分量十足，好在江舫手指長而有力，一個巴掌就攏得住踝骨往上的一片區域。

南舟垂目看向江舫。

江舫的手掌貼在他的小腿上，掌心火熱又乾燥，感覺不討厭，只是微妙。南舟心裡雖然有些奇怪，但他既然請江舫來替自己檢查，當然也是任

其動作，絕不抵抗。

以南舟微薄到近乎於無的社交經驗來說，他並不覺得自己這樣光著身子被人摸來摸去有什麼不對。人都生了一個鼻子兩隻眼睛，沒什麼特別，且他自認為並不難看，又有什麼不好見人的呢？

如果不是比較之下，南舟認為江舫比李銀航更細心，他也不介意叫李銀航來幫自己看看身體。

江舫仔細清點完畢後，才抬頭發問：「身上這麼多傷，都不記得是怎麼來的了？」

南舟低下頭來，把束住自己頭髮的髮圈重新捋下，打算遞還給江舫，「不記得。」

他只記得自己似乎是坐在家裡畫畫，只一個眨眼的工夫，人便被拽到了這裡來。他甚至提不起警惕之心來，只覺得莫名其妙，宛在夢裡。

「……哎。」

江舫卻像是發現了什麼，叫停了他的動作。他按住南舟的肩膀，撥開他散開的黑髮。

剛才替他綁髮時，江舫是一把抓攏，草草綁了個馬尾，烏黑的小辮子被聚攏成一束，沿著他修長的脖頸垂下，剛剛好擋住了他的後頸。南舟這一低頭的工夫，江舫才瞥見了他後頸上的一點紅跡。

南舟詫異：「嗯？」

「有條漏網之魚。」江舫探出手指，按壓上了那圈橢圓形的陳傷，「這是……」

當指尖撫摸上那圈傷口時，江舫的舌尖恰好抵在牙齒後側。指尖拂過的同時，他感受到了一股異樣又曖昧的熟悉。他的指腹在那處打著轉地摸了又摸，似乎那凹陷的傷疤對他有種非常的吸引力。

南舟被他摸出了一頭霧水。可他也看不到自己的脖子後面有什麼玄虛，只好雙手撐著床側，滿心困惑地任江舫撫摸。

半晌後，江舫輕聲道：「……疼？」

「不疼。」南舟客觀描述自己的感受：「有點癢。」

江舫沒有說話。

南舟疑惑地側過身來，看見江舫抬手掩住他自己的胸口位置。

南舟問：「你怎麼了？」

「說不上來。」江舫笑了一聲，但笑聲裡帶著點緊張感：「也許我真的得病了。」

南舟注視著江舫。

他的眼窩帶有明顯的東歐特色，很深，因而光總是落不進去，加之濃密的睫毛覆蓋，將他的眼神妥善地掩藏起來，難以看出那雙眼究竟是在謀算，還是在動情。

在小鎮裡，南舟碰到的人都很簡單。江舫是一個他怎麼都看不破的複雜的人，他自然越看越想看。

「你如果病了……」南舟開口詢問：「需要我幫忙殺掉你嗎？」

那位唐先生說過，這裡的精神疾病更近似於一種病毒，任誰都有可能中招。

南舟一點也不市儈、不圓滑、不客氣，只是平靜地提出了自己認為可行的解決辦法：「我動作很快的。不會痛。」

江舫笑了，「謝謝。如果有需求的話，我會告訴你的。」

南舟拿到了自己身上的傷痕記錄，並簡單勾勒出了一張人體圖，把自己的傷痕都標注在上。

在他忙碌時，江舫正握著他的小腿，將他的腿稍稍抬高，研究那緊密貼合著他皮膚的鎏金腿環。內部雕鏤有暗紋，如果強行往下褪的話，很容易受傷。

而經過對人體圖的一番研究，南舟也總算弄明白了江舫剛才沉默的原因。「我受過致命傷。」南舟仰起臉來，「按照這種傷勢，我現在……本來不應該活著的。」

江舫在心裡為他補充：起碼三處。

「如果是這樣，為什麼我還能活著？為什麼會突然出現在這裡？」

南舟自言自語了一陣，思索無果，又轉向江舫，「你從哪裡來？」

江舫一語雙關：「和你不一樣的地方。」

江舫說得對。他的確處處都和南舟不一樣，髮色、瞳色、鼻骨、嘴唇，都很特別。

南舟被他天然的銀髮吸引得跑了神，很有心去摸上一把，但一條腿晃晃蕩蕩地被江舫抬著懸在半空，落不到實處，驟然間一疼，竟然是抽筋了。他並不怕疼，只是不舒服，需要尋找一個支點。於是，南舟就近把腳踩在半蹲的江舫的大腿上，卻恰好從中滑入江舫分開的雙腿……恰好就踏在了那敏感的地方。

南舟不介意，所以他理所當然地認為江舫也不必介意。他光溜溜的腳趾往內緊扣著，一下下抓著那片衣料，專心致志地調整自己的肌肉狀態。

江舫明顯一哽，猶豫著是否該為著這樣小貓踩奶一樣的行徑發笑。最終，他還是別過臉去，悶悶地笑開了……

真是奇妙又有趣的經歷。

童年時，他曾經設想過無數次這位未曾謀面的朋友的性格，或沉悶，或陰鬱，或像是受過嚴重傷害的小動物一樣，戒備一切，憎恨一切。總而言之，是讓人心疼且敬畏的。

但眼前活生生的南舟，卻讓人很想去「愛」。

沒有別的，就是單純的「愛」。

這對江舫來說，本該是一個危險的信號，可他並不覺得自己還具備去愛一個人的能力，因此心安理得，任他在自己身上踩踩弄弄，在他的心尖酥酥癢癢地折騰著。

囫圇的一覺醒來後，李銀航也徹底死心，放棄了一睜眼就能從這精神

病小鎮離開的幻想。

三人在南舟房間裡碰了頭後，便開始討論下一步的行動計劃。

「是有人要特意把我們送到這裡來。」

江舫分析說：「車輛是自動駕駛的，不是專業人士根本沒有辦法操縱；車速很快，不可能允許我們跳車；車內還安排了持槍的人看守。也就是說，我們的目的地只能是『伊甸園』。」

南舟則說：「這裡的運行規則很奇怪。」

對於這種事情，南舟是很有發言權的。以南舟在永無鎮的居住經驗而言，他們的小鎮是徹底封閉著的。漫畫的格子，方方正正地把他和外邊的世界整齊切分開來。

那裡沒有耕種、沒有工業，有的只是一個徹底封閉、與世隔絕的世外桃源……或者說是世外監牢。

但永無鎮和這裡又有不同。因為封閉，永無鎮裡的店鋪每天都會自動產生新鮮的食物。當然，所謂「食物」也只僅限於外觀，每一口食物咬下去，都是寡淡無味的紙味。

而「伊甸園」身處在一個廣闊的大世界中，有能夠和外界連通的便利交通線，有明確的鎮內鎮外之別，甚至還有七個明確的分區。

「伊甸園」裡面的人雖然統一有病，然而不管是否正確有理，都是具備起碼的思維能力和個人意識的。

所以，這就出現了一個非常現實的問題。

小鎮內的給養，是怎麼補充的？生活用品和一日三餐從哪裡來？誰來負責運營餐館或是超商？運營者還具備運營的能力嗎？

在觀光車上，南舟著意看了四周的超商，發現多是關門歇業的狀態，也印證了他的這一猜測。

強攻擊性症患者的居住區裡，基本都是會因為人數奇偶、性別男女、月亮盈虧這樣的小事肆意殺人的居民。這種纖細脆弱的人，是絕不適合做「經營」這種事情的。

而且，那位載送他們的學長，明顯是對這個地方的所有精神病種類爛熟於心，是以小心翼翼地避繞開來，特意為他們選擇了這一處居所。這更進一步地證明了「強攻擊性症」患者的脆弱性。他們根本只適合「居住」在這裡，不適合從事一切輕重體力勞動。

所以，「伊甸園」的運行機制，的確是一樁很值得深入思考的事情。

至於李銀航，她什麼都觀察不到，深覺自己是個鐵廢物。她乾脆不去細想，打定主意，要在那位帶他們來到此處的學長再次到來時，造出一份小鎮內居住人員及其症狀的詳細名冊來，方便他們外出行動。

他們各自有自己的心事和打算，因此統一地遺忘了在電車上遇到的並不重要的元明清和唐宋。

因此，他們全然不知，元明清現在已經恨得幾乎咬碎了一口牙。

送走三人組後，唐宋也「自然」甦醒了過來。他承認自己是有妄想症，經常妄想自己是別的人。比如說剛才，他就把自己誤認為成了看守電車的列車員。

為了方便照顧唐宋，元明清也施展了自己的演技。他神祕兮兮地表示，自己總覺得有人要害他，要殺他，剛才那三人組也是想要帶走他，對他不利，他才不願和他們同行的。

那神父一樣的中年男人果然中計，一臉憐憫地把他們兩人列入了「內心恐懼症」患者的行列。

元明清仗著自己有被害妄想，一路大大方方地問東問西，倒是問出了比南舟和江舫目前所知更多的情報。只是，他越問，心中越鬱卒，到最後憋了一口氣無從發洩，只能咬緊牙關，硬挺著不做聲。

南舟的猜測沒有錯。還沒到居住的地方，那位來接引他們的人就已經為他們安排好了未來的一切。

在唐宋的傷腿被簡單包紮過後，兩人被徑直載到了一間紡紗廠前。據接引人的說法是，他們的心念容易產生波動，為了尋求內心的安寧和外在的價值，可以從事一些簡單的工作，讓自己的身心都充實起來。

這裡不會存在歧視，工作即使做得慢，也不會有人責備他們。

元明清如果真的有病，大概會對這種平等無歧視的工作安排表示欣喜。但可惜，他頭腦清明，並不是傻瓜。

他看得清清楚楚，這分明就是用好話哄著他們這些「輕症患者」幹活，好維持整個「伊甸園」的正常運行！說白了，他們得賣苦力，養著「立方舟」那三人好吃好喝！

開局不利的情況，元明清見得不少，可這樣的絕對劣勢還是首次。

元明清從不信預感，他將這當做人類做出愚蠢賭博時自我安慰的妄想。他們向來是依靠精密的計算，細節的把控，實現對全域的掌控。一切做在事前，那麼一切就都在掌中。

但不知道是不是在這具碳基生物的身體內淹留過久，被他們的弱小感染，身處宛如鴿子籠的狹小宿舍內，這次的元明清產生了前所未有的動搖與不安。

元明清總覺得這次任務執行起來相當古怪，便趁著安頓唐宋的時候，趁機做了一番簡單的思路盤點。

南舟、江舫和李銀航完全失憶，且對任務環境及目標一無所知。唐宋也在開局拿到了水準超過「立方舟」的遠端射擊武器，不管在硬體、軟體條件上，他們都該是占優的。而且站在觀眾視角，也絕不會覺得這場 2V3 的 PVP 設置有失偏頗。

畢竟大家的記憶都被副本一鍵清空，誰也不記得對方是誰，誰能先把人數平衡打破，把更多的人拉攏到自己的陣營裡來，就是誰的本事。

再者說，對信任的建立來說，往往是人越多，越困難。元明清在車廂對峙時，曾設想過五個人各種拼盤組合的可能。沒想到最終，仍然是「立方舟」的歸「立方舟」，「亞當」的歸「亞當」，對方行蹤不明，而他們被發配到了一個條件簡陋的員工宿舍。

對目前的結果，元明清說不出什麼，只是籠統地覺得「不妥」。可當把車廂裡的經歷掰開了揉碎了回味一遍，他也找不到什麼問題。他想來想去，唯一導致局勢走向不可控的選擇點，就是唐宋隱於暗處，試圖攻擊未果，卻被反殺。

如果那時候他成功了……但元明清及時叫停了這一想法，不動聲色地垂下眉眼。

事情已經發生了，抱怨並沒有什麼意義。況且，那進入隧道的一瞬，真的是一個頂好的攻擊時機。運氣好的話，他們甚至有機會在隧道內就徹底解決「立方舟」。就算是穩重如自己，也會被這個上好的機會誘惑。

元明清很有心要和唐宋交換一下目前的資訊，畢竟要相談才更方便打開思路。可惜他們並不能談得很深，更不能暴露他們早已熟識的事實。想到這裡，元明清在心中無聲苦笑一聲。

他們明明沒有失憶，在設定上占了優，卻沒有吃到多少福利，反倒處處掣肘，讓他們花了更多心神在隱藏自己的身分上。

他問唐宋：「感覺怎麼樣？」

唐宋仰面躺著，話音中帶著明確的怨憤：「……怎麼會變成這樣？」

元明清替他蓋了蓋被子，「你就安心休息吧。」

唐宋的臉色被身上蓋著的略略發黃潮濕的鋪面一襯，更顯得慘白如紙。唐宋盯著元明清，嗓音嘶啞，語氣裡夾著暗刺：「你不該管我的。」

元明清眉心一動。唐宋……這是在拐彎抹角地責備自己？

他何嘗不知道，自己最好應該不管唐宋，強行跟著「立方舟」行動。可當時的情勢，「立方舟」根本是對自己不假辭色，如果自己非要死纏爛打地跟著他們，在觀眾看來就過於可疑了。唐宋是後到的，他知道什麼？他又做了什麼？說到底，如果不是他潛行失敗，自己又何必瞻前顧後，處處受限？

但唐宋火爆的脾氣是不會因為元明清的沉默而偃旗息鼓的。傷處的肌肉抽搐著作痛，每抽搐一下，就像火炭一樣灼燒著他的膝蓋。他以前沒吃過這樣的虧，在心火和傷痛的雙重煎熬下，更是咄咄逼人：「你覺得我是個廢物，所以你可憐我？看不起我？！」

察覺到唐宋情緒有異，元明清強自嚥下已經抵達了舌尖的抱怨。

唐宋向來驕傲且游刃有餘，在知道有千萬人圍觀的前提下，被這樣當著所有觀眾的面狼狽地一腳踢下雲端，他接受不了這樣的心理落差。所以他覺得，元明清是不信任他的能力，認為他一個人活不下去，才放棄殺死「立方舟」的目標。他從受傷開始就鬱結胸中的一腔怒火實在無從宣洩，索性一股腦傾倒在了自己這個隊友身上。

猜透他的心思後，元明清波瀾不定的心緒反倒平和了下來。心態崩盤的人有一個就夠了，不是嗎？

元明清將手掌覆蓋在唐宋柔軟冰冷的手背上，柔聲安撫道：「就當我是害怕吧。我們先安心在這裡住下，看看以後，不要著急。」

然而，相較於他溫聲的安慰，他扣住唐宋的指腹微微發力，以示警告——給我清醒過來，你沒那麼重要，我來這裡，也是為了任務，不是為了你。

當唐宋在他的壓迫下心神勉強歸位，頹然歪倒在枕頭上時，外間傳來了親切的招呼聲：「250 號？」

元明清：「……」

元明清看了看自己新下發的工裝胸前掛著的工牌號碼，面無表情地起身拉開了房門。

眼前笑容溫和的大姐是給他送統一的日用品的。她說：「咱們是新到的，不著急上工，今天先休息幾個小時，晚上再來車間報到，要努力工作，努力充實自己的生活哦。」

元明清端著統一配備的廉價牙膏牙刷，臉都要笑僵了。合上房門，元明清雙手環抱著臉盆，看著床上閉目強忍羞憤的唐宋，微微嘆息。

即使情形已經不利到了這種程度，關於這次任務，上面仍沒有任何動靜，也沒有給予他們任何像樣的提示。也就是說，官方認為任務還完全處在他們能力的可控範圍之內。那他遠離「立方舟」，就極有可能是正確的選項。

元明清緩緩吁出一口鬱氣。既然如此，那官方一定有自己的算盤，甚至他們可能在精心謀劃一個讓「立方舟」自相殘殺、內耗殆盡的死局。

他先安心在這裡工作，儘量探聽出更多的情報吧。

倘若元明清知道「立方舟」當下的煩惱，恐怕會當場氣絕。

三人上上下下走遍，發現偌大且奢華的賓館裡，只有他們三名住客。

廚房冷凍庫內食物豐富，並未上鎖。

李銀航清點一番，面對著滿庫物資憂心忡忡，疑心這飯菜下了毒，他們吃進去就會變成精神病。

江舫倒是接受良好：「那難道要餓死不成？」

他進入冷凍庫轉了一圈，便出來詢問南舟：「想吃什麼嗎？」

南舟想不到，便搖了搖頭。對他來說，世界上所有的食物都是紙的味道，吃什麼都是一樣的。

江舫手一抬，丟了樣東西過來。南舟下意識反手接住，掌中就多添了一點紅意。

「先給你一個蘋果吃。在外面等我們一下。」

江舫把李銀航也帶進冷凍庫備菜。他的指尖順著鐵製的儲菜欄，對著還是原材料的菜肉一樣樣清點和構思著：「冬筍炒雞絲、炒口蘑、東坡肉，再加炸醬麵……」

李銀航捧著菜籃，乖乖往裡添放。

南舟沒仔細聽他說什麼，只一味低頭盯著手中的蘋果。他在插圖上看到過它，知道它的學名，但見到實物還是第一次。而它現在就帶著一點水氣，涼冰冰、沉甸甸地落在他的掌心裡。

南舟低頭，懷著百般的認真和好奇，在蘋果側面咬下了一口。

然後，他整個人愣在了當場。

口感先是帶有顆粒感的韌脆，緊接著便是快速綻開的酸甜汁水，帶著一點霜氣和涼意，順著他的喉管滑下，浸潤了他的整顆心。

他靠在門邊等待江舫，同時一口口將蘋果吃了個乾乾淨淨。當江舫提著菜拐出冷凍庫時，恰好看到南舟叼著短短一截的蘋果梗發呆……前面很好吃，但是核有點苦，還有點硬。不過整體說來，瑕不掩瑜。

他還想再吃一顆，一抬眼，恰好和哭笑不得的江舫對上了視線。

江舫從他口邊取下叼著的蘋果梗，「南先生，吃蘋果不用吃核的。」

話一出口，他自己先愣住了，覺得這話熟悉，場景也熟悉。

心緒波動下，他的指腹也不慎使重了力氣，擦過了南舟柔軟還沾著些蘋果汁水的唇畔。

他心神一動，卻意外地沒有撤手，指尖停留在他的唇角，像是要把那冷淡的平平弧度挑起一個笑容來。

南舟對這樣的曖昧無動於衷，並開始對晚飯期待起來：「晚上什麼時候開飯？」

江舫垂下手去，彷彿面前站著的不是南舟，而是他無法直視的一顆真心，「聽你的。」

飯後，那位學長來了一趟。

他並不是專程來給他們安排活計的，居然是特地來問他們還缺什麼，完全把他們當作座上賓對待。

李銀航忙抓住他一陣盤問，學長也有求必應，拿出一張地圖，細心為他們標注了住在這片街區內的所有患者。

這片街區裡，居住了兩百名症狀各異的神經病。就連所有症狀，都被他巨細靡遺地記在腦海中，精密無遺的像是一臺機器，而非人類。對比之下，李銀航更覺得自己就是個鵝腦袋。

南舟提問道：「如果我們出去，和鄰居發生矛盾，怎麼辦？」

學長答：「儘量不要吧。如果實在發生了，那也是沒辦法的事情。」這話說得含糊。

南舟：「如果碰上像是奇數殺人魔這樣的人，我們三個可以先把他砍死，是嗎？」

學長溫和地笑了笑，「『伊甸園』裡，每一個人都有自己的價值，也都有自由做出選擇的權利。『高攻擊性症狀』的人，唯一要做的事情就是好好生活。如果某些住民做了一些事情，影響了其他住民，殺死其他住民，或是其他住民殺死他，也是各自的自由呀。」

「不用付出任何代價？」

「不用付出任何代價。」學長的笑容永遠是那麼平靜，嘴角的弧度恒定地上揚著，以至於透著一股莫名的詭異，「只要活著，然後等待。」

「等待什麼？」

「不知道。」學長答道：「我們接到的指示，就是『等待』。」

南舟：「誰的指示？」

學長：「神。」

李銀航聽得心驚肉跳。這裡哪裡是什麼伊甸園？只是孕育著無窮死亡危機的修羅場罷了。

她覺得十分不安，便惴惴地將目光投向江舫。

江舫卻對學長提供的那張地圖頗感興趣。

他將整張地圖捧在手裡，對著那密密麻麻代表著有人居住的小小圓點進行觀察，「我們住的位置在哪裡？」

學長熱心地替他們指點了出來。

江舫拿起黑色的水筆，問道：「為什麼把我們安排在這裡？」

學長笑說：「因為……」

在對方開口前，江舫在地圖上他們三人所在的位置輕輕落下一筆。

江舫注視著被補全的地圖，心像驟然間一陣恍惚。地圖像是水墨一樣在他眼中暈染開來，又重新聚攏起來。

南舟察覺到了他身形微微晃動，情況不對，便跨前一步，主動把人接在懷裡。江舫果然軟了身體，就勢枕靠在了南舟肩上，低低喘息，似是呼吸不暢。

南舟問：「怎麼了？」

江舫把額頭蹭在他的鎖骨位置，並不作答，但唇角卻勾起了一個不顯眼的弧度。

他輕聲撒嬌：「南老師，抱抱我，我難受。」

南舟突然從南先生變成南老師，心下有些詫異，卻也沒有抵觸，嗯了一聲，一隻手便搭上了他的肩膀，乖乖抱住。

學長也在這時續上了他話語的後半句：「……因為，這一切都是最好的安排。」

CHAPTER

04:00

萬物之間都有引力……
所以，我才能遇見你

此時，平時井然有序的高維導播間，各種信號宛如雪崩，大量湧入湧出，混亂一片。

總導演帶著怒意的信號，摻雜著不安滔滔地湧出，感染了在場每一個手足無措的工作人員。

「我說了多少次，你聽不懂我的意思嗎？這裡根本就不是副本！我們再直播下去，會出問題的！」

「在配對成功的時候，就有一股力量劫持了傳輸通道，這不是什麼PVP，是一個該死的新空間！是江舫和南舟在上個副本裡學的他媽的該死的降頭！」

「鬼知道他們要幹什麼？！我只知道，如果非要直播下去，你們想要的冠軍『亞當』會變成一個徹頭徹尾的笑話！」

那邊的回覆卻相當冷酷無情：「不要做無謂的預設。現在所有的觀眾都沒有發現，他們看得正開心，你告訴我，如果掐斷直播，我們要用什麼藉口？」

導演煩躁不安：「可那是被他們創造出來的小世界，在那裡面，我們什麼干預都做不了！反倒是他們——他們才是小世界裡的主宰者！跟進去的鏡頭和聯絡器都已經失去控制了！」

換言之，那個世界裡，如果「亞當」死了，那就是真的死了。最糟糕的是，「亞當」無知無覺，完全把這裡當成了遊戲！

導演焦躁得身如油煎之際，聽到的回覆卻是冷淡嘲諷至極：「那就死了嘛。反正現在官方干預不了，如果他們必然要死在這裡，將來也解釋不了他們為什麼會突然消失，不如就這麼播下去，把利益最大化。收視率這麼好，不可能給你掐掉的。」

話畢，信號連通器被單方面關閉了。

總導演狠狠罵了一句粗話，緊盯著傳回的畫面。他身在局外，眼前的局勢也是一片霧裡看花，讓他的心根本落不到實處。

現在，「亞當」唯一的勝算，就是「立方舟」大概是為了將戲演得更逼真，不知用了什麼降頭或手段，把他們自己弄失憶了。只要「立方舟」不恢復記憶，「亞當」就還有一線生機！

送走學長，南舟記下地圖上的種種細節，回了房間。

當獨處時，南舟的身心一併陷在蓬鬆的鵝羽枕中，望著陌生的天花板，他後知後覺地恍惚起來。

南舟至今不知道到底發生了什麼。他被困在永無鎮二十餘年，又稀裡糊塗地來到這裡，這樣的毫無道理，像極了他被人安排左右的一生。

他躺得不很安分，索性爬了起來，光著腳在房間裡四處遊走，對自己不認識的東西都要摸一摸、碰一碰才心安。他自然是不知道自己的一舉一動很像初到新環境的貓。

他推開窗戶，往外看了一眼，覺得天地廣闊，大得驚人，索性合身趴在窗戶的陰影中，遙望著與自己 23 年記憶中截然不同的星空，心裡沒什麼感慨，只是呆呆地望著，彷彿這一天的好星辰是一本書，他要一個字一個字讀盡才能安心。

看了不知多久，他捕捉到了一絲足音，一路通到了他的門前。

有人來了。

他不很害怕，因為那人來得光明正大。

他先是在心裡預先類比了一下擰斷那人脖子的流程，才意識到來人是江舫。這就更沒有防備的必要了。

鵝黃色的電燈光芒在門下聚作一線，光被一雙腳阻擋住了。南舟知道他來，也不急著招呼，單是蹲在窗戶的陰影下，靜靜望著那雙腳。

但江舫並不敲門，只是站著，不知道在等待什麼。

南舟不動，他也不動。

南舟被他弄得有些糊塗，也就被勾引到了門邊，無聲地拉開了門，和門外的江舫對視了。

江舫站在門邊，解散的銀色頭髮帶著些水氣，一看就是剛剛洗過澡，眼睫都是濕漉漉的。就那麼剛好，熱氣將他的眼角熏得發紅。電燈讓他的灰色眼睛裡沉澱著一片蕩漾的星海。

南舟看著他，像是在看一隻稀奇又漂亮的保育類動物。

「我一個人睡，有點害怕。」江舫直面了南舟的視線，大大方方地把一小碟泡芙捧到了南舟面前，「南老師，行行好，收留我一個晚上吧。」

這話換個同樣身高體型，白天還拿著槍笑嘻嘻地打碎人的膝蓋的人來講，都難免有做作之嫌。但說話的人是江舫，聽話的人是南舟，這就變得理所當然了。

南舟對「人」這種生物認知得有限，今天一口氣見了許多，各有不同。比較下來，江舫是最有趣的那一個。

別的不說，他很好看。南舟具體形容不大出來，但那種好看，是南舟想為他作畫的程度。

再進一步說，他心裡彷彿有個小小的漏洞，而江舫的身材和長相，都是完美依著這小小漏洞長的。他在了，心就滿了。

對於這前所未有的體驗，好奇心旺盛的南舟還是想要仔細分析一番的。何況他是帶著食物來的。

南舟就著他的臉，吃光了一小盤泡芙，味道很好，人也很好。南舟終於獲得了大大方方地鑽研人類的機會，自然不會輕易放過。

在他安心品嘗甜點時，江舫靠在床畔，一面用南舟的毛巾擦頭髮，一面把自己的一切對他和盤托出，他的童年、他的過往、他的經歷。

江舫和人談話時很講技巧，不只一味顧影自憐。關於痛苦，他講得點到即止，卻勾人回味，多數是分享他的人生見聞。那恰好是一個南舟見所未見、聞所未聞的新世界，自然是百般好奇，也順理成章地開始將「江舫」這個人放在了心上。

江舫在不疾不徐地講述時，目光始終不曾離開南舟，神情坦蕩而不下流，情感卻相當豐沛，像是燃著一把火，落在他臉上時，不自覺帶著溫度。今天自己身上的角角落落都被他看遍了，南舟不覺得有什麼可矜持的，乾脆坦然地任他打量。

聽故事本來就下飯，江舫給的泡芙精緻而有限，恰好在南舟意猶未盡時，盤子空了。

他簡單洗漱一番，和江舫一起上了同一張床。

房間內僅有這麼一張大床，而近距離接觸時，南舟發現，江舫身上有一點誘人的奶油香氣，但不知來源。這若有若無地勾起了南舟還未消散的食欲，讓他愈發精神，毫無睏意地將胳膊墊在腦下，專心聽他講述。

江舫在講過他在射箭俱樂部裡用合成弓射靶的樂趣後，微妙地頓了頓，放緩了聲調。

「我和任何人都沒有說過關於我自己的事情。」

「真奇怪，我不知道為什麼會和你說這麼多。」

南舟聽得出來，這是實話。

他說：「是的。可我們今天才見面。」

江舫抬起手指，大膽地描摹起南舟的眉尾來，「不是的。我已經見過你很多回了。」

南舟頓時生出了無窮的好奇來：「什麼時候呢？」

江舫的語氣更加輕，落在人的耳中，一路能酥到心裡去：「在一部漫畫裡。你陪著我長大，度過了很多時光，是我沒能謀面的朋友。」

南舟早就對此有所猜想，因此並不驚訝。他想了想，總算理解了江舫在列車上看清自己面容後態度的驟然變化了。

南舟有些歉疚，說：「可我是第一次見你。」

江舫撐著頭，月光鹽霜似地落進來，在他的睫毛上覆上了一層光。他用恒定的速度撫摸著他的眉尾，一下又一下，動作輕和。

「沒關係。」江舫說：「你不來見我，我來見你，一遍可以、兩遍可以，三千遍也無所謂。」

南舟接受了他曖昧的撫摸和好意，並且絲毫不討厭。即使在他童年的時期，他的親人也沒有這樣溫情旖旎地觸碰過他。南舟是渴望愛的，不過，因為得不到，他就把這份渴望藏進了心裡，不去困擾自己。

現在，他似乎得到了。但這樣的愛，和他想要的又似乎不大一樣。

江舫不再說話，只是專心地撫摸他。他撐著頭，髮絲不受髮圈束縛，只勾在耳後，隨著他細微的動作，如絲綢一樣滑順的頭髮沿著耳廓滑落到了他的頰側。

他並不急著去挽起。

南舟見那髮絲要掃到他的眼睛了，便主動替他別到耳後。

這不過是舉手之勞。還不等南舟回味觸碰到江舫臉頰時，指尖傳遞來的異樣的熱度，他的唇角就被溫存地啄弄了一下……

江舫禮貌又果斷地親吻了他。

因為吃驚，南舟一時間想不出自己該作何反應，發出了一個詫異的語氣詞：「哦？」

「和人對視很久，就是在邀請接吻啊。」江舫一本正經道：「我接受你的邀請了。」

南舟若有所思：「……啊。」

江舫：「還要嗎？」

南舟：「嗯……」

他不說同意，也不說拒絕，只是暗自抿了抿唇。在氣息溫熱的交換間，南舟終於明確了江舫身上奶油氣息的來源——就在他的嘴唇上。

南舟忍不住想到，這或許是在他做泡芙時測試甜度而殘餘下來的。雪白的甜奶油沾在他不畫而紅的唇畔，被他輕輕舔掉。想到這一幕，強烈的誘惑力讓南舟小腹微微發燥。

他在情事上閱歷尚淺，想不明白為什麼江舫來前明明洗過澡，偏偏嘴上會塗抹著一層薄薄的奶油？

食與性，都是本能。南舟會怕疼，會饞蘋果，當然，也有正常的慾

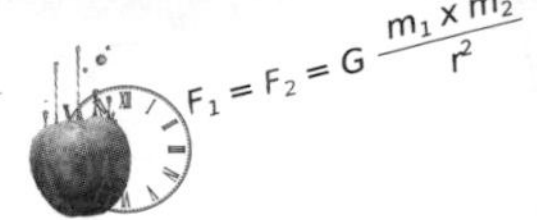

望。只是現在的他暫時還不具備解析慾望的能力，只能無措地任憑慾望野蠻生長。

南舟不表態，江舫也不再逾矩，只繼續撫摸南舟的額頭。

在南舟看不到的地方，生長在他腦海中，宛如白孔雀一樣的光菌群被這動作惹動，珊瑚一樣地發出了細微的搖動。

南舟驟然一喘。這一聲驚喘，讓江舫也是始料未及。他抵在南舟額心的指端一停，低眉細思片刻，唇角便忍不住愉悅地彎了起來。他都忘了，他的小紙人，腦子裡養著一隻脆弱的小白孔雀呢。

江舫想到了系統對南舟 san 值的評級。san 值，可以籠統地概括為精神力量。如果說南舟的精神力量足夠強悍，不怕任何驚嚇的話，系統大可以給他滿級的評分，而不會給他一個難以評判的「亂碼」。

現在想來，或許南舟的精神力量，只強悍在不容易被外界影響，本身卻意外地脆弱。

僅僅是這樣細細地撫摸，就能讓他露出……非常有趣的表情。

南舟現在的感覺很奇異。他身體難受，又不是那種被光魅攻擊時的傷痛，說不好是哪裡疼，只是讓他想翻來覆去地在床上輾轉，壓滅身上騰然而起的無形火焰。他一顆心熱乎乎的，四周的光卻暗了下來，身體不自覺地開啟了一條縫隙，只容一線光透進來。江舫就是那束光。

江舫的指尖上移，抽出他睡衣上的腰帶，蒙住了南舟的眼睛。被剝奪了視覺的南舟還沒來得及說什麼，嘴唇就被人極有技巧地輕輕銜住了。

「是難受嗎？還是害怕？」江舫親過了他，用額頭抵住了他，輕聲道：「你在發抖。」

南舟就事論事，認真回答：「我不知道。只是不舒服。」

江舫翻身壓上南舟身體時，動作被一樣硬挺阻滯了一下。他低頭一看，便輕輕笑了。

他用嘴唇蹭了一下南舟滾熱的耳垂，成功地引發了又一場小顫慄後，才道歉道：「對不起，是我的錯。交給我處理，好嗎？」

南舟長久地沉默著。

而江舫慢慢撫摸著他的額頭，刺激著他顱內飼養的小孔雀，等待著他的回應。

終於，他等到被蒙上眼睛的南舟微不可察地點下的腦袋。

江舫輕吁出一口氣，抬頭看向虛空某處，輕輕一揮手。他締造出了一個小小的封閉空間，在這間無人知曉的小黑屋中，只有江舫和南舟，外界的視線不可能侵擾到他們。

第一次相識，他抱著交朋友的心態，卻自始至終不肯面對自己的心，逃避、不安、惶惑。

第二次相識，他做好了準備，但還是步步試探，不肯全然交付真心，缺乏了一點勇氣。

第三次相識的機會，是他自己親手創造的。他沒有理由不把握好，不是嗎？

與此同時。

在攝氏 40 度的室溫和將近 100 分貝的噪音下，元明清站在紡紗機前，盯著已經走到了晚上 9 點的時鐘，滿頭大汗，一腔怒火緊緊頂著胸口，燒得他幾乎要爆炸開來。

在高等科技中長大的他，在看到這樣原始的工作環境時，眼睛都直了。等他真正投身其中，才算是真正體驗到了碳基生物的可悲。

被折磨得頭重腳輕之餘，他滿心麻木間，腦袋裡只轉著三個問題。

怎麼會變成這樣？江舫和南舟什麼時候能被這個世界感染？他還要在這個鬼地方被磋磨多久？

涓滴水液順著頰側弧線匯入南舟的髮中……早已分不清是淚水還是汗水了。明明是微細到了極端的觸感，卻再度激起了他的一陣顫慄。

南舟的大腦裡正進行著一場小型核爆，天雷地火，波濤洶湧。

不過這從他的表情裡是看不出來的。他始終是鎮定的樣子，表情也沒有大的扭曲，連喘氣聲也是偏於平靜的，徐徐氣流吹動了額上越過蒙眼的帶子而垂下的一縷凌亂髮絲。

只是他整個人都癡住了，指尖在無意識間深深陷入了柔軟的床褥。不知他究竟是不能接受自己就這樣被人全盤支配了慾望，還是過於鈍感，淹溺在殘存的愉悅中，遲遲不得脫身。

江舫叫他的名字：「南老師？」

南舟沒有動靜。

「南舟？」

南舟終於有了反應：「唔。我在。」

江舫捉起他的手，吻過了他的腕部脈搏。

南舟慢了一拍，被親過了的手腕在空中又懸停了好幾秒，才往後一縮，揣回了被中。

他語音中滿含困惑：「為什麼要這樣？」

「因為我想要。」江舫說：「你也想。」

南舟的思路這時候失去了鋒芒，敏感中兼雜著鈍感，形成了一個奇妙的矛盾體：「我……」

江舫打斷了他：「不舒服嗎？」

傾盆的月光從高天垂落，光影又被窗櫺斜斜切分開來，將南舟身體兩側涇渭分明地從中劃分，半邊沉在陰涼的黑暗中，更顯得另一半五官明晰，桃花眼，懸膽鼻，鼻尖浮著一層細細的薄汗，惹人欲拭。

江舫鬆開了對他關鍵處的牽掣，單膝跪在床畔，很紳士地審視南舟現如今的狀態。

他的腿環被他自己的皮帶扣穿過，另一頭綁縛在了床頭，將他的腿自然向上吊起，無法合攏，因此洞庭廣闊，風光無垠。南舟上半身版型規整，垂感一流的西服風衣順著大腿弧線垂落，露出一小截滑上了一痕透明水液的小腿。

南舟就保持著這樣的姿勢，感受著身體深處回應的悸動，回應道：「嗯。是很舒服的。」

江舫本來是調笑，卻被他糊裡糊塗出自真心的一句話惹得再次動了情。他低下頭望向自己的慾望，佯作不見。

而南舟半閉著眼睛，用腳趾捉住了他的睡褲下緣，拉扯了兩下，像是撒嬌的家貓。

江舫詫異間挪了挪身體，扶在南舟腿側的拇指意外碰到一物，一愣之下，不禁發笑，「謔。還能來一次嗎？」

南舟仰起臉，薄薄的紅暈從縛住他雙眼的腰帶邊緣洇出，像是一枝被一泓春水染濕的人面桃花。

「是很舒服的。」他挺了挺腰，主動往江舫手中送去，要求道：「你再弄弄。」

江舫溫軟了眼神，垂下頭和他貼貼面頰，話音裡含了笑：「好啊。」

又結束了一場撫慰，江舫為已經被澎湃的情浪衝擊得徹底懵了頭的南舟解下腰帶，取來熱毛巾，擦拭了他腿上的汙跡。南舟像是被餵到饜足的貓，放鬆了全身肌肉由得江舫按揉他的腰身。

江舫在各種各樣的地下歡場浸淫多年，目睹過無數椿或旖旎或粗野的皮肉生意，耳濡目染，自是有一番心得，但從未想過將這些經驗付諸實踐，因為那意味著他要付出感情。

哪怕只有萬分之一，也將代表著無窮無盡的麻煩。他索性斬絕一切情愫，溫聲調笑，冷眼旁觀，像是沾水即離的蜻蜓，絕不涉足任何讓人困擾的關係。

江舫不知道現在自己對南舟，已經突破到了情感閾值的幾分之幾。或許，他一旦想要去付出，就是越界、破戒，是家族一脈傳承的瘋癲。

他克制著在南舟頸部咬出血來確證他是屬於自己的衝動，人模人樣地溫存詢問：「腰痠嗎？」

南舟：「不。」

漸漸恢復了思維能力的南舟，陷入了漫長的迷思。

他第一次把自己的身體全盤交予一個陌生人來紓解。這件事過於奇怪，且沒有任何邏輯。

但那一刻，無數欲念在南舟腦中左衝右突，需要一個人將它們一一釐清。而他自己是力所不及的，非要江舫幫忙不可……問題是，為什麼他會理所當然地覺得，別人都不行？明明這間賓館裡還有別人。

南舟把手搭上了江舫的手指，問：「我是不是以前見過你？」

江舫扶著他腰身的手微妙一停。

南舟剖析著自己的心：「你上午還想要殺我，現在又想要愛我……但我不討厭你。」

江舫從後攬住他，將南舟整個擁入懷中，「對不起。」

「對不起什麼？」

「我該一開始就愛你。」

南舟想了想，很公平地回答：「這是不可能的。你在列車上一開始被人攻擊過，不可能馬上信任突然出現的我們。」

江舫笑容愈深，將溫熱的面頰貼到南舟的頸窩，低聲道：「……那也是我安排的啊。」

距離太近、聲音太散，南舟沒能聽清楚：「什麼？」

江舫不再開口，只將擁抱加深了……

或者應該說，列車上的襲擊，是他們兩人共同安排的。

之所以沒有告訴李銀航，是因為她的演技實在有限。如果把計劃提前告訴她太容易洩底。

整個計劃，都是江舫和南舟兩人共同制訂的。

在九十九人賽中，他們收繳回的【心靈通訊器】，總共有四部。各送出一部後，他們手頭還剩下兩部。

於是，在賓館中，南舟枕在江舫膝頭的時候，他們面上談情，心中談事。從【邪降】回來後，他們就在籌謀這場專門針對「亞當」的反擊了，戰線絕不能拖得太長。

降頭本來就是他們臨時學得的技能，他們已經盡力不去展示它的強悍，但仍然不能保證那些私窺他們的高維生物不會有所戒備。一旦留給了他們再次更新系統補丁的時間，讓他們和「禁止收容副本生物」一樣，禁止在系統內使用降頭詛咒，那麼他們原本占有的先機就會全部失去。

既然確定要動手，那麼，確定「亞當」是誰，便成了第一要務。所以江舫通過先前開闢出的祕密管道，聯繫上了易水歌。

易水歌笑咪咪道：「我不認識什麼『亞當』。我也一直在忙建立信號塔的事情。」他話鋒一轉，欲言又止：「不過啊……」

同為人精，江舫自然聽懂了易水歌的暗示。

南舟在江舫的授意下，把從頌帕那裡搜刮來的媚藥送給了易水歌，名為伴手禮。

拿到好處並驗收成功的當天夜晚，易水歌才給出了有價值的訊息：「我發現了好幾組對於信號塔建設特別感興趣，總是出現在附近進行觀測的玩家。你們知道，我向來不怎麼愛玩這些由別人制定規則的無聊遊戲的，我從進入系統，就在觀察各類玩家，找出有危害的角色，放在黑、白、灰三種名單裡。」

「舉個例子，你們『立方舟』之前在我這裡是『黑名單』，後來算是進了待觀測的『灰名單』，在你們被系統列為追殺對象後，你們在我這裡的嫌疑完全解除，成為『白名單』人員；我們家小謝呢，就一直是『黑名單』。可巧，那幾組玩家中，有兩三組都是行為特殊、待為觀測的『灰名單』人員，他們明明表現平平，卻不想著求生，也不想著下副本，起碼存在三次以上遠眺信號塔，且在附近徘徊觀察的行為，目的不明。」

在李銀航急著想要超越「亞當」，認為自己「皇帝不急太監急」時，南舟和江舫在各個安全點內遊蕩，不動聲色地摸清了易水歌所提供的幾組可疑人士的資訊。

就在那天上午，他們走進了易水歌提供的最後一組「灰名單」人員所在的茶餐廳。

走到他們的卡座附近時，一根筆恰好從其中一人手中滾落。茶餐廳裡人聲寥寥，連筆落地的響動也是異常響亮。

南舟拾起了那根筆，遞還給了那名面容俊美的男人，「不客氣。」

元明清仰頭望著他，笑容溫和，「謝謝。」

「亞當」自以為完美的偽裝，其實早在此時，便已經在江舫和南舟面前暴露無遺。

經歷過「千人追擊戰」，哪怕是從頭至尾都不打算參與的玩家，或是那幾天身在副本，沒能參與追擊戰的玩家，也能從【世界頻道】內知悉關於「立方舟」的一切訊息。

兩男一女，手腕上的蝴蝶刺青，choker，銀髮蠍子辮。這些特徵疊加在一起，分明就是幾乎正面殺穿了所有玩家的「立方舟」。

正常的玩家，在經歷過被當面連續暴擊的恐怖後，該是對具備這些特徵的人唯恐避之不及才對。眼前這一對玩家的表現，從笑容、反應、態度，都過於滴水不漏，無可挑剔了。

除非他們資訊過於閉塞，根本不關心「立方舟」的情況。換言之，他們必然是那種兩耳不聞窗外事，不肯牽涉入麻煩的佛系玩家。但與此同時，他們又是易水歌列出的灰名單裡的人物，也即對信號塔展露出非凡興趣的玩家。

還有一點相當重要。他們是易水歌「灰名單」裡少有的兩人組。而「亞當」就是兩人組。

利用南極星製造了一場小混亂的同時，南舟也從元明清的肩上取得了一根掉落的頭髮。

萬事俱備，對象鎖定。那麼，場景呢？

南舟知道，遊戲方雖然處處吃癟，但實際上，它對玩家依舊處於絕對的支配地位。通過多方施壓，「立方舟」的生存和遊戲空間已是被一縮再縮，退無可退。

綜合當前種種情況，「立方舟」要是還想贏，除了 PVP，沒有別的路可走。既然他們要 PVP，那南舟就給他們量身定制一場別開生面的「PVP」。

江舫推測，當他們選擇 PVP 模式後，遊戲方必然會安排「亞當」和他們配對，給予他們致命一擊。

原因也簡單。「亞當」本來就得位不正，是苟在「朝暉」後面的吸血蟲，在觀眾眼裡，始終是缺乏一定的說服力的。

因此，「亞當」必須親手殺死「立方舟」。這是為「亞當」獲勝這一最終劇情賦予張力和合理性的需要。

所以，他們大可以將這個局利用起來。一轉乾坤，自掌定數。

深夜時，南舟和江舫躺在一起，在心中醞釀著一場龐大的反制計劃。

計劃的關鍵，就是要想辦法讓「亞當」在不知不覺中鑽入他們親手捏製的「甕」。

南舟說：「我想用頌帕試圖用來殺死我們的空間降頭困住他們。」想了想，他也同樣提出了自己的顧慮：「但是，就像頌帕派占呦來殺害我們的時候一樣，他們周圍的場景不會發生改變，這會很麻煩。還有，我們手頭的材料不足，除非取他們的血和肉來施咒，否則無法修改他們兩個人的記憶。」

江舫搖頭，「這是不行的。我們和『亞當』接觸一次已經足夠了，如果再次接近，一定會引起遊戲方的注意。」

南舟沉吟片刻。

「乾脆做一個和失憶有關的副本吧。讓他們保留記憶。」南舟說：「這樣一來，可以讓『亞當』覺得，這場比賽是完全傾向他們的。」

江舫捲著南舟的一縷髮絲，思考道：「那麼，用迷夢降，將他們拉入

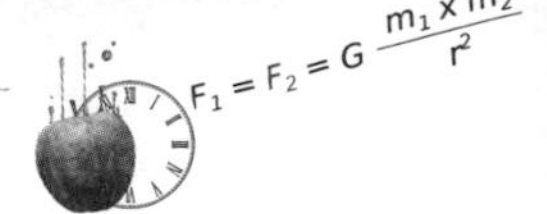

夢境……這也不行，我們只拿到了其中一個人的頭髮，就算我們動用降頭，也只能影響到其中一個……」

南舟取出了一張 PVP 的選關卡，捏在掌心把玩。

江舫立時了然地微笑了，「你的意思是，把選關卡也作為降頭的原材料之一，利用組隊機制，把他們兩個一起拉進來？」

南舟：「是的。只要抓住 **PVP** 選關的間隙，用選關卡催動降頭，這樣再讓他們所處的場景發生變化，就不會顯得太突兀了，他們的記憶也能留存，他們兩個會在組隊機制下去往同一個地方，他們也不會知道，自己進入的究竟是『副本』，還是我們的世界。」

「但是，一旦用了 **PVP** 卡作為降頭的原材料，組隊機制也同樣會影響我們自己吧？」江舫道：「這麼一來，就有一個問題了。」

「嗯。」南舟也想到了這一點，「銀航很不會撒謊。」

江舫：「所以她必須是真失憶，我們才能將這場戲唱下去。」

南舟：「可在 **PVP** 的組隊機制下，我們的狀態會同步的……只要一個失憶，我們三個都會失憶。」

江舫當機立斷：「那就失憶。」

南舟也同意這一點：「我們入局之後，可以用迷魂降同時修改我們三個的記憶，倒退到同一個時間點。只有主降人有解除自己失憶狀態的機會。其他兩人的失憶狀態，會一直持續下去。所以我們要設置一個主降人。他既要是夢境場景的布置者，也是有機會解除失憶狀態的人。」

「我吧。」江舫說：「我瞭解我自己。想要讓失憶的我無條件相信陌生人，太難了。」

確定下最重要的事情後，兩人繼續碰頭謀劃，你一言，我一語，在細節處修修補補，構築起了一片巨大且無形的網羅。

「場景可以設在有軌電車上。」

「什麼是有軌電車？」

「……哈，交給我就行了。在一開始，我們需要把他們分開，並讓其中一個落單的人獲得看似強悍的武器；另外一個就近安排在你身邊。沒有問題吧？」

「是，沒問題。這樣可以讓他們放鬆警惕，認為自己在副本中占盡天時地利人和。」

「與此同時，我也要持有一樣武器。為了劇情更合理，我會設計一場奪取武器的戲碼，讓我的武器獲取過程顯得艱難一點……讓那個落單的人持有一把長款步槍吧，這種武器看起來厲害，但近戰不利，只能遠攻、暗攻。有軌電車的車廂基本是前後通透的，他要想遠攻，很容易暴露，所以他只能暗攻，也就是走別的路，比如爬上車頂，伺機對我們進行攻擊。」

「那麼，要留給他一個機會嗎？」

「當然。我會在我的夢裡設計一條足夠長的黑暗隧道，也會把車頂設計得薄一點。爭取在隧道到來前，讓他潛伏在車頂的事情暴露在我們眼前。」江舫繼續道：「在進入隧道前，我會預留出足夠的時間，在他暴露之前，我們會先在車內相遇。我可能會攻擊你，但不會真的傷害你，因為我哪怕記憶倒退，也會記得你的臉。」

南舟說：「以我的個性，我會主動攻擊人，但只要你不殺我，我也不會馬上殺人……問題是，如果銀航加入了他們呢？」

「銀航？她不會的。」

「為什麼？」

「她喜歡鋒芒畢露、能夠提供她絕對保護的強者，就是我們。『亞當』這種蟄伏型的玩家，根本不會提供給她必需的安全感。」

「那副本具體要怎麼設計？你要怎麼恢復記憶？」

江舫粲然一笑，「具體的啊，交給我就好。」

他們設計了許多小細節，卻唯獨沒有設計在主降人恢復記憶後，他們該如何相處。

南舟把權利交給了江舫，任他自由發揮。於是，江舫成功地把他發揮到了床上。

此時，毫無記憶的南舟躺在江舫身旁，心中有無限的問題：「既然我們從沒有見過，為什麼我們會在這裡？為什麼我會遇見你？為什麼我們會……」會抱在一起，會有這樣親密的關係，而我又不厭惡你？

「……為什麼呢？」

江舫重複了一遍，一語雙關道：「大概是因為……『萬有引力』吧。」

他們的確是因為《萬有引力》，才有了第一次的相遇。

南舟微微歪頭：「什麼意思？」

江舫收攏了手臂，「萬物之間都有引力……所以，我才能遇見你。」

南舟「嗯」了一聲。

他對江舫的表白不能全盤理解，所以索性一切從心，先乖乖地表示「知道了」，再說其他。

江舫：「你呢，你怎麼想？」

南舟其實對江舫並沒什麼想法，好奇甚至遠在慾望之上。

這是他見到江舫的第一天。他的記憶是空白的，身體卻自行帶有獨立的記憶，他的皮膚在歡迎江舫的觸碰、他的肌肉知道擺出怎樣的姿勢才能更舒服地團在江舫懷裡、他的雙腿會因為江舫而放軟。

他轉過身來，直視著江舫的眼睛，想要將他看得更仔細，好勘破這點迷障，弄明白為什麼自己會出現這樣的變化。

然而，當江舫與他對視數秒後，江舫肩膀輕輕一顫，抬手蒙住了南舟的眼睛。

南舟：「唔？」

江舫忍著笑音，把臉貼在他的肩窩上，「別看我。」

南舟：「為什麼？」

江舫：「你這樣看著我，我就說不出來話了。」

南舟更加好奇。明明他連自己的隱密處都摸過了，為什麼連自己的眼睛都不敢看？

而他偏偏又沒有撒謊。南舟能清晰感知到，江舫貼著自己頸部的一小段臉部皮膚在急速升溫。

在各種主觀因素的累加下，被蒙著眼睛的南舟儘量客觀地給出了一個答案：「你很奇怪。但我想和你一起走。」

現在的事實是，他的確離開了永無鎮。接下來的旅程，不管是留在「伊甸園」，還是去往其他的地方，他都需要一個旅伴。江舫應該是個絕不會讓他感到無聊的合格夥伴。

江舫看起來很喜歡南舟的這個答案。因為他難得孩子氣地將腦袋埋在他的頸窩裡，撒嬌似地蹭了兩下，蹭得南舟的心窩癢絲絲的。

緊接著，江舫放開了手，在他鼻尖上輕啄了一記，「這樣就很好。」他問南舟：「明天你想要做什麼？」

南舟的思路被磋磨得有些鈍，跟不大上江舫的思路：「……明天？」

江舫：「是。你想幹什麼，我們都可以去做。」

南舟想了想：「去轉一轉小鎮吧。如果有趣，就留下；無趣的話，就離開。」

「還有呢？」

「還有……」南舟看向窗外，「現在是夏天？」

江舫：「是六月。」

南舟：「那離冬天還要很長時間。不著急。」

江舫心有所感：「你想要……看雪？」

南舟點頭。

永無鎮的春夏秋冬，只在溫度上有著變化。除了白夜與晴晝外，永無鎮連雨也寥寥，似乎生怕雨水浸濕了這紙紮的世界。

他只在詩詞裡見過雪。

江舫欣然點頭，「好的，我記住了。」言罷，他又撫一撫南舟的額角，翻身坐起。

南舟支起上半身，「你要走了嗎？」

「不。」江舫答：「洗澡。」

南舟提醒他：「你來之前洗過的。」

江舫目光下移，也一路誘導著南舟將視線投向了他蓬勃有力、一直未得紓解的身下。

他笑道：「不好意思，我還要去解決一下。」

即使在這樣的情況下，江舫姿態也做到了一百分的優雅得體。

南舟躍躍欲試地伸出手去，熱心道：「我剛才學到了一些技巧，我也可以……」

江舫用食指抵住了南舟的眉心，這動作又惹得腦海中餘波未平的南舟打了個哆嗦。

江舫：「不用。」

南舟：「為什麼？」

江舫沒有說多餘的話，只是單腿抵在床側，紳士又克制地親吻了南舟遞來的手背。以溫柔如水的笑顏作為掩飾，骨子裡卻是湧動著無數狂亂骯髒的想法。他擔心自己控制不住，一開始就直入主題，驚嚇到南舟。

現在，還是第一步而已。

當淅淅瀝瀝的水聲從盥洗室內傳來時，原本躺在床上的南舟悄悄探出手，摸到擺放在床頭櫃上的便條紙和筆，無聲無息走到盥洗室門口，席地而坐。

這裡是月和燈的死角。光線黯淡，近乎於無。好在南舟是伴光而生的怪物，因此在黑暗裡也能游刃有餘。

他低下頭，在黑暗中熟稔地一筆一劃地記錄下了自己的一天。

這是他在永無鎮周而復始的無聊日子中開發的樂趣，目的是提醒他每天至少要做一件和前一天不一樣的事情。到了這樣一個陌生的地方，他要將這樣的習慣繼續下去，方便他整理思路。

在把有軌電車上的遭遇，以及將「伊甸園」的地形圖悉數如實記下

後，南舟另起一頁，開始記錄這個自己新見到的人類。

今天，我遇到了一個人類，叫做江舫。

他摸了我的頭，也摸了我的生殖器官。我以前也摸過自己，沒有這樣舒服過。我認為……

寫到這裡，南舟稍稍擱筆，構思一番後，將「我認為」三個字勾去，添加了四個字「**非常舒服**」。

他特意在四個字下面畫了兩道雙橫線，表強調。

嚴謹地描述過自己的感受後，南舟繼續冷淡著面容記錄他的江舫使用筆記。

時間……

他看了一眼手錶，寫下記錄。

一個小時五分鐘。

他很耐心。耐心到我也不知道為什麼。

我有很多為什麼。

為什麼我會出現在這裡？為什麼會遇見他？為什麼會突然脫離永無鎮？為什麼他摸我時的觸感，和我自己操作時完全不一樣？

我的身體內外還存在許多需要探索的奧祕，他既然對我感興趣，想要研究我，或許我和他一起研究也不錯。

當江舫帶著一股冷水水氣推開門時，恰恰和倚門而坐的南舟對上了視線。南舟收起了紙筆，一派坦然，彷彿他就應該坐在這裡。

江舫望了一眼凌亂的床鋪，奇道：「怎麼不睡？」

南舟把便條本放入上衣口袋，抬眼望向他，簡簡單單地給出了答案：「你不是害怕？」

江舫一愣，原本平穩的心跳立即掙脫秩序，咚咚地鬧了起來。

南舟並沒有發現自己只憑一句話就輕易撩動了江舫的心弦。於是他該做什麼就做什麼，背對著江舫，自顧自脫下西裝風衣，解開襯衣扣子，將自己大片大片的雪白皮膚和漂亮肌肉線條在江舫面前展露無遺。

盥洗室的燈光作為屋內的總光源，為他的皮膚燙上了一層薄金。縱橫的傷疤，又將他完美的軀體四分五裂地剖割開來。這種撕裂的美，刺痛了江舫的眼睛，也讓他心跳加速，不可自拔。

他熄滅了燈，與南舟一道在黑暗中上了同一張床。

南舟因為身體倦了，入睡很快。

江舫則在黑暗中，靜望著他的南舟。

他會因為自己的一句謊言，乖乖守著他，跟著他到任何地方。即使重來一次，他還是會用各種各樣的小細節，誘惑得自己為他心動。

「你是真的不通人情嗎？」

江舫的手指捏上了南舟的耳垂，低聲笑語：「我怎麼感覺，你要比我更狡猾啊。」

另一邊，元明清拖著疲憊的軀體返回了宿舍。

其他工友早早離開了廠房，但工頭唯獨把元明清留了下來，美其名曰他初來乍到，對機器的掌握不夠嫻熟，要對他進行額外的輔導。

——狗屁。就是看他今天的工時不夠。

等他返回時，宿舍裡已經熄燈了。

元明清東倒西歪地在一眾鐵床架內穿梭而來，一路走到唐宋的床側，一屁股跌坐在四腳不平的鐵皮椅子上，在充斥著腋汗和腳汗腥臭氣息的空間內一聲聲地沉重呼吸。

他麻木著一張臉，一隻手搭在桌緣，攥緊、又鬆開。

片刻之後，他一拳狠狠擂在了桌面上。

——太難看了。

他發出的巨大響動，惹得一群剛剛入睡的工友萬分不滿，四下裡此起彼伏的噴聲一片。

黑暗中，元明清攥得發疼的拳頭被一隻手捉緊了。

唐宋刻意壓低的聲音響了起來：「撒瘋夠了嗎？有意義嗎？」

他替他揉一揉僵硬的關節，又將他的手搡開，嫌棄道：「把汗擦擦，臭死了。」

元明清聽出了些話風，稍微穩定了情緒，從椅背上抽出劣質毛巾，把整張臉埋入其中，齉聲齉氣道：「……你有什麼情報了嗎？」

當元明清和唐宋低聲地進行這一番對話時，導播室內，萬千道資料流程都在緊張窺視著他們的一舉一動。

——千萬不要說出什麼不該說的話！這裡是一個被江舫憑空捏造出的異空間。

「立方舟」利用時機，在進入 PVP 模式、和「亞當」成功配對的瞬間，卡了 bug。這樣精當的操作，甚至瞞騙過了所有人的眼睛。當發現鏡頭無法操控時，他們還以為是監控單元出了問題。好一通操作後，等他們發現究竟是哪裡真正出了問題時，所有負責人的資料都齊齊大亂了一番，血壓飆升。

系統第一時間嘗試從周邊強行攻破副本。可這種力量源於未知的自然，無法用資料輕易改寫和左右。

更滑稽的是，送他們去往那個低級副本，讓他們接觸那股神祕力量的，正是遊戲方自己。

在無奈中，後臺資料組只能竭力去解析和攻破這個奇異的降頭，目前還沒有整理出一個頭緒來。總而言之，遊戲方現在只能大眼瞪小眼，做一個無能為力的旁觀者。

好在，直到現在為止，「亞當」的表現還算正常。正常到就連觀眾也認為這只是一場緊張刺激的 PVP。

在觀眾視角，「立方舟」略占上風，但表現得過於麻痹大意，在進入陌生地帶的第一晚，就坦然地吃吃喝喝，還和隊友分屋睡覺。

萬一有人在飯菜裡下毒呢？萬一半夜有神經病偷襲呢？他們就連一點

警備措施都不做的嗎？

最可恨的是節目組，居然在江舫進入南舟房間後就停止了那邊的直播，只留給了他們一面黑屏。

有什麼是他們不能看的東西嗎？

而「亞當」那邊，雖然一開始落了下風，唐宋還殘了一條腿，很是受了觀眾們的一番嘲笑，但他們畢竟是組隊成功，也遠離了風暴中心。因為實力不夠，暫避鋒芒，也是一種玩法，無可厚非。

觀眾們看得饒有興趣，紛紛分析，各自出著主意，卻不知道整個節目組正如履薄冰、如芒在背。

就在這樣長達數小時的窒息氛圍中，所有節目組的人同時看到，唐宋對著虛空，揮了揮手。

這原本是他們約定好的慣用手法，是驅散鏡頭，讓它們暫時遠離，方便他們進行談話的手勢信號。馬小裴和曹樹光曾用過，他們也不止一次地用過。

在這之前，沒人覺得這有什麼問題。

但在唐宋做出這個小動作後，導播間的全體工作人員如遭雷擊，原本恒定的資料流程集體亂作了一鍋粥。然而他們只能各自靜立，動也不動。因為知道他們什麼也做不了，節目組只能懷抱著最後一絲僥倖，期望他們能放聰明一些。

可惜，「亞當」不是上帝，他們並沒有上帝視角。

在確保自己已經留給鏡頭足夠的撤離時間後，唐宋歪靠在枕頭上，直入主題，說：「那些 NPC 回來得比你早。所以我從他們嘴裡打聽到了一些事情……」

導播間內一片死寂——什麼他媽的叫開口即死？

而 24 小時始終保持著滿屏級別的彈幕池裡，出現了遊戲直播以來，最為漫長的一段空白。

在這段令人窒息的空白過後，大量的問號無隙刷出，懸掛已久的達摩克里斯之劍悄無聲息，當頭落下。

有觀眾發出了第一聲質疑。

「怎麼回事？什麼 NPC ？」

「『亞當』怎麼知道那些人是 NPC ？」

「『亞當』難道恢復記憶了嗎？」

導演木然地望向螢幕裡還在專心致志研討副本的唐宋和元明清，他突然冒出了一個讓他冷汗橫流的念頭：

或許，「立方舟」精心設下的這個局，根本不僅僅是想讓「亞當」死而已。「立方舟」必然是捕捉到了某種資訊，得知他們目前進行的遊戲是一場又一場的表演賽，是有人在觀賞的。他們究竟想做什麼？

導演越是在心中復盤，越是心驚冒汗。這分明是一張早早編織妥當的密網，蟄伏在靜水中，只等他們正面投入。

要知道，假如沒有幕後策劃，沒有預定冠軍，「立方舟」就算去打 PVP 模式，有那麼多等待配對的玩家，他們也未必會匹配上「亞當」。如果他們第一輪 PVP 沒有匹配上「亞當」，那他們的降頭布局就會全部付諸東流。

偏偏，節目組非要針對他們不可，這是他們的剛需。他們知曉，名次突然攀升的「亞當」需要一場正名之戰。他們更知道，讓「亞當」苟住，打些其他比賽，再使用「拖」字訣，讓「立方舟」繼續在垃圾副本裡流連，讓「亞當」和「立方舟」繼續保持王不見王的狀態，永不碰面，是最穩妥的做法。

但這種乏味的對局，卻不是最能拉動收視率的做法。要想讓比賽精彩，讓觀眾們心甘情願地為之付費，就要讓觀眾看到他們最想看到的內容。這是最簡單的邏輯了。

所以，「立方舟」就這麼藉了節目組的需求，把「亞當」正大光明地拖入了他們的局中。他們不止要殺死「亞當」，還要殺死節目組。這一場虛設的末日副本，不僅是他們與「亞當」的博弈，更是和節目組的博弈。

即使節目組察覺不對，發現這個「副本」是他們親手捏造的幻境，他們也做不了什麼。不管他們切不切斷直播，接收不到他們任何危險警告的「亞當」都是凶多吉少了。

既然能預見到必死的局面，那節目組就必須做出取捨。壯士斷腕，切斷直播？不，不可能的。

因為，就像當初自己要求切斷直播，總負責人卻竭力阻止的原因一樣，當直播中斷、「亞當」橫死後，節目組根本無法跟普通觀眾解釋，更無法向那些莊主和投入了重金的觀眾解釋，為什麼「亞當」這個被精心供養的金蛋會死。

如果給不出能服眾的理由，必然會引發無可挽回的糾紛和矛盾。所以，他們只能眼睜睜地將直播繼續下去，直到「亞當」試圖私聊，暴露出他們特殊玩家的身分。

可「立方舟」怎麼有十足的把握，確認「亞當」不會察覺異常？要知道，就在幾天前，「亞當」都還能看到鏡頭的變動情況……

想到此處，導演陡然一滯，一滴冷汗順著他的臉頰滑落，落到他皮膚發緊的咽喉，又引發了一陣小痙攣——「亞當」四周鏡頭的可視功能，是因為什麼關掉的？

一切的起源，是節目組在【邪降】副本安排了曹樹光和馬小裴兩個高維玩家，想要在「立方舟」遭遇到「亞當」前，伺機除掉他們。

這很簡單，只要配合 boss，在 boss 意圖除去他們的時候，稍稍動點手腳就好。

誰想到，那兩個根本讀不懂空氣的傻逼根本不能領會他們的意圖，在一開始就化身退堂鼓一級表演選手，對節目組的暗示有所體察後，直接選擇了視而不見。

迫不得已，節目組跟他們傳遞了資訊，明令讓他們對「立方舟」動手。結果，他們得到的回覆是……

「不行啊。」曹樹光誠懇地表示：「我和我家小馬都太廢物了，換別人吧。」

而他們也的確不負廢物之稱。剛一打上照面，就因為可視鏡頭的存在遮蔽了視線，被「立方舟」列入懷疑名單，沒有在李銀航說漏自己名字時做出有效的應對，在酒吧裡被「真相龍舌蘭」算計，最後甚至是在「立方舟」的保護下，才在這個進化了的副本中成功存活。

也正因為此，為了避免「亞當」與「立方舟」對上時重蹈覆轍，經過緊急商討，節目組才臨時關掉了可視功能。然而……

是誰讓他們做出這一決策的呢？又是誰步步引誘，步步心機，利用曹樹光和馬小裴露出的破綻，來為眼前這個局推波助瀾的呢？倘使他們早就知道了鏡頭的存在，江舫為什麼要對著鏡頭，歷歷清數曹樹光和馬小裴身上的疑點？

他究竟是說給隊友聽，幫助隊友答疑解惑，還是……專程說給節目組聽的？

在發現 PVE 無路可走後，「立方舟」就利用手頭上能利用的一切資源，出言誘導節目組關閉鏡頭。他們成功了。

然後，失去了對鏡頭的可視掌控，不能確認鏡頭是否撤離的「亞當」，便徹底在無知無覺中，落入他們精心編織的陷阱……

一旦想通這一點，導演心如油煎，心中的問題層出不窮，一個接一個冒出，一個比一個更讓人膽寒。

「亞當」明明是以普通的玩家入局，和他們的接觸從頭至尾也只有一次。他們的身分是什麼時候被「立方舟」發現並精準鎖定的？「立方舟」是什麼時候開始策劃反擊行動的？「立方舟」設下的局，又是從哪裡正式開始的？而且，即使知道南舟他們想要做什麼，導演也完全不能理解，他們為什麼要這麼做？

導演攤開手心，用數據快速程式設計了一隻小小的活螞蟻。帶著流光的虛擬螞蟻，在他掌心裡毫無戒心地緩緩爬動。作為一個被臨時捏造出來的虛擬生命，牠根本不知道自己要面臨什麼。

導演動用了一點力量，撚住了螞蟻的身體，對牠施加了一個並不致命的重力。等到力量消散時，感覺自己受到了生命危險的螞蟻果然驚慌失措，開始四處亂爬。而當牠發現，不管牠爬向哪個方位都會受到無情的重壓時，牠便自暴自棄，放棄了掙扎，乖乖蜷縮在原位，不再動彈。

這才是正常的生物規律，趨利避害，在規則範圍內求生，不是嗎？

「立方舟」這隻螞蟻，明明還落在己方的掌心，又怎麼敢做出這種事情？他們不怕節目組被惹惱後，利用絕對的優勢，放棄遊戲，摧毀他們和其他所有的玩家？他們怎麼敢逃出既定的框架？他們又怎麼敢假定自己可以全身而退？明明是渺小到和螞蟻一樣任人操弄的生物……

然而，偏偏就是這些渺小的碳基生物，向支配他們的人、向遊戲存在的根基本身，刺出了最為尖銳的一劍。被他們藐視的螞蟻，製造了一場地動山搖。

有工作人員怯怯地問正在出神的導演：「導演，我們……怎麼辦？論壇中心的質疑聲越來越多了。」

另一名工作人員拿到了新鮮出爐的資料，「輿論組那邊也出了結果，把以這件事為討論主題的帖子的大方向數據篩選了一遍：認為副本出了bug、『亞當』恢復記憶的占30%；認為遊戲機制不公平的占50%……這些人早就列出了任務清單進行了縱向對比，認為『立方舟』一直在遭到不公平對待，質疑我們的隨機系統有問題，遊戲內有預定冠軍……還有20%的玩家集中在專門的分析帖，把螢幕錄影下來的內容逐幀分析，說『亞當』其實從頭到尾都沒有失去記憶，又結合小鎮構造、小鎮名稱，還有『立方舟』那邊的異常黑屏，說……說……」

導演努力撐住場面，冷笑一聲，不過這冷笑的成分更接近於慘笑了。

「說什麼？還能說什麼？」導演道：「不外乎是『亞當』中了圈套，這裡根本不是副本。」

工作人員張口結舌一陣，機械重複：「……怎麼辦？」

導演：「什麼都不做。」

「真的嗎？連直播也不切斷嗎？」

「之前，是實在不能切斷；現在，是沒有切斷的必要了。」

導演注視著螢幕上還在喁喁夜談的「亞當」，冷峻得如同注視兩尊陳年的墓碑，「讓所有觀眾親眼見證『亞當』是怎麼死的……這是他們最後的價值了。」

唐宋與元明清自然不知道外界無數人正在為他們發瘋。

唐宋正在和元明清分享自己所得的情報。

「這個小鎮面積巨大，整體是按照病患的嚴重程度，以同心圓狀劃分各自的活動地帶的。我們在第四圈。南舟他們應該在第二圈。」

唐宋在自己繪製的簡易圖形中央點了一點，「中央位置，住著小鎮的主人，主理小鎮裡的一切事務。」

元明清情緒稍復，「這個主人把這麼多精神有問題的人聚集起來，要做什麼？」

「不知道。」唐宋乾脆道：「要麼是他精神本來就有問題，要麼，用這麼明確又奇怪的建築布局，把所有人按病症有序劃分成圈層，而他又偏偏住在中心點……我想，他一定是想圖謀什麼。」

元明清想到了一種可能：「我記得，這末日之所以存在，是由於某種異常的精神類病毒的傳播吧。那麼，建立這樣一個病患聚落，是為了做一個巨大的生物培養皿？用來養蠱？」

唐宋接上了元明清的話，思路清晰，侃侃而談：「或是為了創造更新的病毒，或是他就是病毒本身……反正我不相信他是好心，才用電車從各地搜羅神經病帶回『伊甸園』。」

元明清：「有辦法破局嗎？」

唐宋：「去見這個主人。殺死他，或許就能結束這一切。」

元明清已經完全跟上了唐宋的思路：「……但要在借他的手，殺死『立方舟』之後。」

唐宋抿著蒼白失血的唇，輕聲笑道：「對。小鎮裡是禁止正常人的存在的。」

這是他們在車站遇到的神父打扮的中年男人為他們提供的訊息。一旦捕獲正常人類，他們會立即殺掉，並對他們進行解剖。

唐宋自通道：「……這應該就是副本送給我們的最重要的提示了。」

元明清鬱結在心的一口氣長長地吁了出去，「可要怎麼接近那名主人呢？有管道嗎？要怎麼取信於他？」

唐宋的指尖在被面上緩緩滑動，沉聲道：「這個，我還沒有想好。讓我再想想。」

既然有了方向，元明清也不那麼焦慮了。

他揚了揚唇角，扶唐宋躺下，「你先好好休息吧。」

「不急。」唐宋縮在被子裡，精神不濟，雙眸卻灼灼明亮如星，「我們要贏。只要我們贏，我就能讓我的父母進入高等『雲端』裡，他們會擁有更多的許可權和自由，可以支配和掌控更高等級的資料……」

元明清放柔了聲音：「這是他們對你的期望。你不要太緊繃，多想想你自己。」

唐宋異常堅定，繼續描繪未來：「我沒有什麼自己。我就是要贏。到時候去高等『雲端』裡，我就去和你做鄰居。跟你搭檔這麼久，我還不知道你長的什麼樣子。」

他這樣刁鑽的人難得開玩笑，讓元明清也在疲倦中忍俊不禁了，開心回道：「好啊。」

第二日清早，南舟從床上甦醒過來時，天光大亮，另外半張床已經空

了。他注視著這片空白，腦海中也是空茫茫的一片。

他主動挪過去，枕倚著那殘餘的體溫，和以往醒來時一樣想著幾樁簡單的心事，促使大腦清醒一些後，才爬起身來，安靜地完成洗漱。

他推門出去。

江舫不在外面，李銀航的房間也是空著的。

於是南舟沿著木質的廣闊迴旋樓梯拾級而下，去尋覓他新朋友的蹤跡。在南舟來到大廳中央舉目四顧，疑心自己昨夜經歷的都是一場幻夢時，他把手探向了口袋。

裡面有一疊便條紙，還有一根筆。

還沒等他抽出手來，從記錄中確證自己昨晚的記錄是真非假，餘光中，一片輕而薄的白色物體伶伶仃仃飄到了他的肩膀。他拈起來，看見了一片鵝絨……似乎是枕頭裡的。

他心有所感，仰頭望去。

萬千片雪絨，不知何時出現在了他的頭頂，同時起舞、同時飄散，紛紛揚揚，團團片片，宛如受潮汐召喚而來的雪花，反射著一小段一小段溫和的日光，將一室的傢俱都被那閃著明亮駁光的波瀾溫柔席捲。這雪不冷，還很暖。

「南老師，早上好啊。」江舫靠著陽臺扶手，笑意盈盈地托腮下望，「起來看雪了。」

南舟拂去了睫毛上落下的鵝絨，穿過漫天的暖雪，定定遙望向正上方的江舫。

所以說，的確不是夢。

江舫撫摸了自己的身體，並清楚地記得自己的願望，提早起床，為他謀劃布置了這一場無風而起的雪景。

他仰望著江舫，在這場小型的冬天裡，提前看到了一片春光。

而李銀航從餐廳門口探了個腦袋出來，一句浪費可恥欲言又止，又被生生嚥了回去。

她捧著盤子，叮叮地敲了兩下，「吃早飯啦——」

昨晚，李銀航躺在床上，兩眼一睜，生無可戀。這輩子她都不會自己花錢住條件這麼優越的五星級飯店，機會難得，而且明天可能還要去探索這個怪異小鎮，她不能賴唧唧地蹲在賓館裡哪裡都不去，需要養精蓄銳……她給自己找了一萬個睡覺的理由……笑死，根本睡不著。

最讓人毛骨悚然的是，她總覺得有活物正在抓撓著什麼東西。撓牆的東西爪子應該挺尖，不間斷地摩擦再摩擦……欻欻聲中充滿了難以言說的幽憤。

李銀航看過恐怖片，經驗豐富，絕不上當。

電影裡的鬼都是這麼演的，用怪音勾引人出去查看情況，只要人一離開被子結界，鬼就會馬上出現。

她躲在被子裡，努力洗腦自己撓東西的只是老鼠，或者大個的蟑螂在結伴搬家……結果這個想像在恐怖之外，更添了一層噁心。

李銀航蜷在被子裡瑟瑟發抖一陣後，終於忍無可忍，揭被而起。她本來還想扮演一個可靠有用不黏人的好隊友，好展現自己在這種詭異的世界裡為數不多的存在價值。但是慫才是她的本體。

她翻身起床，把鋪蓋捲一股腦兒抱在懷裡，頭也不回，走直線離開房間，想要去找江舫或南舟。她都不指望能拼個床，拼個地就行。

江舫住在她的隔壁。

她小心翼翼地敲了一下門，才發現門壓根兒沒鎖。

推門一看，夜風從未關的窗戶湧入，吹得窗簾翻飛如浪，她也跟著窗簾打了個哆嗦。房內沒人。

她又來到了南舟房前。剛剛走近，她就聽到房內飄來了一點怪異的聲音，那是一種竭力控制自己不要發出聲響，但卻因為難忍的歡愉和舒適而隱忍發出的斷續低音，也沒有什麼具體的言語，只是拖著尾音，壓抑又委屈的「嗯嗯」聲。

她趴在門口聽了一會兒響，辨認出了這聲音的成分。然後她利索地抱著鋪蓋捲兒又回去了。

——對不起，打擾了，告辭。

她回到房中，亂轉的心思被這麼一打岔，膽氣在無形中膨脹了數倍。大佬已經開始搞黃色了，而她連覺都不敢睡，對比之下，簡直丟人。恰好那聲源似乎也抓撓累了，老實了不少，沒再響起。她心一橫，眼一閉，竟也在不知不覺中睡熟了過去。

昨天晚上隔門見證了那一場歡愉，早餐時，李銀航不自覺地在他們兩人中瞧來瞧去。

可兩個當事人都是一臉鎮定平和，毫無端倪，讓李銀航懷疑昨晚的經歷是不是自己淫者見淫，做了一場綺夢。

她頓覺悲涼萬分，寂寥地叉起煎雞蛋，咬到口中，以此解憂。

她做這種夢本身不要緊，但做別人的春夢，實在過分悲哀。

實際上，南舟還在想那場雪，並且不很理解昨晚的親昵意味著什麼。

江舫則是有別的事情要忙。他給南舟夾了一塊煎得正好的厚蛋燒，不顯得殷勤，只將紳士得體恰到好處地展現出來，「今天要出去看看嗎？」

南舟：「嗯。」

江舫將一捲用細布包裹好的東西遞給了他，「到時候帶這個出去吧。防身。」

他們的槍早在離開車站時就被沒收了。按照那位來接車的中年神父的說法，槍是稀缺資源，還是最好交還，統一管理。

順帶一提，那位接引人之所以滿臉悲憫，通身真正的神父氣質，是因為他的原型，正源自於江舫童年時一名在他居住社區附近的教堂工作，溫和有禮的華人主教。

南舟拿起來，輕掂了掂，發現這捲布分量十足。

他拆開中央綁縛的一圈細細紅線後，一排銀質餐刀依捲而出，在日光下明明爍爍，把把鋒利。

南舟就近抽出了一把，比劃了一下，發現還挺順手，「哪裡來的？」

江舫說：「廚房。」又說：「全部打開看看。」

南舟依言打開。當一捲刀刃展到盡頭，一枚藏在捲尾的正紅色福袋出現在了南舟眼前。

它身上有卍字福紋，束帶末端鑲有細細流蘇，錦針金線，很是精緻。

南舟翻動著好奇問道：「這個是……？」

「也是我做的。」

江舫撐著頭作答時，目光與口吻一應都是令人如沐春風的腔調：「你可以理解成禮物，也算是祈福，希望咱們都順順利利的……雖然未必有什麼用了。」

南舟拆開這福袋模樣的小裝飾，從裡面取出了一隻摺成紙鶴模樣的紙牌。牌面上的 JOKER 笑臉恰好落在翅膀上，對他露出狡黠又明快的笑。

對照之下，對面江舫的笑容實在是誠懇又溫柔，解釋道：「我不會畫符什麼的，只會摺個紙鶴，也不曉得究竟能不能起到作用，可就是想給你做一個。」

李銀航默默在旁吃飯，意圖用牛奶堵住自己想要吐槽的嘴……

是她的錯覺嗎？她怎麼感覺，江舫的這套話術，像極了自己讀大學時的宿舍姐妹吐槽的那個勾引她男朋友的綠茶？

還有，昨天晚上做了那樣的事情，早起做了三人份的豐盛早飯，又把賓館裡庫存的大量枕頭翻出來製造人工降雪，給南舟準備防身的刀及製作簡易的刀套，他居然還有工夫摺紙鶴、做福袋。打了雞血嗎？精力要不要這麼旺盛啊？

南舟捧著福袋，看向李銀航，「她沒有嗎？」

江舫看也不看李銀航，坦然答道：「她和我都是你要保護的人，只要你好，我們就會好，不是嗎？」

李銀航：「……」

——大哥，你昨天拿槍的樣子可一點都不像需要保護的人。

不過，在南舟眼裡，任何人類都是需要保護的。他認為江舫的話有理，便點一點頭，妥善收好福袋，低頭繼續吃飯。

送過禮的江舫也不求什麼明確的回報，連句感謝也不要，似乎這樣的付出就足夠讓他感到愉快。他放了半份三明治到南舟的盤子裡。

南舟輕咬了一口，聽江舫問道：「加了一點鹹蛋黃。口感怎麼樣？」

南舟覺得眼前的這一切都很好，於是籠統地一點頭，「嗯。」

Universal Gravitation
萬有引力
騎鯨南去◎著
5
即使螞蟻 也能製造一場
Universal Gravitation
地動山搖
偏偏就是這些渺小的碳基生物，向支配他們的遊戲，刺出了最為尖銳的一劍！
愛呦文創
愛呦文創
© 《萬有引力5》騎鯨南去◎著、黑色豆腐◎繪、愛呦文創◎出版

CHAPTER

05:00

虛假的亞當，
正適合這個虛假的伊甸園

飯後，他們做好一切準備，離開了落腳處。

9 點鐘的陽光已經帶有灼人的力度，熱風更是推波助瀾，將這份熱注滿了這個初夏。

土地被曬得反光，四周白亮一片，讓人提不起什麼警惕心。

昨天來到這裡時，他們是坐車來的。直到走上街親自走了一遭，三人才發現他們的落腳地大得離譜。

他們轉過的那一片街道，不過是冰山的一角。

李銀航拿著昨夜學長給他們的本區地圖。出於保命的剛需，李銀航的筆記做得比南舟還詳細，小心翼翼地避過那些高危人員的居住地。

儘管她知道南舟和江舫實力都很強，他們的接引人也提前給他們打上了預防針，告知他們這裡是張三快樂營，就算相殺也只是「最好的安排」，充滿了宿命的味道，但能不觸霉頭，還是繞著點走好。

但即使青天白日，手持地圖，她仍然心裡沒底，生怕從哪個犄角旮旯突然跳出一個人，攮她一刀，轉身就跑。

她只好靠碎碎念來緩解內心的恐懼：「這個小鎮的主人收集這些人，究竟是有什麼用處？」

「他好像也沒有打算好好保護他們，萬一人要是跑了怎麼辦呢？」

「萬一互相殘殺，我們要躲到哪裡去呢？」

江舫含著微微的笑意抱臂而行，沉默不語，只在心裡作答：

這麼設計，實際上有兩個作用。第一，如果要解開南舟的迷魂降，一定需要相應的術法，用以解蠱。

可以說，他一開始就為自己埋下了解蠱的藥。

他有把握，自己一定會被分到強攻擊性患者聚居地。因為在一開始，他就為失憶的自己埋下一個必踩的觸發點——他專程為自己設計了和那個藝術品狂熱犯的獨處空間。他把自己毫不留情地推向了一個「必須奪槍殺人」的局面。這就基本註定了他將來的分配方向。

他同樣有把握，在遇到南舟後，那個失憶的自己，會因為南舟這張和自己童年的夢想朋友過於肖似的面容，設法把他拐到自己身邊。

能否拐到李銀航，江舫原本的把握不算很大。但按照她的個性，八成是會跟上他們的。

至於唐宋和元明清兩個人，是跟著他們前往強攻擊性患者的聚居區，還是去別的地方暫避鋒芒，都無所謂。反正到了聚居區，不管這兩人在不在，他們一定會去打聽這些精神病患者的居住地。

這是最起碼的安全防範意識。引導人自然會盡到起碼的職責，為他們提供一份詳實的地圖，並在地圖上為他們一一標注這些人的居住地點——這是因為，江舫在選擇高攻擊性患者的引導人時，特意選擇了他大學冰球隊裡那名極負責任的隊長。

在江舫起草這片聚居區的地圖時，特地將上百種病症都綜合起來，讓整片居住區只有一個豪華賓館能適合他們三人居住。引導人手頭只有這麼一個選擇，所以，他也一定會將他們引導到這裡來。

在他們入住這間賓館時，該聚居區的平面圖上，兩百多個點將彼此聯結，形成一個真正完整的解蠱圖紋。當缺失的一筆添上，江舫身為降頭核心的記憶便會全面復甦。所以，這兩百名「患者」之所以會在這裡，只是因為江舫需要能形成圖案的錨點。

這些人存在的第二個理由，自然是用來保護他們的。就算「亞當」想要魚死網破，利用道具優勢來進行強殺，這些實際上完全聽命於自己這個「小鎮主人」的虛擬病患，也會前赴後繼，成為他們的屏障和堡壘。

這次，在嘗試去構建一個完整副本時，江舫有了不少心得。關於《萬有引力》本身，他也有了諸多想法，只待日後驗證。這並不急於一時。

想到這裡，江舫偏頭看向南舟。

其實，江舫在這個小鎮裡的自由度很高，尤其是在他恢復記憶後，他甚至可以為南舟在這個初夏天下上一場雪。不過，這太過違反自然規律。自己昨夜剛和他提過下雪，今天就落雪，或許會引起南舟對自己的懷疑，這就不好了。

他希望南舟愛他，如果暫時做不到，僅僅是不討厭，也可以。

南舟左右看了一番，平靜地提出了問題：「都是平房。」

這句話倒是啟發了腦中一團糊糊的李銀航。

「真的誒。」李銀航沉思，「外面的世界不像這樣，建築不會這麼整齊，最高也不超過三層樓。」

南舟就近沿著一條被陽光曬得發燙的鋁製消防梯，一路攀爬到屋頂。極目遠眺，他望見的都是不超過三層的建築，隱沒於層層綠意間，整齊得令人毛骨悚然。

南舟說：「很奇怪。」

江舫用手背為自己遮陽，瞇眼看向他家爬上房頂的貓，問道：「哪裡奇怪？」

「這個小鎮像是被提前設計好的。」南舟低下頭來，直言不諱：「好像是有人刻意要把我們帶到這個世界來。」

話音剛落，身處高位的他，看到不遠處的街角裡騰起一片煙霧。

走了這麼久，他們連一個人影都沒看見，現在突然出現了人煙，南舟想去看看。

南舟走到消防梯邊，猶豫了一番是否要走正路，但還是沒能經得起一條長扶手的誘惑，跨坐其上，從扶手一路滑下，旋即整理了一下衣服，一言不發地向煙霧升起處走去。

李銀航頗覺莫名其妙，乖乖地一路追去。

江舫被南舟那點隱藏在清冷外表下的孩子氣可愛到了，含著一點了然的笑意，優哉游哉地跟在最後面。

當和南舟一起轉過街角時，她看到有人低著頭在街邊燒著什麼東西。李銀航現在一瞧見活人，就覺得後脊背發涼，比見鬼還悚然。

她剛上去扯住了南舟的風衣尾巴，打算提醒他溜著牆根走，一張被火光映襯得神采飛揚的友好面孔便轉了過來。

那人在火光中禮貌地和他們打招呼：「你們好。」

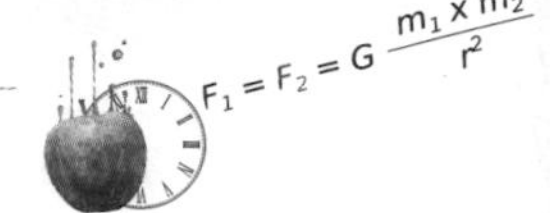

他的目光是直勾勾鎖在李銀航身上的，因此李銀航不得不倉促地給出回應：「你、你好。忙著呢？」

那人還挺斯文：「沒錯。」

李銀航把腳底抹足了油，就等著他這句話，立刻回道：「那您先忙著。我們走了。」

「哎。」那人和氣至極地站起身來，「你們是新來的嗎？」

他身上帶著一點弱質的文氣，彷彿在他腳邊滾滾冒出黑煙的兩小團焦炭與他無干。從姿勢和輪廓而言，被他燒死的，是一對正在交媾的小鼠。

他的臉，源於江舫青年時期讀過的一份報紙。他的原型是一個犯下十幾起縱火罪的殺人犯，犯案的理由，是他憎恨一切異性戀。說他是神經病，也不算冤屈了他。

此刻，這個縱火狂人望著正拉住南舟衣服邊角的李銀航，嘴角木偶一樣的笑紋越擴越大，「你們，是戀人嗎？」

南舟對危險向來是高度敏感的。他看出此人眼神有異，是個十足的危險人物。經過簡單的思量後，南舟決定還是動刀子。

在情勢不明朗前，還是謹慎一些，不要隨意殺死他的好。

捅刀子，他保不齊還能活；如果擰脖子，他就死定了。他將手探向了背後。那裡是江舫為他準備好的餐刀。

把他設計在這裡，江舫自然也是有一番考量的。在李銀航回答、南舟拔刀前，江舫快步向前，大大方方地攬住南舟的腰，也自然攔住了他已經握住餐刀柄的手。

南舟被風衣攏住的腰細而柔韌，僅用一條手臂便能丈量得清清楚楚。

南舟被抱得一愣，低頭望向他合住自己腰的手指，又抬眼望向江舫的側臉，頗為不解。

江舫笑語溫存：「您誤會了。這位是我的愛人，搬到這裡以後，可能要多打擾您了。」

男人神色一弛，高高提起的嘴角放下了一些，人也顯得正常了不少。

他回頭指向不遠處的一間小樓，「喏，我家就住在那裡，你們以後要多來玩啊。」

江舫握住了他遞來的濕冷手心，面不改色地搖了搖，「一定。」

南舟目不轉睛地看著江舫。他和人交遊起來，和和氣氣，但總是隔著三分，那種把尺度拿捏得分毫不差、游刃有餘的樣子……南舟在心裡尋找著各種各樣的形容詞。最終，居然定格在了一個他還不能很理解其意義的書面詞彙上——性感。

當遠離那場危機後，江舫才鬆開了抱攬住南舟的手臂。

「剛才那人看起來不大正常。」江舫柔聲細語地解釋：「不好意思，冒犯你了。你會覺得不舒服嗎？」

南舟又糊塗了。昨夜，江舫在床上對自己做的那些事，成分要比現在更冒犯。但看他現在彬彬有禮的樣子，彷彿昨晚的一切並沒有發生，又彷彿……他想要和自己玩某種有趣的遊戲。

南舟的全副身心被他捉摸不透的舉動吸引去了半副，回答道：「不冒犯。不覺得。」

旁觀了一切的李銀航：「……」

她真的懷疑自己遇到了綠茶，而且有證據。

這一場搜尋，從日在東方走到了日薄西山。

南舟走在三人組的最前面，勻速地用腳步丈量了整個小鎮。

外面天氣實在太熱，烤得人的視線一陣陣發白。小鎮裡很少有人在外遊蕩，大家只是瘋，並不是傻，是知道冷熱的。偶爾，他們能捕捉到幾個在外晃蕩的身影，也個個如白日鬼一樣，努力融入寥寥的陰影中，踽踽獨行，身形遙遙地看不分明，周身輪廓宛如自焚一樣帶著燃燒的虛影。

小鎮太大，房屋之間又毫無參差感，李銀航早就走得沒了方向感，再加上南舟記熟了地圖後在前領路，穿街過巷，像是在逛自家後院，她索性把沒有用武之地的地圖疊了起來，一路打著扇。這一天走下來，她走得滿心茫然，感覺自己完成了調查，又好像什麼都沒有調查。

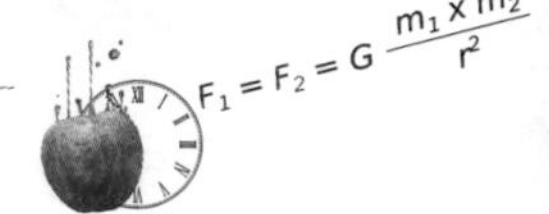

天擦黑時，走麻了的李銀航已經不知道此處是哪裡。她木著一張臉想，早知道的話，今天該背個帳篷出來露營。

可巧，那位負責該區域的學長突突地開著觀光車，正巧路過他們身邊，這才結束了這場不知道該如何收尾的一日漫遊。

觀光車的速度不快，傍晚的天氣也涼了下來，不徐不疾的涼風吹在身上，很舒服。

南舟脫下了西裝風衣，挽在一側手臂上，另一隻手臂自然搭垂在車欄邊，望著街邊輕緩掠過的各式建築。

李銀航偷眼看他。曬了一整天後，他皮膚不發紅也不出汗，乾乾淨淨、漂漂亮亮地往那裡一坐，像個薄胎陶瓷捏就的假人。因此，當這尊不言不語的瓷人突然發言時，著實嚇了李銀航一跳。

他轉過臉來，問學長：「為什麼要這麼設計？」

學長一面分神看路，一面側過半張臉來，「什麼設計？」

南舟用挺淡漠的口氣，說：「這片聚居區是圓形的。」

李銀航一愣，下意識展開手上已經被揉皺的地圖。

昨天，學長給他們的區域地圖是簡略的道路圖，只為他們標明了兩百名患者的所在位置，而且圖上的街道也相當規整，只見方，不見圓。她今天走來，每一條獨立的道路也都是橫平豎直，怎麼可能……

然後她就聽到學長答道：「因為它從開始就是這個樣子。」

——操。聽這口吻，這片地方還真是圓的。

現在李銀航很想看一看南舟的腦子裡是怎麼從那蜘蛛網一樣的布局裡建出一個立體模型的。

南舟：「一直嗎？」

學長：「是的。」

南舟：「所有的房屋高度一直不超過三樓？」

學長：「是的。」

南舟：「除了我們進來的那條路可以通往外界，所有的路走到底，都

是死路。也一直是這樣的？」

學長：「是的。」

李銀航：「……」

儘管早就知道小鎮不正常，她仍是越聽越覺得後背發冷……以及，這一天她真的轉了個寂寞。

南舟：「謝謝你告訴我這些。」

「不告訴你，你會更有好奇心，說不定會翻牆出去。」學長客客氣氣的：「這可不大好。」

「不允許嗎？」

學長答：「也不是不允許。你到了別人的居住區，到時候我們接你回來，會多走好幾步手續。要是遇到外面的人，他們也會恐慌的。大家都是一個家庭裡的人，還是彼此相安無事最好。」

南舟不置可否：「你見過你們的『神』嗎？」

學長並沒有第一時間作答，而是望了一眼後視鏡。江舫支頤望向車外，氣質沉靜如水，歲月靜好。但他淡色的瞳仁卻在無聲無息間轉移到了眼尾，淡淡瞥了學長一眼。

學長收回視線，答說：「還沒有。」

南舟：「誰能見到祂？」

學長：「見到『神』，要做什麼呢？」

南舟：「不做什麼，就想看看。」

學長打了一把方向盤，轉進一條小巷，平靜道：「總有機會的。」

南舟「噢」了一聲，不再發問，徹底安靜了下來，回歸了那個毫無波瀾的瓷人。他的目光掠過街邊關閉的商鋪，讓他生疑的，不只是這裡怪異的布局而已。這種過於安逸，看起來根本無法長期維繫的理想生產方式，是怎麼能讓這個小鎮長期維持下來的？

當他思考時，江舫面對著徐徐而來的微風，自顧自微笑了。他不用去看南舟，就能大致猜到他腦中正在轉著什麼念頭。

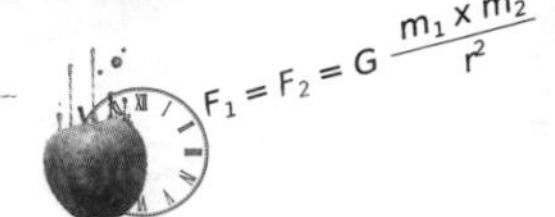

南舟在人際交往方面宛若白紙，沉浸在自己的世界裡，但在其他方面卻敏銳異常。一天下來，南舟能在這迷宮小鎮中有這樣的發現，洞察力已經算是相當出色。

而這麼設計，也是江舫有意為之的。如果這裡毫無危機，是一個真正來去自由、平等公正的「伊甸園」，南舟反而會更加懷疑，會直接選擇離開。那樣的話，當他離開「伊甸園」的範圍，他構建出的夢世界就會直接付諸東流。

在賓館門口下車，目送著觀光車突突突離開，南舟若有所思，睫毛長長垂下，遮住了大半瞳仁，顯得清炯炯的，十分動人。

江舫：「在想什麼？」

南舟回過頭來，突兀道：「如果殺了那個『神』，我們是不是就能離開了？」

江舫：「……」

他被南舟的直白弄得一愣。但他很快低頭，掩藏了嘴角一絲略帶興奮的笑意。他不恐懼那種可能，倒是很期望和南舟真的來一場對決，到時候一定很有趣。

心裡這樣想著，江舫的語氣卻不著痕跡地委屈了下來，問道：「這裡不好嗎？」

南舟想著自己的心事，也沒有注意到他的異常。

「太好了。像是假的。」

江舫：「那也未必要殺『神』，我們目前手頭的情報還太少。」

南舟不說話了。如果只有他一個，他一定會嘗試對「神」動手，但現在不一樣了，他有兩個需要保護的人類。

江舫問：「接下來，你有什麼打算？」

南舟：「在想。」

「留下？」

「不好。誰知道我們在這裡待久了，會不會變成真正的瘋子。」

「冒一次險，去找那個『神』？」

「你剛才說得對。動手殺了祂，說不定會引起不好的事情。」

「那……離開？」

南舟沉吟片刻：「也不好。」

「是啊。」江舫贊同：「像你說的，進出只有一條路，如果我們貿然離開，說不好會造成什麼影響呢？」

李銀航適時地插入做了個總結：「那，我們先留下？觀望一下會有什麼變化？」

南舟和江舫互相注視一番，點下了頭。意見一致，一天的忙碌也算有了個大致的結果。心稍稍定下後，江舫做飯去了，李銀航在旁打下手，南舟在旁邊看了一會兒，便折返回房，打算洗個澡。

以南舟的紙片人體質，其實並沒有清潔自己的必要。不過水流淌過皮膚的感覺，有助於他思考。

經過一番滌洗後，南舟赤腳步出浴室，披著一條浴巾，在床邊坐下了。南舟很安靜地坐在那裡，濕漉漉的烏黑頭髮柔長地披在肩上，更襯得他眉目濃豔。他在永無鎮孤獨地長到 20 多歲，因為與世隔絕久了，不說話時，氣質還是像個少年。

然而，靜坐片刻後，他的思路被一點不屬於自己的香味打斷了。昨夜他就聞到過這個味道，是江舫身上的。微澀的綠茶，帶著一點源自自然的木質香。

他伏在被子和枕頭上嗅了嗅，一夜過去，那香味分明已經淡了。

南舟循著氣味一路找去，終於定位到了香味的來源……原來是福袋中許願紙鶴的味道。他取出了那只硬質的紙鶴，捧在掌心，細細端詳一陣，又伸手去拉動紙鶴的尾巴，讓它的翅膀做起了小小的撲閃動作。

他很容易被這樣的小玩意取悅，把玩了許久。於是，在將紙鶴重新放回福袋後，他的指尖也沾滿了屬於江舫的味道。

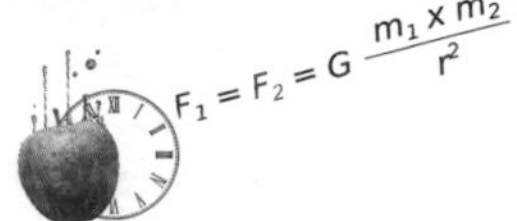

他們真的就這樣住了下來。

李銀航向來是疑人不信，信人不疑，既然做了選擇，就一條道走到黑。南舟他們說先住，她就一根筋地住下了。

以後的事情，以後再說。

而經過暗中觀察，李銀航終於憑藉自己的智商，確信了一件事情。

自己的新隊友絕對是個綠茶，並使盡渾身解數，意圖勾引自己的另一名新隊友。

比如說，在一天之內，他會和南舟約好要去做幾件事。但是，總有一件閒事，會因為各種各樣的原因被漏掉。比如說他要給南舟做水果餡餅、比如說他要跟南舟講他自己的故事。總之，都是必須他們兩人一起完成的事情。

等夜深時，江舫總會笑盈盈地一拍腦袋，「啊，忘記了。今天太累，明天再做吧。」

不僅吊足了胃口，還不動聲色地約好了第二天要做什麼，製造這樣的「未完成事件」，讓南舟對第二天要和他在一起做的事情充滿期待。

隨身攜帶的福袋，則讓江舫身上的綠茶味道長久地留在了南舟身上。

李銀航曾疑心過，那是什麼香，為什麼能有經久不散的效果？後來，這份疑問得到了解答。

一天，李銀航到南舟房間問事情時，她曾親眼看見，江舫在南舟洗澡的時候，堂而皇之地翻出福袋，往上面噴香水。被李銀航撞破，他也不著急，只是對她溫和地展顏一笑……

笑出了她一身的雞皮疙瘩。

在和南舟保持形影不離幾天後的某一天，江舫突然消失在了賓館裡。

南舟果然著急了起來。

儘管他的著急也是不動聲色的，並沒有毫無目的地一氣亂走，而是爬

到了屋頂，頂著烈日，居高望著四周，等著江舫回來。

江舫沒有消失太久。一個小時後，他準時返回。

南舟問：「你怎麼突然一個人出去了？」

江舫笑說：「啊，賓館裡只有水果罐頭，我想給你找一些新鮮的水果。著急了嗎？」

既然是為了自己，南舟也沒能說出什麼來。他低低「嗯」了一聲，想了想，又說：「下次出去要帶著我。」

江舫揉揉他的頭髮，應道：「好，沒問題。」

李銀航在旁邊看著，覺得要是誰有這樣欲說還休、欲拒還迎的本領，什麼人拿不下來。但她不敢說什麼，只能默默觀察，然後獨守空房……順便在自己的床底下擺上了老鼠夾和蟑螂膠，希望能抓到每天在夜深人靜裡撓牆作怪的東西。

他們等得，另一方卻等不得。

在小鎮內的時間轉眼已經過去了 5 天。

元明清無法獲取關於「立方舟」的任何資訊，每日都是單調繁冗的體力勞動，忙得腦子麻木，雙眼發花。這種乏味無趣的等待，能換來什麼結果先未可知，唐宋的傷勢卻是實實在在的越來越重了。

他歪靠在床上，長長了一點的亂髮在腦後胡亂綁了個小辮子，精心捏制的英氣奕奕的面龐籠罩上了一片灰氣，長長的眼睫在臉頰上形成了兩小團沉鬱的陰影。

元明清坐在他的床邊，將被子掀開，為他換藥。當紗布揭開時，淋淋漓漓地黏在上頭的都是潰爛的血肉。

江舫嘴上說得仁慈，但是打那一槍不偏不倚，恰在骨頭，就是衝著廢掉他來的。

元明清內心焦灼，面上不顯，輕描淡寫地為唐宋寬心，分析傷口遲遲不好的原因：「這天氣不好。」

好死不死，現在正值夏日，草木豐茂，水氣豐富。在亞熱帶的夏季

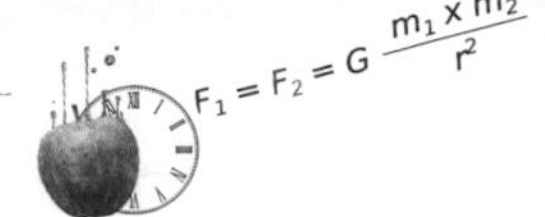

裡，毛巾總是不乾，掛在生銹的鐵鉤上，沒半天就會散發出難聞的潮腥鏽氣。小鎮裡提供給他們的藥又相當敷衍，看起來完全沒打算醫好唐宋。

元明清已經在摒退了鏡頭的夜裡，偷偷打開過無數次儲物格了。但他知道，因為「失憶」這個設定，自己絕對不能使用任何道具。如果暗自幫唐宋恢復，他沒辦法解釋這樣嚴重的傷口是如何憑空消失的，更要時時刻刻演戲，稍有不慎，就會被敏銳的觀眾識破。以他們當下的關注度，是不可能全天候遮罩掉鏡頭的。

他感覺自己像個被嚴盯死守的盜賊，坐擁著滿堂財寶，卻不敢往外花出哪怕一毛錢。在種種忌憚下，元明清只能眼睜睜看著唐宋的情況一日壞過一日。

有唐宋在，他也被迫束手束腳，無法採取任何有效行動。誰都知道他帶了一個負傷的人來，一下工就要回宿舍照顧，以至於這麼多天過去，元明清連廠房大門都沒能跨出。他忍不住想，當初，是否應該果斷一點，放棄唐宋，和南舟、江舫他們一路呢？可是不行。那似乎是一個死局。

在唐宋拿到那把槍，擁有了可以一槍結束比賽的機會時，他就像是被蛇誘惑了的夏娃，拿起那個蘋果，從而開啟了一路的墜落……「伊甸園」，對他們「亞當」來說，真不吉利。

元明清甩脫種種念頭，為唐宋敷上藥，又替他擰了一個涼手巾把兒，覆在額頭上。唐宋持續地發著低燒，臉已經呈現糟糕的青灰色。任誰都能看出，他的狀態極差。

在元明清忙碌時，唐宋始終閉著眼睛，彷彿正沉浸在一個糟糕的睡夢中。但在元明清開始為他清理沾血的紗布時，他突兀地開了口：「我想到了一個辦法。」

元明清：「什麼？」

唐宋費力地抬起眼睫，但用盡全力，也只能睜開半隻眼。他竭力保持口齒清晰：「你舉報我吧。舉報我……是正常人，是裝瘋。」

元明清以為這是玩笑，便下意識抿唇笑了一聲。然而，待他看清唐宋

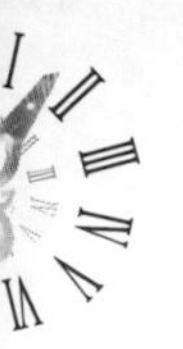

鄭重的神情後，他便將嘴角的笑容斂去了。他把紗布團成一團，捏在掌心。那上面唐宋的血肉帶著異常的熱度，這是碳基生物的特徵。

元明清握著這團血淋淋的紗布，彷彿是在捏著一顆心。他疑心自己是寄宿在這具身體裡太久了，居然也似模似樣地長出了一顆小小的憐憫心。真是噁心。

「我想過的。」元明清打消了那些無謂的念頭，以盡可能輕鬆的語氣答道。

唐宋：「為什麼不去做？」

他原本是逼問的口氣，但隨著口腔裡呼出的熱流，語氣被徹底軟化，尾音略拖，異常虛弱。

元明清：「因為未必划算。出賣你，也不知道到底能換來什麼？」

唐宋：「別鬧了。我在，就是你的拖累。我這麼下去，傷口感染壞死，早晚也是死。不如發揮一點作用。你舉報，總要有些功勞的，如果足夠順利的話，你提出要求，說不定能見到小鎮的主人，那個他們口裡的什麼狗屁『神』……」

元明清：「可你要是死了……」

唐宋決然打斷了元明清：「死了就死了！」

元明清久久地低著頭，把掌中的紗布攥得又熱又腥。

他說得沒錯。這裡是 PVP 副本。

一場 PVP 裡，只要他們獲勝，哪怕死了一個人，也沒有什麼。遊戲勝利後，死去的隊友就會自動復活。只是……

元明清不甘心。他們明明占盡先機、占盡優勢，卻眼睜睜地看著它們盡數失去，並化為了束縛他們自己的鐐銬。錯失的時機、失敗的拉攏，束縛著他們的「失憶」設定，奪來的長槍，被打碎的膝蓋……只是和「立方舟」在疾馳的列車中打了一個照面，他們就被逼到了這步田地嗎？

而元明清不肯出賣唐宋，也是下意識地逃避……逃避那個孤軍奮戰的可能。

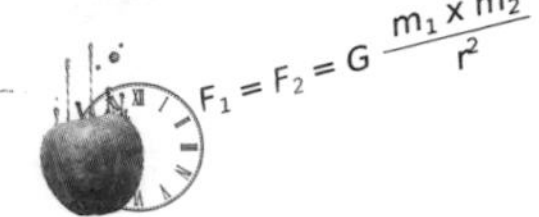

「讓我想想。」最後，元明清一番糾結後還是輕聲給出了回答：「……再想想。」

夜深時分，月亮一拱一拱地從雲內鑽出，也只含羞帶怯地露出一半。露出的那一半月，像是一塊璧玉的暗面。

窗外的夜蟲在窸窸窣窣地作出一番交談，不被屋內傳來的細音所擾。

一杯水放在床頭櫃上，正隨著不可知源的搖曳，震盪出一圈圈的波紋。透明的玻璃杯在輕微的衝擊下，向旁側一下下挪位，眼看抵達了櫃緣，隨時有傾覆的風險。

杯面和水杯交射之下，形成了一面小小的鏡子，映出在枕側，有一雙手，正指尖交錯、上下交疊在一起。掌心各自沁汗，所以握得不很穩。在熾熱的體溫中，肌膚被焙燒得泛紅，指縫的交接處都豔豔燒出了紅意，色澤顯得脆弱異常。

一雙手在彼此角力，在情澀和青澀間彼此交融。指背上青筋各自而起，但一方在收力，生怕攥疼了對方，另一方卻是毫無保留地加力，要把對方牢牢控制住才肯甘休。

隨著一下用力，反覆晃蕩拍擊著胯骨的西裝褲皮帶扣發出一聲異常清越的金屬響動。伴隨著一聲淺而撩人的「啊」，被壓在下方的手抽離開來，將上方發出聲響的人緊緊納入懷抱。因為距離過近，兩人都深刻感受到了對方同時情動的那個瞬間。

而就在這一瞬間，窗外的蟲鳴剎那靜寂。月色關燈，場景轉黑。整個世界的運轉都因為這瞬間停止了一息，隨後才全面恢復正常。

南舟翻身從江舫身上下來。隨著他的動作，一直懸垂在他髮梢末端的一顆汗珠受到搖撼，直墜而下，滴答一聲，叩擊在江舫的鎖骨上，濺出了細細的水花。

江舫順手把放置在床頭櫃上的一杯清水端來，湊到南舟發乾的唇邊。

南舟自然地銜住微涼堅硬的杯邊，任一線清水自內澆熄他身上蔓燒的野火。

在他專心喝水時，江舫替他把一縷微汗的黑髮別到耳後，又吻了吻他的鬢角，「這樣也會舒服。我沒有騙你吧？」

南舟坦誠應道：「嗯。」

他體力出色，和江舫這樣似入非入地廝磨了許久，也不覺得疲累。

結合上次和江舫共眠的經驗，南舟覺得自己在上面，就是占據了主動權，是主導的一方，自然要學著江舫的樣子，多多照顧他。他挪動著腿想要下床，將江舫打理乾淨，卻在一動之時輕輕吸了一口氣，「——嘶。」

他低頭看去。在他的大腿位置，腿根與黃金腿環共同框定了一小片封閉區域。此時，那片區域被磨蹭得發出大片的嫣紅，在四周雪練一樣的皮膚的映襯下，更是豔麗得突出。不過，摩擦起來不疼，只是奇怪而已。

南舟直起腰來，扣上皮帶，邁步欲行。

江舫撐著頭，問他：「去哪裡？」

南舟：「把你弄乾淨。」

江舫視線下移，發現南舟也被自己弄「髒」了。西裝褲是不怎麼耐髒的，依稀能辨認出大片被暈染開的深色痕跡。偏偏南舟對此並無察覺，仍然坦坦蕩蕩地站在江舫面前。

江舫既不提醒，也不阻攔，只是慵懶地將下巴抵在向前平伸開來的雙臂上，露出一雙漂亮的眼睛，一眨一眨，說話時還帶著點撒嬌的鼻音：「我喜歡你。」

南舟一點頭，「唔。」

然後他走進了盥洗室，隨手關上了門，打開了水龍頭。

他面色始終淡淡的，因此，誰也不知道，那四個字正在他心中橫生出怎樣的一番壯闊波瀾。

在擰動毛巾時，半闔著的門外忽然傳來了篤篤的敲擊聲。

「啊，剛才忘記問了。」門外的江舫語帶笑意，問道：「南老師，你喜歡我嗎？」

南舟面對了鏡子裡自己發紅俏豔的眼尾，抬手撫了撫。他記得，在來到這裡的第一天晚上，江舫就曾經問過他這個問題。

當時，他的回答是「你不奇怪，但想和你一起走下去」。

那就是他當時的想法。而現在，他又有了新的想法。

南舟不說話，江舫便倚靠著門邊，閉著眼睛，靜靜等待著他的回音。

在良久的沉默後，他終於接收到了那邊的回應。準確說來，不是答案，而是一句反問：「喜歡一個人，該是什麼樣子的？」

江舫睫毛一動，嘴角緊跟著揚起一點笑容。這個問題本身，就足夠讓江舫喜歡了。

上次他問時，南舟並沒有對「喜歡」這個概念產生追根究柢的興趣。但他現在有了疑惑，這樣，就很……

江舫正欲細想下去，腦中突然迴蕩起了刺耳的警報聲。這聲音，南舟並聽不到。對他來說，外面仍是蟲鳴聲聲，風語淙淙。

江舫神色亦是不改，繼續閉目養神，頭靠在冰冷的牆面上，彷彿那聲音於他而言也是不存在似的。

在輕症患者的聚居區，正發生著一場意外的劫持事件。

元明清的脖子，被滿身是血的唐宋用一片摔碎水杯的瓷片尖端抵住，皮破流血，鮮血蜿蜒流入了他的頸窩深處。

在此處做工的工人全是精神疾患，要麼反應過度，蜷在角落瑟瑟發抖，流淚囈語，要麼一臉麻木地趴在窗戶邊，懷擁著叢立的鐵欄杆，目不轉睛地注視著這場混亂。

情況很簡單。新加入聚居區，成為一名光榮的紡織廠工人的元明清，早晨向工廠負責人彙報，唐宋有可能是裝病混入小鎮的「非正常住民」。

工廠自然要派人來調查。唐宋起初還有來有回地回答他們的問題，卻在數分鐘後毫無預兆地忽然暴起，用藏在被子裡的帶血繃帶勒死了來人。隨即，他挾持了沒來得及逃走的元明清。

對著聽到警報聲、呈扇形合圍過來的工廠管理人員，唐宋用單腿支撐著殘軀，揮舞著手上的瓷片，狀若瘋癲：「你們這群精神病，都給老子滾遠點！」

元明清在他懷中，像是一隻聽話的人偶，心如止水地任他拉扯。但在他背在身後的手中，同樣藏著一片碎瓷。

一名工廠負責人手持喇叭，在前喊話：「入侵者，放下我們的朋友。如果你不傷害他，我們可以放你離開。」

面對著鐵桶一樣的合圍之勢，唐宋的心愈發沉了下去。

元明清這些天來的觀察沒錯。工廠內守衛森嚴，人員充足，牆壁上包覆著電網，警示鈴四通八達，四方回應迅速，對待這種突發事件，每個人各司其職，井然有序得宛如一臺精密運算的機器。

就算他們不肯兵行險著，在不動用道具的前提下，也根本沒有逃出去、找到「立方舟」的可能。這樣一來，他們眼下的冒險之舉，反倒是當下能走的唯一一條捷徑了。

確定了這一點後，唐宋安心了。他慘笑一聲：「少騙我了。等我放了他，你們就會殺了我，拿我的身體去做實驗……」

「我要你們死，都死！一起死！」

在放出狠話後，唐宋趁著換氣的間隙，讓聲音貼著元明清的耳朵滑過去：「殺了我。」

他感覺元明清的身體在他懷中明顯顫抖了一下。

「抓緊時間，殺了我，別讓我活著落到那些人手裡。」唐宋的尾音帶著一絲顫抖：「……還有，我腿真的很疼，站不住了。拜託你了，我的……朋友。」

元明清從鼻腔中重重呼出一口氣。在氣終之際，他的左手夾著瓷片，繞到腦後，毫無猶豫，將尖刃向斜向上方狠狠推去！

大抵是因為距離過近，唐宋頸部皮肉在他掌下綻開的觸感，清晰到無以復加。一股滾熱徑直噴射到了他的頸後。

唐宋像是不能理解這意外攻擊的發生，目光直視正前方，身體搖晃痙攣了一陣，才頹然放開了對元明清的挾制。

在他倒下時，手上的瓷片尖端，特意避開了元明清的脖子。

在挾制放鬆的一刻，元明清往前栽出幾步，跪倒在滿地的塵灰間。因為用力過猛，元明清的虎口也被玻璃撕裂開來。但他對此熟視無睹，在低頭伏地不住喘息時，他喚出了自己的功能表，屬於唐宋的隊友的頭像，徹底灰暗了下去。

元明清朝虛空中探出手去，象徵性撫了撫那片頭像框，卻只摸到了一手血、一地灰。四周一片喧嚷，他已經聽不大清楚了，只知道，自己被人就近拉到一邊，隨便安置在一條硬板凳上。

鬧哄哄的不知道過了多久，周遭才漸漸靜了下去。他抬目望去，發現唐宋的屍體已經被拉走，徒留地上的一灘紅黑色的血跡。

元明清又一次久久地低下了頭去，盡心演繹著一個被迫殺人的可憐角色。直到他看到了一雙布鞋的鞋尖出現在他眼前，他懵然地昂起頭來。眼前，是那名曾在月臺上接迎他們進入小鎮、神父模樣的中年男人。

神父對他進行了一番溫語安撫。

在元明清身體的抖索幅度漸漸輕下去時，他才柔聲詢問道：「我記得，他是和你一起進來的，你為什麼要舉報他？」

「他騙我，他要害我。我一直懷疑，我懷疑一切。」元明清作神經質狀，喃喃自語：「以前我做過很多次錯誤的判斷，傷害到了很多人，可我沒想到，沒想到……這回，他是真的要害我，要害這個小鎮，要害大家……我不能允許，我不……」

說到此處，屈辱和憤怒的極致膨脹，讓元明清的話音不住發抖。

神父寬慰又遺憾地嘆了一口氣，又勸說了一番，說這並不是他的錯，說一切都會變好的。

在元明清的情緒看起來完全鎮定下來後，他便打算起身離開。

「等等，請留步。」元明清叫住神父的聲音有些乾澀，低聲道：「我想，見到『神』。」

神父露出了些訝異的神情，「為什麼呢？」

元明清說：「我殺了人，我……已經沒有別的地方可以去了，我想要為小鎮更好地服務。這裡，就是我的家。」

神父沒有說話，像是在心內權衡些什麼。元明清適時地抬起臉來，神情裡混合著恰到好處的迷茫和不安，「……難道『神』也不認同我的所作所為嗎？我揭發了他，保護了大家，是錯誤的嗎？」

神父溫和地拍拍他的肩，「孩子，你這樣有心，『神』一定也會想見到你的。」

元明清垂下頭，神情仍是挫敗。

神父果然不忍見到他露出這副模樣，聲音更柔：「這樣吧，我會把今天發生的事情告訴『神』，我想，他一定會想要傾聽你的心聲的。」

元明清直視著眼前的三尺灰地，素來鎮靜的雙眸裡綻出條條血絲。不過，單從他平靜的語氣，沒人能看清他叢叢髮絲下藏匿著的恨意。

「謝……謝。」

說完這句話，他抬起頭來，又是一張平靜的臉，唯餘眼眶四周微微發紅。他望向天邊的一廓明月，好在，快要到月圓之夜了。

而就在元明清望向月亮的同時同刻，江舫睜開了眼睛。

他剛想露出一個笑容，但在看清不知何時從盥洗室內走出，靜靜站在他身側的南舟時，他將表情轉換成了一個紳士溫存的笑，「這麼快？」

南舟問他：「你在跟誰說話？」

江舫聳聳肩，「沒有人啊。」

南舟：「我剛才看到你的嘴唇在動。」

江舫：「只是在想明天要給你做什麼吃的而已。」

南舟沒有說相信，也沒有說不信。

他兀自把江舫領到窗邊，推他坐上窗臺，就著窗外天然的月色，替他擦拭小腹和腹側凹槽上自己留下的痕跡。他一邊動作，一邊問道：「你有什麼瞞著我的事情嗎？」

江舫望向南舟的髮旋，依然答道：「沒。」

南舟抬起臉來，和江舫對視了。他不是什麼都沒有發現的。

南舟記得，在見到學長繪製的地圖時，江舫暈眩了一陣。以這件事為臨界點，他的神情和舉止都發生了微妙的變化。

江舫對這個大得驚人的旅館很熟悉，能從中找出各種各樣的小東西，紙牌、餐刀，還有香水。明明說自己害怕的江舫，卻可以離開旅館，單獨去為他尋找水果。以及……南舟回憶起了，在學長那次載他們返回賓館時，兩人在後視鏡裡的那個對視。

南舟輕輕為他擦拭著腹股溝內的水液，漫不經心道：「如果有的話，你要提前告訴我。」

江舫粲然一笑，「當然。」

他雙手撐在身側，低頭望著南舟，又問：「如果，真的有呢？」

南舟的手停了一停，卻並未選擇和江舫對上視線，「如果……」

在一聲「如果」後，南舟遲遲沒有給出那個答案。

「我騙你的話……」江舫湊近了他，話音裡帶著點不安和委屈：「那你就不要對我負責任了嗎？」

南舟：「……啊？」

責任？他懂這個詞的含義，但因為詞義太大，內容寬泛，一旦落實到具體的人身上，還是要經過一番思考的。

對一個家人以外的人負起責任，他不懂這其中具體的流程。於是他真心請教道：「你想要我怎麼負責呢？」

江舫捧起他的臉，悉心教導：「你以後只能跟我去旅遊。」

南舟：「好。」

江舫：「以後你未來的設想裡，要有我的一半……如果沒有一半的話，三分之一也是可以的。」

南舟：「我會努力。」

江舫：「只能跟我做剛才的事情。」

南舟：「我為什麼要跟別人做？」

一問一答間，江舫的心都被老老實實作答的南舟催軟了。而南舟也定定望向江舫。月色從他身後透來，將他赤裸的身體進行了一番描線渲染，層次分明、深深淺淺，讓他看起來像是畫裡的靜物。

無聲處，又是一次雙雙情動。

南舟開口道：「……我好像在哪裡見過你。」

江舫將手覆蓋上南舟的額頭，用拇指撫摸他的眉心，輕聲道：「那你仔細想想呢。」

腦海中的白孔雀菌株拂動著尾羽，搔動著南舟脆弱的神經。南舟的呼吸漸急，原本還算清晰的思緒漸墮混沌。

他仰著下巴，微嘆一聲：「你又要摸我了嗎？」

江舫不答反問：「南老師，你喜歡你自己的哪裡？」

南舟一本正經地回應他的調情：「我沒有特別看過自己。」

江舫：「現在想想。好好想想。」

南舟便真的很仔細地想了想，並得出了結論。他把自己的頭髮撩向一側，指了指自己的後頸，他怕指代不明確，又用修長食指在那齒痕周邊描了一整圈。

江舫訝異地微笑了，「……喜歡這個牙印？」

「不是喜歡。」南舟說：「是我想知道，它是怎麼來的？」

江舫斂好眉目，神情間有一絲身陷回憶的恍惚。不過，他迅速調整好了自己的心緒，抬手扶住他的肩膀，俯身從他的口袋裡抽出他這兩天時時隨身攜帶的筆，「乖，咬住。」

南舟提問：「為什麼？」

江舫不說話，只笑盈盈地把筆端湊到南舟唇邊，目光裡流露出一絲欲語還休的請求意味。

南舟只好聽話地咬住了筆身。隨著齒關的分啟，他的舌尖自然而然的露出了一點端倪，是淡粉色的，形狀有點尖。

江舫捉過他的手，曲起指節，抵著他腕上浮凸感極強的蝴蝶刺青上下摩挲兩下，是一個再紳士禮貌不過的動作，卻撩動了膚下暗藏的密集的神經受器。他在一片顫慄中，從後面摟住了南舟，極輕地吻上了他頸後的區域，一下一下，宛如蜻蜓點水。

南舟照例閉目耐受。可在被橫咬的筆強制打開了一條縫隙的唇是封鎖不住任何聲音的。南舟聽到了從自己喉間發出的呻吟：「呃——」

這聲音過於陌生，南舟愣了半天，直到又一次被江舫折騰出了聲，才確信這的確是自己的聲音。

接下來，他專心致志地試圖把那聲音封堵住，可偏偏越是隱忍，那聲音越是不成樣子。

在這一場帶有狎昵意味的玩鬧後，江舫趴在雙眼已經是一片霧濛濛的南舟身上，溫聲撒嬌：「好累啊。」

全程咬著筆、乖乖地沒吐出來的南舟雙腮已經沒了知覺，可他腦子發木，在結束後，一時間竟然忘記了把筆吐出來。他就這麼叼著筆，拖著步子再次走入了盥洗室。

而「很累的」江舫，在南舟為他做好清理工作，又自己暈乎乎地去洗漱期間，再次有了無窮的精力，替他端來了四個口味各不同的蛋撻，以及一大杯牛奶，作為夜宵。

南舟第一次吃蘋果餡餅時，暗暗對那口味驚為天人。

可當他第一口咬上酥脆的蛋撻皮，芝心流入口中時，蘋果餡餅在他心中的地位就被徹底動搖。

南舟吃東西是有條理且勻速的，明明沒什麼特別享受的表情，但莫名有種讓人食欲大開的感覺。

江舫托腮望著南舟吃東西，態度閒散地和他講起了自己的故事。江舫天生有將簡單的故事講得精彩紛呈的本事。之前的他人情淡漠，少有展示這項本事的機會。

他們從桌邊講到了床上，兩只枕頭拉得很近。他們頭碰頭地「聊」到了天亮。其間，大多數是江舫在說，南舟在聽，間或地「嗯」上一聲，表明自己還在聽。講到最後，江舫也不知不覺入睡，而南舟始終睜著眼睛，望著江舫偏薄又紅潤的唇。

屋外蟲鳴漸息，大抵也是睡著了。

南舟探過手，用指尖挽住江舫沿著鬢邊垂下的一絲銀髮，在指間纏繞了兩圈，又移動手指，任那一縷柔軟的頭髮徐徐抽離。做完這樣曖昧可愛的小動作，他便把手指收回，在四周充斥著屬於江舫的青澀茶香中，緩緩閉上了眼睛。

元明清等回覆等得焦灼不已，但面上是滴水不漏的。他照常在混亂中作息，照常在噪音中工作，唯有在夜間四周此起彼伏地響起鼾聲時，他才能夠放心大膽地失眠。

先前，唐宋之所以急於行動，一是他的腿傷日益嚴重，再拖下去，他會活活因為各種併發症而失去意識，爛死在床上。二就是，他們必須要抓住南舟懼怕月圓的弱點，搶在月中時動手。

想要贏 PVP，就是要取對方的性命，簡單直白，沒有第二種方法可解。就算告知了「神」，「立方舟」也是入侵者這一事實，以南舟的本事，倘若一擊不得殺，讓他跑了，單是殺了江舫和李銀航，也不能算是最終勝利。

如果拖上個十天半月，「神」才肯見他，那他要找到理由，說服

「神」在下一個月圓時再向「立方舟」動手，就太困難了。可元明清也只能這樣默默焦慮著。在這等級制度森嚴的怪異小鎮，主動權從來不握在他的手中。

不知道是不是「神」真的聽到了他日日夜深時的祈盼，在元明清滿懷愁緒地目送一輪滿月升至天際時，神父來了。他帶來了一個簡短的好消息：「『神』要見你。」

元明清愣了愣，啊了一聲。這明明是他日思夜盼的好消息，但他並沒有因此展現出任何的情緒。他心裡淨是唐宋的死，和噴濺到自己後頸窩的那股燒灼的熱意。

他暗暗地發了狠。這一局，既然是他占了先，那就一定要說服「神」在今夜對南舟下手。

如果「神」不肯，那他就設法殺了「神」，取而代之。

他懷著滿腔沉靜的殺意，坐上開往小鎮中心位置的觀光車。這樣一臺行駛速度緩慢的交通工具，說是要去見「神」，頗有些滑稽。元明清孤身坐在最後一排的位置，將一顆心精準地剖作兩半，一半計算斟酌著諸般委婉動聽的說辭，一半醞釀著鼎沸的殺意。

觀光車在一間華麗異常的賓館前緩緩踏下了剎車。那年輕的男人將元明清領下車，帶入大廳後，溫和有禮地對他欠一欠身，什麼也沒說，便轉身出了賓館。

元明清猜想這是讓他在原地等待的意思，於是束手靜待著某位接引人的到來。

賓館內燈火通明，光明得像是一處聖殿。他站在華光爍爍的大廳中央，碎鑽一樣的吊燈光芒過於刺目，像是玻璃碴一樣揉入他的眼裡，逼得元明清只得低著頭，看著地面大理石瓷磚上自己的三尺倒影。

他的身體和精神，都已經全面做好了作戰的準備。他的口袋裡，有一把從廠房中偷偷夾帶出來，並進行了緊急改裝的尖銳紡錘。

他在思考，為什麼沒人來搜他的身？難道說，這個「神」真的很強悍？還是祂自恃擁有掌控這種奇特的精神病毒的能力，認為不可能有人能傷到祂？所以才這樣排斥不能為祂所掌控的「正常人」？

在梳理著種種可能性時，倏然間，他的餘光捕捉到大廳側旁出現了一個纖細身影，他的神經驟然緊繃。

那身影也並未躲藏，而是在一怔之後，試試探探地向他走來。

「元先生，你好啊。」抱著一大筐晚餐食材的李銀航招呼道：「你怎麼到這裡來了？」

元明清：「…………」

在一瞬的怔愣後，元明清腦中諸般念頭盡數煙消，化作萬千無形銀針，自內而起，刺得他頭皮發麻，汗毛倒豎。

而發出那聲純粹出於禮節的招呼後，李銀航也在距離元明清十數步開外的地方站住了……對啊，他為什麼會突然出現在這裡？

兩人彼此觀望，誰都沒有先動。一人是冷汗橫流、一人是心懷警惕。

打破了這窒息沉默的，是身穿圍裙，從廚房裡走出來的江舫。他在圍襟上隨意地擦了擦手，老友一樣地向元明清點了點頭，「來了？」說著，江舫又為元明清指了個位置，「來餐廳坐吧。飯快好了。」

驚變之下，元明清熱血逆流至頂，全身驟然冰涼。但在心神激蕩中，他仍保有了一絲起碼的理智。

他客氣地一點頭，「好。」

儘量動作不僵直地走到餐廳，他在長桌旁站定，並不肯坐。

江舫似是根本看不出他的戒備，笑道：「隨便找個地方坐吧。」

元明清伸手，濕冷的手心搭上椅背，判斷著當下的局勢。

江舫笑容不改，卻是一遍又一遍地強調：「……請坐。」

無法，元明清只得在餐桌末端的一張椅子上坐下。

他的心念飛轉如電。

目前看來，江舫他們是投靠了「神」的。他先行一步，在這裡謀得了做飯的職位，為「神」服務嗎？那麼，他們既然已取信了「神」，自己要

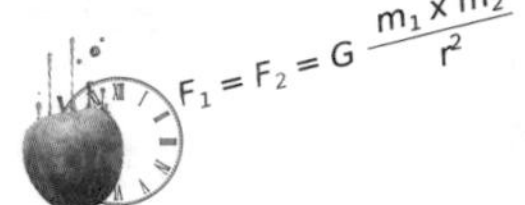

怎樣說，才能最快動搖他們在「神」心中的地位？以及……他現在還有藉「神」之手的必要嗎？

今天是月圓之夜，南舟的戰力基本為負值。證據是他甚至沒有出現在餐廳，很大機率是在臥室裡休息。如果在這裡完全放棄偽裝，他一殺二的話，勝算會有幾分……

元明清的目光瞟向一側，發現剛剛送完菜的李銀航正趴在門口小心翼翼地窺探他。注意到自己在看她，像是受了驚的小動物，咻的一下縮回頭，消失在了門邊。

——跑得倒快。

煎炒烹炸聲不間斷地從廚房內傳來，每一下動靜，都惹得元明清殺意暴漲幾分。在他意圖做出起身的動作時，江舫端著一盤菜，從廚房轉出。

知道此時不是最好的時機，元明清便強行把起立的動作拗成了一個蹺二郎腿的動作，態度溫和地釋出善意：「沒想到啊，還能再見到你們。」

江舫將盛著熱騰騰菜肴的瓷盤子放下。啪的一聲，聲音不算重。

「沒想到嗎？」江舫擦淨手指，微微歪頭，看向元明清，帶著點不莊重的俏皮，「不是你想見我嗎？」

起初，元明清沒能聽懂。他是什麼意思？難道不是小鎮的「神」召喚他到這裡來的嗎？

但等他聽明白了，他一張面孔驟然褪去了一切血色。

江舫是……「神」？他取代了「神」？！什麼時候？用了什麼方法？！為什麼「神」的身分變換，沒有引起小鎮內外的任何騷動？！

當一點懷疑動搖了原本堅信不疑的思維根基後，先前不曾細思的種種違和，點點怪異，便接二連三地在元明清的腦中徹底引爆開來。

元明清眼前走馬燈一樣掠過一幕幕畫面。時間倒流，步步逆行。以「不是你想見我嗎？」這一聲詢問為始，元明清低下了頭。

落在他眼中的，不是高級規整的大理石瓷磚，而是浮了一層骯髒塵土的工廠地面。從他頸後流下的屬於唐宋的熱血，一滴滴落到塵埃之中，他

始終沒有回頭看上一眼。

一隻因為用力過猛而攥得發抖的手掌忽地伸到他的面前，唐宋暴躁又果決的吼聲在他耳畔響起：「死了就死了！」

元明清一動不動。那隻緊攥著的手慢慢放開，帶著頹喪。

場景切換到了帶著他們初來到環境惡劣的工廠時，唐宋同樣躺在床上，指尖和臉頰一樣，都是紙一樣的蒼白虛弱。

他的話裡意有埋怨：「……你不該管我的。」

是啊。他為什麼不放棄已經重傷的唐宋轉而死皮賴臉地找上「立方舟」結盟呢？好問題。因為元明清沒有失憶，他知道場外還有觀眾。

在「失憶」的狀態下，有相對來說更「安全」的輕症患者區可選，且有「世界中存在某種精神感染病毒」這樣價值極高的情報掌握在手，倘若元明清非要跟上對他們不友好且沒有任何主動邀請他們入隊意向的「立方舟」，前往神經病濃度極高的中心地帶，既不符合人性，同樣不符合邏輯。理由太多了。他甚至找不到……一定要跟上他們的理由。如果那時候唐宋不受傷就好了，他們或許就不會束手束腳、或許不會……

思及此，元明清眼前倏地一黑。周遭細細的震動感，車身轉彎碰撞鐵軌的動靜，讓他重返了那條推動著他們走向劇情轉捩點時的隧道。

深入隧道後，燈管損壞，整節哐哐運行著的車廂，漆黑寂然一片，這裡是太好的伏擊場所了。當時，不管是唐宋，還是元明清，都是這樣想的……那麼，對「立方舟」來說，不也是同樣嗎？所以，之前他們所認為的優勢，當真是優勢嗎？「立方舟」的劣勢，又是劣勢嗎？

如果一開始，這一切就都是局呢？為什麼自己和唐宋，分別被分到了列車的一頭一尾？

為什麼戰力最弱，隨手殺了也沒人知道的李銀航，會被分配到戰力最強的南舟身邊？

為什麼被分配到僅僅一門之隔的江舫和唐宋，江舫拿到的是可以近距離殺傷的左輪手槍，而被隔離在門內的唐宋，拿到的是看似威力巨大，近

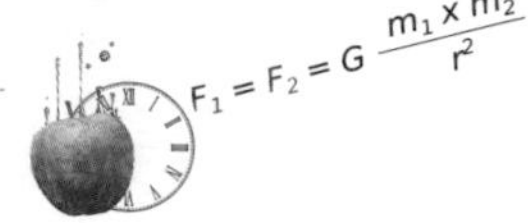

戰中卻不易瞄準的步槍？

為什麼唐宋看似占優，卻必須要做出「開門」這個在封閉車廂內一定會發出聲響、吸引目光的動作，才能發動接下來的攻擊？有一門作隔，他根本無從判斷江舫是否走到射程範圍之外，更無法盲射。想要不引人注目地跟上江舫，讓這枝槍的用處發揮到最大，唐宋只能另尋他途。

於是，那條隧道，順遂著所有人的心意，恰到好處地出現了。

唐宋趁黑潛入車廂，意圖發動攻擊。

而南舟與江舫趁黑奪取槍枝，一槍反制。

伴隨著壓倒性的光明來襲的是轟然一聲槍響。唐宋的膝蓋在元明清眼前被炸得肉飛骨碎，有一星血液迎面濺來，他下意識閉眼躲避，想像中的沉重黏膩卻沒有到來，呈現在他面前的，是雪亮刺目的燈輝，熱氣騰騰的菜肴，整潔乾淨的餐廳，得體紳士的江舫。

可是，他眼見的一切都是真的嗎？現在的他，究竟在哪裡？在副本裡，還是在……某個完全被對方支配的空間中？

無人知曉，元明清的腦中正發生著一起混沌的大爆炸。

無數念頭壅塞住了他的思路，像是繞樹之藤，纏擰著他的心，一路向深處墮落而去。

那顆心要落到多深的位置，要去到哪裡，元明清統統不知道。

但他的身體卻在此時採取了最正確的舉動。他拾起一把放在桌邊的餐刀，向赤手空拳的江舫甩手擲去！事到如今，他已經不需要靠思考去得出答案。殺了江舫，就是最好的答案！

他仍然不能避免還有觀眾在看的可能，也不可能在這個時候命令鏡頭關閉，所以，他留了一手，並未動用道具。他的武力值初始資料是 8，恰與江舫的數值持平。既然設定如此，他只要和人交手，腦中便會自動計算出如何過招、如何動作，能將這 8 點武力值發揮到毫巔。

如果餐廳裡只有江舫的話，只要抓住這一隙時機，他不是沒有勝算！江舫側身躲避的那一瞬，就是時機！但出乎他意料的是，江舫根本沒有任何反抗。他非但沒有反抗，還只是輕描淡寫地抬起手，用血肉之軀阻住那把餐刀。一陣皮肉撕裂聲過後，本來快步衝至江舫身前的元明清一時怔住，不明所以。

然而，事已至此，元明清不認為自己還能停得下來。他也絕對沒有停下來的理由！他掌心裡翻出藏匿已久的錐尖。寒光一閃，一點熒熒尖芒，映入了江舫的瞳仁。

可面對如此危機，江舫仍是不動分毫，只是抬起未受傷的右手，漂亮地打出了一個響指。隨即，元明清驚悚地發現，自己手中尖錐的寒芒，以尖端為始，消沙一樣化在了他的手心中……變回了雙手空空的狀態。

這變化實在過於駭人，元明清瞳孔一縮，驟然止住攻勢，收身一轉。轉瞬之間，他已經重新和江舫拉開了距離。

江舫望向元明清，搖搖頭，滿心惋惜。

「就非要用這個世界的東西嗎？」

「為什麼不用你的道具呢？」

「是害怕你們的觀眾看到了嗎？」

江舫看似真心發問，卻是句句誅心。每一個問題，都直接捅入元明清的心窩。

元明清心跳如鼓，口不能言。三、四滴黃豆大小的汗珠，接連從他的額頭滾落而下。

——什麼……

江舫活動了一下手腕，便有更多的血從創口洶湧而出，從他的指縫間溢出條條血線，滴落在地。他似乎根本覺察不出痛楚，只發出了一聲感嘆：「嗨呀。」

他晃一晃手，斜插在血肉上的銀刃便像是魔術師的道具一樣倏忽消失，唯留下一個望之令人心悸的猙獰血洞。

「……你……記得？」

元明清的心脹疼難忍，從喉嚨裡強自擠出的聲音，完全是變形的氣音。他甚至一時無法分辨，那是不是自己的聲音。

「你，什麼都……記得？」

話是這樣說，但元明清已經想到了更多、更深、更可怖的事實。

江舫笑了笑，不答反問：「你猜猜看，我為什麼要把這裡起名叫做『伊甸園』呢？」

元明清的冷汗忽的一下開了閘，流過身上每一寸張開的毛孔和雞皮疙瘩時，帶出一片片電擊一樣細微又尖銳的痛和癢。

江舫也並不需要他的回應，悠閒道：「我看過神話。我從來都覺得亞當和夏娃嘗試禁果是正確的選擇。他們為什麼摘下蘋果，是受到了蛇的誘惑；而受到誘惑的原因，是他們想要辨明善惡。」

「他們好奇、他們嘗試、他們被懲罰流放。他們失去了天堂，得到了自我。」

說到這裡，江舫笑咪咪地看向元明清，「可是，你們是虛假的『亞當』，正適合這個虛假的『伊甸園』啊。」

元明清汗出如漿，眼角也透出了猩紅，「所以……」

江舫做了個制止的手勢，「噓，先不要著急。你好好想想，你進來這個世界之後，幹了些什麼？」

說完，江舫靠在牆上，捂住左臂，任受傷的左手垂下，涓滴的血液在光滑的大理石地板上打出一朵又一朵的血花。

江舫的聲音，對耳鳴嗡嗡的元明清來說，顯得縹緲又遙遠。

「……仔細想一想呢。」

CHAPTER

06:00

雖然我很會騙人，
但不騙小紙人

元明清哪裡想不到？只是他不敢細想。

如果「立方舟」從未失憶，如果這從頭至尾是一個精心策劃的陰謀，如果這裡是一處可以聽憑江舫心意的「伊甸園」……那麼，他們曾「驅散」的那些鏡頭……是真的驅散了嗎？他們那些足以暴露自己身分的「祕密」商討，已經被所有觀眾……看到了？

元明清的一顆心膨脹充滿了各種情緒，互相交織、互相扭曲，將他的骨、血、肉，自內而外，扭成了一團亂七八糟的爛泥……倘若真的如此，那他們就是真的全完了。

沒有人比此時的元明清更清楚，觀眾們累計在他們身上的賭注，是一個多麼龐大的數字。

之前，對他們而言，這不過是輕飄飄的一個數值而已。可當這賭注如泰山一樣凌空壓來時，元明清才發現，他們根本輸不起。

這樣的失敗，足夠讓他們在返回原世後，被生生絞碎，成為一堆數據垃圾！

遊戲，對他們來說，就這麼提前結束了？甚至不是結束在一個副本裡，而是結束在一場特地為他們謀劃的局裡？

江舫點出了他的心事：「在想你的未來嗎？」

元明清不做聲。或是說，巨大的恐懼和壓力，已經讓他發不出聲音。

見他不語，江舫自顧自點了點頭，「的確啊，一個人回去，要面對那麼大的爛攤子，你的確應該好好煩惱。」

這一語，徹底點醒了正被巨大的信息量轟炸得暈頭轉向的元明清。他強自打起精神，打開天窗，說了亮話。

「你多想了。他是一段數據，你們……殺不死的。」他盡可能用平靜的語氣道：「我們最多只是任務失敗而已。」

江舫笑了一聲：「啊，你是這麼想的嗎？」

元明清察覺他話意有異：「什麼意思？」

江舫好心提醒：「親手殺了他的，不是我啊，是你。」

元明清一愣。待他明白了江舫的話中之意時，他心中早已潰塌的斷壁，轟隆一聲，再次塌陷下去了一截。

「提醒一下，這裡不是副本。嚴格說來呢，我們現在還在安全點。」

江舫敲了敲自己的太陽穴，「所以說，這件事的本質是你作為數據，親手毀滅了另一組數據。你們是同類殺同類，這樣也還能復活啊？」

觀察到元明清周身顫慄的反應後，江舫極輕地笑了一下。

關於這點猜想，他其實沒有多少信心。但元明清的身體反應告訴他，他賭對了。

江舫有了底氣，於是愈發輕描淡寫，字字刺心：「你猜我為什麼在有殺死他的機會時，不親手打碎他的腦袋呢？這麼重要的事情，當然是交給你了。」

其實，江舫並沒有那麼算無遺策。當時，之所以選擇打碎唐宋的膝蓋，也只是為了留一張嘴問清情況。但他同樣知道，自己現在說什麼話，最能刺激到元明清。怎麼說呢？看到一個自詡冷靜理智的人失態發狂，當真有趣。

元明清在徹底窒息之前，喘出了一口氣。

緊接著，便是一發不可收拾。

「嗬——嗬——」他一聲接一聲地喘息起來，尾音裡帶著難以抑制的恐懼和悲傷。

江舫看著錶，給了他 30 秒釋放情緒的時間。

「我說啊……」他懶洋洋地提出了下一個問題：「你想不想復活你的隊友？」

「根據我這幾天觀察的結果，你和你的隊友關係不壞呢。」

「你是這樣想的？」元明清冷汗滿額，抬起張滿血絲的雙眼，卻仍是硬撐著冷笑一聲，「我們交情普通。」

事已至此，他不能再讓江舫抓住他的把柄，用來威脅他。可這只是頑抗的本能而已。

江舫一抬手，無所謂道：「隊友對你不重要，可你也不想死吧？」

「暴露了這麼重要的祕密，當你走出這個空間後，你還有任何安全可言嗎？」

元明清聲線微顫：「所以呢？你想說什麼？」

江舫笑了一聲，「這樣，我告訴你一個有趣的新玩法吧。」

「……現在，我們不是在 PVP 的世界裡。」

他放低了聲音，更顯得柔和蠱惑：「我們這裡還有兩個位置，當我們的隊友，你也一樣能贏啊。」

元明清哈地慘笑出聲，「……『贏』？」

他如果加入「立方舟」，「亞當」就不復存在了。加諸在他們身上的賭注，也會隨之崩盤瓦解。

元明清為許多利益相關方造成了不可彌補的損失，就算出去，也還是活不下去。

江舫換了個更加輕鬆的倚牆姿勢，語氣和緩地和他交談：「贏了，你不就可以許願了嗎？」

說到這裡，江舫歪了歪頭，髮辮順著肩膀滑落了一點。他抬手將髮梢理好，也將那一色純潔的銀白髮尾染上了一個血掌印，「『許願』，是整個遊戲存在的基石，你加入我們，幫我們獲勝之後，不管你是許願自己免責，還是許願你的朋友復活，應該都可以吧。」

元明清目不轉睛地盯準江舫，想看他這條毒蛇口中還能說出多少蠱惑人心的話來。

「……如果我拒絕呢？」

話是這樣說，可元明清知道，他分明已經慘輸。唐宋的復活，理論上並不是不可能，這需要從「回收箱」裡翻找被銷毀的數據，再進行重組。但這件事的難度，不亞於在一片占地數十畝的垃圾場中尋找並拼湊好一張被撕碎並直接順風揚了的衛生紙。

「亞當」因為個人判斷的嚴重失誤，導致了巨大損失，高層已經吃了許多虧，憑什麼要耗費這樣龐大的資源，去尋找唐宋的碎屍？再說，即使保不了唐宋，他也要保下自己。

進入遊戲後，遊戲方已經根據他們的表現，和他們簽下了不同價額的合約。「亞當」合約中規定的報酬，要比其他同事玩家要更加優厚。相應的，一旦敗輸，他們要面臨的懲罰，也要比其他同事慘烈百倍。合約條款極為嚴苛，哪怕唐宋已死，他的家人也必須替他還債。他們的父母弟妹現有的一切生活都會摧毀，他們會被流放到最底層的數據工廠，做最可悲的數據清道夫。

元明清可以通過許下願望，解除合約，放棄一切獎勵和懲罰。雖然白忙一場，但好歹不至於泥足深陷。至於唐宋或是他的家人，他就管不了了。所以，他最後的願望，只能這樣做二選一的選擇題嗎？

不。

以前，元明清在睡前無聊時，曾和唐宋分析過，「立方舟」裡三個人的願望會是什麼。其中有一條，必然會是復活先前所有在遊戲中死亡的玩家。無論怎樣，唐宋也屬於「玩家」之列。

只有加入「立方舟」，幫助他們獲勝，由他們許願，再加上自己許願「亞當」的合約失效，才勉強能算……兩全……

當想到這一步時，元明清驟然一寒，渾身痙攣著發起冷來。他已經在構想加入「立方舟」獲勝後要如何許願，才能利益最大化了嗎？

江舫口口聲聲的「願望」、「許願」，正誘導著他緩步踏入那一個個美好的、對未來的構想。

他每一句話、每一個字，都是斟酌百遍過後的算計，都是在潛移默化地逼迫他做出那個江舫想要他做出的選擇！

套在他脖子上的絞索步步收緊，讓元明清連冷笑的氣力都沒有了。

見元明清始終煞白著臉，沉默不語，江舫的厥詞越放越過分：「雖然『亞當』裡死了一個人，分數減半，但再怎麼說，你對我們還是有些作用的，不要這樣妄自菲薄嘛。」

元明清仍是說不出話。

江舫又說：「我是一個很善良的人，也見不得別人為難，這樣，我幫你想幾條其他的路吧。」

因為失血，他在這句話的落處稍稍喘息了片刻。就在這一點間隙中，元明清向他投去一個若有所思的目光。

在調勻呼吸後，江舫還真的似模似樣地為他出起主意。

「你可以在這裡自殺，一了百了，也省得回去面對爛攤子了。我也省事。哦，當然，在這之前，你還可以告訴我們關於《萬有引力》的全部祕密，盡到最後的一點價值。」

「或者，我也可以結束這個幻境，放你回到安全點。我們再在 PVP 裡對決。只是，你已經變成 1 個人，不能再參加團隊賽的 1V1 了。分配系統很大機率會將你吐出去。我們的 PK 結束，而你將只剩下一半的積分。然後啊，你可以走最傳統的路，回去跟你的上級乖乖認錯，態度誠懇一點，畢竟那麼多人眼睜睜看著你被我們耍，應該也會看在你們可愛單純的份上寬容體諒你們一些……大概你只會一無所有地被趕出節目吧。」

末了，他不忘貼心地用反問再補上一刀：「……難道還會更慘嗎？」

元明清聽得鼻孔翕張，面容扭曲。殺意宛如窗外的夜霧一樣襲上身來，遮蔽其他的想法。

唯餘殺字，清晰奪目。

事已至此，元明清已經想不到更壞的發展了，反倒全然冷靜下來，反諷道：「那還是多謝你了。」

江舫溫柔紳士地一點頭，「不客氣。」

元明清：「不過，我更喜歡另外一種選擇。」

江舫：「請說。」

元明清沒有再說話。他打開了這幾日間已經被他開啟數度卻屢屢不敢碰觸的道具槽，從中緩緩抽出一柄長刀。

刀刃如新雪擦拭，亮得晃眼。

江舫吹了一聲口哨，「啊，想要除掉我們，將功補過啊。這的確也是一個辦法。」

元明清：「……」我用得著你給我下評語嗎？

他現在還有僅存的一點優勢。江舫剛才那微妙的一喘，就是他的機會。江舫現在身受創傷，失血不少，又剛好落單。即使自己與江舫武力值設定勢均力敵，理論上一時難分高下，單純和他拚道具，自己也是有勝算的。這間賓館裡唯一難以控制的變數，現在正被月亮的潮汐控制。

一口氣殺掉他們！就算等自己出去，積分掉了一半，也總還有挽救的機會！

然而，江舫接下來做出的動作，又一次大大出乎元明清的意料。

江舫抬起手來，卻並沒有取出任何道具。隨著他的動作，他掌心大片大片罌粟花一樣豔麗的血洶湧而出，但他卻異常平靜，平靜得帶出幾分鬼氣森森的味道。

他將血抹在自己左頰唇角的位置，鮮紅的血跡燦爛地在他唇頰兩側綻開，像是小丑快樂的笑顏。

對於他這樣瘋狂的行徑，元明清心中疑竇叢生，執刀的手也添了一分猶疑。

「……我還有最後一個問題。」

江舫虛弱地歪靠在牆壁上，是柔若無骨的可憐相，說出的話卻挑釁異常：「我能聽出我喜歡的人的腳步聲。可你能嗎？」

話音未落，元明清的耳朵便清晰地捕捉到，餐廳外面傳來一前一後兩個腳步聲。

——等等，兩人……難道？！

元明清心念急轉，驟收刀鋒，倒退數步，扶著餐廳的窗戶邊框，看向外面……

他在傍晚時分反覆確認過，天上的月輪是圓滿無缺的。即使來時天色茫茫，滿月藏入了雲霧間，元明清也仍是信心滿滿。

而此刻，蔽月的烏雲盡數消散，周邊持續烘托著的濛濛霧氣也不見了蹤跡。在碧澄之色的襯托下，一縷銀色的箭狀細光，像是箭矢刺向靶心一樣，直直射在月輪上。

這一線多出來的怪異銀光，成功修改了滿月的形狀。

月中時分，本該出現在天邊的滿月，獨獨被江舫射下，像是一顆被丘比特的箭射中的心臟。這裡……根本是由他一手支配的世界。在他的世界裡，南舟根本不會被月亮影響！

江舫抬起右手指尖，在空中做了個張弦的勾指動作，瞄準了元明清的後腦，露出了一點溫柔的笑。

他鬆開手指，模擬出了箭矢射出的聲響：「啪。」

——完了。

在元明清認命地微微閉上眼睛的時候，南舟出現在餐廳門口。他腳步輕捷，毫無虛態，膚色倒是一如既往的瓷白，剛洗完還沒來得及擦拭的頭髮濕漉漉地披散在肩上，將白襯衫暈染出一片薄透的深色。

李銀航則是乖乖苟在餐廳門口，連個腦袋都不冒，絕不做拖油瓶。她覺得元明清的莫名出現必然有詐，他是怎麼來的？又是怎麼知道他們在這裡的？

她自己沒什麼主意，就留下江舫先照應，然後跑去找南舟，尋求幫助。李銀航悄悄摸上樓時，南舟正在洗澡。等南舟聽明白究竟發生了什麼，簡單穿好衣服，又多花了一些時間。

南舟在餐廳門口停了須臾。他在看到元明清之前，便優先一切地看到順著江舫指尖滴落下來的血。

江舫身形一個恰好地打晃，眼看便要站立不住了。

南舟見情況不對，快步迎去。

看到南舟到來，他像是鬆了一口氣，緊接著，整個人往前傾倒，半暈半倒，額頭準確搭落在南舟的肩上。

他氣息微微，面懸細汗，失血過度的嘴唇已經不復紅潤，眼底自然地浮著一層薄光，彷彿輕鬆一眨，就會有淚落下。他話裡帶著無窮的委屈，熟練地示弱並撒嬌：「……好疼。」

元明清：「…………」

對於江舫出神入化的變臉本事，他瞠目結舌。

南舟摸了兩下江舫被冷汗和鮮血浸濕的髮尾，表示安撫。旋即，他靜靜地將不含情緒的目光投向元明清，問了兩個死亡問題。

「你為什麼在這裡？」

「你做了什麼？」

同時同刻，柔弱地倚靠在南舟肩窩上的江舫，也不動聲色地向元明清轉過了頭。

——我要怎麼說這傷口的來歷，就看你接下來的態度了。你究竟是選擇魚死網破，放手一搏，還是要乖乖選擇，我為你選擇好的那條「兩全其美」的路？

很快，元明清給出了答案。他搭放在窗臺邊緣的左手徐徐垂下，而在他的另一隻手上，正提著一個從儲物槽裡取來的醫藥箱。他的嗓音裡，透著一股頹唐的平靜。

「……我……來加入你們。」

南舟不聽元明清說話。他看回江舫，等他的答案。

江舫把傷口亮給他，解釋道：「切菜的時候傷到手了。」

李銀航：「……」

——哄鬼呢。你用什麼姿勢切菜能把自己的手插成這樣啊？

誰想，南舟只是「嗯」了一聲，就再次看向了元明清，吩咐道：「……箱子。」

見南舟沒有半分要質疑的意思，滿心疑竇的李銀航便乾脆往回一縮，繼續苟著，也沒做聲。

元明清把醫藥箱就近放在桌子上，一把向南舟的方向推來，隨即抬起雙手，稍稍後退，釋出了百分百的誠意和友好。

南舟一手攬住江舫的腰，另一手開啟了箱蓋。在面對了琳琅滿目的藥品後，南舟愈發沉默。

小鎮上有醫院，他也在醫院打過疫苗，知道「紅十字」象徵著醫療救助，但是他從沒有給自己用藥的習慣。以前和光魅打架受傷，他都是縮回角落，像是一隻舐傷的小野獸一樣等著傷口自行痊癒。說白了，他不會用現實裡的藥物。

他扶江舫坐下，對他說：「這個，教我。」

江舫意會，指點了幾樣藥品和繃帶，示意他先用酒精給自己消毒。

南舟用棉簽沾了一點酒精，擦淨傷口周圍猙獰的血跡後，又換了一根新的，抵著江舫傷口周緣稍稍發力。他抬起睫毛，用目光判斷和試探江舫是否能接受得了這樣的力度。捕捉到他嘴角的那一點微妙的下抿後，南舟又將動作放輕了一個度。

「沒事，左手而已。」

上藥時，江舫連聲音因為疼痛的顫抖都是好聽又惹人愛憐的：「還能給你做飯……就是甜品可能要麻煩一點了。」

聽聞這話，元明清面上的肌肉不受控制地跳動了一陣，急忙別開臉，強自按捺住去揍他那張漂亮的臉的衝動。合著他用左手強接自己的刀，是還要留著右手給南舟顛勺？

南舟學東西向來是又快又好，不消 3 分鐘，江舫的傷處就被敷好了藥，繃帶一路纏到了指尖。

南舟把他的手捧在掌心裡，細細端詳了一番，有雪白的繃帶勾勒，他發現江舫的手指修長漂亮到了不可思議的地步。

將江舫一心一意打理好，南舟才轉頭看向元明清。

他一言不發，甚至沒什麼發怒的表情，但元明清被他盯著時，彷彿置身海底，有源源不斷令人窒息的高壓從四面八方襲來。他的肌肉都開始下意識地反張，分泌乳酸，發出輕微的刺痛感。

李銀航過分的謹慎，以及南舟問他的兩個問題，讓元明清判斷出來，這兩個人的失憶 buff 極有可能還在。證據就是他們對自己的到來，表露出了十足的警惕。

意識到這一點後，元明清不僅沒有任何放鬆感，反倒更加忌憚。

南舟既然不記得計劃，也不記得元明清是誰，那麼，自己只要一言不慎，南舟就有可能上來直接擰斷他的脖子，江舫都未必攔得住。反正南舟也不清楚自己的存在價值，殺了也就殺了。

元明清在兀自盤算時，在南舟看不到的地方，江舫探了個頭出來，用口型比了個「自求多福」，並笑咪咪地對他吐出了一點舌頭尖。

看到這一幕，元明清一時拳頭發硬，拳鋒作癢。但他迅速平靜下來，按照這個世界的邏輯，字斟句酌地為自己的突然出現給出一個相對合理的解釋：「之前……我怕你們兩個，也不想去重症患者的聚集地帶，就被分配到了周邊的輕症患者區……但是有人要攻擊我，我殺了人。那裡不要我，就把我分配到這裡來了。」

說到這裡，他深深垂下頭。這段情節，和他現在的處境何其相似？

他殺了隊友，葬送了計劃，已經回不了頭了。就算他虛與委蛇，假意混入「立方舟」，並博得信任，然後順利地全部殺死他們，以自己被生生砍掉一半的積分，再也無法在短時間內合理地回到榜首，漁翁得利的會是排名在他們後面的人類玩家。

再說，有江舫在「立方舟」裡，想要劍走偏鋒「博得信任」？別開玩笑了。於是，對元明清來說，想要將眼前這條死路走活，只有以「立方舟」的勝利，作為他自己的勝利。還是說……這種事情，其實也在江舫的計劃之中？

見他目光裡的悲傷不似作偽，南舟發出了一個短暫的音節：「唔。」

這一個「唔」字，把元明清給整不會了。

南舟和江舫這隻笑面虎的性格迥然不同。他對很多事情好奇，但心裡又有一套自己的主張和邏輯。當他保持沉默時，誰也不知道他在想什麼，但只要他打定了主意，他會果斷做出任何事情。

南舟沒再細問。他對門口探頭探腦的李銀航說：「開飯吧。」

見他這樣反應，江舫的面上也浮現出了一絲意外。

——就這樣？不再問問嗎？

但他還是自然地接過了話來：「氣炸鍋裡有雞翅，飯在高壓電子鍋裡，燉菜現在應該剛剛好。銀航，去盛一下。」

李銀航哎了一聲，手腳麻利地拿著拖把，先拖淨了被血染紅的地面，再顛顛地跑進廚房。

這一頓飯吃得相當堵心。每個人都各自懷了一番心思，看樣子是一心撲在飯菜上，實際上連自己吃了什麼恐怕都不曉得。

飯後，洗完碗的李銀航兔子一樣躥回了自己的房間，二話不說，先給自己的門窗上了鎖，又放好門擋。她可不知道元明清現在就算為了自己的未來考慮，也不會蠢到來傷害他們。她只覺得這人來者不善，必須要有所防備。

做完外部防護，李銀航仍不大放心，又把剛才自己洗碗時偷偷藏在褲子口袋裡的叉子放在枕邊。她又從上衣口袋裡摸出來一小包用衛生紙包起來的胡椒粉。她又從褲子背後費力地抄出一把菜刀，藏在了枕頭下面。

做完這一切準備工作，李銀航就裹好被子上了床，打算早睡。

睡前，她小聲對著空氣打招呼：「……晚安呀。」

她這幾天苦中作樂，已經學會了和那不知身在何處的耗子說話，排遣鬱悶和不安。

聽到她的聲音，小耗子的爪子嚓嚓撓了兩把，算作回應，有氣無力的。李銀航居然從這爪音裡聽出了一絲委屈巴巴。

她覺得自己八成是神經過敏了，翻了個身，合上了眼。

南舟扶著江舫回了房間。

在暄軟的床上，兩人並肩靠坐著，什麼話也不說。

氣氛說不上壓抑，只透著一股風雨欲來的氣氛，明明外面夜空澄澈，萬里無雲。

江舫打破了這沉默：「看個電影？」

房間裡有成套的家庭影院，只是先前南舟把它當了裝飾，江舫也不希望有別的東西會奪去南舟的注意力，便也沒有說穿。

南舟點頭，「好。」

那些影片全部源自江舫的記憶，可見他的閱片量著實不少。其中還有許多俄文、英文的原文電影……以及許多在地下賭場某些 VIP 房間裡播放著的、能夠刺激疲勞賭客們的腎上腺素的小電影。

江舫用右手點按著遙控器，讓游標任意在那些沒有姓名、徒有亂碼的電影區域間游移。這沒有名字，只有一團亂碼的電影，果然勾起了南舟的好奇，他看中了其中的一部。當江舫切換到那部電影的縮略圖標時，南舟抬手握住了他的手腕。

江舫：「想看這個？」

南舟又點頭，「嗯。」

江舫微微笑了，「那好吧。」

江舫放下播放鍵，單手從床頭的糖盤裡剝了一顆水果糖，送到了南舟口裡，南舟張口叼住。

那糖滋味不錯，可惜作為一顆紅色的圓球，體積不小，把他的嘴巴占得滿滿當當，南舟就用舌尖將球滾來滾去。糖果將他溫熱的口腔擴張開來，碰撞到他的牙齒時，會發出細微的響聲和吮吸聲。

看著他腮幫子微微鼓起的樣子，江舫低下頭，含著笑呼出了一口氣。

南舟目不轉睛地望著巨幅的螢幕。

語言他聽不懂，好在故事情節很簡單。

這裡好像正在舉辦某個盛大的節日，虔誠禮拜的人群聚滿了整個廣場。眾人身披白袍，面對著一幢聖潔高貴、有大片白羽鴿子棲息的宗教建築，跪倒在地，唱著悅耳的聖歌。

純潔的聖子一身雪白，站在建築二樓的單向玻璃前，長髮也是銀色的，柔順地披到肩膀上。外面的人看不清聖子的面容，只能看到他影影綽綽的身姿，以及他背後張開著微微翕動的翅膀。他們雙手交握在胸前，傾心地歌頌著聖子的純潔和聖明。

但在眾人看不到的地方，聖子其實是背對著他們的。

一隻惡魔，張開巨大黑色蝠翼，正和聖子擁抱在一起。

被神聖的光芒洗禮後，他露出了明顯的虛疲之態，但他還是傾盡全力地摟住聖子的脖子，與他接吻。兩人交合的身姿疊在一起，拼湊成了一個不為人知、隱祕又聖潔的姿勢。

他們開始對話。

南舟請教江舫：「他們在說什麼？」

江舫同聲翻譯。

「聖子問，你怎麼在這裡？」

「惡魔說，因為你在。」

他們的話很少，因此倒也不用時刻翻譯。

南舟眼睜睜看著聖子的長袍被撩起。然後惡魔踮起腳，被聖子按在擺放著神聖經文的橡木檯面上。他的足趾蜷縮，踮起來的腳後浮現出兩道纖細的痕跡，一踮一踮。

在南舟看得入神時，他突然覺得臉頰一暖。

他的側臉被江舫輕啄了一下。

下一幕，在電影中，聖子也這樣輕輕親吻了一下惡魔，並小聲告白「love you」。

結束了這個蜻蜓點水的吻，江舫坐回了原位，神情平淡，彷彿什麼都沒有發生過。他等著南舟的反應。

南舟或許會問他這是什麼意思。到那時，他會說一些讓南舟開心，而自己先前一直沒有勇氣說出的話。

這個由蠱而成的世界，應該馬上要結束了，等回到安全點內，他們不知道還能不能有這樣盡情享受著旖旎美好的機會。

但南舟直勾勾望著螢幕，彷彿沒有感覺到。

江舫抿一抿唇，又湊過去，明確地親吻了一下。

南舟仍然毫無反應。

江舫心下正在思量，南舟忽然轉過頭來，雙手捧住他的臉頰，將他的臉正了過來。

兩雙柔軟的唇，就這樣毫無預警地吻在了一起。

結束了這個吻後，南舟也學著江舫的樣子轉了過去，什麼也沒說。

原本打算撩人的江舫覺得，自己好像是翻車了……不然何以解釋他失了序的心跳呢？

他帶著笑音開口：「你……」可他沒能把話說完。

江舫陡然覺得咽喉一緊。下一秒，隨著一聲榙褳的鬆脫聲，那股短暫的窒息感離他而去。而他那隻完好的手，也被南舟一把奪在了手中……在繚繞的糖香中，江舫的手腕，被自己的 choker 鎖在了床頭。

南舟跪在他的雙腿之間。家庭影院螢幕裡投出的微光，在他身體周邊鑲嵌上了一圈毛茸茸的光的輪廓。江舫以放鬆的姿態倚靠在床頭，帶著脖子上「K&M」的刺青，仰頭笑望著南舟。

他知道，今天，無論是元明清的到來，還是自己的受傷，都過於可疑了。不過，他還以為南舟會把今天的事情壓在心裡，或者換個場合再提。萬萬沒想到，因為一個吻作為情節觸發點，他被南舟當場就地囚禁。

南舟低頭，回應了他的目光：「……你是什麼人？」

江舫一聳肩，「哦？」

「月亮。」南舟說：「你說過，我是故事裡的人。你也是唯一一個知道我的過去、知道我的弱點的人。」

「我對滿月很敏感，我以為在今天，我會很痛苦，但是……」他指向了外面，「月亮變成了這麼奇怪的樣子。你說，為什麼？」

江舫：「問我嗎？」

南舟：「是的。」

江舫歪歪頭，「你不是已經有答案了嗎？」

南舟默然了片刻，也就給出了心中的答案：「你是，這個小鎮的『神』？」

江舫輕輕笑出了聲，也算是一種默許。

在聖子和惡魔開始溫存廝磨時，南舟的語氣也開始聽不出喜怒：「……你，騙我？」

江舫不說話。

南舟便順著現有的資訊和自己的想法推想了下去，他嗓音沉靜，但語速比平時快了一點，所以，應該是在生氣。

「你從列車開始，就在謀劃什麼。你上那輛車，就是計劃的開始。」

「你認識很多人，至少那個載著我們來這個賓館的學長，你是認識的。那天，我們出去在小鎮轉，明明這裡這麼大，他為什麼會那麼碰巧地遇到我們？」

「他平時住在這裡嗎？他開著車去了哪裡？如果他是專門負責迎接外來人員的，那他接的人呢？」

江舫適時提問道：「或許，車上暫時沒有適合居住在這裡的人呢？」

南舟搖搖頭，「如果是因為沒有合適的人選，所以驅車返回，那麼他這種邏輯正常，能進行正常問答，情緒長期穩定，記憶不受影響，能夠清晰記得這片區域內兩百位住戶的人，為什麼會在那天晚上沒有任何理由地返回強攻擊性患者的聚集區，然後遇上我們？」

「他不符合居住在這裡的人的症狀；地圖上的兩百人裡，也並沒有他的住址，他沒有理由出現在那裡的。」

江舫笑了一聲，「唔，要說理由，也還是有的。」

南舟：「什麼？」

江舫說：「我晚上回來，要做個香蕉船，再熱騰騰地做一頓火鍋。要是再晚了，就該吃不上了。他得送我啊。」

南舟：「……」

南舟想了想，覺得這話自己似乎接不上。於是他果斷放棄，繼續了嚴肅的話題。

「來到街上之後，我發現了這片封閉區域是很標準的圓環形。如果是人工形成，修成這個樣子沒有意義。生產能力和生產方式也不可能長期持續，所以，這個地方只能是依賴於某種力量，維持短暫的存在。」

「那個『學長』，說這個小鎮裡有『神』。」

「……然後，我就看到了今晚的月亮。」

這本來該是極端嚴肅的話題。但在南舟身後的螢幕上，惡魔的翅膀正舒張到了極致，每一根赤紅的骨羽都熱得發燙，有黑色的羽毛片片落下，落在聖子的赤足縫間。聖子抬起腳來，輕輕踩在惡魔的足趾之上。

虔誠的民眾以為那朦朧聖窗後的羽翼搖動，是聖子在向他們釋放善意，紛紛頂禮膜拜，誦念經文，愈加虔誠。

聖子在眾多純粹的信念之力的加持下，雪白的光輝如雪迎頭沐下，逼得惡魔低聲嗚咽不住，但一雙手還是牢牢抓住聖子肩膀，不肯與他離分。

在惡魔發顫近乎哭泣的低吟聲中，南舟聲聲發問：「你把我們帶到這裡來，想要做什麼？」

「為什麼這幾天裡要對我好？」

「為什麼你不要裝下去了？」

「問題好多。讓我都不知道該回答哪個才好了。」江舫將只穿著襪子的腳舒舒服服蹬到南舟懷裡，「能挑個重點嗎？」

南舟的指尖輕輕撫過了江舫的喉結，引得那片硬中帶柔的隆起，上下浮動起來。

南舟輕聲問道：「告訴我，殺了你，能讓這一切結束嗎？」

江舫往後一靠，深深一嘆，「這就是懲罰嗎？」

南舟知道他在說什麼。江舫曾經問過他，要是他真的騙了自己，自己會怎麼樣對待他。

這個問題暫且不提，南舟在意的是，江舫的暴露太沒有道理了。他明明知道自己是故事中的人物、明明知道自己在滿月之夜會痛苦難捱，也明明知道這只是一夜的痛苦，但他還是給了他一個被箭射中的滿月，將自己的身分洩底給了他。

南舟從前讀過一個詞，叫露水情緣，說是一段感情譬如夜露，月光一盡，日光一出，便自然消散。他沒有和他人締結過任何感情，所以毫無經驗，總是在單方面地認定些什麼，並為之堅定不移地付出。

但現在，他影影綽綽地感到了迷茫以及心慌。

如果真的殺了江舫就能離開小鎮，那麼，他要殺嗎？殺死他後，他會去到哪裡？自己又會去到哪裡？

他能回到永無鎮嗎？回到一個人清醒的日子，讓這段連他也不懂得具體成分的感情成為真正的月下露水，消失無蹤？

這段捫心自問，並沒有消耗南舟多少時間。他的思路向來清晰，鮮少會為一件事而猶豫不決。

實際上，在幾天前，江舫問出「如果，真的有呢」時，南舟心裡就有了一個答案。他只是把那個答案藏住了，像是偷偷藏住了一顆糖。

而見南舟久久不言，江舫垂下頭，舔了舔嘴唇，上面還殘留著一點糖的香氣。

身後，聖子和惡魔還在糾纏。

江舫就著滿室曖昧的情音，放低了聲音，緩緩道：「可是，我說我沒騙你，你信嗎？」

南舟詫異了。他捉住江舫的領口，幾乎要貼住他的臉，「我問過你，有沒有事情瞞我？你說沒有。」

貼近的瞬間，江舫身上那股雅正的茶香便繞身而來。

江舫抬起那隻繃帶纏到了指根的手，搭在南舟的後腦。

南舟察覺不對，想要避開。

「你不要亂動。」江舫貼著南舟的耳朵，柔柔弱弱地吹氣，撒嬌道：「我手疼。」

南舟果然不動了。

江舫單手摟著南舟，望著他的眼睛，一字一頓：「可是，這是我們兩個說好的事情。事先說好的事情，又怎麼能叫騙呢？」

「……什麼？」

「再說，我根本不擅長騙你啊。」江舫吻了一下他的鼻尖，「在你面前，我明明是騙自己比較多。」

江舫輕巧地勾動著手指，在一下下刺骨的疼痛中，為南舟的大腦皮層有條不紊地輸送著刺激。他腦中的小白孔雀又蠢蠢欲動，試圖開屏。

南舟覺出了不對，臉頰燒得發痛，腰也開始發脹，體內的潮汐開始迎合著月光，後知後覺地開始了一場澎湃。

身後電影裡的美豔惡魔臉色水紅，翅膀抖得不堪，恨不得將聖子整個吞噬進去。

江舫輕言細語地蠱惑南舟：「其實我們早就認識了。我心裡……真的很喜歡。我們一起選了這個地方、一起定了這個計劃，進來前，你的手還握著我的手……就像我們現在這樣。」

聖子貼在惡魔耳中喁喁細語，說著些南舟聽不懂的話。和他耳中現在聽到的內容一模一樣。

南舟腦中的白孔雀尾羽輕拂，細細搔動著他的神經末梢，又將四肢百骸每一個終端的反應，都原原本本甚至變本加厲地還回南舟的大腦。

他的聲音，連自己聽來都失了真：「你，又騙我……」

「真的。」江舫說：「我很會騙人。但不騙小紙人。」

「小紙人」三個字，聽起來脆弱又美麗，卻不知道哪裡一下子觸動了南舟的神經。白孔雀嘭地一下彈開了美麗而巨大的尾翼。在紊亂失序的呼吸中，南舟扼住了江舫的手腕，猛地將江舫再次推翻在了床上，跨坐在他的身上。

電影裡，聖子與惡魔的喘息，與他們水乳交融地勾兌到了一處去，已經難分彼此。

南舟只鬆開一點皮帶，其他便被鼎沸的情與慾自然掙脫開來。

江舫鬆開了扶住他後腦的手，「你呢？這些天，你有沒有一點，喜歡上我……？」

南舟執過他被繃帶和紗布包裹著的手掌，湊到唇邊，在那處傷口上落下輕輕一吻。

江舫手指一蜷，彷彿被電擊了一下。

「你幾天前問我的問題，我……告訴你答案。」

「我的答案是……如果你騙我，我也可以原諒你一次。」

南舟氣喘吁吁，撐著最後一點清明的神志，但語調已經開始荒腔走板，含混不明。

「……因為我好像真的有一點喜歡你。」

南舟到現在也不很懂，究竟什麼是喜歡，他只知道，自己願意原諒他一次。而且，他願意和他待在小鎮裡，不走了。

但南舟還是賞罰分明的。

「喜歡，是喜歡的。」南舟努力板起臉，認真宣布：「但是，我現在還是要欺負你了。」

清早，江舫躡手躡腳地掩門出來時，恰好和面對著走廊裡的一幅畫發呆的元明清打了個照面。

江舫主動同他打招呼：「早安。」

元明清犯了一個晚上嘀咕，但翻來覆去許久，除了同歸於盡，他再也想不出更好的主意。

他不想死，也不想輸，他知道自己是中了圈套，上了賊船。可當賊船的目的地與他不謀而合時，也只能搭上一程。或許，這就是南舟他們布這一局的最終目的。

因為心定了，他的態度也自然了許多，「你們挺能鬧騰。」

江舫當著他的面，舒舒服服地伸了個懶腰，給出了一個相當不要臉的回覆：「不夠，還不到一半呢。」

這一下懶腰中包含著的無限寓意和愉悅，讓元明清差點沒忍住翻上一個白眼。

有了惡魔的教導，自認為是小惡魔的南舟面對他的銀髮聖子，採取了有樣學樣的複製學習。

昨夜，身為「神」的江舫，在進行時中，從床頭櫃裡取出了一只聽診器，單手給南舟戴上，又將聽診頭抵上了他稍稍鼓起了一點的小腹。

被戴上了耳掛的南舟一臉迷茫，不明所以，直到聽到了小腹內傳來的水聲，南舟才斂起了眉目，把惡作劇地輕笑著的江舫壓住了單手，不許他再胡作非為。

混鬧到了後半夜，聖子和惡魔的故事輪播到了第三遍，南舟才一瘸一拐地抱著江舫去盥洗室。他還是秉承著那套堅定的自我邏輯，覺得在上面的人就該負責。

在等待水放滿的過程中，他捧著日記，寫下一些心得體會。

江舫想看，他也給看。但等江舫一不小心看笑了之後，南舟皺一皺眉，就搶回了筆記本，不給他看了。

神清氣爽的江舫看向了元明清剛才在看的那幅畫⋯⋯那是梵谷的《向日葵》。

江舫：「懂畫？」

元明清點點頭道：「有關你們的知識和書籍，我們來之前都被傳輸過全部資料。」

江舫笑道：「看來有了知識，占了腦子。」

元明清：「⋯⋯」你他媽的。

江舫和他並肩而立，好心情地看著畫中色彩絢爛明快的《向日葵》，「什麼時候跟我講講，關於『你們』的那些事？」

元明清乾笑了一聲，「與其關心『我們』，不如想想你們自己。遊戲方不會就這麼認了的。等你們出去，會是一場惡仗。」

「別這麼見外。你現在也是『我們』啊。」

江舫大度地拍了拍他的肩膀，誠懇道：「太見外的話，可對將來取勝沒有好處哦。」

「紙金」，斗轉賭場，貴賓室內。

曲金沙還是穿著一身紅色盤扣的黑色唐裝，更顯富態，眼睛一半天生帶笑、一半是因為面頰餘肉豐富，在面部肌肉放鬆時會自然彎曲起來，像足了年畫上慈眉善目的財神爺。

這間向來門庭若市的賭博場，醉生夢死的銷金窟，因為信號塔開始建立，許多彷徨的人有了目標，客流量一時間少了不少。

好在曲金沙每日的進項依舊是可觀，至少在支付過每日高昂的積分租金後，他還有不少盈餘。

外間依稀能聽出是鬧哄哄的，貴賓房內卻格外安靜。

曲金沙對面是兩個穿著黑西裝的男人，面前各自擺放著五張牌，有四張已經翻開了。

他們兩人面目相似，氣質也是一樣的怪異，流露出一種故作彬彬有禮的無機質感：「恭喜，曲老闆，你現在是單人排行榜第一了。」

曲老闆將己側最後一張底牌掀開。因為胖，他的笑紋看起來不很明顯，單純就是一種讓人心情放鬆、純粹的喜氣洋洋。

「嗨，太客氣了。富爾豪斯。不好意思啦。」

他假意不去聽懂那兩人的來意。

但那兩人沒有絲毫翻牌的打算，只直勾勾盯著曲金沙看。

曲金沙心知無法躲過，便往後一靠，打開了天窗：「我想知道，我為什麼要投靠你們？」

其中一人一笑，「你應該想知道的是，為什麼我們會設置單人榜單——就是為了應對突發情況，方便臨時組隊。」

曲金沙笑咪咪道：「所以，兩位……高維先生，究竟遇到什麼突發情況了？逼得你們非要啟用這個 Plan B 不可？」

對面的兩人對視一眼，不說話。

或者說，他們根本不屑於和曲金沙解釋。

曲金沙慣會看人眉眼高低，知道這兩人對自己是怎樣一番態度。既然對方不打算說，那他也不問了。

他站起身來，笑笑道：「兩位，還玩嗎？不玩的話，我去外面看看我的場子。」

其中一人往後一仰，相當無禮：「你答應了？」

曲金沙笑咪咪的，「您總得讓我考慮考慮不是？」

那人反問：「這還需要考慮嗎？」

即使被人這樣騎臉羞辱，曲金沙也不翻臉，重新坐下之餘，甚至還好言好語地分析起利害關係：「您看，我是單人榜的第一名，盡可以老老實實地留在這裡，為什麼非要去團隊榜裡和別人爭呢？我是做生意的，講究一個和氣生財，本事也不算很高，開罪了那些排名靠前的，不是讓我生意難做嗎？」

那人倨傲地抬起下巴，彷彿鼻孔是他的第二雙眼睛。

「你不該擔心生意難做，應該擔心你的生意做不做得下去。」

這話顯然已經是在往死裡說了。既然如此，曲金沙也不再打太極，徑直問了自己最為關心的事情：「我不同意的話，會有什麼後果？你們會殺了我嗎？」

那人冷眼看過來，笑了一聲，嘲諷意味十足，似乎在說你怎麼會問出這麼蠢的問題。

曲金沙仍是和和氣氣地笑著。

看他神色與自己的預料完全不同，那人劍眉一豎，開始有些煩躁，雙肘壓上檯面，逼近了曲金沙，「你不怕死？」

這兩個高維玩家，雖然一個人自始至終都沒有吭聲，只是在一旁好奇地把玩著殘局之上的紙牌和籌碼，但兩人的肢體語言和神態，統一都是看不起曲金沙的。

在他們看來，這人不過是土老闆一樣的人物，一看長相就是遊戲裡那種隨時會被人打臉的腦滿腸肥型 NPC，脂肪一路長到了腦子裡去。

在他們的設想裡，曲金沙好不容易建立起這樣一個完善的賭場，有利益牽手絆腳，必然是貪生怕死的，聽到他們的身分，就該馬上投靠他們才對。時間不等人，他們實在沒有更多的時間浪費了。

大約半個小時前，全體混跡在遊戲中的高維玩家們，同時接到「亞當」叛變的消息，這著實匪夷所思。接令的玩家們花了很長時間才理解事情的來龍去脈。

「立方舟」用了在上個副本裡學到的降頭術，把「亞當」引入一個局中，引得他們自相殘殺，逼迫其中一人積分減半後，不得不叛變，加入「立方舟」。聽說這些變故是「昨夜」發生的事情，有高維玩家馬上急了，說怎麼不早點通知。

遊戲方也是有苦說不出。因為「立方舟」要造出一個小鎮，且要將這個局造得完美無缺，這就導致他們在幻境中集體停留的時間更長、範圍更廣、NPC 更多，因此不可能像上個【邪降】副本裡一樣，現實和幻境重疊時，只一瞬光景。

自從「亞當」掉入這個局，安全點內的時間已經過去了將近 3 日。但是，這也給他們造就了一點時間差，一點可供挽回的契機。

之前，遊戲方對「亞當」還是有所期待的。哪怕劇情走到了唐宋被元明清親手殺死，元明清進入小鎮尋找由江舫扮演的「神」這一步，遊戲方也還是認為，如果元明清能以命換命，不求殺死南舟或江舫，能帶走一個李銀航，都能算他努力過了。合約擺在這裡，事後再算總帳就是。

但元明清竟然直接背叛了他們！！

在確認元明清不是試圖打入內部當內鬼，而是真的被江舫說動，打算叛變，一隊玩家便被緊急派去殺死「亞當」的身體。反正遊戲方能調離所有的鏡頭，完全可以做成元明清醒來後畏罪自殺的樣子。

遊戲方也考慮過用同樣的方式，直接簡單粗暴地殺死「立方舟」完事兒。但押「立方舟」獲勝的人也有不少，他們已經折了一個「亞當」，沒必要做賠了夫人又折兵的事情。

再加上元明清直接自爆，現在「立方舟」要是死了，那可就成了一團亂麻了。

另外有三隊玩家，分別盯上了單人榜排名的第一、二、三名，受命執行意外發生時才會執行的 Plan B。時間緊急，如果曲金沙不同意，又知道了他們的祕密，他們就得殺了他。

好在曲金沙這邊，幾乎沒有關注他本人的死忠粉。他做單人榜第一很久了，只要沒有重大的排位變動，誰也不會刻意去觀察他。

觀眾多數是看看熱鬧的賭場，看看賭輸的玩家求饒流淚的慘狀，最多再看看漂亮美豔的兔女郎，對曲金沙本人則是興趣缺缺。去看看其他單人玩家 PK 不香嗎？誰願意看一個毫無特色的中年男人的日常？

再說，曲金沙在絕境中開賭場，專賺絕戶錢，仇家也不少。

就算殺了他，他們也不缺理由，只是浪費了這麼一個巨大的分倉，著實太過可惜。

在兩人腦中考慮是要再努努力、勸說兼威脅一下，還是直接讓下一組人預備跟排名第二的單人玩家談判時，曲金沙慢條斯理地開了口。

「怕啊，當然是怕的。」他說：「但是，我就算在遊戲裡死了，讓『立方舟』許願，他們也會選擇復活所有人的吧……如果你們最終肯信守『贏家可許願』的承諾的話。」

那人撇一撇嘴，「你很相信『立方舟』的那三個人？」

「倒也不是相信不相信的問題。」曲金沙說：「雖然那時候我不是自願的，但怎麼說也算送給過他們一筆啟動資金。他們中間，起碼有江舫和李銀航兩個人類。借問一下，我為什麼要相信完全不是人類的你們，卻不相信他們？」

「曲老闆原來是這樣想的？」

一直沉默地把玩著紙牌的另一個男人在此時淡淡開口：「除了死，可能還有更可怕的事情等著你……你若不同意，你可能會直接消失，反正也沒有人在乎你，到時候，你會在某個角落裡被剮成碎片。你會活著，一直活著，活到遊戲結束。到最後，你的願望可能只是祈求痛苦趕快結束。」

這人話不多，但字字惡毒誅心，尋常人恐怕早就會被他這番恐嚇嚇得面如土色。

曲金沙則掏出手帕，印了印無汗的額角——賭博是項靠著上湧的氣血才能長時間維持的遊戲，因此這裡的冷氣長年充盈，吹得人皮膚乾燥，以至於根本無汗可流。

曲金沙平靜地想，太急了。為什麼他們會這麼著急？這兩人突然到來，突然自爆身分，突然開始了死亡威脅。是什麼讓他們產生了這樣強烈的緊迫感？

曲金沙在後臺不動聲色地呼出了團隊的排名榜單。如今，高懸榜首的，仍然是那個神祕的、沒有任何積分顯示的「。」，第二名是「亞當」，積分被第三名的「立方舟」緊緊咬在身後，但雙方分差不小。

曲金沙在賭場久了，耳聰目明，能聽八方資訊。作為一個人肉信號塔，他所知道的全服單個副本能獲得的最高積分，就是專門針對南舟的那次「千人追擊戰」了。「亞當」正是在那場追擊戰中脫穎而出，吞下了

「朝暉」的積分，異軍突起、成為第二的。

是什麼樣的危機，會讓《萬有引力》的遊戲方直接自爆身分，並強硬地要求自己跟別人組隊，對抗「立方舟」？哪怕「立方舟」有幸碰到了一個像「千人追擊戰」獎勵那麼高的副本，有望一舉反超，那遊戲方也大可不必這麼恐慌。

更別提現在這兩隊的尾碼上根本沒有「遊戲中」的四葉草圖示——除了……「亞當」和「立方舟」兩支隊伍合併——而且他們的分數，在合併後會直超「。」，獲得第一。

雖然遊戲方沒有明說，但世界頻道裡的玩家們都討論過，只要有團隊的分數超過「。」，遊戲可能就能夠分出勝負來了。

也就是說，這一切快要結束了。接下來，就要看曲金沙自己的選擇了，是選擇相信「立方舟」，拒絕合作，慨然赴死，還是……

做出這樣的一番推測後，曲金沙微微笑了。他笑起來的樣子白胖慈和，像廟裡的佛爺：「就算你們殺了我，也還有第二、第三名單人玩家能供你們挑選組隊。我又何必清高，非要受這份苦不可呢？」

對面兩人對視一下，對他的笑容感到不明所以。不過，聽起來……計劃算是達成了。

兩人站起身來，違心地讚道：「曲老闆是聰明人。」

曲金沙：「哪裡。」

一人迫不及待道：「事不宜遲，抓緊時間吧。」

曲金沙剛要答話，外間便傳來了篤篤的敲門聲。

曲金沙準備起身，那個慣用鼻孔看人的玩家皺了皺眉，命令道：「別理，先組隊。」

「場子裡出事了，我得去看看。」曲金沙輕描淡寫地提醒了他自己的身分，「我是老闆。」

另一個玩家按了按同伴的手，示意他不要著急。

曲金沙本人雖然沒什麼關注度，但他的賭場卻是許多觀眾的關注點。

外面因故鬧起來，曲金沙如果遲遲不現身，那會惹得觀眾懷疑的。曲金沙已經答應合作了，他們沒必要在這個時候非要找不痛快。

曲金沙隨即走了出去。他剛打開門，一個身影便大頭朝下，咕咚一聲磕在曲金沙面前，幾乎要把腦袋撞在他的腳面上。旁邊的疊碼仔對這樣的場景司空見慣，語氣平淡地解釋道：「老闆，這個人輸光了。」

那人眼見叩頭失敗，不肯放棄，涕淚交流地合身撲了上來，抓住曲金沙的褲腳。曲金沙耐心地聽完了他所有語無倫次的哭訴。

譬如他活到現在有多麼不易，譬如他幾天前參加了一個難度過高的 PVE 副本，隊友身亡，他要不是花費了巨額的積分，從商店裡高價兌取了一個 S 級道具，也差點沒能活著走出來。他想拿僅剩的一點積分出來，在「斗轉」中博一條活路，沒想到一敗塗地，輸得如此慘烈。

聽他傾訴完畢，曲金沙彎下腰來，和顏悅色地反問：「可如果人人都像你這樣，我不要做生意的嗎？」

聽他這樣說話，來人心涼了半截，臉色也刷白了下來。可緊接著，他聽到曲金沙又說：「這樣，我借給你 200 點積分吧。你可以離開，也可以有翻盤的機會。反正我不收利息，你想還就還，不想還也可以。不過，你要是再輸了，可就怨不得我了。」

這是他早已用熟了的伎倆。因為 200 點積分什麼都幹不了，所以通常賭紅了眼的賭客，會毫不猶豫地把這積分再輸進去，然後陷入更深、更黑的絕望。曲金沙看著眼前千恩萬謝的年輕人，不覺得這有什麼不對，一切都是他們自己的選擇罷了。

那人對此等毒辣的心思毫無覺察，歡天喜地地拿著新到帳的積分，絲毫不出曲金沙意料地跑到了老虎機面前，紅著眼睛用積分兌取了籌碼。

VIP 室等候的兩人將這一幕收入眼底，彼此間交換了一個充滿了鄙薄的眼神。

果然和觀眾們給曲金沙起的外號一樣。曲金沙就是一條吸血水蛭。

而就在兩人感嘆之時，他們腦中同時拉響了刺耳的警報，震得他們同時一抖。他們點開排名榜，發現「立方舟」的排名往上走了一位……「亞當」，消失了。

是去殺「亞當」的那組得手了？！不，不對！「立方舟」的人數，變成了 4 人！！

兩人迫不及待地一把拖住往回走的曲金沙，咬牙切齒地命令道：「快點組隊！！」

曲金沙也瞄向了還沒來得及關閉的排名榜，輕嘆了一聲，「瞭解。」

在他接到組隊邀請，並點擊確定後，兩支隊伍幾乎是在同時，超過了「。」。其中，「立方舟」居於第一，而曲金沙新加入的隊伍「如夢」，位居第二。奇妙的是，雙方分差，僅有 170 多點積分。

「如夢」的兩人同時一愣，並憤怒地看向了曲金沙。

曲金沙一攤手，抱歉道：「……哎呀哎呀，我也沒想到會這麼巧。」

兩人敢怒，卻又挑不出什麼理來。曲金沙做過不少類似剛才施捨積分的事情，他怎麼又算得出來，他們兩隊的分值正好差 170 分？時機又怎麼能掌握得這麼巧妙？

他們不知道，曲金沙早在打開排名榜時，就完成了一場飛快的心算。做了這麼久的生意，他的心裡自有一把算盤。

他算得清清楚楚，「亞當」一隊中，總共有唐宋和元明清兩人。如果這兩人都還安然無恙，一旦他們與「立方舟」結盟，那分數基本上是壓倒性的。以眼前這兩人的排名和分數，就算找自己結盟，疊加起來，分數也會被他們大幅度超越。

「亞當」排名第二，且優勢明顯，沒有非要跟排名第三的立方舟結盟不可的理由——除非發生了什麼意料之外的變故，導致一名成員直接死亡。而唐宋和元明清攜手進退，分數相當，對半拆分開來的話……

有了這些資料打底，曲金沙才能迅速得出他們和如今四人組的「立方舟」的分差。至於為什麼能卡點卡得這麼準，只能說是這兩人表現得過於著急了。不過，從當下結果來看，曲金沙倒也理解他們的急切。

「立方舟」和「亞當」隨時會結盟，因此他們根本沒有機會採取懷柔戰術，慢慢和自己打好關係，只能靠威勢強壓。好在，就算「立方舟」再晚一點和「亞當」組隊，對曲金沙而言也無妨。反正每日他都會將積分兌換成籌碼，放入籌碼系統中，一日的營業時間結束後，再進行日結算。這一天下來，他本人的積分都將維持在一個恒定的數值上。所以他剛才給出的 200 點積分，才成功拉開了差距。

現在，是他們略輸一籌了。但看這兩人怒而不急的模樣，曲金沙猜想，事情並沒有那麼簡單。

果不其然，在兩隊積分超過「。」的半分鐘後，一道洪鐘一樣的宣告聲，在所有玩家頭腦中炸開。

【諸位玩家，你們好～】

【在長久的角逐和大家的共同努力中，遊戲總算進入了新的階段。】

【鑑於有兩組隊伍同時超過了預先設立的標杆隊伍，排名不分先後，因此進入加時賽。】

【除「立方舟」及「如夢」外，其他玩家分數暫時鎖定，副本通道關閉，正在進行中的副本，可等玩家結束遊戲進程、返回安全點並進行副本結算後，再進行分數鎖定。】

【三個遊戲自然日後，根據兩隊積分多少，確定真實排名後，再進入總決賽。】

【各位，遊戲愈發緊張刺激起來了。】

【你們，會更希望哪一隊獲勝呢？】

曲金沙端起了自己的茶杯，熱熱地喝了一口，想，還挺雞賊。

說是兩隊「同時」衝頂，可除了官方能掌握準確時間，又有誰能知曉真實的先後順序呢？反正關於這個一開始就處在頂端的隊伍「。」的用處，遊戲方從來沒有詳說。對超越「標杆隊伍」的定義，究竟是分數優先，還是時間優先，遊戲方擁有著最終解釋權。

難怪對面的兩人不很著急。

他又品了一口茶，深出了一口氣。唉，如果能選的話，他還真不想和「立方舟」對上啊。

世界頻道裡乍然收到這樣的消息，瞬間鬧了個天翻地覆。

但除了「如夢」之外，另一組重要的當事人，現在還都在醒神當中。

李銀航一覺睡醒，發現眼前的天花板發生了奇異的變幻。她躺在柔軟的地毯上，呆望著天花板，總覺得這和她睡著前看到的不是同一塊，卻又有種似曾相識的感覺。

她挪了挪發硬的脖子，看到了從床邊垂下的一隻帶著蝴蝶刺青的手。刺青的邊緣滲著紅，好像是被人用力地親吻過。

記憶逐漸復甦。他們……不是要進入 PVP 的副本了嗎？他們怎麼會在這裡？她在……哪裡？

乍然間，一段記憶湧入她的腦海，接續了那段白光閃過之後的劇情。

她望著天花板，發出了一聲短暫的感嘆：「……啊。」

那個叫做「伊甸園」的小鎮，就是他們的 PVP 副本嗎？她還記得對方死了一個人，另一個人來投奔他們。可她怎麼完全沒有脫出副本的印象了？她體感，自己就是睡了一覺，人就在地上躺著了。可之前幾次脫離副本，都沒有這樣渾身痠軟的感覺……

她昏昏然爬起來半個身體後，骨鬆筋軟的感覺更是放大了十倍，人像是一腳踩在了雲層裡。

等她看向床上的南舟時，她嚇了一大跳。

南舟人已經醒了，但神情還很混沌。他靜靜望了她一眼，便繼續了他的發呆大業，似乎他的精神還沉浸在某些事情的餘韻當中。

江舫則早已醒來，整個人慵懶又隨意地坐在另一側的床邊，將南舟的腦袋枕放在自己的膝蓋上。

南舟的思維重啟需要一段時間，無意識地輕輕蹭他，江舫也予以回應，捉住南舟的一隻手，另一隻手一下下拍著他的肩膀。

既然騰不出手來，江舫便對李銀航笑咪咪地打了個口頭招呼：「銀航，早啊。」

CHAPTER

07:00

只要我們能贏，

許下的願望就一定會被實現

江舫是在和元明清一起並肩看畫的時候，向元明清正式發起組隊邀請的。就在元明清無奈地點按下確認鍵時，江舫偏頭看向他，俏皮地一眨眼，「喂，出去之後，我為你準備了個禮物。」

元明清用目光詢問是什麼？

江舫語出驚人：「你知不知道，這裡和副本裡有一點時間差啊。」

元明清還以為江舫是在開玩笑，抱臂勉強一笑，試圖用這個商業的笑容嘲弄他的玩笑一點意思都沒有。

但江舫一瞬不瞬地盯著他，眼角彎彎，笑容誠懇……沒有一點在開玩笑的意思。

非但如此，他還看了一眼走廊裡的座鐘，似模似樣地計算了一下：「按照我們在上個副本裡做的時間測試，自從你確定要投誠，這一夜過去，安全點內差不多過去了半個小時吧。」

震驚之餘，元明清舌頭都開始發梗：「……你……」

江舫繼續笑咪咪地補刀：「不僅這樣，我可不是連你的身體一起拘禁的。降頭能控制的，只有你的精神啊。」

元明清的情緒一瞬失控：「你！」

江舫飛速地倒打一耙，笑笑道：「抱歉，我看你沒問，以為你不關心，就沒說。」

元明清臉色煞白，殺了江舫的心都有了。

昨天他之所以沒有細問，當然是元明清認為自己對江舫尚有利用價值。他冒著風險設下這個局，不就是想要自己的積分嗎？如果自己死了，那他的一切布局不就盡數付諸東流。

那麼，他為什麼不告訴自己這件事？！如果安全點和這裡有半個小時的時間差，而自己的身體在現實中還處在無法動彈的狀態……

元明清心中急躁，正在考慮是否要繼續發作，就見江舫徑直轉身，走回房間。

他莫名其妙，以為他有話要對自己說，元明清只好強壓了怒氣，邁步跟上。

結果，江舫進入房間後，順手甩上了門，險些拍到元明清的鼻子。

元明清：「…………」操！！

元明清十分不甘，發力怒敲了兩下門，「我要是死了怎麼辦？！」

江舫隔著門回答：「你要是這樣死了，就說明我那位朋友對你不夠盡心啊。」

南舟已經醒了，正躺在床上持續性發呆，慢吞吞地消化昨夜的那場饕餮盛宴。

江舫在床側蹲下，摸摸他的頭髮，「疼嗎？」

南舟側過身來，點點頭，「嗯，有點痛。但是也很舒服。謝謝你。」

江舫心中微甜，俯下身來，撩開他額頭垂下的碎髮，吻了一記。

南舟探過身，禮尚往來地回覆了這個吻。

與南舟廝磨過後，江舫慢條斯理地除去了自己的衣服。這是他進入這個虛幻世界後，第一次當著南舟的面寬衣解帶。

他露出自己光裸的胸膛。在他的心口位置，刻著一個複雜的咒陣，那是生生用刀刻上去的，依稀可見刀痕。正因為有這樣的血肉聯絡，它才能如此順利地維持整個世界的運行。

南舟納罕地抬手撫摸這處傷痕，不解它的來歷。

江舫說：「需要你的血，這個咒術才能解開。你願意嗎？」

南舟想了片刻：「你是為了解咒，才和我在一起的嗎？」

江舫是「伊甸園」的神，南舟做出這樣的推測，也是合情合理。

「不是。」江舫坦然答道：「我們是為了能夠光明正大地在一起，才有了這個咒法。」

聽了這句話，南舟沒有多餘的猶豫，將手指抵在犬齒邊，發力劃過。他的指尖皮層被劃破，有一點血湧了出來，但他的手即將探去時，卻被江舫輕輕地握住了。

「等等。」江舫提議道：「我們到窗外去吧。現在的時間，應該差不多了。」

話罷，他將南舟打橫抱起，走到窗邊，示意他用另一隻手拉開窗簾。

刷的一聲，窗簾滑過滑軌，將整個天地展示在南舟面前。外面落了一天一地的白雪，在初夏的天地間，織就了一片柔軟、雪白又朦朧的羅網。

江舫垂下眼睛，輕聲道：「你說過，想要看雪。」

南舟仰頭望向江舫，兩人無言，而南舟將染血的手指靜靜搭放在了他的心口。

門外的元明清驟然一陣眩暈，整個人一腦袋磕在了門上。

等他眼前的一切事物再次重組，他回到一切驚變發生前的旅館——身邊的唐宋，居然還在。

唐宋被殺死了的、殘破的靈魂數據，和他一道返回了體內。他望著元明清，嘴巴張合數度，但是已經一個字也說不出來。

元明清強撐著發軟的身體，向他伸出手去。緊接著，唐宋便化作一片數據流程沙，當著元明清的面，再度消散無蹤。

他只來得及抓到一捧空氣。

元明清心中還來不及哀痛，就聽見自己所在的房間門外傳來一聲劇烈的碰撞，像是有某樣柔軟的重物被甩到門上。

有打鬥聲？來殺自己的人，已經到門外了？

元明清即刻想到了江舫傳遞給自己的資訊——「你要是死了，就說明我那位朋友對你不夠盡心啊。」

——有人來幫自己的忙？

元明清身體狀況極差，甫一起身，便是一陣頭重腳輕。在床上睡了這麼久，以這樣的身體狀況，能應敵那才是怪事！！

他扶住牆壁，一路踉蹌著奔到窗前，沉下一口氣，正要跳窗，房門便

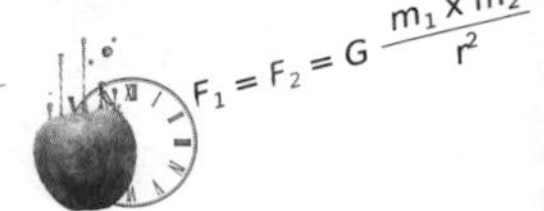

被從外面狠狠砸開！

砸開房門的，是一只滑稽、等人高的白色傀儡娃娃。

看到這只娃娃，元明清便立即知道江舫所說的「朋友」是指誰了——易水歌！

然而，要殺他的人隨時會進來。

元明清臉色煞白，心電急轉，嘶聲喊道：「我這裡有鏡頭，不想被照到臉，在所有觀眾面前暴露你們的身分，就給我滾開！！」

聽了這話，三名前來獵殺的高維玩家衝入房中的步伐果然為之一頓。因為遊戲方統一取消了他們對鏡頭的可視性，他們也吃不準元明清說的是真是假。抓住了這猶豫的間隙，元明清看著足有三層樓高的地面，咬一咬牙，縱身躍下！

下一秒，三名高維玩家的大腦裡便出現了一聲怒斥：「蠢貨，他早就沒有調控鏡頭的許可權了！」

他們頓時反應過來，邁步欲追，可那六、七只破破爛爛的傀儡娃娃再次站起了身來，前包後圍，向他們撲來！

這些傀儡娃娃不知道痛，也不知道死，除非被撕成碎塊，否則永遠擁有活性。三人被這一群狗皮膏藥纏得焦躁萬分。

一人罵道：「就不能讓他強制退出嗎？！」

另一人被兩只破布娃娃前後夾攻，一刀削去其中一只娃娃的腦袋，轉身怒道：「你是傻的嗎？我們的生命數據是被上傳到遊戲裡來的，這裡根本是個封閉空間，哪能說退就退？！」

關鍵是，誰能想到，高維人居然會選擇背叛，遊戲落敗後向這個世界的玩家們認輸？！

在元明清大逃殺時，賓館中，聽南舟和江舫複述了一遍計劃，李銀航

才和很多一頭霧水的高維觀眾一起恍然大悟了。

江舫向她道歉：「沒有提前告訴妳，不好意思。」

李銀航並不覺得這有什麼冒犯的。她清楚地知道自己有幾把刷子，他們封存自己的記憶，反倒是一勞永逸。如果不是這樣，他們恐怕連瞞過「亞當」的第一場戲都唱不下去。

她只是有點不安：「可是我們不是答應過『南山』，要給他們留一個位置嗎？」

「這是在保他們的命。」

此時，南舟的精神已然全部恢復過來。他一邊解釋，一邊起身下床，可在坐直時，他的姿勢微微僵了一瞬。

他把雙腳踮在地上，緩衝了片刻，才自然地立起身，「自從說要加入我們，他們恐怕就被《萬有引力》的遊戲方盯上了。」

江舫補充道：「與其被人算計死，不如放棄願望，先保住命。畢竟，我們也不清楚我們最終的許願，遊戲方能不能幫我們達成。到遊戲結束前的一瞬，活著，總比死了更有希望。」

李銀航想想也是。簡單複盤了一下目前的局勢後，她正要把下一步的計劃問得更詳細一些，就聽到體內傳來微弱的「嚓嚓」聲。

李銀航一愣，等她想到這聲音的來源，頓時失聲「哎呀」了一聲，飛快打開了久未打開的儲物格。

南極星噌的一下躥了出來，渾身黑金色的毛毛憑空炸起，對著三人一陣「死開死開死開」的尖聲辱罵，並用兩隻短短前爪抄起床頭櫃上牠能抄起的一切東西扔向他們。要是牠能說人話，現在說的話恐怕要多難聽有多難聽。

李銀航好不容易用一個蘋果把餓到炸毛的南極星哄好，就聽外間傳來一陣匆促的奔跑聲。暴雷一樣的敲門聲，在外劇烈響起。

江舫站起身來，通過窺孔確認了一下來客後，便笑意盈盈地拉開門。

滿身狼狽的元明清栽入門內，累得一句話也說不出來，只撐著膝蓋，一味喘息。在被「立方舟」暗算前，「亞當」通過情報，早就對「立方舟」的居住點了然於心，所以他一路跑來，已是強弩之末。

而江舫只用兩句話，就讓喘息未平的元明清的血壓攀升到了一個嶄新的高度。

「來了。」

「還活著呢？」

元明清連瞪他的力氣都沒了……這就是……江舫送給他的禮物。

江舫故意打了這麼個時間差，就是為了把局勢弄到你死我活的地步。只有確保元明清無法再在遊戲方生存下去，慘遭追殺，走投無路，他才一定會來找他們。

江舫拍拍他的肩膀，「等把氣喘勻了，就跟我們講講關於《萬有引力》的故事吧。」

幾人在意識世界裡雖然用過餐，卻只是虛晃一招，欺騙了大腦，身體仍然處於饑餓狀態，急需補充能量。

可惜世界頻道裡正是混亂一片。

玩家們的情緒，已經根本不是什麼憤怒，而是迷茫。他們不知道為什麼「亞當」會突然和「立方舟」結合，也不明白為什麼一直好端端待在單人榜中悶聲發大財的賭場老闆曲金沙，會進入一支名不見經傳的隊伍「如夢」裡攪混水。

目前，這兩支能夠決定他們命運的隊伍，他們誰都不敢輕信，可偏偏他們的命運就落在了他們手上。

以現如今外界混亂的輿論動向，想要外出用餐怕是不現實，他們索性留在了房內，人手一個蘋果，先填飽肚子再說。

元明清剛從一場追殺中脫身，又是跳窗又是逃命，現在胃裡難受得厲害，胃口不佳，便把玩著蘋果，若有所思。

李銀航對他還是懷有警惕的，一邊捋著抱著她腳腕的南極星的額頂毛毛，一邊問他：「你不餓啊。」

元明清端詳著蘋果，「我記得，最先發現萬有引力的，是一個叫以撒的人。」

李銀航莫名其妙，不知道他突然提起一件毫不相干的事是想做什麼，便看向了南舟和江舫。

江舫接話說：「是這樣的，在這裡，我們一般叫他牛頓。」

元明清說：「他挺有意思的，在我們發現你們的存在後，他成為了我們研究的一個重點級課題。」

三人中，除了南舟還在抱著認真尊重的心態吃蘋果，同時分出一點耳朵外，李銀航和江舫都放下了手中的食物。

元明清主動提起了他們自從進入遊戲後，一直在意，卻無人肯為他們解答的疑惑。為什麼他們被無端拉入這個遊戲？背後的「人」，究竟想要做什麼？

元明清知道他們想要問什麼。他捏著掌心的蘋果，給出了答案：「準確來說，你們的這個星球，是我們創造出來的。」

李銀航一愣，一句扯犢子呼之欲出。

江舫也明顯怔了一下。他有過類似的推測，但得到確認後，第一感覺還是彷彿置身荒誕故事。

三人中對這條資訊接受程度最為良好的，反倒是南舟。

他看向兩人，平靜道：「我也是你們創造出來的。」

李銀航：「……」也是。

元明清立即做了個補充：「或者說，我們的最初目的，並不是要創造你們。」

南舟問：「你說的『我們』，究竟是什麼？」

元明清把掌中的蘋果在兩手之間拋來拋去，認真組織了一番語言後，說：「我學過你們的語言體系，用你們能理解的話表達吧。我們看起來，是所謂的『高維生物』，但你們的成長道路，幾乎都是我們曾經走過的；如果你們繼續成長下去，你們也很可能成為我們。」

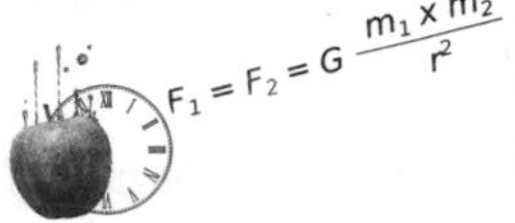

李銀航覺得自己不大能理解。

元明清也被自己的繞口令逗得輕笑了一聲：「這樣，我舉個例子吧。」他舉起了那個蘋果，「如果說，我們是這個已經成熟了的蘋果的話，你們就是剛剛抽芽、拱出地面的蘋果樹苗。我們是不同的狀態，但同樣都是起源於一顆種子。」

「我們的成長史，和你們完全一樣。」

「經歷了千萬年的進化演變，歷史演化，國家分合，部落聚散，後來，為了更方便生存，我們掌握了技術，實現了科技進化——我們成功實現了碳基生命向矽基生物的轉化，我們不再依存於肉體存活，我們的意識可以被上傳，保存至雲端，種族有了長久存續的希望。」

「後來，技術又實現了飛躍突破——我們又可以通過操縱數據，重塑出簡單的生物，甚至是一具完全模擬人體的數據肉軀——比如說，你們現在看到的我。」

「我們可以在虛擬空間中再造出一座都市，我們可以化身成人在都市中行走，也可以隨時潰散成一段數據，只要我們想。」

在聽元明清講故事時，南舟把手裡的蘋果吃了個乾淨。

南舟說：「一直以來，我都有件事情想不通。」

元明清：「什麼？」

南舟說：「我是漫畫家『永無』創造的。」

元明清：「我知道。」

南舟說：「我是生活在這個時代的人創造的，所以我擁有人的外貌特點，也能理解關於人的一些事情，但有的事情，我還在學習當中，總是不能融入得很好。」

說到這裡，他摸了摸自己微微發痠發脹的腰身，繼續道：「所以，我聽舫哥說，場外會有高維的觀眾看著我們的時候，我覺得很有意思：你們作為人類的進化體，生命存在的形式都變化了，是怎麼能理解和欣賞這些你們眼中的『低等生物』的喜怒哀樂？不會有我們看螞蟻走路，卻不懂得螞蟻具體在幹什麼的感覺嗎？」

元明清自嘲地笑了一聲，「不會。因為我們很久之前也是『低等生物』，和你們一樣。」

「但這又產生了新的問題了。」南舟準確地將蘋果核拋到了垃圾桶內，「你活了很長時間嗎？」

「不。」元明清說：「我才誕生了不到200年。」

南舟聽到這個回答，反倒愣了一下。

南舟從元明清開始講述時，因為他本人不是人，情緒都是三人中穩定的一個。

如今見南舟有了特殊的情緒波動，元明清一時好奇：「怎麼了嗎？」

南舟自言自語：「那你的智力可能的確有點問題。」

元明清：「……」

他恨不得搧自己一巴掌。

瞧你這張賤嘴，多嘴問他這種事情做什麼？！

南舟沒有理會元明清臉上的風雲變幻，兀自繼續提問：「這麼說，你們的進化應該完成了很長一段時間，為什麼作為新生代產物的你們，還能理解人類的喜怒哀樂？」

元明清輕嘆了一口氣。他接下來要說的，是涉及他的世界的核心機密，如果說出去，是嚴重違反保密法則的。然而，他只有說出來，才對現在的他們更加有利。

只是他一旦真的說出口，「立方舟」就非贏不可。否則，「立方舟」一旦輸掉，自己就徹底失去這個世界裡那個終極的「許願法則」的庇護。等回到屬於他的世界，等待他的只會是無窮無盡的地獄苦難。

元明清說：「因為我們的科技，把我們的欲望和思維一道鎖死了。」

「我們是數據，但我們也會出錯，也會在不間斷的計算中出現問題，最終，計算自動停止的那一刻，我們的生命也就消失了。」

「但我們的生命相對你們來說還是很長。我們的平均壽命，大概是

1000 個宇宙年起步。」

「由於生命大大延長，享樂的成本也無限趨近於 0，我們對於繁衍的需求也降低了。」

「繁衍只是無聊時的消遣，當有人覺得無聊，只要到相關機構進行申請，就可以按照個人需求，進行個性化的計算制定，領取一個理想的新孩子。新孩子誕生後，就會自動受到我們那裡的法律規則的保護，並且被自動導入我們綿延至今的一切知識。所以，每個新生兒一誕生，基本上就具備了在我們的世界裡生存的知識。」

南舟補充道：「明白了。知識，不包括智慧。」

元明清聽了想打人。不過他細想一番，倒也沒有抗議。

江舫也恍然了：「但也是因為一出生就被輸入了數據，導致你們大腦中的思維和欲望，受到前人的影響，所以被高強度地鎖死了？」

元明清點一點頭，「……畢竟對我們來說，那是從出生就叩在我們大腦裡的鋼印。」

南舟提問：「沒人質疑嗎？」

「有。」元明清說：「但是一提到改革，就會有人質疑，難道讓新生兒像個傻瓜一樣，要將知識從頭學起，最後窮盡力量，才只能培養出一個腦容量開發度只有 10% 的傻瓜？」

腦容量開發度自認為只有 7% 的李銀航感覺自己膝蓋中了一箭。

「當然，弊病不止這些。」

「我們壁壘分明，階級分明，規則分明。」

「願意創造、敢於突破的人在我們那裡享有很高的地位，他們是一類人，擁有更高的許可權，也有制訂規則的權力，他們可以調動更好的資源，為其他人服務。」

「不想要負起責任的人是二類人，享有較少的許可權，比如說，一類人可以隨便調用『鵝肝』的數據，二類人只能每半個宇宙月調用一次『鵝肝』的波段。但除了這麼一點不方便外，他們可以比較愜意地享受生活。

這類人的數量最多。」

「還有，就是違背了規則的人。」

「這些三類人，會被下配到數據工廠，從事繁瑣的、不見天日的數據工作，像是地下道裡的清道夫，只為了一、二類人更好地生活而服務，直到數據朽爛——這需要花費很長的時間。」

如果他這次下注失敗，他接下來長達 800 年的命運也會是如此。

元明清低下頭，略略調整了一下情緒，才繼續道：「我們還有一個突出的社會問題——孩子的出生率很低，自殺率卻很高。因為大家作為數據，活的時間太長，會覺得沒有趣味。」

江舫聽懂了，說：「所以，你們把發明創造的重點，放到了開發新的娛樂方式上？」

隨著談話的推進，他們終於觸及到了這次談話中，他們最關心的核心問題。

江舫：「……你們，究竟是怎麼選中我們的？」

元明清答道：「就像我一開始說的。我們最初的目的，根本不是創造你們。」

「最開始，我們只是想做個 1 比 1 完美復刻宇宙的生態循環、富饒又有趣的大型遊戲副本而已。」

「這個副本內有大片的植物、有廣袤的平原、有豐沛的水源、有連綿的高山。總之，是為我們玩樂而設計的。這是在我們剛開始把意識體上傳雲端的時候就開始擬定的遊戲專案開發計劃，對我們當時的技術力還是個巨大的考驗。」

「所以，在這個副本誕生的那天，它登上了我們那邊的日活榜——可以理解為你們的熱搜。」

「一開始，它的定位很廣，很受歡迎，可以進行親子野營、可以做獸類觀察，也可以供一些硬核玩家進行野外露營。最奇妙的是，在最初的腳本擬定後，我們發現它具有一定的進化性。我們只要把時間運行速度相對加快，每隔一段時間，它會演化出一個嶄新的物種。」

「但是，因為高度模擬，一切都是按照規律自動運行，某一個宇宙日內，副本內部自行發生了大型的生態災難，爆發的火山，消滅了上面幾乎所有的生物。」

眼見對面的李銀航流露出不可思議的神色，元明清聳了聳肩，「是的。我們研發的副本，因為太過逼真，發生了極大的崩塌事故。」

「要修復，我們的技術水準倒也不是做不到，但是已經沒有那個必要了……新的遊戲層出不窮，當初的設計者野心又實在太大，導致形式大於內容。玩家們的需求只限於玩野營和冒險遊戲，然而設計者添加了太多無關緊要的素材——海洋太大了、森林太廣闊了，那些讓人感到驚奇的生物，又更新反覆運算得太慢。」

「總之，最終，它被我們的時代淘汰了。在副本走向自然毀滅後，我們就把這個副本擱置了，沒再去管它。」

李銀航：「……」

她澀聲說：「你說的『生物』，不會是恐龍吧？」

「那是你們的說法。」元明清說：「在我們這裡，牠們都是有編號的。現在在我們的遊戲發展史料庫裡，還能查到牠們的影像資料。」

李銀航險些脫口而出一句「讓我看看」。她不是沒心沒肺，只是因為這些內容過於震撼，聽來總覺得是假的，是一個玩笑，感覺根本沒辦法用嚴肅的態度對待。

但南舟和江舫顯然都挺嚴肅。

江舫接過話來：「然後，就有了我們？」

元明清點點頭，「因為地球副本是完全模擬了我們先前的生態環境和內外部環境，所以，那些沒有在災變中死亡的生物，自行開始了進化。」他說：「這段關於人類如何進化、如何生存、如何起源的歷史，你們自己應該是最清楚的。」

「為了計數打下的第一個繩結，是數學的起源；燃起的火堆，是化學的起源；為了漁獵祭祀跳起的第一支舞蹈，是藝術的起源……誰也不知道是什麼會啟發到你們，或許是觀測到的一顆星辰、偶然落下的一顆蘋果……不管這些是否正確，你們的確在緩慢地接近和發現宇宙的規律和真相。那曾是我們發現的規律，被我們應用在了搭建副本的過程中。而你們，在沒有任何人提示的情況下，也發現了這一點。」

「所以，你們可以想像到嗎？當我們發現你們時，你們的發展歷史，有多讓我們吃驚。」

說到這裡，元明清也不自覺放輕了聲音，試圖還原那種於無聲處聽聞驚雷的震撼。

他還記得第一次接收到關於地球文明的資訊的恍惚感。那種感覺，像是近距離聆聽不同種群的螞蟻之間各自獨立而完整的語言系統，看到蜜蜂是如何搭建起鈍角為 109° 28'、銳角為 70° 32' 的類六邊形巢穴的全過程，看到生物如何用原始的方式交配。成、住、壞、空，在永不停歇的死亡中生生不息。

這種叫做人類的生物，走過了許多路，其中有彎路、有正道也有死胡同，每一條路，他們都走得跌跌撞撞，不知前路，但他們仍然追逐著無邊無際的未知。

他們追尋太陽、追尋未來、追尋遠方、追尋未知。

有些人浪漫而理想，朝聞道夕死可矣。

有些人腳踏實地，做了一輩子夸父，忙碌、充實且混沌地過了一生。

元明清接收記憶的時候，或許是因為資訊的過度爆炸，出現了一段幻覺。他回過頭去，眼見那些弱小的人類蹦跳地追逐在他們的身後，踏在他們的足跡上，形成了一道歷史的湃然洪流。無數人淹沒、消失在洪流之中，但他們永不停歇。

或許是被人潮裹挾，或許是因為不知道盡頭是這樣的無趣，或許是因為各種各樣的理由，但每一個人都沒有停下過腳步。

不像他們。他們已經停滯很久了，久到已經幾乎沒有其他的追求。

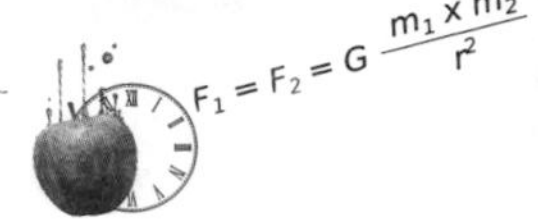

元明清收起了那一點無關緊要的感懷，輕聲強調了一句：「你們……就是我們。」

他也知道，自己的情緒有些過頭了。於是他試圖把話題拉回正常的軌道：「雖然……這是一個非常完善的副本，邏輯自恰，可以長久運行，但因為是副本，所以偶爾會發生一些微小的 bug，也是正常的。」

「這些，你們應該也有體感的。」

李銀航「啊」了一聲。就她那點淺薄的認知而言，的確有那麼幾次親身的體驗。

論得遠一些，日本以前出現過關於芬達究竟有沒有出過「黃金蘋果」這一種口味的爭論。可口可樂公司聲稱從未推出該系列的飲料，但有相當一部分人可以繪聲繪色地描述出那款飲料的外包裝和口感。

論得近一些，李銀航小時候很清晰地記得一首歌唱的是「五十六個民族、五十六枝花」，可長大看到正式版的歌詞，全都是「五十六個星座、五十六枝花」。

她還記得老師教過，「具體」的「具」字，裡面應該是三橫，可她的大學同學咬死老師教的是兩橫。

這好像是某種群體性的記憶錯誤，叫做什麼曼德拉效應。

而李銀航本人也曾經體驗過，自己走到某個特定地點、發生某件特定的事時，覺得這一切都似曾相識，或是乾脆在夢裡見過相同的場景。這種感覺格外強烈，因為有清晰的細節可以驗證這一點。

因此，李銀航還跟朋友開過玩笑，說這世界上說不準真有什麼 bug，被她發現了。可這種「一語成讖」，細想起來，並不愉快。

在她盯著眼前的地板縫隙發呆時，南舟將話題推進到了下一階段：「所以，副本已經被放棄了那麼多年，你們是怎麼發現的？」

元明清答說：「因為，人類也開始做和我們一樣的事情。」

江舫閉著眼睛，輕笑了一聲：「……明白了，《萬有引力》。」

元明清看向江舫，再次贊同地點下了頭，認同了他的推測。

「在技術上得到了長足的進步後，你們也和我們一樣，開始追求享樂，追求從現實生活中無法滿足的視覺奇觀。更有甚者，你們連追求的方式也和我們一樣──《萬有引力》──你們同樣在嘗試建立一個完全由數據搭建而成的小世界。」

江舫說：「可我們的技術水準雖然不錯，卻並沒有達到能完美復刻出一個地球的程度吧。」

「是。也不是。」元明清說：「你們的水準的確不錯，已經可以構建出一個小範圍的世界了。但你們一開始並沒有引起我們的注意。」

「直到……」元明清抬起手，指向了南舟，「他的出現。」

南舟微微歪頭，指向自己，「我？」

元明清說：「我剛才說，我們不想白費工夫去修繕那個廢棄的恐龍副本，而是直接放棄，是因為我們發現了更高效地製作副本的辦法。」

「每一個創作者筆下，都有一個嶄新的天地。它們依據創作者預先設定的規律而變化，是一個一經生成，就能夠完美運行的天然副本。這個副本空間可大可小，會演繹出什麼故事，完全聽憑設計師的安排。在這個萬物由數據構成的世界，我們只要建立起一個穩定的數據通道，就能夠將玩家運送到這個世界。」

「比如，你們經歷的【沙、沙、沙】副本，就是一個嶄新還沒來得及正式投入使用的高難度副本。」

「在把地球廢棄前，我們就開始研究這種副本模式；在你們所說的『恐龍』滅絕後，這種技術已經完全成熟了，建立副本的成本大大縮水，我們自然不用再把精力浪費在過時的副本上。」

「但是，有一天，我們注意到，有一個副本傳送的異常訊號，出現在不該出現的地方。」

元明清頓了頓，「……經過檢索，我們發現，人類中有一個人，和我們一樣，打通了世界和副本之間連接的管道。」

南舟陷入了沉思。他想到，在千人追擊戰的時候，他們曾接受過易水歌的幫助。

易水歌是《萬有引力》「家園島」模組的技術顧問，他告訴過他們很多外人不能知曉的祕事。

彼時，南舟不大能理解那代表了什麼，但現在，他逐漸理解了一切。

「……你最初的建模，並不是你現在這個樣子的。」

「自從誕生在【永晝】後，你就一直活在【永晝】的世界當中。」

「遊戲並不是重新打造了一個世界，而是用某種方法，有意無意打破了兩個世界間的壁壘。」

他們本質上也是一個由數據構成的世界，是客觀存在著和副本世界連通的條件的。

而那位被易水歌提起的那位喜歡跳華爾滋，在工作上追求精益求精的莫姓工程師，在【永晝】副本開始測試的那天，因不明原因跳樓自殺。接手了所有工作的岑副總工，則一反常態，狂熱地投入工作當中。在高強度的、令人身心俱疲的快樂中，他享受著某種隱祕的、絕頂的快樂。

他們明明從事著同一項工作、注視著同一個方向。在視線的同一處落點，他們究竟分別看到了什麼？是什麼讓他們一個絕望、一個狂熱？

那位岑副總工，在那次和易水歌的短暫交流中，曾經向他釋放出了一點消息。

「你……見過奇跡嗎？」

這一切，經由這句話，終於成功連接了起來。

莫總工無意中和高維人實現了同頻，打通了數據的壁壘，進入「副本」，看到了真實存在的「永無小鎮」。

他或許認為這是多元宇宙、或許認為自己發了瘋、或許他意識到了這背後存在的某種可怕聯結，發現自己可能犯下了不可彌補的錯誤。總之，在巨大的精神衝擊下，他在跳完一曲華爾滋後，跳樓自殺。

岑副總工接手他的工作後，也看到了那條通道。與莫總工不同，他認為這是「奇跡」，他殫精竭慮地守護著這個龐大的祕密，用自己搭建起來的數據法則，滲透這個世界，把南舟設定為 boss，在他身上設定出蹩腳的「復活機制」，讓玩家能夠體會到他所認為的遊戲的快樂——絕對真實。死亡是真實的，boss 是真實的，對抗也是真實的。

看到論壇裡玩家們對關卡難度和南舟過於智慧的抱怨，他究竟在想什麼，誰都未可知曉。但他在這條路上沉默又興奮地走了下去，和之前的那些人類一樣，滿懷憧憬，一往無前。他全然不知，在前方黑暗的未知中，究竟蟄伏了什麼樣的危機？

「……所以，是你們先出現在了我們面前。」元明清總結道：「當你們打破數位的壁壘，用數據建立起往其他世界探索的通道時，你們本身的存在，也暴露在了我們眼中。」

「對我們來說，就是某一天，突然發現這個被廢棄已久的副本更新了。本該不存在生物的地方，密密麻麻地聚滿了人。」

「那才是……《萬有引力》遊戲計劃的開始。」

當思路推進到這一步，許多先前埋下的潛流，一氣呵成，一併引爆。

「《萬有引力》開服之後，應該穩定運行了一年……或是一年半的時間……」李銀航努力回憶著具體的時間節點，問：「那段時間，你們在幹什麼？」

元明清說：「那段時間，是我們的『觀察期』。當初，在副本還沒有廢棄的時候，我們為了看到更多的生物奇觀，遊戲管理員將副本的時間流速放快。你們所謂的寒武紀、侏羅紀、白堊紀，直到發生大災變，副本毀滅，在我們的時間線裡，不過過了兩年時間。」

「在收到廢棄副本的指令後，為了降低能耗，遊戲管理員把副本內的時間流速下降到了一個恒定數值。」

「這也就導致，在我們發現你們的存在時，我們的世界才剛過了 1200 個宇宙年，但你們已經過去了百萬年。」

南舟大概能理解這種時間差意味著什麼。

漫畫家永無創作的《永晝》，作為一篇中篇漫畫，虛擬世界的時間跨

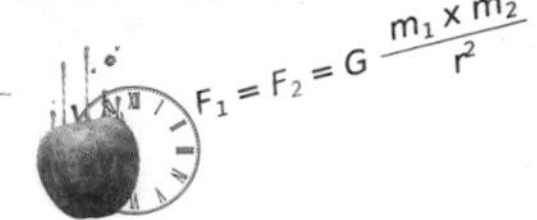

度達到了十數年，囊括了南舟從出生，到被妹妹咬中脖子的全過程。

但漫畫在真實世界的連載時間不過兩年。然而，在無人知曉的地方，南舟實實在在地度過了 20 多年的孤獨歲月。

「在發現你們後，科研人員在第一時間把兩個世界的時間流速調整到同步，以避免在我們進行調查的時候，讓你們爭取到發展的時間——畢竟你們歪打正著地通過數據連接了副本世界，那位姓岑的工程師可以把這個祕密瞞住一年兩年，但紙永遠是包不住火的。」

「一旦你們的高層人員發現這一點的話，以你們當前的技術力，對於數據世界的理解和構建極有可能實現指數級的跨越和騰飛，成為和我們平起平坐的生物，這樣的話，我們反倒會有麻煩。」

「在那一年半裡，我們整合了你們發展至今的全部資訊；同時，我們也在觀察你們。」

「然後，我們發現了一件更麻煩的事情。」

「你們自行實現了個體版本的升級和更新，已經完全不是過去我們可以操控的副本生物了。」

江舫：「但你們依然嘗試了操控。」

元明清頷首，「當然。」

江舫：「你們利用了《萬有引力》這個遊戲本身。」

元明清再次頷首，「是的，我們必須要對你們的基本情況進行抽樣測試。《萬有引力》，是由你們人類親自創造的數據世界。對我們來說，則是非常便利的……免費測試服。」

「在經過幾次簡單的數據掠奪測驗後，我們成功實現了數據攔截，然後通過搖號，隨機擇選了三百名遊戲玩家，扣留在了系統裡，作為實驗對象……」

江舫回憶起了自己代練時偶發的不能退出的 bug，以及因為設備異常導致的太陽穴刺痛，垂下了眼睛。

坐在他身側的南舟以為他心情不佳，想要去捉他的手，但手腕卻提前

被江舫握住了。

乾燥溫暖的掌心抵住了南舟的腕脈。

江舫笑著望向他，「看，我這不就有機會來見你了嗎？」

元明清明顯被噎了一下……

讓這兩個胎神遇見，應該是高維人整個實驗過程中出現的最大敗筆。

緩了片刻情緒，他才繼續道：「我們對《萬有引力》裡的副本模式沒有大改，是為了測試你們的體力和智力的均值。不過，為了讓獲取的數據更真實，調整了體感系統和死亡系統，盡可能收集到真實的訊息……」

這種殺人犯的勾當，元明清說得理所應當。李銀航心裡不舒服了一下，但見兩個大佬都沒有什麼情緒反應，她也就把不滿嚥了下去。反正在元明清那個世界的人看來，他們的確就是一群弱於他們、可以隨便用來消遣玩弄的低等生物而已。

南舟在沉思一番後，get 了元明清的意思：「你們最開始，只是想測試對這個副本裡現有生物的掌控程度，並沒有想要取樂？」

「是的。」元明清肯定了南舟的推測，「可是，測試人員在遊戲裡的表現，的確富有娛樂性和觀賞性。這恰好符合我們的需求，直接導致高層對『萬有引力』計劃進行了升級和修正。」

南舟：「把『探索人類』變成了『遊樂項目』？」

元明清：「不，應該說是『重置副本』。因為這裡本來就是屬於我們的遊樂場。」

李銀航恍然大悟之餘，手腳也跟著發麻發寒，「2 月 5 日下午 6 點，我們在太陽上看到的那句『sunexe 未回應』……」

元明清點點頭，說：「是我們做的。我們特意用了不同的人類語言，方便你們每個人能夠看懂，而且 Windows 16 也正好是你們現階段廣泛使用的電腦系統，是以你們現在的技術水準能理解的警示。這是一種人道主義的提示，為的是提示你們所在的世界是一個副本，以及通知你們做好相關的準備。」

李銀航明白了。為什麼《萬有引力》爆發大規模事故，導致百人昏迷休克，卻在幾月後的 2 月 5 日時，太陽才出現怪異現象……

因為高維生物在對人類進行觀察的過程中，激發起了他們貧瘠的精神世界中對娛樂的強烈嚮往。而這兩件事中存在的時間差，直接導致很多人根本沒把《萬有引力》出事和這件事聯繫起來。

當太陽出現問題時，有一個荒誕的猜測風靡一時：「說不好是外星人在對地球 online 進行維護」。

誰能想到，這個猜測是最符合事實的呢？只不過，是因果出了問題。那根本不是維護，而是警告和提示。

元明清繼續說：「《萬有引力》測試服自帶的百來個副本，肯定是不夠用的，在測試人員提供給我們足夠的數據後，我們開始嘗試加入一些新的元素，測試人類的極限。」

江舫語帶嘲諷：「新的元素，指的是全新的副本和 PVP 模式？」

「是。」元明清很痛快地承認了：「但隨著測試的推進，我們發現了很多侷限性。」

「簡單說來，因為你們已經不再是我們可以操控的生物，我們無法規劃你們的行動路徑，限制你們的思維能力。你們的高度自主性，決定了《萬有引力》正式服，只能是一場觀賞賽。」

「確定了遊戲形式後，我們創造了一些小型的時空通道，將玩家拉入安全點，發放給你們一些道具，賦予你們一些能力，然後，就把你們投放入我們預先設計好的海量副本中，讓你們自決輸贏，由觀眾進行場外觀摩和押寶，賭最後哪一組能贏。」

江舫問：「所以，遊戲裡沒有老人和小孩的原因是……？」

元明清如實回答：「不把小孩和老人作為玩家，是我們根據你們進化的實際情況，訂立了遊戲人物不得低於 18 歲以下、高於 60 歲以上的娛樂條約。這樣，可以從生理層面篩選不適合遊戲的玩家，也符合我們那裡的娛樂規定。」

江舫哈了一聲。這些高維人在泯滅人性的同時，居然還有一些似是而非的人性化。

南舟抓重點的能力堪稱一絕：「你們有『條約』。」

元明清也驚訝於南舟的敏銳：「是。就像你們人類策劃遊戲，也需要設定遊戲的最終目的、達成這一目的的手段，以及最終的獎勵吧？在做遊戲前，我們都要預先提交一份詳盡的策劃書，制訂這個副本的相關條約。尤其，《萬有引力》是一個帶有競賽性質的遊戲，最終一定會產生一個第一名。既然有第一，就要有獎勵，遊戲的性質才能得到滿足，整個遊戲邏輯才能成立。」

「這是遊戲世界無法違背的『鐵則』，是遊戲成立的前提條件，哪怕我們是制訂規則的人，也一定要遵守的。」

「……我打個比方吧。你們應該都發現了，假如把你們的原世界設為世界線 A，《萬有引力》遊戲內各個副本和安全點設為世界線 B，我們的世界設為世界線 C。為了 C 世界線上的我們能夠更方面地觀看遊戲直播，B 和 C 的時間流速是同一頻率，A 的流速則被放慢。所以才導致 A 過去了 5 天，B 就已經過去了半年多的情況。」

「這也是預先設定好的，是不能改變的時間類規則。所以這決定了遊戲方不能通過時間回溯，修改副本和安全點內已經發生的事情，這也是為了保證比賽的公平性。」

「但是，有一點，『許願鐵則』是早就設定好的、凌駕在時間規則上的至高規則。」

想明白了這一層，李銀航頓時精神一振，看向南舟，遲疑道：「也就是說……」

南舟給予了回應：「只要我們能贏，許下的願望就一定會被實現。」

這也就是為什麼元明清寧願冒著風險背叛高維，也一定要加入他們的理由。

這樣一來，【沙、沙、沙】副本時遇到的問題，也就迎刃而解了。在最初訂下「鐵則」時，他們並沒有設定「倉庫內不能收容副本生物」這一條。大概是因為，在《萬有引力》的原副本內就沒有這樣的規定。

南舟為了救孫國境，誤打誤撞地把副本 boss 裝進了倉庫，遊戲方那時候的懵逼可想而知。

可惜，在遊戲的框架內，他們既不能回溯時間，阻撓南舟收容 boss，也不能強制破壞預先設定好的規則，只能在打好這條規則的補丁後，捏著鼻子和他們做了交易，贖回 boss。

除此之外，官方還能在一定條件下操縱時間。

【邪降】副本，就是遊戲方擷取了 5 年前的泰國的場景和人物，做出的低級副本。這就意味著，他們擁有地球的數據存檔，可以利用存檔，實現真正意義上的「時間回溯」。

而【圓月恐懼】裡出現的蛙手、【腦侵】圖書館裡看不懂的文字，也統統有了解釋。這昭示著有別的維度的玩家曾出現在這裡，那或許也曾是高維生物們的玩物們留下的遺跡。

至於【腦侵】裡構成副本的 NPC，也是以地球裡流傳的童話故事為藍本進行的改編。這證明，影響是相互的。

在一起盤過思路後，四人組陷入了久久的沉默。

元明清認為自己已經釋出了足夠的誠意，便想要得到他們的回饋：「你們……還有什麼想問的？」

見他們還是保持沉默，元明清隱隱焦慮起來。

為了表明自己的立場，自己是不是一口氣吐露太多內容了？他們如果完全沒辦法接受自己的身分，該怎麼辦？如果這嚴重打擊到了他們的積極性，那獲勝是否會受到影響？

想到這裡，元明清強忍住焦慮，小心翼翼地試探：「你們……是不能接受嗎？雖然是遊戲人物……」

聽他這樣說，李銀航挺詫異地看他一眼，說：「遊戲人物怎麼了？我從出生到現在，也沒見有人給我們開掛，只有一條命可用，出車禍有可能會掛，發高燒也有可能會掛，很寶貴的。」

聽到她如此坦然地接受了自己低等生物的身分，元明清一愣……他想到了一件不久前發生的事情。

千人追擊戰結束前，已經鎖定勝局的南舟，在世界頻道內被眾聲質疑。有人質問，他們憑什麼要信任「立方舟」，而不信任「亞當」。當時，南舟的回答是：「因為我們有李銀航。」

唐宋在世界頻道內看到這個回應時，冷笑道：「答得牛頭不對馬嘴。不過是一個廢物，捧得跟一個祕密武器似的。」

元明清彼時也很不理解南舟為什麼會這樣抬高李銀航，只是付諸一笑。但現在他似乎明白了，李銀航智商普通、武力普通，但她具有務實且堅韌的人類思維和靈魂。

先活著。只有活下去，才有再想其他的機會。正因為這樣，人類在死亡面前的掙扎才顯得格外有趣，也格外有意義。

江舫往後仰靠，無聲地抱臂詢問持有心靈通訊器，旁聽了全程對話的兩位場外人員：「聽到了嗎？」

林之淞那邊是久久的沉默。他大受震撼，不能言語。

而易水歌則在閉目良久後，發出了一聲無奈的哂笑。他總算明白，那位瘋魔的岑副總工口中的「奇跡」究竟是什麼了。

那條通往《永晝》的漫畫世界的通道，對整個人類而言，的確是奇跡中的奇跡，也是災殃中的災殃了。

見大家暫時沒有問題了，元明清略鬆了一口氣。他提供的情報具有相當價值，應該……足夠換取一些信任了吧。

他又看了一眼後臺面板和世界頻道，用微微下垂的眼皮掩飾自己視線的輕微轉動和情態間難以掩飾的焦慮。

突然，一隻手搭上他的膝蓋。他一個激靈，一抬頭，恰好對上了南舟烏黑冷淡的雙眼。

他靜望著元明清，「你剛才在看什麼？」

這句話一出，元明清頓時成為屋內視線的中心點。他急忙辯解：「也沒有什麼，看個時間而已。」

為了讓瞬間僵硬的氣氛緩和下來，他一攤手，用開玩笑的輕鬆語氣反問：「你們還防著我呢？」

南舟露出了詫異的表情，彷彿元明清說了一句不可思議的蠢話。

「你在想什麼？當然要防著你了。」

元明清：「……」瑪德。真的是從未設想過的答案。

「好像我們立場對調的話，你就不會防著我們一樣。」南舟坦蕩蕩地說：「我們保持這種互相防備到最後，就是最理想的狀態了。」

他再一次直奔主題，問了一遍剛才的問題：「你在看什麼？」

元明清張了張嘴，被南舟的邏輯噎得說不出話。但莫名其妙的，他心底淤塞著的鬱卒和隔閡緩和了一些。

的確，他們立場天然對立，用不著裝什麼兄友弟恭。他們只是由利益結合而成的臨時搭檔，越要假裝無事發生，客客氣氣，反倒會持續加深那道本就等同於天裂的鴻溝。認清他們的最終目的，並為之共同努力，那才是他們現在最應該做的事情。

將心中的重壓卸下一些後，元明清索性也橫下心，學習南舟，直奔主題：「拉曲金沙入夥的『如夢』，是我們的隊伍。」

南舟：「啊。」

李銀航：「好嘛。」

江舫：「不意外。」

元明清：「……」你們三個說貫口相聲呢。

他繼續道：「我們還有 3 天時間，不如我們考慮一下，怎麼獲勝？」

這回輪到李銀航想不通了：「都到這個時候了，誰還會去『斗轉賭場』啊？曲金沙要怎麼盈利？」

跟了大佬這麼久，碰到問題，她認為自己也有獨立思考的能力了。

她試著從其他玩家的角度出發來考慮這件事，「首先，他們沒必要去給曲金沙創收。因為只要上了賭桌，誰也不知道自己會失去多少。」

根據通報，除了他們兩組分數超越了「。」的玩家，還有正在副本中的玩家，所有玩家分數都鎖定了，現在的身分是場外吃瓜觀眾。

《萬有引力》對抗賽推進到現在，雖然說肉眼可見地接近尾聲，但究竟什麼時候能結束，是沒有一個確鑿定論的。在無法開源的前提下，他們必須節流，至少要留下足夠一兩個月住宿、吃飯，乃至呼吸的積分。

賭博則是一個無底的窟窿，誰也不知道坐在賭桌前，頭腦一熱，會流水似地扔進去多少。

「第二，曲金沙也太可疑了。」

就算在她這種神經大條的人眼裡，曲金沙的舉動也堪稱迷惑。他本可以穩穩當當地坐在單人榜榜首，和團隊榜互不干擾，直接奪冠，也可以許願。畢竟按照一開始的規則，不管是單人冠軍還是團隊冠軍，每個人都享有許願的權利。

他根本沒有來團隊賽橫插一手，給自己徒增麻煩的必要。

現在，他毫無預兆地插入團隊榜單的競爭中，點卡得又這麼精準，完全不正常。能活到現在的玩家們，就算是傻子，也該被磨出草木皆兵的精神來了，不可能不起疑。

「第三，遊戲方給出的時間是 3 天。」

「3 天這個時間，是根本不夠我們下個副本的，遊戲方這麼針對我們，恐怕也不會給一個 3 天之內就能完結的副本。這 3 天，我們可以免費住在賓館裡，儘量節省，以逸待勞；但曲金沙租的那個地方寸土寸金的，場地費，加上每天的電費、水費、人工費，疊加起來，他每天的積分只會減少，不會增加。」

「除非官方給他開掛，讓他下難度低又收益高的副本，或者乾脆告訴他通關的方法。」

「但就算這樣，他的賭場放在那裡，也是每天要吃掉他一大筆積分的。再說，既然這個節目有觀眾，那現在我們和曲金沙應該都受到了很大的關注。節目組要是真能這麼光明正大地作弊，那何必偷偷摸摸地鑽空子，塞皇族……」

李銀航一筆一筆地替曲金沙算帳，越算越覺得己方優勢超群。謙虛點兒說，不能說是穩操勝券，但也是 80% 的勝率起步的。但南舟、江舫和元明清都直勾勾盯著她。她以為自己說錯了什麼，乖乖閉上了嘴，有些緊張地詢問：「……不對嗎？」

南舟認真思考，要不要鼓勵一下她。

斟酌過言辭後，他評價道：「好。但是不完全好。」

李銀航想：哦豁，砸鍋。

她沮喪了 3 秒，積極提問道：「哪裡有問題？」

「問題不多，只有一個。」南舟說：「其他玩家可能只是不理解曲金沙的行為，但我卻確實和他們立場敵對過。」

李銀航當場呆住……對啊。

說到底，曲金沙雖然利用賭場牟利，坑害人無數，但那些人大多死在了無人知曉的犄角旮旯。對於眾多根本不碰賭博、明哲保身的普通玩家來說，曲金沙只是一個遙遠且虛幻、與己無關的符號，甚至是一個能在致命遊戲中找到財富密碼的強人。

畢竟大家都或多或少有著慕強的心理。但這份「強」會對自己造成危害時，大家的心態又會發生微妙的變化。

不管那些參與千人追擊戰的玩家的目的，究竟是貪圖豐厚獎勵，還是實實在在地恐懼南舟非人類的身分，最後的結局就是，南舟不僅沒死，還拿走了獎池裡的全部積分，說不定還默默記下了這樁仇。

因為南舟太強了，所以大家對他根本沒有慕強的濾鏡，心中留下的只有對未知的畏懼。當初在追擊戰中埋下的猜忌，也並不會因為時間的流逝就淡去。

擺在其他玩家面前的路很簡單：要麼做局外人，看大佬打架；要麼幫曲金沙；要麼協助「立方舟」。

目前看來，不願「立方舟」獲勝的人，恐怕真的不少。他們的確有可能去幫曲金沙，給他送積分。

李銀航這麼一想，本來還算輕鬆的心情頓時沉重了起來……事情又壞起來了。

李銀航試圖想辦法挽回一些劣勢，提議道：「那能不能把高維人的存在公布出去？」

這聽起來實在匪夷所思，李銀航也沒指望所有的玩家都能馬上無條件相信她的說辭。可再怎麼說，這也是一種辦法。

讓玩家知曉他們真正要對抗的對象，這樣一來，哪怕有九分的玩家完全不信他們的話，只要能動搖三分他們對曲金沙的信任，讓他們不願輕易協助曲金沙，袖手旁觀也好啊。

誰想到，對她的提議，江舫和南舟同時搖了頭。

這下，連元明清都跟著李銀航一道詫異了。

根據理智判斷，以及他對人類的瞭解，元明清相信，這是絕對有效的手段。哪怕口說無憑，但試一試，又有何不可？

「不是怕他們不信。」南舟口吻平淡地點出關鍵：「是怕有人會相信。」

江舫跟上補充：「不是所有的人都會接受，自己是一個無法掌控自己命運的玩物的。」

李銀航似懂非懂，但至少明白，南舟和江舫都不同意她的建議。

她乖乖閉了嘴。

元明清還想說什麼，但鑑於自己的身分，並沒有立場給他們出謀劃策，更沒有必要表現得太過殷勤。

於是他選擇閉口不言。

此時，心靈頻道還是連通著的。因此，他們的對話，同時傳播到了另外兩個人耳中。

林之淞對此表示了明確的疑惑：「為什麼不行？」

民眾有權知道真相。至少有權利知道，他們的親人、朋友，包括他們自己是為什麼而死的。

江舫正在參與對策的商討，而且顯然是和林之淞的觀點相悖，他無暇也無心理會林之淞的疑問。

所以這番疑問，林之淞是對著連線另一端的易水歌發出的，但易水歌也沒有給予回覆。如果不是能聽到易水歌細微的呼吸聲，這個沉默的時間已經長到林之淞以為他掉線了。

林之淞：「他們不肯做，我做。」

易水歌終於出了聲：「你想暴露這段暗線？」

這段祕密的心靈通訊，因為一直沒有坦露到明面上，且高維人要處理的數據過於龐大，這細微的一小支數據流，便一直成功地隱匿了下來，是一片隱於林海、不起眼的葉子。

林之淞有些著急：「情勢已經到這裡了，這張底牌繼續保留下去還有什麼意義？公布高維人的存在，是目前最有希望扭轉局勢的辦法了！」

他雖然年輕氣盛，但他同樣明白利害得失。

3 天，看似對南舟他們有利，但玩家對他們的不信任，是相當難以跨越的一道坎。經過這段時日的合作，曾在雪山上被南舟搭救，又親眼見證了他們這一路的飛躍之路，林之淞心中的天平已經慢慢傾向「立方舟」。

尤其是在聽到有關高維人的真相後，林之淞根本不想讓「如夢」如願以償。現在有了攪渾這潭水的機會，為什麼要放過？只要讓大家懷疑曲金沙，保持作壁上觀的態度，這對「立方舟」的形勢會是大大的利好。

而且，自己有「青銅」的身分，可以給「立方舟」背書，至少能增加三分可信度。

見他們兩人都不肯給自己一個合理的解釋，林之淞索性自顧自打開了世界頻道，在心中組織語言，準備鍵入資訊。可還沒等他輸入第一個字，耳畔便傳來一聲命令。

「……住手。」

易水歌的聲音，是前所未有的森冷和平靜，不帶任何笑意和調侃，是徹徹底底的命令。

林之淞的指尖甚至為此滯住了一瞬。

通訊器彼端，在一座剛完工的高塔邊緣吹風的易水歌倚欄而立。他茶色的眼鏡之下，瞳仁之中，縱織著細細的白色的傀儡絲線。

他用陳述的口氣，對著通訊器那邊的林之淞說：「如果你公開，我就殺你。」

林之淞聽得出來，他是在說真話。

林之淞收回了手，深呼吸一記，平復下動盪的心緒，盡可能保持平靜地問道：「為什麼？明明是有效的行為，為什麼不去做？」

難道僅僅是因為不相信的玩家占多數，就要放棄這樣把握輿論的大好機會？

易水歌說：「你這樣做，會引發更深的混亂和不信任，導致玩家自殺，甚至懷疑彼此，自相殘殺。」

林之淞咬緊了嘴唇，做好了破釜沉舟的準備：「只要最後能贏，就能許願，救回所有的人了，不是嗎？」

「……救不回來了。」似乎是怕林之淞聽不明白，易水歌重複了一遍：「所有的人，是不可能救回來了。」

林之淞果然沒能聽明白。他把發燙發顫的指尖抵在同樣在灼灼生熱的大腿上，狠擰了一記，以保持神思的清醒。

「為什麼？元明清的回答不是證明有存檔的存在嗎？我們的世界本身就是副本，是被高維控制著的。只要讓一切回到《萬有引力》開服之前，不就行了？」

儘管多次在心底裡命令自己要冷靜，林之淞的聲線還是避免不了地發著顫：「難道……他撒謊？」

「小林，我問你啊。」易水歌提出了一個問題：「……一般來說，遊戲存檔，對被玩家操控的 NPC 來說，只能保存位置，能保留記憶嗎？」

僅僅一句話，便像是一道閃電劈過林之淞，將陣陣發麻的感覺從頭皮一路傳遞到了腳趾。

「江舫從【邪降】回來後，不是跟我們溝通過嗎？」

「他在這個副本裡，去到了 5 年前的泰國，但是那些人不記得他。他們擁有的，只是彼時彼刻的記憶。」

「如果我們許願，想要復活所有的人，高維人就只能讀檔，讓時間回到過去的某個節點。」

「但這樣一來，我們就決不可能帶著記憶回去。」

「因為我們不是帶著記憶，回溯到過去重刷副本的玩家，我們只是 NPC。」易水歌放慢了語氣，難得地沉滯和壓抑：「我們……只會繼續開服，我們會繼續沉迷《萬有引力》的魅力……然後，一切，就只是無盡地重複。」

「那……」林之淞感覺頭顱幾乎要爆開了，「團隊冠軍，不是可以每個人許一個願望嗎？我們可以許願切斷和高維的一切聯繫，然後再回到過去……」話說到這裡，他也覺出了自己的愚蠢。

這是兩個悖論。如果他們許願切斷聯繫，又許願復活，那麼，當一切重置後，他們的許願也就不復存在了。就像易水歌說的，一切，就只是又一輪重複而已。

「目前，我們還沒有接觸到許願的規則，具體是什麼樣子，現在還不好說……」易水歌聲音沉鬱：「但是，死去的人已經夠多了。在真正的許願規則頒布前，不能讓更多的人……因為崩潰和混亂死去了。」

他看向了遠方，「如果有人想要製造崩潰和混亂，我就先殺了他。」

在林之淞心驚之餘，通訊器那邊傳來了細碎的腳步聲。

那腳步聲本來還挺輕鬆，但在走近易水歌時明顯一頓，然後馬上掉頭，走向另一個方向。

但這點響動，已經足夠引起易水歌的注意。

「我先下線了。」易水歌將手指搭放在了耳垂上，摩挲兩下，「別做蠢事。你還有價值，別逼我殺你。」

易水歌並沒在第一時間掛線。因為下一秒，謝相玉異常震怒的聲音在那一頭響起：「……你幹什麼？」

易水歌理直氣壯：「心情不好。」

「我他媽就是路過！」謝相玉奮力掙扎，「心情不好你拿腦袋撞牆去！……你還搶我吃的！」

易水歌心安理得地打劫了剛被謝相玉舔吃到一半的冰淇淋甜筒，大大方方地咬了一口，並把反抗不休的人扛入了一間桌子上放滿了設計圖樣的臨時辦公室，用腳帶上了門。

「唔——」

通訊器的信號就此切斷。失去通訊對象後，林之淞鬆弛了精神，趴在了桌面上，把臉埋入臂彎間。

不知保持這樣的自閉姿勢過了多久，他身側擺放的空椅子發出一聲細細的「咯吱」……有人坐在了上面。

賀銀川用和他一樣的姿勢趴在了桌子上，試圖和年輕的小同志談談心：「小林，怎麼了？最近精神狀態好像不大好？」

聽到隊長的聲音，林之淞把上半張臉從手臂間抬起，只露出一雙滿含迷茫的眼睛。在這種時候，他看起來才像是一個未經過太多人事磋磨的大學生。

他第一眼就瞥見了賀銀川蒼白無色的唇。

三支建制尚算完整的官方隊伍牽頭在安全點內建造信號塔，折騰出的動靜著實不小。

在遊戲肉眼可見地接近尾聲的情勢下，他們成功穩定住了安全點內本該躁動不安的人心。

他們基建時的材料來路正當，玩家們也是自覺回應的，因此高維人並沒有做出類似「干擾塔建」這種擺在明面上的破壞行為。但他們實施了更直接的懲戒。

3 天前，有一組玩家在半夜入侵了他們在安全點的住所，擺出要打劫道具的架式。

賀銀川剛剛和他們交涉兩句，他們就立即翻臉，提刀就上。粉飾在表象之下的居心，簡直昭然若揭。

為了保護梁漱，賀銀川受了致命傷，內臟出血，導致失血性休克，險些直接物理下線。

好在梁漱做好了急救止血的預處理工作，周副隊連夜背他前往安全點的醫療診所，耗費大筆積分，才讓他又僥倖逃過一劫。

不過對賀銀川這號的拚命三郎來說，在生死邊緣來回橫跳這種事已經再習慣不過了……他甚至還有心思在養傷期間，爬下床來關心一下小同志的心理健康。

林之淞恍然注視著他的臉，想，賀隊的年紀，好像也沒比自己大上幾歲。他以前從來沒覺得自己幼稚，大規模失蹤事故發生時，他是學校裡第一批主動報名參與搜尋工作的學生。

進入《萬有引力》後，跟著隊伍幫助了許多人，收到過最衷心的感謝，也受到過最傷人的質疑，他從來不放在心上。因為他認為自己已經足夠成熟，對可能發生的一切都做好充足的心理準備。

然而，事實上，林之淞的精神現在正處在搖搖欲墜的邊緣。

南舟、江舫和易水歌，在從元明清口中知道這個世界的真相後，做出的判斷都是最正確、最理智的。

因為別說是普通玩家了，在得知自己是高維人掌中的玩物時，自認為無堅不摧的林之淞的情緒也抵達了失控的邊緣，險些做出了最糟糕的選擇。他太想讓「立方舟」贏了，為此甚至不惜造成混亂……反正只要「立方舟」贏過「如夢」、只要能成功許願，所有在混亂中死傷的人就都能回

來，不是嗎？

可易水歌的話，給了他一記當頭棒喝。他究竟在想什麼？他到底有沒有真正為還活著的人考慮？他對不對得起普通玩家對自己的信任？還有，最重要的，那些死去的人，真的沒有回來的可能了嗎？他們真的只能在「有所死傷」和「無限輪迴」這兩個選項之間抉擇嗎？

他的信念、他的努力、他為之奮鬥的目標、他想要救下所有人的願望，如果可以被更高的力量一票否決，那究竟還有什麼意義？

滿心迷茫的林之淞看向了賀銀川，張了張乾裂的唇，問道：「隊長，如果遊戲最終贏了，你有許願的機會，你會許什麼願望？」

「……我嗎？」

周澳千叮萬囑賀銀川要多喝熱水，又怕他不聽話，乾脆用挎包帶把保溫杯掛在了脖子上。

賀銀川隨手給林之淞倒了一杯水，「應該是我們吧。輪到我們許願的話，當然是希望遊戲結束，所有在遊戲裡死去的人都活過來嘍。」

林之淞問：「如果最後遊戲結束，那些人……卻回不來了呢？」

賀銀川倒水的手頓了一下，可也只是一下而已。他把水杯推向了林之淞，口吻輕鬆道：「我那時候死沒死啊？如果那時候我死了，我就下去守著那些死去的人，不叫他們受欺負。」

林之淞被他的玩笑話引得笑了笑，「這可一點也不唯物主義。政委聽了會生氣的。」

賀銀川爽朗大笑。

林之淞抿了一小口水，「如果……我們都還活著呢？」

「活著啊。」賀銀川摸了摸下巴，望著遠方，「那就背負著這些人命，繼續走下去。」

林之淞一時啞然。

半晌後，他才輕聲說：「那是……很多很多人啊。」

林之淞以前面對的都是可以計數的人命。但回首望去，他才意識到，從高維人向他們投向一瞥時開始，他們走過的路，就是一片屍骸堆成的高山。世界範圍內的死傷人數，究竟有千人，還是萬人？

「救不回來，就不要想那麼多，先保住其他再說。」賀銀川說：「像現在，做我們力所能及的事情就好。」

CHAPTER

08:00

不知道南舟這算是憑一己之力
幫他們抓 bug，
還是他本人就是個 bug

在林之淞逐漸調整心境時，新組建的「立方舟」四人小分隊，正針對「斗轉賭場」展開了新一輪分析。

四人當中，對「斗轉賭場」相關情報最為瞭解的，居然是先前開了上帝視角的元明清。

他畫出了一張斗轉賭場的簡易示意圖，並列上了每日的流水情況：「據我所知，斗轉賭場是日結算模式。每天 24 點，曲金沙的積分都會準時更新，用每日的收入減去支出，多出來的部分，就是盈餘。」

「如果遊戲方規定的『3 天』，指的是從他們發布訊息的一個小時前，往後推七十二個小時的話……」元明清放下了筆，「曲金沙總共還有三次結算機會。」

李銀航小心地推斷：「第一天，大家再怎麼恐懼我們，也不會一窩蜂湧到賭場裡去白送積分，應該會選擇觀望，所以第一次結算時，他應該是會賠的……吧？」

「沒錯。」江舫認同了她的判斷，「事關生死，正常人不可能馬上做出決斷。但從第二天開始，就說不定了。」

「我們隊裡現在還有一個位置。」第一次分析有效，李銀航隱隱有了些底氣，想了想道：「我們是不是可以說服一個積分靠前的高位單人玩家，加入我們？」

「在這一點上，他們比我們更有優勢。」南舟指了指排行榜上的「如夢」，說：「他們還有兩個位置呢。」

李銀航頓時洩了氣：「……對哦。」

人本來就是喜歡抱團的群居生物。證據就是單人排行榜的長度，還不到團隊排行榜長度的五分之一。

遊戲推進到現在，還能頭鐵堅持單人不動搖的玩家，只能是徹徹底底的獨行俠，必然更傾向於明哲保身。

他們不能寄希望於這些人突然轉性，加入他們。

當然，在爭奪第一無望的前提下，如果有玩家信任「立方舟」，且有

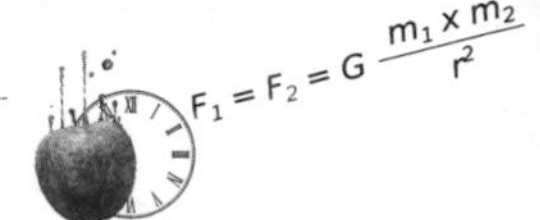

非實現不可的願望，的確有可能搏一搏，嘗試加入「立方舟」。但那也只是機率很小的事件罷了。

畢竟站隊需謹慎，一旦賭錯了，就是滿盤皆輸。而且鑑於南舟自帶的負面形象，以及兩支隊伍之間不到 200 點的分差，這些獨行俠就算只從利益出發，選擇加入「如夢」的可能性都遠遠高於加入「立方舟」……不分析還好，一分析，情況看起來愈發糟糕了。

江舫說：「所以，綜合這些情況，我們現在只有一條路能走……」

南舟：「嗯。去把曲金沙的積分贏過來。」

元明清表示贊同：「還要大贏。」

江舫補充道：「還要預留出一些分數空間，防止他們最後一天再用高維玩家填入『如夢』的其他兩個名額，強行拔高他們的分數。」

元明清質疑道：「可是萬一有積分排名更高的人類玩家選擇加入『如夢』呢？」

江舫眼睛也不眨一下，「那是高維不可控的變數。我們現在要的是高維可控的變數，作為最低值進行參考。」

南舟問元明清：「你們高維那裡，還有幾組可以用的人？」

元明清聳聳肩，「進入中國區服的只有七組。兩組已經被淘汰，一組是我和唐宋，剩下的，排除一個廢物組，還有『如夢』……高維能插手的空間已經很小了。」

李銀航：「……」

中國區服……這也就意味著還有其他區服？不過，這倒也是預料之中的。失蹤事件畢竟是在全世界範圍內爆發的。

這是之後他們要操心的事情。

眼下最重要的是，要先贏過曲金沙和「如夢」。

南舟將自己的面板投放到了公屏，「把現在的高維隊伍指出來吧。」

他們利益一致，元明清也沒有什麼藏私的必要。他滑動螢幕努力尋找自己的隊友，好計算他們需要預留的分數差。

「……這個……還有這個。」

榜單一路下滑。當元明清指出他口中的「廢物組」，也即曹樹光和馬小裴的名字後，儘管早有心理準備，李銀航的眉頭還是忍不住跳了跳。

想到這對荒誕的小夫妻後，她進而想到了那個神祕的、不知道人在何處的單人玩家邵明哲……

鬼使神差的，她想看看他現在的排名情況怎麼樣了。然而，在下滑了幾下榜單後，李銀航的臉色就變了。她在單人榜上看到了一個熟悉的、本不應該出現在這裡的人名——陳夙峰。

李銀航第一時間把這個發現分享給了其他人。

經過確認，「南山」一組，確實已經在團隊榜單中消失了。虞退思行動嚴重不便，身邊離不開人。陳夙峰也根本沒有扔下他的理由。他們兩人，在當前的節骨眼出現這種情況，只有一種可能——虞退思，不在了。

為了確保他們判斷無誤，他們重新翻了一遍單人榜單，從上到下、從始到終，再也沒有一個姓虞的人。

南舟不言不語，盤腿靜思。

南舟承認，從他們進入《萬有引力》以來，虞退思和陳夙峰，只是他們曾經的一個搭檔，談不上莫逆，只算是有些交情。

沈潔三人組，是有私心，有性格缺陷，但相當團結齊心的一組。

孫國境三人組，是行事野蠻粗暴，但還算講義氣的一組。

謝相玉是個很幼稚的小鬼。

「青銅」五人組，是任何人組隊遇上他們，都是最大幸運的一組。

易水歌是如果不與他的個人立場對立，相處起來會很舒服愉快的人。

曹樹光和馬小裴，是頗有自知之明的一對笨蛋夫妻。

邵明哲……未知。

南舟的記憶是斷層的。他離開《永晝》後的記憶，是自那輛一路風馳電掣、向前行駛的大巴開始。這一路走來，他遇見了許多人，如果說「南山」在這群人當中有什麼特殊的話……他們應該是目的最明確的一組。

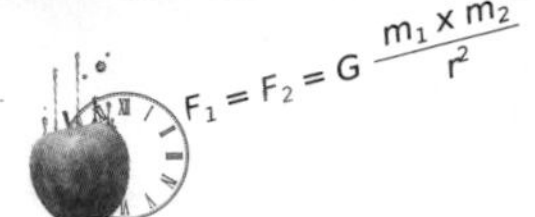

每個玩家在進入遊戲時，都會被帶到許願池前，詢問要不要許願。一部分人在對未來的惶恐中，囫圇許下了希望遊戲結束的願望。一部分人選擇把願望留到最後。然而，性格謹慎到不願冒一點試錯風險的虞退思，和南舟一樣，是在一開始，就目的明確地許下了自己的願望的。

《萬有引力》許願系統的出現，對他來說，甚至可能是他無限灰暗人生中出現的一點希望。為了那個目標，他以根本不適合在遊戲中生存的體質，和陳夙峰一路走到現在。然後，那臺輪椅在他們不知道的某個時刻，停留在了原地，再也沒有向前。

李銀航失神喃喃：「怎麼……這樣？」

元明清如今立場雖然改換，但總歸是高維人。他的心神可能是被人類軀殼的脆弱浸染，可要他對普通人類的死亡共情，還是做不到。然而，碰上了這樣的事情，他難免坐立不安……

接下來恐怕還要和「立方舟」相處不短的時間，好不容易才博得一點信任，不能再因為上面搞出的么蛾子而讓自己的努力前功盡棄。

他平緩下了心緒，用陳述的語調提供情報：「我和唐宋在等待分配時，官方也下令說，要想辦法在副本上針對『南山』，避免他們加入你們的隊伍，給你們助力……」

他努力讓自己的話語顯得誠懇：「我以為，我加入你們之後，他們就不會……」

南舟嗯了一聲，沉聲道：「我們知道。算計你們，就是為了避免你們官方對他們動手。」

元明清：「……」

南舟仰起頭，看向江舫，「……但還是晚了一步。」

元明清選擇閉嘴。

李銀航生出了一點惻隱之心：「我們現在還有一個位置，是不是？陳夙峰現在正好也是一個人了……」

「不行。」江舫拿著元明清寫下的賭場訊息，頭也不抬，直接回絕：

「他分數太低。」

李銀航：「……」

她識趣地收了聲，而南舟也沒有說什麼。

元明清冷眼旁觀，覺得江舫頭腦清醒，選擇正確，就是太過於冷酷了。在他看來，李銀航雖然腦袋不怎麼好使，但有人類的通病，一面是慕強，一面是憐弱。哪怕是為了隊內團結，這時候不該先說些漂亮話嗎？

在元明清擔憂他們的隊內團結事宜時，「立方舟」三人的視線在空中交匯。

南舟：「我們的分數現在不能大幅度上漲。」

江舫：「其他玩家現在還在看風向。如果我們一開始就和『如夢』拉開了過大的差距，會直接擊穿他們的心理防線。」

李銀航：「瞭解。既然沒打算現在就拉陳夙峰入隊，就一定要把話說得絕一點，免得他落單後，又被官方盯上針對。」

如果現階段就吸納落單的陳夙峰入隊，猛漲的分數，會引導大家開始思考，如果「立方舟」真的獲勝，他們會怎麼樣？這是人的慣性思維。一旦引動這些沉默的觀眾提前下場，那麼他們想要取勝，就更加困難了。而「如夢」恐怕打的也是相同的主意。

此時的遊戲方，要妥善兼顧好兩方的情緒。一面是已經察覺到遊戲可能存在作弊行為、嚴重表示不滿的高維觀眾，一面是安全點內這些還不知道要如何站隊的迷茫玩家。

本來可以穩贏的曲金沙意外插入團隊賽中，已經是遊戲方不得已中落下的一步臭棋。他們不可能繼續犯蠢，如果馬不停蹄地用那幾支預備隊填補進隊伍的空缺裡，只會更加惹人懷疑。

「立方舟」裡的一個空缺，和「如夢」裡的兩個空缺，都是他們各自握在手中的最後一張牌，不可擅動。

確認了彼此的心意和想法後，三人又同時垂下目光。

江舫將元明清寫下的訊息折了幾折，放入口袋中。

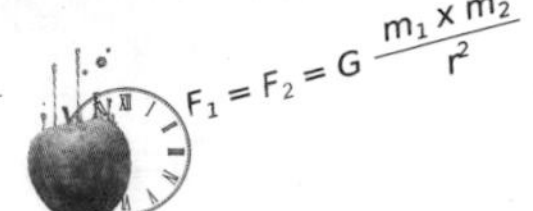

元明清正心急，見他有了動作，不禁面上一喜，在準備起身的同時殷殷詢問：「去賭場嗎？」

江舫笑著為他潑了一盆冷水：「不啊。那麼著急做什麼？」

話罷，他不顧嘴角抽動的元明清，探手托扶住了南舟的腰身，「要休息一會兒嗎？」

南舟扶著桌子，意圖起身，「我……」

但動作伸展到一半，他便滯在了半空。

「……唔。」

那場大夢中的插曲，雖然只是勞動了精神，但甜澀交錯的感覺還殘留在他的肌肉記憶裡。

江舫適時地為他揉了揉硬僵的腰部，幫助他坐回原位，「我先去弄點吃的。」

南舟坐穩後，點菜道：「要蛋撻。」

「好。」江舫應下後，笑微微地轉向其他兩人，「你們想吃什麼？」

他們很悠閒，悠閒得彷彿沒有那逼命的 3 天期限的限制。

南舟甚至在等飯來的時候，抽空去世界頻道上又沖了個浪。

【立方舟 - 南舟】你們好。

【立方舟 - 南舟】這裡有官方人員嗎？或者有人能回答我的問題嗎？

【立方舟 - 南舟】我想請問一下，鎖分之後，如果我們隊的分數因為某些原因掉到了「。」之下，我們會直接輸掉嗎？

正愁雲慘霧的世界頻道一霎靜寂。不知道為什麼，南舟這個名字一在公屏上出現，哪怕他沒有挑釁大家，甚至不是對其他玩家喊話，大家就有種血壓要往上拉滿的錯覺。

好在官方很快通過廣播給出了回應——不會。

其他玩家的分數基本已經鎖定，還在零星進行的幾場副本經過預估結算，也不會出現第三隊積分超越「。」的情況。也就是說，只要他們的積分不清零，3 天之後，誰分數高，誰就取勝。

經過簡單休整後，「立方舟」在華燈初上之時，才來到了「斗轉賭場」門前。這一條街，從「斗轉賭場」出現開始就變得門庭若市，尤其是在夜色降臨之後。

這裡似乎彙聚了整個世界的喧鬧和情緒，眾聲喧嘩，欲望橫流，是「紙金」城中紙醉金迷精神的完美濃縮。

南舟仰頭望向「斗轉」輝煌燦爛的招牌。上次來到這裡時，他們剛剛順利完成第一個任務，旗開得勝，卻前路未知。之所以來這裡，圖的是用200點積分暢吃甜點。事到如今，一切都發生了變化。沒有變的，只有李銀航在上交積分時那控制不住的肉疼表情。

南極星吃圓了肚子，愜意地抱著李銀航的丸子頭打瞌睡。

他們上交了入場費，佩戴上了帶有識別功能的腕帶，踏入了光色絢爛的「斗轉」之中。

此時此刻，陳夙峰正孤身一人，坐在「斗轉」對面的咖啡廳。

他面前放著一杯咖啡，一碟麵包，還有一把和麵包一起送來的銀質餐刀。他看起來並不顯得過度悲痛，眼裡沉澱著死灰一樣的平靜。

目送著南舟他們的身影消失在賭場恢弘的大門前，陳夙峰想，果然，他們會到這裡來。他沒有找錯。

他握住了自己的手，逼自己不許激動、不許發抖。虞哥……虞哥在走前說過，他去見哥哥了。以後的路，要靠自己走。

……他走不下去。沒有哥哥、沒有虞哥，他根本沒有走下去的動力。所以，他要贏，他要許願。但以他一人之力，距離第一的位置太過遙遠，他要許的願望又太多——他希望哥哥回來、希望虞哥回來、希望虞哥的腿

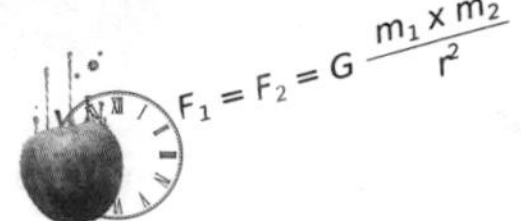

康復。

所以，陳夙峰只能來拜託「立方舟」。他記得，在鬥獸場時，為自己和虞哥預留下了一個位置。

他同樣知道，大概正是因為自己這個多此一舉的要求，才成了虞哥殺身之禍的起源。

陳夙峰伸手握住了餐刀。刀刃在盤底切割出了刺耳的銳響，但也只是短暫的一聲罷了……

他攥緊了刀柄，強忍住把這把刀捅進自己心口的衝動。

事已至此，哪怕顯得嘴臉難看，「立方舟」那個唯一的空位，他也一定要拿到手。

只是，不能是現在。現在對「立方舟」來說，不是最好的接納他的時機。他只能忍耐，然後等待。

遊戲方能針對自己，同樣能針對「立方舟」。

自己最好要表現得像是遷怒於「立方舟」，讓自己看起來是「立方舟」的阻礙，而非外援。他要展現出足夠的價值，才能更容易讓他們接納自己。

經過一番心理鬥爭，他總算是穩住了發抖的手，還算平穩順暢地端起了咖啡杯。

杯中是香濃的咖啡，是虞退思最愛的口味。

堅硬的杯口抵在了他的唇畔。

幾年前，陳夙峰還是因為哥哥帶了男人回家來摔門砸碗的高中生，是動不動就給人甩臉色的小兔崽子，是虞退思和哥哥帶他去喝杯咖啡，他也要故意嚷嚷刷鍋水有什麼好喝的熊孩子。那時候的他，不懂分寸，不知進退。現在……終於不再是了。只是，是幸運還是不幸呢？

他垂下眼睛，餘光一轉，發現有一個怪人，正與他望著同樣的方向。之所以說他怪……

在這樣的天氣，在霓虹光影的映射下，他全副武裝，戴著口罩和絨線帽，衣裳極不合身，也不知道是從誰身上扒下來的。他臉上五官間，露出來的唯有一雙眼睛，天然帶著三分凶相。他和自己一樣，盯著「斗轉賭場」的方向，目光專注。

陳夙峰記得，剛才進去的，只有「立方舟」一組人……他看著他們，是想要做什麼？

「斗轉」的窗戶是單向玻璃。

從外看向內，「斗轉」給人的唯一印象，就是烜赫不滅的燈光，像是被日光持久照射的玻璃糖紙，彷彿內裡包蘊著無限的希望。

因為從外面只能窺見繁華的一角，因此外人看不到那些慘輸後涕淚橫流、哀求再來一次機會，卻被拖到小黑屋裡，等著積分耗盡、缺氧至死的玩家。

自內看向外，只能看到外面的世界是一片鐵灰的夜色，淒冷幽暗，一派慘澹。似乎只有「斗轉」才是全世界唯一有光源的地方，而這片唯一燃有燈火的希望之地，正和那無盡的黑暗做著恒久的拔河。

鮮少有人喜歡黑暗，尤其是在不知明天和死亡哪一個先來的《萬有引力》中。在心理暗示下，進入賭場的大多數玩家，都會貪戀這裡的光芒和熱鬧，不肯離開。

外面的人滿懷嚮往，內裡的人不捨光明。於是，有越來越多的人如同逐光之蛾，被新鮮、好奇和熱鬧誘惑而來，流連忘返，直至被不動聲色地燒光翅膀。

意識到這裡不再是安樂之地，腦子登時清醒了大半，諾諾地各自離去。空曠的賭場內，只零零星星站著幾個從系統中雇傭來的 NPC，還有三、四名和曲金沙是雇傭關係的玩家。

他們的精神正處於高度緊張中，呈半圓形不遠不近地圍在曲金沙身

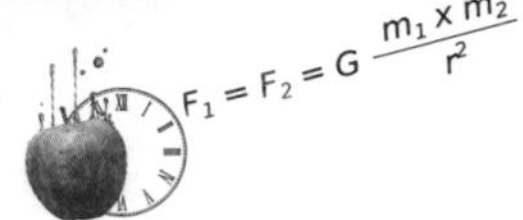

旁，不敢離得太遠，也不敢太過靠近。

「如夢」的兩名玩家通身黑西裝，門神一樣立在曲金沙兩側，嚴陣以待，好像一早就知道南舟他們會來。倒是事主曲金沙，正捧著一碗蔥油麵大嚼特嚼，看起來沒有一點心理壓力。

察覺到這三個新客人的到來，曲金沙放下了碗，和善地仰頭，招呼道：「來啦？」

他這樣對待老朋友一樣親切的態度，讓南舟好奇地眨了眨眼……人果然是複雜有趣的生物。

江舫也主動走上前去，彷彿之前他從曲金沙手裡騙積分的事情全然不存在似的，「吃著呢？」

「晚餐。」曲金沙招呼道：「你也吃點兒？」

江舫：「不了。來前吃過了。」

「虧了。」曲金沙聳聳肩，「這是我的手藝，正經的不錯呢。」

江舫笑：「吃得這麼素，不加點肉？」

「我自己都老大一顆肉參（人質）了，該減減了。」

曲金沙捲起一筷子浸滿蔥油的麵，有滋有味地嗦了起來，「加點燉冬菇（革職），還能增點肉頭吧。」

「……他是被綁架的。」江舫用心靈通訊器和南舟交流，「現在賭場的主理人不是他了。」

南舟很感興趣地「噢」了一聲。

江舫抿唇一笑，他知道南舟在好奇什麼。

他曲起指節，輕輕勾住南舟的手指，半撒嬌地晃了晃，「以後教你這些話該怎麼說。」

在南舟點過頭後，江舫重新把注意力放到了空曠的賭場中，繼續搭話道：「今天客人倒挺少。」

曲金沙嘴巴被麵條塞得滿滿當當，勉強調動舌頭，「唔」了一聲：「挺好。機子都是空著的，隨便挑。」

江舫抱臂笑言：「要不要再來一局？」

曲金沙還沒有開口，旁邊的「如夢」成員戴學林便將手搭在了他的肩上——不准。

身為高維人，他對賭博並不很瞭解。人類歷史文化浩如煙海，包羅萬象，但賭博始終是一門奇詭而偏門的學問。官方推出的多是法學、社會學、心理學體系內的研究，鮮有論文研究賭場的黑話、潛規則，以及老千們的袖裡乾坤，那些根本是擺不上檯面的幽暗伎倆。

因此，高維人對江舫的具體水準難以估測——江舫只來過「斗轉」一次，那一次還是主打心理戰，並不是以牌技取勝，看不出什麼高明之處，官方缺乏他賭博能力的具體參考數據。甚至他的賭博能力，在個人能力條上，是分散計算到盜竊、勞作、鍛造三項裡的。但經過大數據的收集工作後，江舫曾長期在賭場工作過的經驗，讓「如夢」不得不對此提起百分百的警惕。

曲金沙無奈抬頭，對江舫露出了一個抱歉的笑容。

「……哦？」江舫發出了一聲疑問：「曲老闆，這是要趕客啊？」

話問的是曲金沙，可他的眼睛正直直望著「如夢」的兩名成員。

戴學林身旁，站著的是戴學斌。兩人是兄弟設定，外貌相似，那硬邦邦的禮節和疏離感，也像是從一個娘胎裡脫胎出來的：「抱歉，今天設備檢修，不接外客。」

江舫笑道：「那剛剛為什麼還收我們入場費？」

他轉向曲金沙，「曲老闆，賭場裡開門迎客，做的是八方生意，有這樣只收錢不給玩的規矩嗎？」

曲金沙笑笑不說話，只用筷尾指指「如夢」兩人，示意自己並不做主，讓他們兩人拿主意。

兩人同時垮起個臉，看起來像是在認真思考的樣子。但經過元明清先前的介紹，南舟已經心知肚明，他們是什麼樣的貨色。

「如夢」，是很美的一個名字。不過，他們就是傳聞中的兩支花瓶組

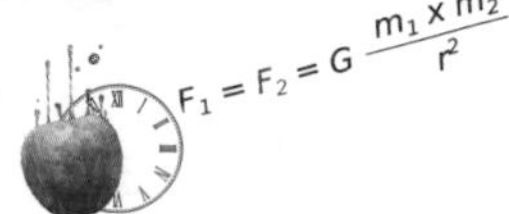

的其中之一。

顧名思義，他們的相貌美則美矣，但在遊戲中的自主性相對較低。好處是完全聽話，弊病是完全不動腦子、完全聽節目組指揮。

南舟對他們的格外關注，有他自己的道理。當這兩個「人」不說話、不流露自己的情緒時，都是標準的清冷寡言系，像極了南舟自己。但他們和南舟的成長歷程恰好完全相反，兩者是徹徹底底的鏡照。

南舟是虛擬人物，作者在設定中，賦予了他快速學習知識的能力。這和高維生物在一開始就強行進行知識注入本來有異曲同工之妙。偏偏他的成長方向，和高維人是南轅北轍的。

一開始，南舟和任何一個普通環境裡長大的孩子一樣，是一張白紙。他擁有的只是一個只能進行固定對話的語言環境，還有一些初級的書本。

南舟先是在糟糕的生活環境中自行實踐摸索，對世界建立起了模糊的認知，然後再通過閱讀，逐步構建出自己的精神世界和人格。

而高維人是先一股腦掌握了足夠的知識，然後再以此為基礎，慢慢實踐，修煉出自己的人格。

一部分高維人止步於實踐開始之前，認為自己的知識完全夠用，所以基本上是兒童的人格，只耽於享樂，而且不計較結果，只要享受和體驗生命過程中的快樂就好——這是那對笨蛋小夫妻。

一部分人修煉出了自己的人格，而且能在一定程度上運用知識，對於外來的新知識也有一定的消化能力。畢竟在飾演另外一個維度的人，抓住他們的心理弱點並加以利用，不是一件簡單的事情——這是唐宋和元明清，也是他們被系統主推的原因。

一部分人則在經歷短暫的實踐之後放棄了思考。因為那些人類要窮極一生追求的理性知識，他們什麼都不用做，呱呱墜地後，一睜開眼睛就能得到。但因為初始的知識太容易獲得，大家又是從同一個高點出發，能有的突破已經不多，想要翻越階級，有所成就，就要付出遠超於正常人類千萬倍的努力。

他們索性直接躺平，什麼都不做，也不去思考，也能得到不錯的結果。久而久之，他們習慣了聽從一切指示，把自己完全當成了一個高智慧的機器人——這就是「如夢」。

如元明清提供的情報，掩藏在「如夢」冷淡表象之下的，實則是完全的花瓶，全靠遊戲攻略和指導通關遊戲，不過是高配加開掛版本的「朝暉」罷了。

但這並不意味著他們的對抗會變得簡單——這意味著，他們要對抗的，根本不是「如夢」，而是眾多即時觀戰的高維人。

想到這裡，南舟仰頭看向賭場華彩流離的屋頂。

此時此刻，「如夢」戴家兄弟的大腦，直接連通著節目轉播間。無數個鏡頭正如湧動的群蜂，密密麻麻地關注著對峙中的幾人。

南舟冷淡的視線，恰好和其中一臺攝影機對上。

一個員工猛地打了個寒噤：「喂，他發現我們了嗎？」

下一秒，南舟收回了視線，徒留高維人疑竇滿懷。

「應該……沒吧？」

小組長下了命令：「專心幹活，不要分神。」

他們小組接到的任務就是分析畫面中所有的有效資訊，好傳遞到下一個指令組去，方便對「如夢」進行一對一單線指導。

相比之下，他們的上線小組可以說是焦頭爛額，他們負責分析的是當前即時轉播的彈幕走向。

正如南舟和江舫他們所預料的，因為「亞當」解體，元明清倒戈，高維人當前最大的麻煩，不僅是「立方舟」，還有那些投入了真金白銀，想要觀賞一場公平的生死之鬥，卻被告知一切都有可能是作假的看客。

雖然剛才他們掐斷了所有和「立方舟」相關的通訊，高維人沒能看到元明清自爆的全過程，但他的身分已經是昭然若揭——他是本不該出現在這場遊戲中的高維人，而且極有可能是被預訂了冠軍的皇族。

於是，轟轟烈烈的討伐節目組的運動拉開了帷幕。已經有大神開始翻

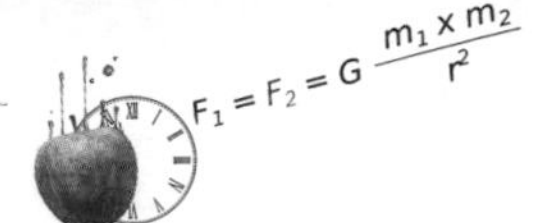

看過去的海量螢幕錄影，挖掘遊戲中是否還存在其他的皇族。

突然殺出的「如夢」，就是大家的重點懷疑對象。原因很簡單。他們威脅曲金沙的時間點卡得太準了，而這一組之前又是有名的顏值組，不像有爭奪第一的野心，現在突然掐著點跑到斗轉賭場，莫名其妙地和向來單幹的曲金沙組隊，不是開了上帝視角又是什麼？

為了平緩輿論，節目組連夜出具了緊急聲明，保證節目組沒有安插高維人進去，元明清很有可能是走後門私自進去的，節目組正在調查。

至於「如夢」，絕對是人類玩家，只是和「亞當」一樣的韜光養晦黨。他們早就計算好了分數配比，也早就同曲金沙達成了私下裡的合作。他們本來打算再養一養分數，然後一鳴驚人，沒想到南舟他們的分數猛然提高，逼得他們不得不打出了這張隱藏的王牌。

節目組的挽尊還是有些效果的。觀眾有一部分相信了，也有一部分表示，滾你的，騙鬼呢。

只是這個解釋也不算是毫無道理，觀眾們一時間也拿不出確鑿的證據，於是彈幕上自然而然地吵成了一片。

「為什麼還不賭？等什麼呢？」

「為什麼要賭？你們看，『立方舟』交了 800 點入場費，分數就已經掉到『如夢』後面了。」

「長點腦子吧，賭場這三天不要交場地費？曲金沙的賭場今天不可能有人來了，等 24 點結算過後，『如夢』不還是落後？」

「開玩笑，其他玩家會願意南舟這樣的非人類奪冠？肯定會來賭場幫『如夢』的！」

「開玩笑，有南舟在賭場，誰敢進來？」

「怎麼？誰說進了賭場就非要賭不可嗎？說不定『如夢』並不擅長賭博呢？」

「說得好啊，按節目組的說法，他們早就有奪第一的打算，還和曲金沙聯合，難道他們對賭場一竅不通？那這麼說，曲金沙跟他們又有什麼好合作的？難道他喜歡救濟廢物？」

「對啊，和賭場老闆合作，最後不靠賭博決勝負？」

彈幕組已經快要抓狂了：「到底讓不讓他們賭？」

看到他們急得上躥下跳，資訊組這邊難免幸災樂禍。連口口聲聲「不要分神」的資訊組組長也接入了線，笑著詢問：「需不需要幫忙啊？」

彈幕組忙得連個白眼都沒空回他們。

因為上面遲遲做不出決斷，戴家兄弟也只能僵持。還是曲金沙哈地笑了一聲，出來嫻熟地打了個圓場：「今天設備檢修，通知還沒有提前掛出來，是我的疏忽了。這樣吧，你們先在這裡住上一晚，免費，算是老曲我賠罪了。明天要是營業，頭局我都給你們留著。怎麼樣？」

這話說得滴水不漏，想挑也挑不出刺來。「如夢」在得到上面的肯定答覆了，也雙雙點下了頭。

曲金沙放下空碗，站起身來，正要去送送他們，戴學林就提前攔住了他的動作，「曲老闆，我帶他們去吧。」

這段時間，他們已經摸透了「斗轉」的建築內部構造，他們也清楚，不能讓曲金沙有和他們單獨相處、交流資訊的機會。

處在被控制狀態下的曲金沙態度相當坦然：「沒問題啊。」

他轉過頭去，用手帕抹了抹嘴，對江舫吐出了一串怪異的字元：「zei wai（再見），lou sang gu 啊（小心有鬼）。」

江舫一怔。旋即，他綻出了一個笑容，微微頷首點頭，「rei rei ni ba（謝謝）。zei wai（再見）。」

剛才還在幸災樂禍的資訊組高維人全傻了：「……」

──他們說了什麼東西？

他們立刻動用數據庫，搜索這是一種什麼樣的語言。但在搜遍了地球上的語言庫存後，他們發現，所有的語言都難以和這詭異的發音對上號。那他們是怎麼成功實現交流的？

上面也發現了這一點怪異之處，向他們發出了催促資訊：「他們在說

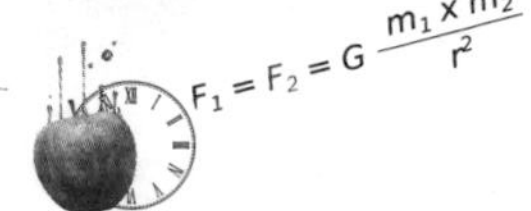

什麼？」

資訊組陷入了一輪沒頭沒腦的緊張破譯中。在浩如煙海的語言資訊中搜索過 N 輪、上面的催促資訊發到第七遍，資訊組組長終於戰戰兢兢地給出了回應：「……好像是一種叫做溫州話的語言。」

上面已經失去了耐心：「具體內容？」

資訊組組長已經快哭出來了：「……聽不懂。」

在資訊組緊鑼密鼓地試圖攻克人類語言的終極形態時，南舟已經來到了套間，坐入了柔軟的床鋪，藉著彈簧微微的彈性上下起伏。

曲金沙雖然少了良心這道閥門，但在做生意一途上卻是絕頂的逸才。他的巧思，在賭場的細枝末節中體現得淋漓盡致。賭場的床鋪質地被他設計得異常鬆軟，對精神處於高度疲憊中的客人形成一定的包裹感，彷彿置身嬰兒襁褓一樣，能讓人靜靜享受一場高品質的睡眠。

然而屋內沒有電視、沒有插頭，不提供充電服務，沒有任何可以打發時間的娛樂設施。

睡眠需求一旦滿足，不符合人體工學的床鋪設計，會讓清醒過來的人覺得異常難受。而且走廊裡始終若有若無地循環播放著老虎機獲勝後，掉落大量硬幣時奏響的贏家音效。聲音很輕，不足以擾民，卻足以搔得那些沉迷此道的賭徒心和手一道作癢。

可以說，如果在一個賭博合法的國度，曲金沙可以憑藉他的八面玲瓏，將自己的人生經營得風生水起。

可惜，這些現在都不再屬於他了。

南舟試過床後，公然給出了評價：「這床不好。以後不要買這種。」

江舫認真聽取了南舟的家裝意見：「好啊。買一張又大又舒服的床，可以放三個你在上面打滾。」

南舟同樣認真地予以回應：「兩個我們就可以。」

戴學斌、林：「……」這就是 gay 嗎？

戴學斌面無表情地和後者交換了一個眼神，彬彬有禮又毫無人味地對

四人組道：「請你們好好休息吧。有什麼需求，可以呼喚客房服務。」

江舫報以禮節性的微笑，根本讓人看不出是真情還是假意，點頭說道：「辛苦了。」

離去前，戴學林輕蔑地覷了元明清一眼。

元明清假裝沒有看見。

他可以在私聊中為「立方舟」提供情報，那是因為他清楚，節目組不會讓這些內容播出去。

但他不會正面和其他高維玩家發生任何形式的衝突、不會公然和節目組對著幹，因此在和「如夢」對上時，能避則避。他終歸是要回去那個世界的，至少在明面上不能做得太絕。

戴家兄弟像是一對目下無塵的仙男，雙雙姿態高貴地飄出房間後，李銀航快步跟了上去，躡手躡腳地拉開房門，確認了他們沒有偷聽。做完這個動作後，她自己也覺得滑稽——現在估計有一萬個鏡頭無死角地對著他們拍攝，他們哪怕現在掉根頭髮，都有高清慢速攝影機全程捕捉，然後如實傳達到「如夢」那裡去。

她不懂方言，也不會什麼啞語，小時候文藝匯演上一首《感恩的心》學到的初級手語技巧早就如數奉還給老師了，於是李銀航採取了最直接的表達方式。

「我們要不要……」李銀航把手扶在脖子上，小幅度地做了個「掐」的動作。

現在是你死我活的戰局了，李銀航自然不會幻想能夠不死一人，和平收尾。儘管安全點裡不能使用道具，但他們還有南舟這麼一隻人形自走的小規模殺傷性武器。他們可以率先承諾不使用南舟，但事急從權，如果趁半夜，對「如夢」……

「不行。」發話的是元明清。

「斗轉賭場的規矩，是在其管轄範圍內，嚴禁外人搗亂、禁止鬥毆殺傷，一切全憑自願，生死自負。」

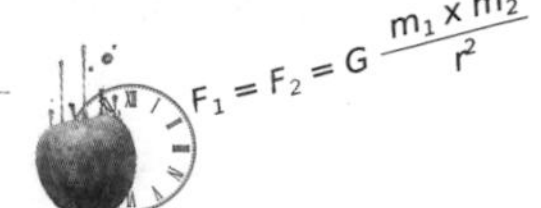

「嗯。」江舫斜靠在枕頭上，用食指輕輕捲著自己垂到耳前的銀色鬢髮，「曲金沙的身體素質相當一般，幾乎可以算是差。他為什麼幾乎不到『斗轉』之外去，又為什麼要花大價錢雇傭那些看場子的 NPC 呢？」

「這些 NPC，就是他的膽子。」

「南老師如果在賭場裡動手，先要對抗的根本不是『如夢』，而是這些 NPC 保安。」

李銀航很快明白了這其中的差別，難免有些赧然。

在她的心目裡，南舟基本上是殺神一樣的存在，以至於在看到那幾個人形 NPC 的時候，想當然地認為南舟手拿把攥，絕對能繞過他們，把「如夢」的脖子擰瓶蓋一樣全擰了。

可她忘了，這些被授予保衛許可權的 NPC，很可能持有高強度的殺傷性武器。南舟並不是不死之身，有過被人類玩家利用高等道具合圍而死的經歷，最不應該去冒這個險的就是他。

她又試圖出新主意：「那可不可以讓南老師守在『斗轉』門口呢？」

這樣可以走蹲草流。「斗轉」沒有後門，只有一扇金碧輝煌的正門，只要南舟守穩了，就可以嚇退那些不明真相，想要來支援的玩家。

曲金沙的賭場是一座全自動吞金獸，如果沒有足夠的積分填飽它，就會陷入自食的閉環。單憑每天的租金和雇傭 NPC 的消耗，就足夠讓「如夢」不戰自敗了。就算「如夢」指望靠外援來填補那兩個空缺，只要南舟守得好，他們的計謀未必能得逞。

但出乎意料的是，她的第二個計劃也被兩票否決。

南舟和江舫同時搖頭，卻並不說理由。

李銀航不吭聲了，在思考理由。

半晌後，她不得不承認，他們是對的。

「我想……」她斟酌著言辭，進行推測：「我們現在再怎麼說，都是在和『如夢』這個小團隊進行雙向的對抗。」

「但我們如果在明面上攻擊了其他玩家，哪怕只是恐嚇他們，不許他們靠近賭場，性質也會變——在其他玩家看來，我們就不再是和『如夢』對抗，而是在和人類對抗，而且我們本來就不大可信。只要我們不向他們釋放善意，他們就會用百般的猜疑和反擊回向我們……」

又現實、又無奈。

南老師對李同學的答案認同地點了點頭。

但李同學並沒有獲得答對題目的快樂，沮喪道：「那怎麼辦？難不成真的去和他們賭？」

在她看來，對方可是開掛的，搞不好背後有一整個參謀團，飛龍騎臉怎麼輸？

江舫輕巧地歪了一下頭，「為什麼不？」

不等李銀航細問，他便擺出不欲再談的樣子：「好了，明天再說。」

李銀航乖覺地閉了嘴，按下不安的心跳，開始默默在心裡想，江舫的自信究竟源自哪裡。

而在她心目中自信無敵、游刃有餘的江舫，正用自己的右腿勾住南舟的左腿，兩個人並排躺在床上，貼著床一起小幅度晃腿，難得稚拙得像一對剛談戀愛的高中生。

江舫提議：「看看那個有沒有用？」他指的是降頭。

南舟從床頭櫃上拾起紙筆，「再畫一個。」

李銀航眼前一亮。對哦，他們還有降頭。

但未及南舟落筆，他眼前就彈出了一個更新框。

《萬有引力》發布重大更新補丁。

經歷了長達三天的兵荒馬亂，程式師終於成功爆肝，更新出了一條新的補丁。撇去那些冗長無用的資訊，本次更新的精髓只有一條：

禁止在安全點內搞降頭之類的封建迷信超自然活動。

這是系統第二次針對南舟他們推出補丁了。就連降頭受害者元明清在短暫的怔愣後，也發出了一聲無可奈何的輕笑。不知道南舟這算是憑一己之力幫他們抓 bug，還是他本人就是個 bug……畢竟誰也不會想到會有人

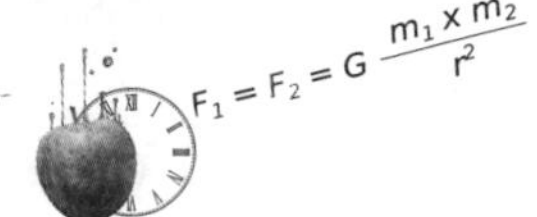

向副本 boss 偷師，然後自己做 boss 這種清奇無比的思路。

吸取了上次被「立方舟」坐地起價敲詐勒索的教訓，這次的更新補丁設計得相當精巧。

雖然遊戲方仍然沒有強制玩家更新的許可權，但這條更新補丁幾乎占據了整個視野，且無法點擊關閉，像極了某些網站的顏色廣告。

在三百多條隱私條款裡，還暗含了一條惡毒的規則——即時回應、事後追責機制。

這也就是說，在對話方塊出現在你面前時，遊戲就默認你已經知曉了一切代價。如果你還要使用降頭，沒問題，但你最好一去不回，否則系統在你使用過後，要保留追責的權利。

這樣刁鑽的條款，顯然是精心為「立方舟」炮製的，精準得堪比地對空導彈。

不過南舟和江舫對此沒有太過意外。

降頭，對他們來說就是一次性用品。一旦啟用，高維人必然會意識到，這是一個天然的 bug，會立即設法封禁。所以，他們必須一擊即中，直達目標。

就目前看來，他們抓到了元明清這尾大魚，打垮了「亞當」，並獲取了先前根本不可能獲取的珍貴情報。

降頭已經算是物盡其用，不必為它可惜。

南舟放下了筆，點下了更新按鈕。

確定降頭不能使用後，他們索性又頭碰頭地聊起天來，彷彿眼下天大的壓力都不存在。或者，彷彿只要他們這樣說說話，壓力源就會自然消散一樣。

只留下李銀航一個人埋頭苦思。

盥洗室內。元明清潑了些冷水在臉上，直面了鏡子中濕淋淋的自己。

在他動手將毛巾掛回毛巾架時，他耳畔幽幽響起了一點電流音：「你好，元明清。」

元明清周身過電似地顫慄了一下。這是來自高維的低語，某一瞬間，他幾乎以為自己會死。但在一剎的肌肉僵硬後，元明清還是如常地直起腰來，雙手撐在洗手池邊，直面了鏡中的自己。

不會的。他現在是「立方舟」的一員，在萬眾矚目下，高維觀眾不可能接受他突然的暴斃。

果然，那聲音並不是奔著殺死他而來的。

「我們知道你在擔心什麼。」

那聲音相當平和敦厚，應該是節目的主理人一類的角色，帶著股循循善誘的意味：「你背負了合約的壓力，覺得『立方舟』占優，所以你站到了他們那邊。只要他們獲勝，你就能許願解除和我們的合約。你是這樣想的，對嗎？」

元明清只是沉默，並不應聲。

「我們理解你的選擇，同時，也給你一次重新選擇的機會。」

「我們會和『立方舟』賭，然後，讓他們血本無歸。」

「你盡可以站在他們那邊，但是，在你看到勝利的天平開始傾斜後，我希望你重新做一次選擇。」

「你的目的，就是要成為勝者，不是嗎？那在哪一隊獲勝，又有什麼要緊？」

那聲音越放越低，幾至於溫和到了不可思議的地步。

「『如夢』裡還有兩個空缺的席位，你怎麼知道其中一個位置，不是我們特意為你留的呢？」

「你和唐宋，都是我們重視的，我們不會輕易放棄你們。」

「你好好想一想。不用急著回答我。」

說罷，那聲音便自行消失了，和它來時一樣毫無痕跡。

元明清神色如常地走出了盥洗室，對李銀航平靜地點一點頭，「水很熱。可以擦洗一下。」

在此之後，他一直沒有發聲。直到夜深時分，元明清望著漆黑中依舊

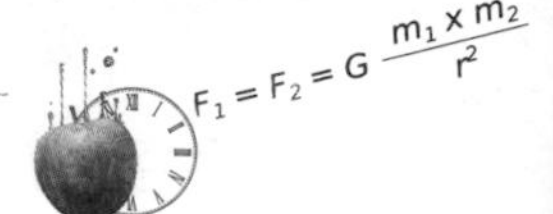

能辨出華麗輪廓的穹頂，難以入眠。他的瞳色裡沉澱著濃重的黑，讓人難以辨認其中的情緒。

如那道充滿蠱惑性的聲音所言，他想得很認真。想他的前路、想未來、想唐宋。

因此，他絲毫沒有注意到，在沉沉的夜色中，江舫淡色的眼珠正一動不動地鎖定在他的側頰上，似笑非笑，似乎透過了他的顱骨，看到他正激烈沸騰著的思緒。

「紙金」晝短夜長，10 點日出、15 點日落。五個小時的白晝，是供慣於夜行的生物們覓食的時間。

在稀薄的日色被夜色吞沒，當聲色犬馬的氣氛開始在街道間擴散，「紙金」便要按慣例，開始經夜的狂歡了……不過，這是過去的榮光了。今日的「斗轉」賭場，和昨日一樣，門庭冷落，客人寥寥，只有幾個膽大的在旁窺伺。

昨天，「立方舟」因為購買了「斗轉」的入場券，積分降低 800，分數一度落到了「如夢」之後。但經過一日結算，曲金沙倒扣了不少積分，又落到「立方舟」後面，但都是合理範圍之內的積分起伏。

其他玩家雖說被這基金曲線一樣的波瀾起伏撩撥得揪心不已，但整體情緒還算穩定。

他們還有整整 48 小時可供觀望。

「斗轉」之內，空調長久開啟，玻璃吸飽了冷空氣，像是一塊天然的冰墊。

南極星趴在玻璃上，低頭望著馬路對面咖啡廳裡的邵明哲，牠微微歪頭：「……唧？」

除了好奇的南極星，沒人發現邵明哲的到來。

而「如夢」這邊，果然出現了麻煩。

江舫為高維觀眾的憤怒留了充足的發酵時間。

高維觀眾組織了一支現場觀摩隊，直接要求進入《萬有引力》遊戲總部，對轉播的各個環節進行轉播，在雙重監督下，避免遊戲作假。

《萬有引力》運營官方本來就被作弊的醜聞纏身，如果拒絕，只會讓質疑聲越演越烈。不得已，剛剛成立的資訊組、彈幕組灰頭土臉地原地解散。負責人當夜的夢裡都充斥著恐怖的溫州話。

但時間同樣也站在了「如夢」這邊。

經過一夜的惡補和實操，「如夢」已經對賭場內的各項設施和規則爛熟於心。他們甚至連夜拿著官方的注音詞典，惡補了溫州話，自認為再也不怕江舫和曲金沙暗自溝通，互打暗號。

他們越是補習，越是成竹在胸。

機器類的賭博道具，他們可以在背後操縱勝率。而需要當面博弈的，他們也有各種各樣可以依賴機器的出千技巧。

而且，雖然失去了全知全能的上帝視角，但他們依然有一個可以和他們共用視野、幫他們出謀劃策的小型智囊團。「立方舟」根本就是一對多，這樣想來，他們最多小輸而已。勝利的天平，向「如夢」傾斜的。

因此，他們相當氣定神閒，帶著幾分天然的蔑視，看著江舫領著南舟，在空置的機器、牌桌前都逛遊了一遍。

戴學林好整以暇地問道：「還要看多久？還不賭嗎？」

江舫笑著對南舟一聳肩，「這麼心急啊。」

話是這麼說，「如夢」和「立方舟」，終於在一張牌桌前相對站定，準備正面對抗了。

南舟率先發問：「曲老闆，在『斗轉賭場』裡，只要是有價值的東西，什麼都可以用來兌換籌碼，對嗎？」

「是的。」曲金沙點頭，表示了贊同，「道具，技能卡，只要是有價值的東西，都可以用來兌換籌碼，買定離手，沒有反悔的機會。」

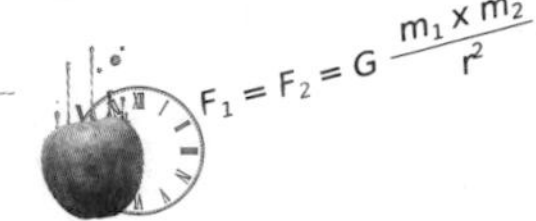

進入「斗轉賭場」的賭徒，往往賭紅了眼，急於翻盤，自然是手裡有什麼就賭什麼。曲金沙也自然是有什麼收什麼。

「那第一輪，我們就先賭點有意思的吧。」

江舫修長的手指搭在鑲嵌了柔軟天鵝絨的桌邊，輕巧地一敲。

啪嗒。他神色平和，語出驚人：「曲老闆，你覺得，人的一雙手，能換多少籌碼？」

戴家兄弟對視一眼。因為江舫提出的賭注實在離譜，他們並不恐慌，只是單純感到困惑和好笑。

曲金沙則袖著手，對江舫的要求絲毫不感到意外。

因為面部肉感豐富，他的皮膚缺少溝壑，眼角淡而細的笑紋配合上紅潤的臉色，顯得他異常柔和坦然。也正因為如此，他的話和他的表情，才形成了令人毛骨悚然的反差。

他一副習以為常的口氣：「賭誰的？」

曲金沙對江舫提出「活體籌碼」這一點並不驚訝。因為這本來就是斗轉賭場的私營業務之一。

而江舫也顯然對此早有耳聞，或者是猜測，他將雙手舉到耳邊，翻了個正反面，「我的。」

「……雖然這是一雙很漂亮的手，但我們『斗轉』對所有客人都一視同仁的。」曲金沙遺憾地攤了攤手，「每個客人，一雙手價值 20000 點積分，腿價值 20000 點，可以拆開單個售賣。不過，一般說來，我們比較推薦典當內臟，除了心臟價值 50000 點積分外，每一個器官的均價都是 10000 點。」

南舟提問：「這也是日結算嗎？」

「是的。」曲金沙說：「會在一日結束後，對勝負進行統一結算。」

南舟再度提問：「會痛嗎？」

曲金沙笑答：「我們的 NPC 都是專業的，而我們的客人呢，往往也都是不服輸的，輸掉了手，就押上腳；輸掉了腳，就押上內臟、心臟。這樣一天累計下來，整個人就輸掉了，也就無所謂切斷手腳、摘取內臟的痛苦了。」

說這話時，曲金沙人始終是笑著的，溫暖純善，笑得旁聽的李銀航雞皮疙瘩一層層往外泛。她先前對「斗轉賭場」的吃人屬性一直是一知半解。但從曲金沙的描述看來，甜香的糕點、柔軟的床鋪、熱鬧的眾聲喧嘩，只是讓它的齒鋒看起來不那麼猙獰的偽裝罷了。

大概也正是因為時時刻刻充斥著這樣反轉和殘忍的情節，「斗轉」賭場本身，實際上就是一座富麗堂皇地矗立在安全點中的大型副本。

似乎是看出了李銀航的忌憚，曲金沙面向了她，溫和地解釋：「開門是客，既然客人有想要拿身體換籌碼的需求，我們做生意的就該滿足，不是嗎？」

李銀航並沒有感覺被安慰到。

而另一邊的戴學林已經沒了耐心，冷冰冰地做了個「停止」的手勢，「不要自說自話。我們有積分，你要是不捨得積分，那就賭你自己的手，我們不必要和你對賭這麼無聊的賭注。」

「嗨呀。活躍一下氣氛嘛。」江舫的語氣自然一轉，切入了撒嬌的頻道：「這也是一條很有用的路嘛。就算輸光，還有自己當賭注，總歸能翻盤不是？」

戴學林不為所動：「先決定賭什麼吧。」

江舫露出了一點訝異，「啊，這可以由我們先決定嗎？」

口吻茶裡茶氣的，但凡是個人都看得出來他在裝腔作勢。和人類打了這麼久交道的戴家兄弟也不例外。

戴學林麻木著一張撲克臉，高傲地點了點頭，「可以。這一輪的決定權在你們，下一輪賭什麼，再由我們決定。輪番來。」

江舫把手指搭在了唇邊，輕敲了敲，「這樣啊……」

南舟望著江舫，同樣冷淡無表情的臉上浮現出了一點紅暈。可愛。不管看多少次，他都很喜歡這個樣子的江舫……然後他就被江舫抓了出來。

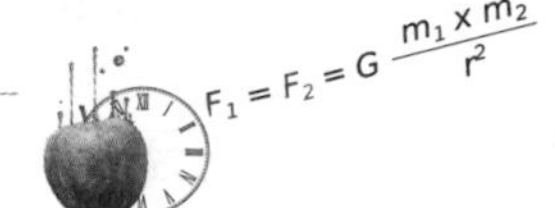

江舫問他：「想玩嗎？」口氣就像是遊樂園裡詢問情侶要不要玩摩天輪一樣輕鬆。

李銀航喉嚨一緊，目光不自覺地飄向一邊的元明清。她昨天半夜夜不能寐，盤點了半天局勢，還是覺得元明清不可靠。

當初在降頭幻境裡，元明清是為了見「神」投誠，並誤以為「伊甸園小鎮」是 PVP 的副本，才殺了唐宋，鑄下大錯，在不得已的情況下才和他們締結了盟約。

可這盟約相當脆弱。因為元明清最大的擔憂，就是高維和他簽訂的那紙合約……那能將他的百年光陰都葬送在數據垃圾裡的懲罰條款，他背負不起，所以才寄希望於通過勝利來解除契約。然而，只要高維向他拋出橄欖枝，表示願意不追究，元明清不是沒有再度倒戈的可能。

偏偏這種話不能擺在明面上談。人心本就幽暗微妙，高維人也擁有和他們近似的情感。元明清倘若真的動了這種心思，一旦己方將懷疑宣之於口，他不僅不會承認，還會對他們本就脆弱的合作關係起到反作用。

不過，元明清也不是傻瓜。現在「立方舟」的競爭隊伍只有「如夢」，沒有八、九成的把握，他不會輕易倒向「如夢」的，他現在怕是正在觀望之中。

如果，賭局的局勢利好「如夢」，他的選擇，就真的很難說了。

所以，李銀航認為，他們對「如夢」的第一局，一定要慎之又慎，最好是由江舫親自出手，起碼先要贏下一局。至少現階段要穩住元明清那顆蠢蠢欲動的心。

她沒想到的是，面對一著不慎就會有所失的局面，南舟表現得比她還輕鬆，他一口答應了下來：「好。」

聽到他應承得如此痛快，連元明清的嘴角都沒能忍住，抽動了一下：「……」至少問問賭什麼再答應啊。

江舫溫柔地拍拍南舟的脖頸，轉向了戴家兄弟，「我們賭輪盤啊。」

這回，輪到戴家兄弟和曲金沙各自一怔。

輪盤賭可是賭場老闆最喜歡的賭局之一，喜愛度大概僅次於老虎機、推幣機或者小鋼珠。

紅黑相間的賭盤，上面刻有 0～36，一共三十七個數字，一經啟動，放在上面的小鋼珠便會在高速轉動中掀起一番心跳的狂浪。跳動，旋轉，最終定格在某個數值上。賭徒們押的就是最終的數值。一旦賭對了，就是 1 賠 35，報酬不可謂不豐富了。

有一幫賭徒自認為聰明，可以玩弄數字，拿著一串數學公式煞有介事地算來算去，認為自己能把握到規律。但實際上，賭局的數字，是能由賭場在下籌前直接鎖定的。

不過，誰也沒有對江舫的選擇提出質疑。

戴家兄弟認為江舫是自尋死路，他樂意送死，他們當然不介意推他一把。曲金沙則是知道自己的工具人身分，沒什麼置喙的餘地。他抬手召來了遠遠站著、觀望情勢的疊碼仔：「給客人發籌吧。」

疊碼仔是曲金沙雇傭來的玩家，在突變的形勢下，早沒了平時游刃有餘的樣子，瑟縮著不敢靠近，站在十步開外，期期艾艾地詢問：「幾位客人……要兌多少？」

戴學斌：「1 萬。」

「5 萬，怎麼樣？」

江舫笑咪咪地張開了手，像是張開了一張漂亮的網。他的笑眼帶著一點蠱惑人心的意味：「一口氣賭一顆心臟的價格，多有意思。」

疊碼仔一時僵住，目光在兩隊人間瞟來瞟去，不知如何是好。

戴學林和江舫對視片刻，覺得他狂妄得好笑：「5 萬就 5 萬。」他既然願意死，那就賭好了。

當雙方同時敲下介面上彈出的「確認兌換」的按鈕時，大量的籌碼從兌幣口湧出。沙沙沙、沙沙沙。讓人頭皮發麻的塑膠籌碼摩擦聲，讓賭場陷入了一片持久的死寂。

賭博的規則和他們初入賭場時差別不大。籌碼共分三色，最大面值的

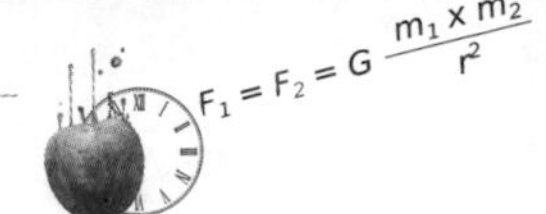

紅籌代表 100 點積分，藍籌是 50 點，黃籌是 10 點。500 枚鮮紅籌碼整齊地堆放起來，各自躺在了銀質的小盤子裡。

然而，積分的變動，落在世界頻道裡正密切關注著分數變動的玩家們眼中，不啻於一場大地震。

「快看『立方舟』和『如夢』的積分！」

「『立方舟』掉了 50000 點！」

「！！！！！」

「『如夢』也少了 50000 點！」

「他們在賭嗎？」

「完了，人說十賭九輸，那賭場可是曲金沙開的，這能贏嗎？」

「有什麼完了的，這不是剛剛好嗎？難道『立方舟』獲勝對我們是好事？追擊戰的事情你們不記得了？！」

「我不知道。但我也不信一個開賭場的獲勝對我們是好事。」

「……」

世界頻道裡的看客們各自為營、吵作一團時，「斗轉」賭場的二樓裡，輪盤機器的啟動按鍵被按下了。

輪盤的每一個格子都被精準切割成平等的大小，一顆銀色的彈珠靜靜蟄伏在盤中央，在燈光下閃著微彩的駁光。

以紅和金為主色調的輪盤周邊是一圈包裹著深綠色法蘭絨的桌沿，每一個數字，都對應了一個固定的格子。那是用來下籌的地方。輪盤上方懸掛的電子螢幕滾動顯示著最近三日內開出的大獎數字，三十七個數字輪番變幻，各有不同。

南舟抬起頭，仔細研究著數字的變化趨勢。

戴家兄弟則知道這資料完全沒有參考價值，一笑置之。

站在轟轟作響的機器前，李銀航手腳燥熱，喉頭作癢，一陣一陣的酥麻感頂著胸口往喉腔上爬。在高考考場上，她都沒有這樣的恐慌和無力感，直到現在，她才知道什麼叫做真正的壓力。

簡單瞭解過規則後，南舟問曲金沙：「每一個格子可以賭幾枚？」

曲金沙自是有問必答：「最少一枚，上限二十枚。」

南舟「嗯」了一聲：「下注有沒有截止時間呢？」

曲金沙笑答：「只要在一盤結束前的倒數 10 秒下好注，都沒有問題。」他指一指電子螢幕，「我們有下注前的讀秒器，倒數 10 秒前數值歸零。在那之前下注都可以。」

南舟也沒有別的問題了，轉頭看了一眼江舫。

李銀航也求助地看向江舫，想他是不是會給南舟一點提示。

但江舫在接收到南舟的訊號後，只是彎下腰來，在他額間落下一吻，「加油哦。」

輪盤賭是賭場和玩家的博弈。「如夢」如今是賭場立場，因此孤身下注的，只有身為賭徒的南舟。

南舟是一個沉默型的玩家。他端著盛滿籌碼的盤子，繞著輪盤走了一圈，大概摸清了輪盤的外部構造後，就拈起了一枚價值 100 點積分的紅籌，放在了數字「11」對應的格子上。

李銀航：「……」為什麼賭這個數字？

經過短暫的思考後，南舟又拿起了一枚，放在了「17」上。

這難道有什麼特殊的規律嗎？李銀航不解其意，仰頭望去，目光在勝負公示的電子螢幕上停留了好幾分鐘，才恍然大悟了。

電子螢幕上正滾動播放著輪盤賭博三日內的勝利數字。以她對數字的直觀敏感度，11 和 17 這兩個數字，是出現頻率相對最高的。除了這兩個數字外，02、08、29 也出現得比較頻繁。但這個發現並沒有讓她安心，反倒讓她更加憂心忡忡了。

她不像江舫一樣深諳賭場規則，但直觀地覺得這麼賭，似乎有哪裡不大對勁。

她能理解江舫的想法，但按理說，每一場的勝率都是獨立的，不存在某個數值三天之前出現頻率高、第四天出現頻率也高的必然性。

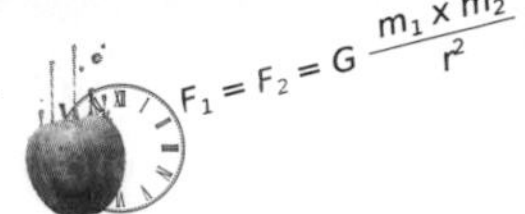

可除了這個，李銀航實在不知道還有什麼可參考的資料了。她咬緊了嘴唇，試圖自我安慰。或許……這個輪盤的設置裡，的確會多搖出這幾個數字？

而南舟如她所想，果真在這五個出現頻率最高的數字上下了賭注。他在輪盤邊站定，垂首思索著什麼。

曲金沙抱臂道：「先下五個籌碼熱熱身，是嗎？」

南舟惜字如金：「開。」

戴學斌剛要按下啟動按鍵，南舟突然又打斷了他們：「等。」

他捧著盤子，繞著輪盤，又走了一圈。他在剩下的三十二個數字的對應格上，依次放下一個籌碼。三十七個格子，都被他填滿了。

對此，曲金沙頗感意料。

這……還真是輪盤賭的新手啊。

他確認道：「要這麼玩嗎？你第一局穩虧的哦。」

南舟放下了盤子，輕聲道：「嗯。開。」

CHAPTER

09:00

他從不認為江舫會輸，
問題是要怎麼贏呢？

另一邊，高維人也在全程觀摩這場賭局。

因為有了外力監督，他們也沒有辦法放開手腳作弊，只能寄希望於戴家兄弟能用好手裡的牌。

畢竟這可是一手可以操盤的絕世好局，而他們甚至連腦子都不用動，只要想盡辦法，給南舟搗亂就好。

而南舟這一局因為全押，無論搖到什麼數字都一定會贏，所以他們並不關心這一場的結果如何。

總導演緊盯著傳回的畫面，問資料監測組：「江舫還是沒有給出任何指導嗎？」

自從發現他們居然悄無聲息地使用了心靈通訊器時，資料檢測組亡羊補牢，開始即時監測他們之間的聊天記錄。

可惜，「立方舟」好像對此早有預料。

直到現在為止，江舫都沒有對南舟做出任何技術上的指導。

他只是倒坐在一把椅子上，胳膊墊在椅背上，托腮笑望著南舟的一舉一動，僅此而已。

第一局，開始。

鍍銀的鋼珠在高速運轉的指針撥弄下，發出清脆的碰撞細響，每一下都像是擦著人心，滴溜溜地掠過。

珠子是冰冷的，機器是灼熱的，在不間歇的旋轉中，把人的心都磨出了火花。

李銀航緊緊追著珠轉的殘影，心也似乎被放在了機器中，一起被攪打出了混亂的節奏。雖然這是一場開始就知道結果的賭局，她還是控制不住失序的心跳，甚至覺得有些丟人，懷疑在場所有人都聽到了她不安的心臟搏動聲……這挺給「立方舟」丟人的。

李銀航發力攥緊了衣袖，卻像是牽逼到了某條神經，讓本就雜亂無章的心跳聲幾乎逼近了震耳欲聾的程度。

然而，實際上，機器運作的轟鳴聲和漸趨激烈的電子音樂聲，充斥在場所有人的耳膜。

區區的心跳聲，根本是被淹沒在這快節奏的樂聲之下了。

計時板上下注的倒數計時一步步逼近尾聲。

南舟沒有任何加注的舉動，就穩穩地站在那裡，眼觀鼻，鼻觀心。

戴學林留心著他的一舉一動。

戴學林守在輪盤邊，和南舟相對而立，因為西裝革履，面色冷淡，壓迫感極強，看起來完全是莊家的氣場，自然分散走了更多的注意力。他們要分散的不僅是南舟的注意力，還有那些對地球的賭博文化尚不瞭解的高維觀眾的注意力。

而和曲金沙並肩而立、站得遠遠的戴學斌，才是隱形的操盤手。在他右手中指上佩戴著的戒指指腹側，正閃爍著幽微的細光。他可以在賭局的任一時間段，用拇指貼近中指指腹，按下數字。按壓七次，數字的最終落點就會是 7，絕無例外。

輪盤會在倒數 10 秒時開始減速，同時，玩家不能再下注。但戒指還有 3 秒的時間，可以用來操縱數字的變化，這 3 秒，足夠他們翻覆賭局。

剩下的 7 秒時間是留給輪盤的，能夠讓它以一個合理的速度緩緩停下，讓鋼珠在磁吸的作用下，來到那個早就註定好的數字面前。

這 7 秒，是機器運轉的硬性規定，也是莊家對參賭者最殘毒的嘲弄，讓他們在無盡的希望和祈禱中，迎來失敗。

10、8、5、1、0，倒數計時中止，鋼珠也卡在了某一個凹槽中，悠悠停了下來，對應的數字是「32」。

一局的賠率是 1 比 35。南舟總共放下了三十七個籌碼，押中一個，得三十五個籌碼，淨虧損兩個。

一局過後，雙方互相交付賭籌。

戴學林用銀質的賭鉤將兩個紅籌鉤到了自己眼前，捏在掌心把玩一番後，在心底嗤地笑出聲來。他還以為，南舟和江舫一樣，會有什麼驚人之舉，沒想到是這麼保底的招數。難道是想用極少的付出，和他們拖時間、磨洋工？但輪盤賭一局也就 40 秒，如果把算盤打在這上面，未免太過愚蠢了點兒吧？

南舟也在清點他的三十五枚賭籌。

戴學林探身過去，語氣冷淡，動作挑釁，故意問道：「要休息一會兒嗎？還是繼續？」

南舟把籌碼捏在手裡，「繼續。」

下一局開得很快。南舟如法炮製，再一次在所有格子裡各放下了一枚紅籌。但這回，他的動作更慢，指尖抵擦著賭盤邊緣，一寸一寸滑過，不知道他在猶豫些什麼？

本來南舟如此迅速地答應再開一局，戴學林已經懷疑自己的推測有誤。可他的動作實在太慢了，再次讓戴學林的臉上蒙上了一層疑雲……這拖時間的方法可不算高明。不過，戴學林轉念一想，倒也合情合理。

在南舟的生平履歷裡，他生活在一處面積不足半平方公里的封閉小鎮，最缺乏的就是對電子物品的認知。在江舫對他毫無指導的前提下，不管怎麼想，都沒有任何獲勝的可能。他能做的只有拖時間，拖到江舫看不下去，給予指導。而他們的心靈頻道，早就被他們全線監聽了，江舫對他的指導，也將會是他們慘敗的開始！

思及此，戴學林繃得平直的嘴角也放下了，耐心地看南舟故弄玄虛地繞著賭盤轉滿了一圈，在格子中一對一地填滿了賭籌。然而，在走回起點後，他做了一個奇怪的動作——南舟從數字 00 的對應格上，取走了一枚賭籌。

戴學林：「不賭 00 了嗎？」

南舟的話依然是簡明扼要：「開。」

輪盤再次開始了看似無序的高速旋轉。鋼珠在三十七條軌道上盡情縱跳，彷彿狂亂的心跳，沒有任何規律可供遵循參考。這回，南舟靜靜站在賭案邊，不看鋼珠，看戴學林。

——他在觀察我有沒有動手腳嗎？

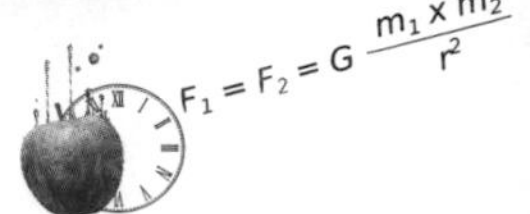

賭局真正的操盤手，是戴學斌。戴學林只負責拉下啟動按鍵，問心無愧，自然是一派坦蕩。

為了向高維觀眾展現他們的清白，他微微笑著，將雙手垂在身側，落落大方，任南舟審視。

倒數計時結束時，戴學斌也選定了數字。鋼珠最終落入了標號為「12」的軌道中。

三十七個數字，他押了三十六個，結算下來，淨虧損一個。

這一局終了，進行結算時，戴學林審視了一遍殘局，若有所思，在心底輕蔑地嘁了一聲。

——原來打的是這樣的主意嗎？

接下來，南舟的操作果然沒有超出他的預料。

第三局，南舟又取走了一枚籌碼，沒有押 00 和 01。一局搖下來，最終搖到的數字是 09。南舟沒有付出任何代價，打出了平局的局面。

第四局，他取走了三枚籌碼，沒有賭 00、01 和 36。現在，三十七個籌碼裡，出現了三處空點。第四局裡搖出的數字是「35」，離「36」僅有一步之遙，算是讓觀者猛捏了一把冷汗的「險勝」。南舟終於不再虧本，從戴家兄弟手裡又取回了一枚籌碼。

戴學林冷眼旁觀，啼笑皆非。南舟的玩法，可以說是眾多玩法中最無趣的那種。

他居然還在相信機率，天真地認為，在 1:35 的賠率面前，總共有三十七個格子，只要把機率降到 34/37，他就有 91.89% 的機率可以贏得 1 枚棋子。這五百個籌碼，能被他玩到猴年馬月去。

對他的選擇，戴學林同樣不感到意外。據他們前期調研，南舟曾在第一次進入「斗轉」時，勸說過一個玩老虎機的路人，讓他相信機率……結果自然是被紅了眼的賭徒罵了一頓。

南舟因為對這世界知之甚少，對一切過分好奇，大概是怕勾起他對賭場的興趣，將他原本純善的心染黑，江舫只是和他淺談過賭場的可怕，並沒有深入地為他剖析過那些黑幕。

然而，輪盤賭本來就是一場徹徹底底地操弄機率的遊戲。

而機率向來愛戲弄人，就算「老天爺」稍稍不站在南舟那一邊，想必也沒有什麼問題。

新的一局，隨之開始了。

南舟在宣布開盤前，又經歷了一番漫長的猶豫，拿走了四個數字上的籌碼——00、01、35、36。

李銀航在窺破了南舟的心思後，略鬆了一口氣。還好、還好，雖然說稍微有點笨拙，但這樣至少能保本，而且也有迴旋的餘地。唯一的問題就是，四個數字緊鄰著，被搖到的機率會不會變大？是不是把數字分散開來更好呢？

但李銀航不打算用自己的思維干擾南舟，她以相對來說比較平和的心態面對了第五局的開盤。因此，當小鋼珠安安靜靜地躺在了「01」對應的軌道上時，李銀航剛剛穩定下來的心態當場炸裂。

就連南舟也對這樣的局面發出了一聲小小的疑問：「嗯？」

戴學林強忍著心懷的愉悅，口吻中保持了紳士滿滿的疏離優雅：「啊，這是第一次失敗呀。」

這也就意味著，南舟剛才付出的三十三枚籌碼，全部付諸東流，共計3300積分，算上剛才賠進去的部分，他已經虧損了整整3500點積分。

面對著一次失敗，南舟陷入了更加漫長的猶豫，塑膠籌碼在他掌心被摩挲出窸窸窣窣的碎響。他似乎真的被這突如其來的意外打擊得不輕，甚至跟江舫對了個視線。

江舫撫著下巴，對他輕點了點頭，意思應該是讓他繼續按照自己的想法來。

因為南舟又如法炮製，重複了上面五局的基本步驟。只是這次，他猶豫了又猶豫，只留出了三個空位——00、01、36。

哈，這就慫了？但戴學林和戴學斌都按兵不動，等著策略組給出指導意見。策略組都是從戴家兄弟的視角觀摩賭局的，他們早就有了下一步的行動計劃。

戴學斌的耳畔響起了提示：「數字還定在 01。」

戴學斌猶豫：「是不是太明顯了？」

「他選擇 01，肯定是認為不可能再次搖到 01。再來一次，一定可以動搖他的選擇，讓他不敢再信任這三個數區，逼他放棄這片區域，把集中的數字分散開來。」

「這……」

策略組組長平靜道：「難道你們要一直和他在這幾個初始點數字較勁？必須讓他吃到苦頭，不然越到後面，你們想再取勝，就必須搖到這附近的數字，如果一直重複，那豈不是更明顯？」

戴學斌細想了想。如果連續兩次搖到同一個數字，換做是自己，也的確會被 01 這個數字噁心到產生心理陰影。

戴學斌：「要是他還是不肯拆數，那該怎麼辦？」

策略組組長說：「如果他不拆數，那繼續陪他玩這種減數遊戲就好，放任他贏個十幾盤，再選一個他不賭的數字，一口氣贏回來。反反覆覆操作下來，也是一種玩法。」

……十幾盤……？想想那無趣的局面，戴學斌望向南舟背影的眼神就更加難掩厭煩。如果連續兩次都在「01」上翻車，他那張平靜的臉大機率會裂開來吧。

當戴學斌冰冷的面目下翻湧著惡意的岩漿時，他聽到南舟腔調不變的聲音：「開。」

第六局，和前五局一模一樣，早就穩穩押好了的賭注。

戴學林一成不變，毫無技術含量的扳道工開局。

彈跳不休的鋼珠，帶動著人的心跳，一路從平緩走向高亢的音樂。

被高速輪盤磨洗得光可鑑人的凹槽盤邊，站在賭盤邊緣，背對著戴學斌的南舟若有所思。

一切都沒有變化。一切，彷彿在開頭就註定了結局……然而，在倒數還有 12 秒時，異變陡生。

南舟從前五局都隨意擺在手邊，以至於完全沒人 care 的賭盤裡，飛快抓起了一疊賭籌，共計二十枚，穩穩拍在了「01」的格子之內！他的手速奇快，戴學林甚至沒來得及看清，賭盤便已迅速讀取了壓在其上的籌碼重量。

買定離手，落籌無悔。

在短暫的怔愣後，冰冷和燥熱混合的感覺宛如毒蛇一樣，沿著戴學斌的脊骨一路躥到了天靈蓋。可他作為操盤手，站得太遠了。因為南舟下籌的幾個格子距離太近，他不知道南舟到底把賭注下在了哪個數字上！如果不確定，他要如何修改數值？想到這裡，他本能地向前邁了一步。

而在踏出的腳還未能落到地毯上時，他的右手便被一股外來的力量猛然攫住，直直舉到了半空。

「大戴先生，戒指真漂亮。」江舫的聲音含著笑意，如同惡魔低語：「……昨天沒有看到你戴呢。」

留給「如夢」反悔的 3 秒鐘，一閃即逝。剩下的 7 秒鐘，足夠他們來回味剛才過去的 40 分鐘內，一切有跡可循的恐怖。

南舟從一開始，就沒想過要和他們玩機率遊戲！他打的根本是心理戰！為此，他做足了鋪墊。他玩了五局毫無意義的減數遊戲，麻痹他們的感官。

他選擇臨近的幾點數格，誘導他們把注意力集中在幾個固定的數值上。他繞著盤走，是在測算數字之間的格距，以及如何能又快又準地出手押寶。

他盯著戴學林瞧，則是為了確認作弊的法門在不在他身上。

戴家兄弟不可能信任曲金沙，把作弊器交給他。因為就在昨天，曲金沙公然用加密語言溫州話和江舫進行了溝通，內容雖然無甚意義，但足夠讓戴家兄弟為首的高維人對他產生不信任感。

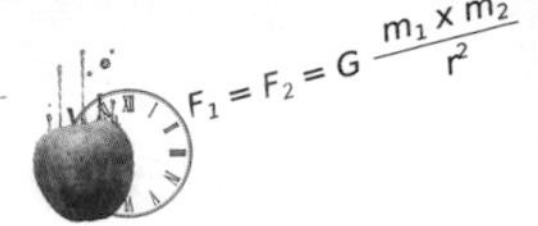

那麼，操盤手就只能是戴學斌。

南舟站在盤邊，就是為了有效阻攔戴學斌看向賭盤的視線。他看向江舫的那一眼，就是在示意他，自己要在這一局動手了。

說到底，這仍然是一場結局未知的賭博，要賭贏，得看機率。

高維人可以不在 01 上下注，轉而下注 00 或是 37，也可以繼續和他打太極。這樣一來，不僅南舟的二十枚籌碼會白白浪費，還會讓高維人察知他的計劃。

但在整整五局的鋪墊下，南舟賭的是高維人對他的蔑視，對重複遊戲的不耐煩，以及想要強烈打擊他的那顆心。連續兩次搖到「01」的心理打擊，就是要比搖到「00」或「37」更加強烈。

賭博，沒有百分之百必勝的法則。然而，相較之下，這已經是南舟在不可能的賭局中硬生生變出的一絲轉機。

事實上，他也賭贏了。

輪盤上的鋼珠滑出悅耳的細響，停住了……如同戴家兄弟和高維策略組計劃的一樣，穩穩停在了 01 號軌道上。

看到這個結果，南舟輕輕嘆了一口氣，他古井無波地表示：「太可怕了。」末了，南舟轉向面目呆滯的戴學林，「莊家，結算了。」

他歪了歪頭，看向「如夢」整齊擺放在銀質賭盤裡的籌碼，恍然地「啊」了一聲。

「對了。1 比 35 的賠率，你們手裡的這些，是不是已經不夠了？」

南舟的玩法妙就妙在，在正常的輪盤賭玩法中，他的小花招根本行不通。平常，「斗轉」門庭若市，小小的輪盤因為操作簡單，方便入門，回報率誘人，而且只要選一個數字押注，大有一杆決勝負的意味，因此不少老賭客和大批新人都樂意把時間浪費在這滴溜溜旋轉的玩具小球上。每開一局，都有一群人前赴後繼地擠上來，虔誠地在自己看好的「幸運數字」上放下籌碼。

如果情況好的話，每一個數字對應的賭格都會被填滿，幾乎每一局都或多或少地有人贏錢。這些人不是暗樁，都是來玩的散客，他們自然會對遊戲的「公平性」深信不疑。

不僅如此，賭場會給一些「新手福利」，專門選擇新客們選中的數字。有些人只是隨便走進來看一看，用小額的賭籌隨便押了一個數字，就被 1 賠 35 倍的餡餅砸了個頭昏眼花。在短暫的狂喜之後，就是巨大的空虛和遺憾，為什麼不投得更多？要是當初下注時再狠狠心，多押一點，是不是就能直接實現積分自由？

在這上面吃到甜頭後，便是真正的沉淪和溺亡的開始。所以一些聰明又雞賊的老客會跟著新人投注，雖然仍然是輸多贏少，但那些微薄的回報，還是迷了他們的眼睛。反正當他們摩拳擦掌地盯住了那些虛無縹緲的利潤時，賭場早就盯上了他們的本金。

之所以說南舟的賭法在平時行不通，是因為輪盤下注的人多而雜，每一格數字都可能有人押，莊家有更多的餘裕在計算和權衡下回本。但現在沒有別的人參賭，只有南舟一人，只要他確保每個數字只投入一枚賭籌，莊家想要通過操盤來回本的難度就大大提升了。

畢竟，從機率而言，短期內的確有機率出現「連續搖到兩次 01」的黑天鵝事件。但戰線一旦被拉得過長，總搖到幾個臨近的數字，難免惹人疑竇。

為了不被迫陷入持久戰的漩渦，「莊家」也只能寄望對南舟製造人為的心理打擊，好逼迫他放棄這片區域，另尋破局之道。

他們的心理，被江舫和南舟利用了個淋漓盡致。這才是江舫在第一場推南舟上場，並主動選擇輪盤賭的原因。

在第六局中，對三十四個其他數字的下注，加上倒數計時終點線時押上的二十枚加碼，南舟總計投入了五十四個籌碼。

加上南舟前五局輸出去的三十五枚籌碼，他共支出了八十九枚賭籌，付出了將近 10000 點積分。

然而，1 賠 35 的賠率是相當可觀的。南舟一舉翻盤，斬獲七百枚籌碼，獲得積分共計 70000 點。六局過後，「如夢」兩手空空，血本無歸，並倒欠了他 11000 點積分。

差距……從第一局就這麼拉開了？還是在他們本該穩操勝券的情況下？緩慢地意識到這個事實後，戴學林原本蒼白無情的面色終於湧上了一層薄薄的血色。

他從牙縫裡擠出一句話：「……你怎麼敢？」

南舟低頭整理自己銀盤裡剩下的籌碼，聞言有些迷茫：「唔？」

戴學林：「你怎麼敢用 2000 點積分，押……這個數？」

南舟反問：「怎麼了，不能押嗎？」

戴學林現在是一具精心捏造的血肉之軀，因此他正體驗著前所未有的憤怒感——熱血正一股一股向他腦中湧去，把他衝得眼睛發脹，說不出話。如果他這一招失敗呢？如果戴學斌反應超神，在第一時間就按下戒指，調整了 01 的數字呢？

一旦失敗，南舟的意圖就會全數暴露在他們面前。

他衝口而出：「你要是輸了……」

南舟好奇地望著戴學林，「為什麼要說不可能發生的事情呢？現在是你們一枚也沒有了，又不是我。」

戴學林：「……」

在戴學林被噎得臉紅脖子粗時，他再次聽到了江舫優雅到讓人心神蕩漾的聲音：「戴先生……」他話中的內容，卻字字透著凌厲：「把手張開，不要合上。」

戴學林還沒能反應過來，他背後的策略組卻如遭雷擊，舌根紛紛僵硬，有口難言。

這是雙重的陷阱！「斗轉」賭場中，有一條賭規，一旦出千時被抓了現行，要倒償十倍賭資！

南舟經過六局的規劃，在輪盤上劃定了「00、01、36」這片封閉的空間區域，方便搶在 10 秒倒數計時的時限到來之前下手。

而江舫則在六局的觀察後，倒推出了輪盤轉動開始減速的時間點，劃定了 10 秒到 7 秒這片時間區域，利用這條規則，抓住了戴學斌出老千的把柄！

在其他的時間段，戴學斌可以優哉遊哉地操縱戒指選擇數值，江舫很難確鑿地抓住他出千的時機。

可當南舟卡住下注的時間死線陡然出手、押 01 獲勝時，戴學斌就不得不出手了。

這 3 秒的時機，只要江舫把握得當，就能捉到他拇指掐在中指上按動戒指的現行！

意識到這一點後，策略組組長的資料都紊亂了一瞬。他起先還埋怨，戴學斌在察覺到南舟下注時，反應怎麼那麼慢？腦子怎麼就能那麼蠢？管他押的是 01、00 還是 36，趕快按下戒指，隨便調整到一個數字上，南舟不就白費了心機布局和那二十枚籌碼？直到這雙重的陷阱清晰地浮現在他們面前，策略組才感受到了一絲恐懼。

戴學斌的慢反應，其實救了他一命——如果那個時候戴學斌真的這樣「聰明」，那麼被江舫捉住手時，他出千的事實就會大白在所有高維觀眾面前。

就像先前他們計算的那樣，南舟在這六局輪盤賭中共支出了八十九枚賭籌。就算南舟這局輸了，就算「如夢」不肯承認在之前的賭局中出千，按照十倍倒償的原則，單論被抓出千的第六局，他們也要付出 54000 點積分的代價！

他們以為控場必勝的賭局，根本就是一個被江舫和南舟聯手下套，兩頭堵的死局！

在一派肅殺尷尬的氣氛中，曲金沙慢悠悠地上來打圓場了：「誒呀，怎麼就動起手來了呢？有話好好說。」

江舫轉向曲金沙，「曲老闆，您的新合作對象好像在出老千啊。」

「賭客出千，被抓現行，通用規矩是什麼來著？」他望著戴學斌慘白若紙的臉色，「在我們那裡，好像是剁手吧？」

說著，江舫開玩笑似地扼緊了他的手腕，「……既然如此，戴先生就應該在一開始下注，賭上一雙手，也省了我們的事情，不是嗎？」

戴學斌咬緊牙關，一言不發，只將陰惻惻的命令目光對準了曲金沙——你，趕快給我解釋。

曲金沙袖著手，是個憨厚的笑面菩薩模樣：「嗨呀，別激動、別激動，應該是誤會吧。戴了新的戒指，也未必就是出千嘛。」

「是嗎？」江舫用指尖挑動了戒指的一角，那戒指就輕易地在戴學斌的中指上小幅度地滑動起來。

「這戒指好像不大合手。」江舫含笑問道：「戴先生，這確定是你的戒指嗎？」

曲金沙面色不變，笑嘻嘻道：「脫下來檢查一下不就是了？」

戴學斌心神一動。對啊，在昨天被傳授賭場裡的賭具用法時，曲金沙提醒過他們，這個戒指實際上很脆弱，只能一下下貼觸式地按壓，如果用力過猛，戒指就很容易被摧毀。

趁著脫下戒指的機會，毀掉戒指！

然而，不等戴學斌合攏手指，在取下戒指的間隙動手，江舫的手指就異常親昵地滑入了他的指隙，和他五指緊扣，巧妙地阻止了他接下來的動作。江舫直視著戴學斌因為驚駭和怒氣而微微發顫的瞳仁，溫和地笑道：「……我幫你取啊。」

戴學斌心急如焚，欲抽手後退，江舫手指卻陡然用力，堅硬修長的骨節夾棍一樣楔住了他的手指，卻穩穩保住了戒指不受絲毫的擠壓和破壞。

在戴學斌吃痛皺眉的一瞬間，江舫指掌一翻一覆，本就鬆動了的戒指徑直滑下，在江舫的引導下一路從戴學斌指尖滑脫，恰好落在他的掌心。

拿到戒指，江舫立即高舉起了那枚戒指，對準半空，確保高維玩家能清楚地看到這枚戒指，用他們的關注度來博得戒指的安全。

他自言自語道：「能操控數字的核心機關在哪裡呢？」

「能讓人無法察覺的機關，一般是設在手掌內側吧。」

「有雕鏤花紋的是外側，戒面平滑的是內側，兩個半圓劃分得挺清楚，正好是一半一半呢。」

他套好了戒指，對瞠目結舌的戴學林說：「麻煩再開一局吧。我們來驗一驗。」

戴學林咬緊了齒關。在原本勝券在握的賭局中慘輸，加上出千被抓，陡然翻倍的心理壓力，讓他心跳加速，臉色鐵青。

——怎麼辦？！要怎麼辦？！

因為兩邊時間同步，策略組也正面臨著和戴家兄弟一樣緊迫的選擇。時間不等人，必須馬上做出合理的應對。

如果同意，那下場是可以預見地丟人。但如果拒絕，不僅是等於承認出千，而且「如夢」接下來的一切勝利，在高維觀眾眼裡，都會被視同「出千」……

江舫的心思之惡毒縝密，可見一斑。

經過數秒的權衡，策略組組長一咬牙關：「開。」

戴學林：「可是……」

不容置疑的命令傳來：「開！」

左右決定是策略組下的，他也不用背負責任。戴學林橫下一條心，麻木著一張臉，沉默地拉下了開啟輪盤的閘門。這次，沒有人下注。

江舫抬起手，在中央緩慢又準確地按了三下，確保所有人都將他的動作收於眼底。他選擇的數字是「03」。

小鋼珠依舊踩著音樂的節拍，叮叮咚咚地在盤中跳動。不過，這次緊張到險些窒息的人，已經不是「立方舟」了。

戴家兄弟直到輪盤徹底停下來前，都忘記了自己還有呼吸的能力。腎上腺素高速分泌，催逼著冷汗一層層地往外湧，可汗水還沒來得及流下，就被冷氣鎖死在了毛孔中，難受得人渾身發麻。

在這長達數十秒的心理折磨後，輪盤在他們面前緩緩停了下來。

小鋼珠靜靜臥在標號是「30」的軌道中……不是03。

戴家兄弟渾身緊繃到痠痛的肌肉驟然放鬆了下來，但在放鬆的情緒過後，接踵而至的就是被戲耍了的憤怒。

「……哎呀。」江舫對他們眼底裡燃燒著的暗火熟視無睹，笑道：「還真的是誤會呢。」

曲金沙胖眼彎彎，「沒事，誤會解除了就好。畢竟能兩次搖到01，這麼好的運氣，是個人都會懷疑的。」

在說這話時，曲金沙的手還是悠閒地袖著的……他的袖口內襯裡，安裝著一個發信器，只要持續地長按下去，就能產生干擾磁場，遮罩戒指等這種遠端遙控所發出的信號。這是為了防止賭客質疑賭場出千而設置的第二重保險。

失去了戒指操控的輪盤，就是一個真正的隨機轉盤了。只要戴家兄弟的運氣沒有差到從三十七個數字隨機選一個數字，還能選出一個「03」，那他們就能從「出老千」的嫌疑中脫身。

策略組組長鬆了一口氣……他賭對了。

曲金沙現在是站在他們這邊的，他自然有化解的辦法。

在戴家兄弟驚魂未定時，南舟問道：「要再開嗎？」

再開？失去了可以操控賭局的戒指，還輸光了手上的籌碼，他們還有什麼非要賭輪盤不可的理由？

戴學林冷著一張臉，「結算吧。」

說完後，他主動走向了兌換機。

本來安安靜靜、毫無存在感地站在一旁的元明清得到了南舟的目光授意：跟他去拿籌碼。

元明清有些懷疑，指了指自己：……我去拿？

南舟點頭。

元明清聽了吩咐，垂下目光，雙手插著兜跟了上去。

另一邊，江舫也脫下了戒指，放回戴學斌的手心，笑容燦爛道：「不好意思啊——」

戴學斌昂起下巴，裝作被誤會後不肯和他計較的冷淡模樣，冷冷道：「沒所謂。」

可下一秒，江舫突然湊近了戴學斌，用極輕的聲音補齊了下半句話。

「作弊都不會做啊。蠢貨。」

江舫的目光在戴學斌瞬間僵住的側臉上流連片刻，「下次可要做得高明一點，別再讓我發現了啊。」

言罷，他撤回身來，握住戴學斌冰冷的手，客氣地搖了一搖，「再接再厲。」

目送著江舫離開的背影，戴學斌險些氣得把牙齦咬出血來，他在心底發聲問道：「是你們操縱了賭局嗎？」

策略組組長差點被戴學斌蠢到翻白眼。他們要是能操縱賭局，何至於這麼被動？

早在「斗轉」設立之初，這個曲金沙就和他們簽下了合約，約定遊戲官方可以監督賭場的日常運行，但官方力量不能干涉賭場內遊戲的勝負。當時，曲金沙的要求完全是合情合理的。畢竟那個時候，誰知道最後的決勝場地會設在「斗轉」之內？如果要臨時修改這一設定，就必須再次更新補丁。在一群觀眾的目光都緊盯著官方是否要作妖的風口浪尖幹這種事情，這豈不是昭告天下，官方要作弊？

這時候，滿載而歸的南舟回到了江舫身邊，獲得了一個溫柔的 rua 腦袋。江舫誇獎道：「很棒。」

南舟心不在焉地「嗯」了一聲，抓過他的手，用印著「斗轉」賭場的紙巾輕輕擦拭江舫的手指。注意到了他的動作，江舫心底一軟，用心靈通訊器和他對接上了頻道。

「吃醋了？不喜歡我碰別人？」

南舟：「沒有。他不值得。」

南舟：「……」

南舟：「嗯。不喜歡。」

江舫溫存地用額頭碰碰他的，以示安慰，「好啦，以後不會了。」

南舟「嗯」了一聲，認真握住了他的手，蹭了蹭，像是貓用自己的氣味腺蹭掉不屬於自己的氣息一樣。

監聽部：「……」心靈通訊器是讓你們做這個用的嗎？！

在兌換籌碼的機器前，戴學林背對著元明清，在聲聲的落籌聲中，冷冷傳達了策略組的指示：「你要幫我們。」

他敢對他說話，那麼就證明，此刻他們兩人周圍沒有鏡頭。

元明清不動聲色，輕聲反問道：「怎麼幫？」

「觀眾還是在懷疑我們作弊。」戴學林鸚鵡學舌：「我們下一盤可以自選賭博模式，這和你無關。你什麼多餘的事情都不要做，不要引起他們的懷疑，在我們需要的時候，我會給你信號，見機行事。」

第一輪，「如夢」慘敗。

除了應支付的籌碼外，戴學林還額外兌換了五百枚籌碼。

元明清捧著一百多枚籌碼回來時，江舫主動伸手接過了賭盤，微笑道：「謝了。」

然後，他有意無意地把手扶在摞成數堆的籌碼塔上，做了個不大明顯的清點動作。跟隨元明清的腳步而來的戴學林察覺到了他的小動作。果然，人類玩家還是信不過他。如果是南舟或李銀航去取籌，江舫還會多此一舉，去查點數目？

對此元明清倒是沒什麼特別的反應，在完成領取任務後就安安靜靜地退到了一邊，眼觀鼻，鼻觀心。也不知道他是否注意到了這個細節？

輪盤賭，以六局終盤。

按照約定，下一局的賭法，要由「如夢」選擇。

江舫倚靠在桌邊，銀色蠍子辮斜搭在肩膀上，看起來甚是溫純無害，問道：「現在就要繼續嗎？要不要休息一會兒？」

賭場裡沒有時鐘，「紙金」中難分晨昏，「如夢」當然要抓緊時間，把失去的都奪回來。

戴學斌和戴學林異口同聲：「繼續。」

聞言，曲金沙忍不住笑了，抬手抹一抹唇角，才把笑意斂去。

賭場的奇妙之處，就在於贏者和輸者都沒有休息的權利。

輸者的心態很好理解，輸了，就要贏回來，急於翻盤是再正常不過的心理了。贏者則會擔心在休息後，「氣運」會隨風而逝，當然要趁「勢」而上，大贏特贏。

奇妙的是，江舫居然跳出了這種心理怪圈，全然以局外人的態度對待這你死我活的賭局。

看來，他根本不信氣運，不信機率，他只信他自己罷了。這樣一個自信爆棚的人，如果翻車，那就有趣了。

江舫問：「那下一場，你們想選什麼呢？」

戴家兄弟昨天遍覽了賭場內所有的賭具，做過一個簡單的綜合評估，分出了對他們絕對有利的幾個玩法。

雖然輪盤賭也一度被他們劃分到了「絕對有利」的範疇內，但這評估依然具有參考價值。

戴學斌拍板：「賭大小。怎麼樣？」

這和江舫第一次進入「斗轉」，和曲金沙賭撲克牌的大小完全不同。正常的賭大小，賭的是骰子。

賭場裡和機器相關的賭博，向來是傻瓜一樣的規則，哪怕對賭博規則一無所知的人也能無障礙理解，馬上上手，並對它的「公平」深信不疑。

賭大小的基本規則如下。參與搖骰的一共有三枚骰子。經過 roll 點後，骰盅倒扣，賭客下注，賭大或小。三枚骰子的數值相加，3 ～ 10 算小，11 ～ 18 算大。只要押對，賭客就能取回自己的本金，並拿回和本金相當的獎勵。押錯了，就輸掉賭注。

「喔。」江舫玩著髮尾，「既然是機器賭，那還是你們坐莊啊。」

戴學斌、林得到授意，不想跟江舫或南舟說太多話，話說得多了，就容易被套話。

於是他們惜字如金：「嗯。」

江舫說：「那我有一個要求。」

戴學斌、林：「嗯？」

「不要機器。」江舫說：「我來搖骰。」

戴學林一皺眉，本能地想要拒絕。

可他抗拒的話還沒有出口，江舫淡色的眼珠就瞟了過來。

「怎麼？……我搖骰，和機器搖骰，會有什麼區別嗎？」

曲金沙又扮起了和事佬：「哈哈，倒也不是這個意思……」

「可我是這個意思。」江舫說：「鑑於上一場你們的表現，我擔心你們出千呢。」

戴學林略有慍怒：「我們沒有。你說有，就拿出證據來。」

江舫攤一攤手，「我沒有證據。但你的搭檔莫名其妙地戴上了不合手的戒指，還不想讓人懷疑，這有點強人所難吧。」

戴學林還想說話，卻被戴學斌一把拉住了肩膀，壓到身後去。

戴學斌跨前一步，「那我們也有一個要求。」

江舫：「唔，說說看呢。」

戴學斌一字一句，同步道出了策略組的要求：「我們指定你們隊裡的人來參加這場賭大小。」

江舫：「公平。」

他抬起一隻手，「選吧。」

戴學斌抬起手臂，穩穩地指向了李銀航。

「……她。」

他不能選元明清，至少不能是現在。觀眾本來就懷疑他們之間的關係，而且他剛才還和戴學林一起去取過籌碼，因此暫時需要避嫌。南舟更不可以，輪盤局裡，這兩人才向他們展示了配合賽的標準打法。他們是瘋了才會讓他們繼續秀默契。

李銀航一沒有心靈通訊器，二腦子一般，三因為畏懼江舫一直不敢太親近他，四根本不瞭解賭場生態，怎麼看都是「立方舟」裡最好捏的那個軟柿子。

當手指落到李銀航身上時，她果真完全沒準備好，打了個大大的哆嗦，「……我？」

戴學斌點點頭道：「這就是我們的條件。你可以來搖骰，但我們要她來押大小。」

在李銀航發表退堂鼓宣言前，江舫已經挺痛快地一口答應了下來：「行啊。」說著，他又轉過身去，開心道：「南老師，你正好可以休息一下，去拿甜點……」

早已站在甜點架邊的南舟聞言回頭，手裡正捧著一碟蛋糕，嘴角染上了一星奶油，同時還叼著一柄蘸滿奶油的小叉子，「……嗯？」

江舫：「……」

愣過片刻後，江舫笑開了，「給我們都拿一點呀。」

南舟早就準備好了，端了四份盒子蛋糕來……

當然是沒有「如夢」的份。

李銀航捧著一小盒誘人的覆盆子蛋糕，食不下嚥。

她小聲道：「我不會呀。我沒賭過。」

江舫笑著用叉子點了點她，「那我教妳一個訣竅：選擇妳喜歡的，然後相信自己的判斷。」

這算什麼訣竅啊？李銀航並沒有感覺被安慰到，手反而更抖了。

結束了短暫的能量補充，李銀航惴惴地站在了賭桌前。既然不用機器賭，他們就轉戰到了另一方小桌前。

桌子不算大，大概就是兩張家庭餐桌拼起來的大小，桌面上覆蓋著柔軟厚重的綠色絨布，被白線橫平豎直地切割成了三個部分，分為擲骰區，和分別可押大、小的兩個押注區。

江舫先拿起骰盅。骰盅是賭場裡慣用的棕黑色圓底膠盅，不透明，兩側裝飾著銅扣，手感還不錯。

他又將那三枚骰子拿在手中把玩起來。骰子是最普通的六面骰，色彩也是紅藍款經典配色，正反兩面的點數相加，都是七點，是標準骰子。

江舫把三枚骰子在掌中掂量兩下，又嘗試了一下轉骰和滾骰，每次甩出來的也是不同的點數。

曲金沙環著手在旁笑咪咪地解說：「放心，沒注鉛，也沒注水銀，是普通均勻的骰子。」

江舫笑問：「那規則裡沒有『圍骰通殺』吧？」

圍骰通殺，是極利於莊家的一條規則，也是外界的賭場常用的規則。當三個骰子搖出的點數相同時，不管三數疊加是「大」還是「小」，都算賭場贏，賭客輸，不管賭客押了多少，押了「大」或「小」，莊家都能一氣通吃。更別提押到指定點數了。在普通賭場，如果點數搖到指定的點數4或17，賠率甚至可以達到1:50。

曲金沙笑道：「『斗轉』裡沒有圍骰通殺的規定，說大就是大，說小就是小，一切從簡，大家玩得痛快就好。」

李銀航：「……」

笑死，什麼圍骰通殺，根本聽不懂。她只知道，當所有人的目光對準自己時，她就要下注了。

她拿起一枚紅籌，經過一番猶豫，放到了代表「小」的一格。

在場的所有人：「……」

曲金沙強忍笑意，解說道：「是這樣的，李小姐，得先要江先生搖骰，骰子落定後，妳再下注啊。」

李銀航：「……那你們……」看我幹什麼？

戴學斌冷冷道：「意思是問妳準備好了沒有？」

李銀航灰溜溜地把籌碼又撿了回來。

結果她又領受了一記暴擊：「我們沒有圍骰通殺，但我們有下注的枚數限制，每次下限十枚，上限五十枚。李小姐，要不要先把這 100 點紅籌拆開，試著玩玩？」

李銀航不假思索地：「我要。拆成 10 積分一個的。」

此話一出，她清晰地感覺到戴家兄弟看向自己的眼神中，鄙夷之情更上一層樓。如果說南舟吃保底還可能是有策略的話，她吃保底，明顯就是慫了。

在李銀航跑去換新籌碼時，江舫轉向了曲金沙，「原來設置了下注的上限呀。」

「對啊。」曲金沙答：「要是人人都玩倍投，豈不是大起大落，我年紀挺大的了，受不了這麼大的打擊。」

江舫：「曲老闆還挺精明。」

曲金沙笑納了這不知是褒是貶的評價，微微笑道：「每個賭場的規矩都不同嘛。」

在戴家兄弟在腦中的資訊庫檢索什麼是「倍投」時，南舟也湊了上來，問道：「什麼是倍投？」

江舫將三枚骰子就勢在桌上一滾，然後在出結果前，用骰盅捂住。

江舫：「你猜是大是小？」

南舟很俐落：「大。」

江舫：「賭多少？」

南舟：「十枚。」

江舫開盅。三個骰子數值分別是 3、3、2，小。

「倍投是很有效的賭法。」江舫耐心解釋道：「第一輪，你算是賭輸了。但在第二局，你可以把賭籌提升到二十枚。這樣的話，一旦贏了，按 1:1 的賠率，你就可以回本。」

「如果輸了呢？」

「那就繼續。第三輪賭四十枚，第四輪賭八十枚……理論上，只要你的本金足夠，只要你賭對了一次，總有一把翻本的機會。」

「我以前也經常這麼玩，贏了一把就走，挺痛快的。」江舫又一次看向了曲金沙，聳聳肩，道：「……但既然上限設置五十枚，那就把這條路堵死了。」

說話間，捧著五十枚 10 點面額的黃色賭籌的李銀航回來了。她先拆了五枚 100 點面值的紅籌，想試試水溫。

在她小心翼翼地把賭籌放下時，戴學斌又一次接到了策略組的指示。

他忠實地轉達了新的要求：「我們手頭有新的五百枚籌碼，也就是 50000 點積分。你們也拿出五百枚來。在雙方的籌碼輸完前，不能下桌、不能換人。」

這樣就能避免李銀航臨陣退縮，換南舟上場的可能。

李銀航：「……」慌得一批。

沒想到江舫第二次欣然答應了：「好啊。」

他這樣的信心滿滿，讓李銀航在不安之餘，也勉強得到了一絲安慰。這是不是代表著他有信心，一定能贏？……對哦，他曾經在賭場工作過。

李銀航看過一些關於賭博的老電影，電影裡的賭神、千王手段個個高超，說搖到幾點就能給你搖到幾點，牛逼一點的，骰子都能給你幹碎。

但是，下注是在搖骰之後，他又怎麼能提前預料到自己會下到哪邊？打手勢？不，這太明顯了，一旦被抓到出千，就要倒償十倍，得不償失。而李銀航也沒有南舟那樣和江舫心靈相通的本事，一碰視線就能知道對方的心思。

那麼，就只有那個辦法了。只要江舫有信心，那她也可以試著有。

殊不知，戴家兄弟也是這樣想的。江舫有信心，是一件好事。這樣一來，當他的信心全面崩解時，才更加有趣……誰說不用機器搖骰，就不能出千了？

江舫把一雙骨節勻停漂亮的手交替用力，扳出了輕微的骨響。他將骰盅和骰子向在場所有人做了展示後，將三枚骰子投入其中，指腕一轉，便翻出了行雲流水的盅花。三枚骰子落雨似地翻滾敲打著盅內，發出令人頭皮發麻的流水聲響，流暢到幾近完美。

李銀航腦子裡還轉著賭博電影裡的劇情，試圖用耳朵聽出骰子的落向……聽了 3 秒後，她果斷放棄了。

南舟則乾脆完全沒在看盅，只專注地看著江舫的動作。

行盅如雨，落盅無聲。

江舫問：「大，還是小？」

李銀航毫不猶豫，堅定地用十枚黃籌，押在了「小」上，「小。」

江舫問：「加嗎？」

李銀航竭力控制著自己的聲音不要發顫：「不加。」

江舫：「開。」

黑盅揭開。她深呼吸一記，望向了桌面。桌上，赫然是 5、4、2。總數之和為 11，是大。第一局，就這麼輸了。而比「輸」更讓她慌張的是，對這個結果，江舫的神色也明顯意外了一瞬。

這一絲意外，落在戴家兄弟的眼中，簡直是大大取悅了他們。

因為這三枚骰子，根本是製作精密，各方面都無限接近普通骰子的機械骰。只要遠距離按下一個按鈕，骰子就能進行翻轉。要大，就能大。要小，也能小。

這個操控按鈕並不在他們手中，而在曲金沙的一個疊碼仔手裡。這些疊碼仔最好利用，因為他們完全不明真相，所以只要曲金沙同他們合作，他們也一定會從賭場的角度出發，乖乖聽話。

這個人離賭桌很遠，也沒人會去注意他。賭大小，必然要有出聲「確認大小」這個流程，只要李銀航發聲，他就能立即採取相應的措施。關鍵在於，桌子上鋪設的絨墊是最高級的吸音墊，就算骰子快速翻轉，也不會發出任何聲音。就算江舫真的有精密控骰的本事，他也控不住！

而且這一招最妙的是，江舫就算對結果有異議，他也不能說。如果他指出骰子和他控骰的結果不同，問題就來了——他是怎麼知道的？到時候，不管他怎麼解釋，出千的罪名，也一定能給他坐實了！

李銀航一吃虧，心痛之餘，反倒精神大振，專注力當場翻倍。她平復了一下心態，又押了十枚 10 點面值的賭籌。

這回，江舫拿起骰盅時的態度謹慎了許多。這一回，他的搖速明顯放緩了。如流水一樣的敲擊聲消失了，取而代之的是混亂不安、毫無規律可循的落點。

李銀航的策略是一眼能看穿的簡單。某種意義上，因為過分無腦，倒也有效。她並不寄希望於虛無縹緲的運氣，而寄希望於江舫能搖出她想要的「小」。可惜，她的願望終究無法實現了，因為從骰子的敲盅聲來判斷，江舫的心亂了。

五局下來，李銀航兌換來的五十枚籌碼消耗殆盡。

而江舫足足搖了六局。

其中一局，有兩個骰子上下重疊到了一起。按照每個單面向上的數值，三枚骰子分別是 2、3、1，理論上應該算小。但按照賭大小的規則，疊骰是不作數的，所以這一局作廢。

每一把，李銀航都堅定不移地賭了小，換來的結果是四負一勝。只有一次，那操控賭局的疊碼仔偷偷放了水，讓江舫搖到了小。

賭大小的作弊，其實遠比剛才的輪盤賭更簡單。輪盤賭有足足三十七個數，如果在短時間內搖到相同的數，還要費心解釋周全。但在一切規則都被大大簡化了的「賭大小」中，排除了圍骰帶來的變化，作弊就變得異常簡單了。要麼是大，要麼是小，每次搖骰，都有一半獲勝的可能。換言之，也有一半賭輸的可能。

極大的心理壓力，對前路的未知，如有實質，沉甸甸地壓迫在李銀航的神經上。不賭完這 50000 積分，李銀航是不被允許下桌的。

手掌和頭皮一併熱燙燙地作麻，她伸手在衣襬上擦了擦，擦到衣襬上的觸感卻是一派冰冷。

心跳頂著她的小舌頭，撩撥著她的喉腔反覆作癢，喉嚨乾得厲害，她下意識地做了好幾下的吞嚥動作，還是無法緩解分毫。

見她神態有異，戴學斌立即學著江舫的腔調，嘲弄道：「李小姐，現在繼續嗎？要不要休息一會兒？」

李銀航看向了他，扶在賭案邊的手指微微收緊了。她雖然不懂賭場的規則，但知道，以「如夢」的品行，不可能走正規途徑獲勝。也就是說，在作弊之後，還要擺出這樣一副坐等看笑話的嘴臉，她雖然慫，但平時看選秀的時候，也最討厭被內定的皇族。

她緊緊盯著他，嘴角繃成了一條線，冷淡道：「……渴了。」

戴學斌：「……哈？」

「拿點水來。」李銀航咬起了後槽牙，讓自己的聲音顯得堅定冷酷：「你是莊家吧，客人說渴了，你不該倒水去嗎？」

戴學斌聳了聳肩。李銀航說話聲音都在抖，話說得再凶，不過是色厲內荏罷了。反正跑個腿也沒有壞處，現在處於劣勢、心如油煎的人也不是他，戴學斌索性轉身照做。

在戴學斌離開後，李銀航雙手一推桌側，用盡可能平穩的語氣道：「我去兌籌碼。」

這算是一個短暫的中場休息。在休息的間隙，江舫反覆把玩掂弄著那三顆骰子。他眉心微凝，似有愁緒的樣子，看得戴學林心情大悅。

這三枚骰子可不像當初江舫和曲金沙賭撲克牌大小的時候使用的道具。撲克牌偏薄，需要人上手操作，只要手法得當，就能輕易破壞內部的識別碼。現在江舫面對的可是被機器的高速震盪攪弄都不會壞的機器骰。

見江舫神色不舒，南舟湊了過來，「怎麼？有問題嗎？」

江舫斂起神情，笑答：「沒有。」

南舟：「喔。」

在南舟的思維裡，江舫說沒有，那就是沒有。於是他蹲下身來，指尖搭在桌邊，心態平和地看著骰子在江舫的一次次手動的撥弄投擲下，在綠絲絨上無聲地蹦跳。

觀看了一會兒，南舟抬起頭來，挺直白地問道：「還要再搖幾次才能贏啊？」

他的問題問得過於理所應當，連旁聽的戴學林眉頭都跳了跳。他到底是隊友，還是專門來搞心態的？這就像是一個弟弟跑到準備高考的哥哥房間裡問，哥，你這次能考 740，還是 730 啊？

但江舫居然欣然回答了他的弱智問題：「再來五次吧，最多了。」

戴學林把他們的對話盡收耳底，不由暗暗冷笑。什麼叫打腫臉充胖子？我倒要看看，五局之內，在這種絕對的劣勢下，你打算怎麼翻盤？

而接下來的賭局，也全然是順著戴家兄弟的心意一路推進的。

這一輪的結果，居然和上一輪完全一樣：四個大，一個小。

看到這樣的結果，李銀航的氣息都不穩了。這擺明了就是騎臉！就是在耍他們玩兒！

但在李銀航幾乎要當場爆發時，曲金沙主動走上前來，打開了懸掛在不遠處的賭大小的分數記錄螢幕。上面記錄著幾日來的搖骰結果，每二十局一記錄，其中居然真的有連續二十局都搖出「小」的。連續兩次搖出「四大一小」，和這樣的機率相比也沒什麼了……

曲金沙言下之意很明確，這是「天意」。你看，你要是趕上「好時候」，運氣好，可不就二十局全能贏了嗎？

李銀航的一腔憤怒被強行堵在了胸腔內，又沒辦法還嘴，血壓眼看著都要上來了。

眼看有翻局的希望，戴學斌心情不壞，一轉臉，卻見戴學林仍頂著一張撲克臉，拇指湊到唇邊，咬著指甲，神情不定。

他開啟了內部交流頻道：「你怎麼了？」

戴學林這才驚覺自己這樣的動作十分不體面，若無其事地放下手，用袖子掩蓋住了指尖上輕微的齒痕，「……沒什麼。」

戴學斌和戴學林的確是同胞兄弟。兩人誕生在同一個數據艙，在高維世界中的出身不壞，算是家境優渥的小少爺，遠比唐宋和元明清這種還想著要階級躍升的人好。

他們天生不需要學習。自他們誕生後，和無數普通的高維人一樣，世界交給他們的任務，就是思考、發展、進步。知識是天然儲存在他們的腦中的，需要他們根據自己的喜好，進行調用和整合，選擇自己感興趣的方向。但知識太多了，而留給他們可浪費的時間又太長，所以他們和許多高維人一樣，在挑花了眼後，選擇了拒絕思考，封閉思想，縱情玩樂。

他們可以用攻略、用氪金、用代打，從容地攻略任何遊戲，取得一重又一重的成就。正是豐富的遊戲經驗，讓他們在眾多的《萬有引力》的高維玩家中脫穎而出。但這次，他們要面對的是進化出了智慧的副本生物，是在眾多高維玩家的監管之下當眾打出的決勝之戰。他們用慣了的攻略、氪金、代打，都不現實。

戴學林想，或許這就是自己不安感的來源吧。為自己的侷促找了個理由後，他的心緒稍稍平定了些。

然而，戴學林還是忍不住去想江舫說給南舟的話。

——「再來五次吧，最多了。」

他到底是哪裡來的自信？不管怎麼想，戴學林都想不到他能獲勝的希望在哪裡？

李銀航再次不厭其煩地兌換了五十枚 10 點面值的籌碼，並且要了一個 5 分鐘的中場休息。她心裡已經暗暗打定了主意。拖，就硬拖。

距離系統規定的遊戲結束時間，還有整整兩天。南舟在輪盤賭上占據了大優勢，超了他們 10000 多積分。自己要輸光這 50000 點積分，也不是一時半會的事情，如果能就這麼直接拖到比賽結束……

可惜，戴學斌輕易看穿了她的心思，倨傲地望著李銀航，「李小姐，總是休息，很打斷人的興致啊。」

李銀航抿一抿嘴，剛想要回擊，就聽江舫突然開口道：「好的，接下來我們都不休息了。」

他頓了頓，淡色的眼珠稍抬了片刻，「……你們也是。」

戴學林心尖猛地一抽，看向了江舫。常識告訴他，江舫這是在虛張聲勢，可想到他剛才和南舟閒談時的話語，他的心還是微妙地抽緊了些許。

江舫對他心中的乾坤倒轉不感興趣。他連一個眼神都沒有分給他們，從餐臺上取來一塊潔淨的白毛巾，用熱水蘸了，裡裡外外擦拭了自己的指縫，又將骰盅外的銅飾擦得閃閃發亮。這格外富有儀式感的動作，讓曲金沙都不免好奇地湊近了些，想看看他能弄出什麼玄虛來。

第十一局，開始。

江舫再次將雙手交扳，細微的骨響從他緊繃的骨節間透出。充分活動後，江舫將三枚骰子滑入骰盅中，反手兜住。

戴學斌在心底輕輕哼了一聲。戴學林全神貫注地看著江舫的動作，想要從中瞧出些許端倪來。

起先，江舫的搖骰聲和剛才過去的九局一樣節奏混亂，能想像到骰子在盅內來回碰撞時的樣子。但漸漸的，那不大協調和諧的聲音恢復到了他第一局操骰時的水準。

骰擊聲如同潺潺水流，尾音帶著絕妙的韌度和硬度，彷彿是一首有韻腳的情詩。但落盅的瞬間來得異常突然，誰都沒能看清，骰盅便猛地倒扣上了桌面。

短暫的岑寂間，李銀航只覺得自己的毛孔都被這清脆的骰聲敲打得舒張開來。

江舫重複了他已經問過十遍的問題：「大，還是小？」

而李銀航擦了擦不存在的汗水，和第一次下注時一樣，毫不猶豫地推出十枚黃籌，「小。」

江舫問：「加嗎？」

李銀航始終是謹慎流：「不加。」

江舫挑了挑眉毛，似乎對李銀航的選擇並不意外：「開。」

骰盅揭開，將內裡隱藏的數字展示在了眾人面前。

面對數字，江舫展露出了漂亮的笑顏，「2、2、3……是小呢。」

戴學林頭皮倏然麻了，抬起頭來，不可置信地望向江舫。這就是他所謂的「5」局之內？……他真的做到了？

在策略組反覆的提醒下，戴學林控制著自己的視線，不讓自己的視線落到那遠遠操局的疊碼仔身上，避免暴露他的存在。

不會的，一次而已，僥倖而已。說不定，那疊碼仔為了迷惑江舫，這次故意放了水，選的就是小！

但江舫既然那麼自信，一定是找到了出千的辦法。那麼，他只要找到證據，能證明江舫出千，然後趁他們押大注的時候一舉揭發，那麼，江舫就必須要倒償十倍賭資。他們還有機會！

當在場眾人面色風雲變幻時，南舟的眼神始終清淡如水，沒有意外，也沒有驚奇。

自始至終，南舟都只注視著江舫，看他的表情變化，猜他的心思浮動。南舟從不認為江舫會輸，問題只是，他要怎麼贏呢？

不只是南舟在思考這個問題。戴家兄弟也在此刻達成了高度一致，死死盯住江舫的每一個細微舉動，想要從中挖掘出出千作弊的影子。

此時此刻，江舫成了賭場內諸樣情緒的交匯點。好奇、緊張、懷疑、憤怒、不安的視線，紛紛落在了他的身上。

江舫早就習慣活在別人的注視下，對此是絲毫也不在意。他在理骰的間隙，只忙裡偷閒，單獨回了南舟一個指尖飛吻。

對他這樣的舉動，正常人往往只是會心而笑罷了。但南舟卻認真地凌空接住了，隨即雙手交握，把這個隔空而來的吻好好地藏在了掌心。

江舫低下頭，扶了扶胸口位置，微微笑了開來。謝謝，有被甜到。

當江舫第二次抓起骰子，按慣例向所有人展示時，戴家兄弟的目光不禁追著骰子游移。骰子，就是他們第一個懷疑的對象，這三枚骰子，還是原先他們給出的那三枚嗎？

據他們所知，江舫身上只有一對骰子類道具，一只四面骰，一只十二面骰，不僅外觀對不上號，而且功能只能用來測量副本性質和難度。這一點，開了上帝視角的戴家兄弟比任何人都清楚。

難道江舫趁他們不注意，從賭場某處順來了新的普通骰子？但江舫自從答應擔任本場荷官後，就從始至終都沒有離開過賭桌。那麼，有沒有可能是別人給他帶來了新骰子？是湊近觀摩過江舫擲骰的南舟？還是藉著取籌碼的機會離開過兩次賭桌的李銀航？……不對，都不對。

第一次休息的間隙，戴學林全程在賭桌旁沒有離開半步。第二次間隙更短，只容李銀航去取了一次籌碼。

而且趁著休息的間隙，江舫一直在盤弄骰子。螢幕內外那麼多雙眼睛看著，他是怎麼在所有人眼皮子底下做到這一點的？

戴學斌看向曲金沙，希望他能給出一個合理的解釋。曲金沙久經賭場，是箇中老手，說不定他能看出些……

讓他失望的是，下一秒，曲金沙就微不可察地搖了搖頭。

CHAPTER

10:00

雖然早就知道自己在和大佬兼瘋子搭檔，但每一次都能刷新認知上限，也是神奇

曲金沙向來把賭具收拾得很好。儘管在和江舫第一次賭牌時，自己被他用偷來的廢牌暗算了一著，但那時賭場內摩肩接踵，人多手雜，出些他照顧不到的紕漏，也是情理之中。

如今賭場就只有小貓三兩隻，且除了「立方舟」外，全部都是自己人。江舫本人全程被鎖死在了賭桌前，李銀航和南舟對賭場的瞭解，都只是比「一無所知」稍好一點的程度。

要在毫無實質資訊交流的前提下，讓他們三人打出完美配合，完成「找到三枚骰子」、「送到江舫面前」、「完成新老骰子交接」這一系列動作，幾乎是不可能完成的任務。

難道……並不是骰子的問題？

在滿心的疑惑下，那催命一樣的骰子流水聲又開始響起。依然是倏然而始，戛然而終，落盅的速度快得人看不清楚。

江舫問道：「大，還是小？」

有了成功的經驗，李銀航也添了些信心，聲調和神情一應都堅定了起來：「小。」

江舫的目光裡淬著誘惑的毒，「……那麼，加碼嗎？」

這回，李銀航沒有立時作答，她回頭看向了南舟。

為了不被詬病出千，南舟什麼暗示動作也沒有對她做，只是回望向她，目光沉靜無瀾。

李銀航再次回過了頭來。在將近 1 分鐘的閉目沉思後，她的手轉向了一側擺放的籌碼盤。

李銀航想，她一定是瘋了。按照她的性格，就應該謹慎，再謹慎。畢竟上一輪有可能只是僥倖、畢竟她還沒有接收到任何關於「這樣押的話，100% 可以贏」的明確回答、畢竟生活裡，她和賭博無緣，甚至連風險為三級的基金都沒買過。

只是，在長久的相處中，她好像也能從她的兩名隊友身上接收到一些信號了。

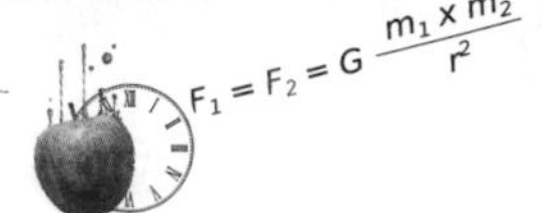

江舫對她說，下注。

南舟在說，相信妳自己。

「……加。」

因為有熱血滔滔地流過腦子，她耳中自己的聲音都顯得不真實起來。

她抓起一把紅色籌碼，也許有二十枚、也許有三十枚，她也不知道。她只知道，自己把籌碼一把拍進賭格時，耳畔喧躁的血流聲一時靜止了。

李銀航從未有任何一刻像現在這樣清醒。她用恢復了聚焦能力的雙眼清點了自己新加的賭注，又準確抓起一把，補全了賭籌的上限，「我加，加到五十枚。」

最先壓下的十枚黃籌已經押下，無法撤回，她添上了四十枚紅色賭籌，4100 點積分。

曲金沙在旁感嘆一聲：「欸，頂格了啊。」

李銀航盯著江舫的手，甚至不敢看江舫的眼睛，怕從中看到失望、猶疑和勸阻。

她就這麼盯著眼前的一團綠絲絨，輕聲說：「開。」

然後她聽到，江舫笑了。

這一聲笑，在最終揭示勝負前，就讓李銀航狂跳的心序提前歸位。

穩了。

他拖長了聲音：「開——」

漆黑的膠盅揭開。三枚骰子頂著血紅的點數，齊齊向上。

1、1、6。

小。

依然是小！

在劇烈的情緒波動中，戴學林一陣暈眩。這怎麼可能？那個操盤的到底是幹什麼吃的？！

戴學林強逼著自己絕不能用目光暴露那個疊碼仔的位置。他只得絞盡心智，將全副精力都放在了賭局之上。

已經是第二次了。在骰子不變、骰盅不變的前提下，江舫到底是在哪個環節出了千？難道是什麼特殊的手法？但骰子明明是在江舫落盅、李銀航押寶之後才進行翻轉的。要是江舫在事後做出挪動骰盅這樣的大動作，那豈不是一眼就會被識破？

事實上，江舫不負他荷官的身分，動作異常漂亮利索，骰盅扣穩，就再也不加移動，開盅時也是直上直下，沒有一點碰觸到骰子的可能。江舫要怎麼在不惹人懷疑的前提下，修改與他有一盅之隔的骰面？

戴學林想來想去，認為果然應該還是骰子的問題。說到底，賭場裡就那麼幾樣賭具，撲克牌、牌九、骰子。

說不定，江舫昨天晚上就藏好了幾枚骰子，且沒有放入儲物格，就貼肉藏在他自己身上，所以系統才讀取不到。

這樣一來，他主動提出要當搖骰人的行為也顯得可疑萬分了起來。他是不是早就構思好了應對的方法？

戴學斌也是這樣想的。

事不宜遲，來不及查看昨天晚上的全程錄影了，江舫如果真有藏私，那他根本沒有餘裕銷贓，物證必然還藏在他身上！

在江舫重新將三枚骰子放入骰盅時，戴學斌出聲叫停了賭局：「……等等。」

江舫微微歪頭，「啊？」

戴學斌硬邦邦道：「我們要檢查一下你。」

「唔？……檢查？」

江舫攤出單手，表情頗為無辜，「這是懷疑我嗎？」

戴學林和戴學斌默不作聲，算是默認。

江舫捂住心口，往下壓了壓，做出被大大傷了心的委屈模樣，「懷疑客人出千，是很惡劣的行為啊。」他看向了曲金沙：「是嗎？曲老闆？」

曲金沙並不出聲主持公道，只是袖著手，盡職盡責地做著旁觀者和笑面佛。

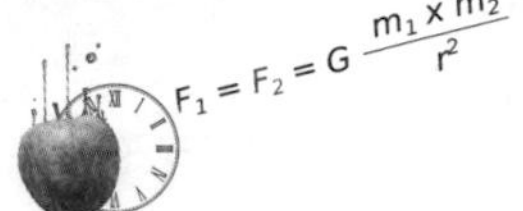

「倒也不是不行，但我有兩個要求。」

看從曲金沙那裡得不到回覆，江舫扣下了骰盅，張開雙手，「第一，我要我的朋友搜這兩位的身，免得他們身上夾帶了什麼，『不小心』落到我的口袋裡。」

這是在防著他們栽贓，算是合理的訴求。

戴家兄弟等著他的第二個條件。

「第二，如果從我身上什麼都沒有搜到……」江舫張開了雙手，「下一局比賽，我要求提高下注的上限。」

他含笑的目光落在了戴家兄弟臉上，彷彿天然地帶著一點電流，輕易就能勾得人心酥麻。

但他的要求就如鉤子一樣，潛藏在這毫無心機的目光之下，「就從五十枚，換成兩百枚吧。」

戴家兄弟心中一悸。

他們怎麼感覺，江舫還有後招在等著他們？

如果他說「不設上限」，那戴家兄弟可能就不敢冒著一把定勝負的風險，接受這樣的條件了。但把上限提升到兩百枚，就還勉強在他們的接受範圍之內。

江舫這樣說，像極了誘導。

可即使有所猶豫，兩人也還是必須要驗證。不然呢？要放任江舫出千，趁著勢頭一直贏下去嗎？

「好。」戴學斌最終拍下了板來，「但是，只能一局。」

聞言，江舫立起食指，豎在唇邊，輕輕敲打著上翹的唇角，「是嗎？這麼沒有信心的嗎？」

充滿挑釁的言語，讓兩人的臉成功又變青了幾分。

被江舫點名的「朋友」南舟走上前來，把戴家兄弟裡裡外外摸了個透。而江舫也公然地脫下了衣物，只剩下貼身的褲子和裡衣，甚至除下了鞋襪，光腳踩在柔軟的地毯上，把自己的身體大大方方地供人審視。

事關賭局，戴家兄弟是精心再精心，甚至把江舫衣袖和衣扣的夾層都摸索了一番。

然而，搜索的結果，大大出乎了兩人的意料。

——沒有？怎麼會沒有？

在他們驚疑難言時，曲金沙最後一個走上前來，揭開了桌面的骰盅，將那三粒骰子拾起，用胖短的手指在掌心滾來滾去，仔細觀視。

「哎呀。」他說：「是沒換的。」

「你們看。」他挑出了其中一枚，展示給眾人看，「我記得這一枚骰子。上面的1點，是有一點掉漆的。」

此言一出，戴家兄弟臉色頓時難看了百倍。

——死胖子，怎麼不早說？

而此刻，江舫帶著魅惑的聲音，在旁幽幽地提醒著他們的失敗：「……那，下一局，我們的賭注上限，就提高到兩百了哦。」

上限兩百枚？別說是戴家兄弟，聽到這個數字，李銀航的心臟都像是被往某一處集中擠壓了一瞬。20000積分，是他們過兩個【腦侵】副本的總獎勵啊。

每當她的心理被打磨到一個程度，自認為不會再有什麼衝擊到她的時候，她的兩名隊友都能給她來點新花樣。但已經到了這樣了……已經走到這一步了。

那麼……她垂著眼睛，壓低了聲音，輕飄飄地說：「那就來吧。」

戴學林用指尖掐入肉中。冷靜！務必冷靜！策略組現在沒有動靜，恐怕也是缺乏資訊。他們還有機會。既然不是骰子的問題，那麼，就是江舫的手法？

要驗證這點簡單，卻也不簡單。他們必須要和那個出千的疊碼仔達成一致，才能推進下一步。

戴學林撤後一步，裝作去拿水，試圖離開賭桌。可他的後腳跟剛一點地，江舫頭也未回，用尾指勾起盅邊銅環，叩了叩盅側。動作優雅得像是

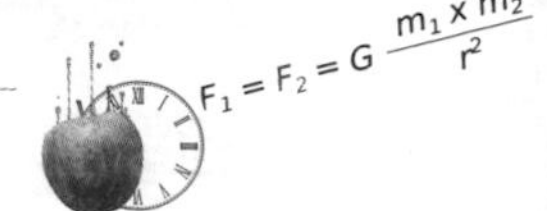

敲擊紅酒杯、邀請眾人舉杯共飲一樣。他的話音也是相應的輕快柔和，但細細聽來，卻莫名讓人起滿了一身雞皮疙瘩。

「是不是說過，不要中場休息？」江舫柔聲道：「在所有籌碼都賭完前，不是任何人都不能離開賭桌嗎？」

戴學林一咬牙。該死！

江舫將餘光從戴學林身上挪開，眉眼一彎，又是荷官最為標準而明快的笑容，「第三局，開始嘍。」

銅環明亮的色澤，在如曜日一樣的吊燈下，因為翻轉閃出如水的明光。

戴學林咬緊後槽牙，強忍著人類肉身由於直視高速運轉的物體而帶來的陣陣昏眩，想要從中看出江舫使用的伎倆。

可漸漸的，在他眼中，那每一束投在骰盅上的光，都像是有了活氣，織成了一道密密的光網，干擾著他的視線繼續深入探尋。

而江舫的表情自始至終沒有變過，是笑著的、溫和的、成竹在胸的。

戴學林甚至產生了一點幻覺：這方被黑膠骰盅籠罩著的小世界，是任由江舫操弄的。

當骰盅落定，江舫便迅速撤開手，背在身後，離桌半尺有餘，將分寸拿捏得極其到位，不對賭局施加任何外力，完完全全是一個無干的局外人。哪怕是最挑剔的賭客，也會被這樣的「公平感」說服。

戴學林死死盯著江舫那雙端正交背在身後的雙手。

他是不是動用了什麼未知的道具？不對，除了「千人追擊戰」的那一次，道具是嚴禁在安全點內使用的。

就連他們最可能動用的降頭，也在昨天被系統禁止使用。不管從玄學的角度還是現實的角度，戴學林都想不出江舫會怎樣出千。

在戴家兄弟齊齊陷入混亂的頭腦風暴中時，賭局仍是按照流程，有條不紊地向前推進。

江舫看向李銀航：「大，還是小？」

事已至此，李銀航已經沒有退縮的餘地。

她吞嚥了一口口水，像是嚥下了那顆抵著她的喉嚨、不住跳動的心臟：「……小。」

江舫：「加碼嗎？」

說罷，他看向了早就被兩百個紅籌堆得滿滿當當的賭格，「哦，不好意思，我多問了。」

說話間，他的手又扶上了骰盅，打算揭曉最終的答案。

戴家兄弟頓時打滿了十二萬分的精神。

他想要動手腳的話，也只能趁現在了。

「開——」

垂直揭開的膠盅，沒有碰到任何東西的可能，就將結果利利索索地展現在了在場所有人眼中。

2、3、5，正好 10 點。

是「小」中的最大值，但仍然是「小」。

戴家兄弟的瞳孔頓時齊齊放大。怎麼可能？！他們剛才把江舫的每一個微動作都看進了眼裡，怎麼還會發生這麼荒謬的事情？

「啊呀。」江舫將指節屈在唇邊，帶著點撒嬌的語氣：「不好意思，又贏了。」

既然不是骰子、不是道具，也不能在中途動用什麼手法偷梁換柱的話……難道是那個疊碼仔在搞什麼玄虛？他被收買了？或者說，他根本早就是「立方舟」的人？！

戴學林想到這裡，懷揣著無盡的憤怒，一眼看向了賭場的某個角落。但他遙遙看到的，是一張浮滿冷汗，不知道發生了什麼的茫然面孔。

——什麼？

在戴學林一瞬愣神時，江舫像是一尾毒蛇一樣，不聲不響地站在了他的面前，俯下身來，在他耳畔吐出了蛇信。

「……哦，原來是他呀。」

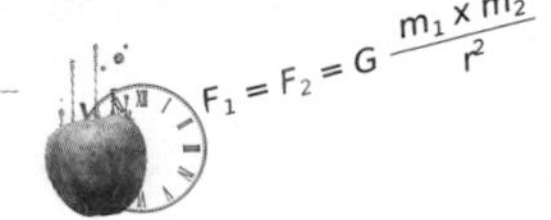

不及戴家兄弟反應過來，南舟一步踏上了附近的賭桌。

那個疊碼仔只是剛做出了掉頭跑路的準備，一雙手就從後鬼魅一樣托住了他的脖子。一時間他的血液都冰涼了，雙腿被凍結在了原地。他聽到南舟就這麼扶著他的脖子，自言自語了一句：「……壞習慣。」

下一秒，南舟用一隻撤回了的手牢牢扯住了疊碼仔肩部的衣服，一腳踹上疊碼仔的腿彎，順手抄起他的腿彎。

疊碼仔一陣天旋地轉。他整個人從實體層面上倒轉了過來，一樣小小的遙控器從他的口袋裡掉了出來。

南舟用腳尖輕輕挑住，把人像是風車似地轉了一圈，又把他頭上腳下、全鬚全尾地放回了原地。

那人的腳甫一挨地，就沒腳蟹一樣軟倒在了地上，渾身抖如篩糠。見他雙眼發直，南舟索性把他也一併拖了回來。

在拿著遙控器返回江舫身邊後，南舟站定，拿著只有「大」、「小」兩個選項的搖控器，問戴家兄弟：「……這是什麼？」

戴學斌強行穩住情緒，反問道：「這是什麼？」

一旁的戴學林自知剛才自己那一眼惹了大禍，雙腿發顫，臉都燒得麻了起來，連戴學斌都不敢看了。

策略組三令五申，不許和疊碼仔對視。可輸掉兩百枚籌碼造成的瞬間情緒波動，他怎麼控制得住？

「是啊，這是什麼東西呢？」

江舫摸著下巴，笑道：「試一試不就知道了。」

話音未落，他抄起骰盅，只在賭桌上一轉，便將那三枚骰子重新納入彀中。這次的流水翻轉，只持續了 20 秒左右，根本不夠戴家兄弟想出對策來。

難道要暴力奪取遙控器？可那會被賭場 NPC 自動判定為攪亂賭局，只有被制服甚至殺害的份兒。更何況高維觀眾都在看著這一幕，對他們兩人來說，作弊不可恥，可恥的是被人發現，公開處刑……

在戴家兄弟不知如何是好時，江舫掌心猛然扣翻骰盅，像是扣押住了他們的心臟。

下一瞬，他俐落地揭開了骰盅。一氣呵成。

一個奇妙的景象，出現在了眾人眼前。三個骰子堆成了小型骰塔，靜靜矗立在骰盅中央。

江舫：「哎呀。重疊起來了。」

江舫一個個把骰子拿下來，又擺回原位，確保每個數值都清晰地映入「如夢」的眼簾。每亮出一個骰子，戴家兄弟臉色的精彩程度就往上翻一個等級。

從下往上，依次是6、5、4。大。

「抱歉，是大呢。」江舫攤開單手，煙灰色的瞳仁笑得微彎，「要是疊骰算數的話，現在又是賭博進行時，兩位就贏了。可惜，本局作廢。」

南舟握著遙控器，恍然大悟：「……啊。」

江舫的手法，他終於想明白了。

南舟從一開始就知道，這三枚骰子無論如何都不可能是正常的。它要是想作弊的話，很大機率會通過翻轉來修改點數。南舟曾細細觀察和按壓過那吸音墊，厚重而柔軟，是絕對高品質的賭具。在吸音墊的作用下，骰子的翻轉聲會被完美掩蓋，它就是專門為出千而設計的。但相對的，它是工具，也可以反過來，為自己所利用。

而在剛才落敗的十局間，南舟用前五局觀察了「如夢」中所有成員的反應。和輪盤賭不同，三人的站位沒有任何問題，雙手露出度很高，毫無多餘的動作。

再加上他們已經被江舫抓過一次出千，雖然沒被抓住確鑿的證據，也有短期內繼續鋌而走險的可能性，但他們一定會設法加以規避，洗脫嫌疑。也就是說，出千的人必然在局外。

骰既然在盅中，而且會任意翻轉，那要怎麼逆轉這樣的局勢？江舫利用了吸音墊，利用了操骰人的心理，配合上立骰的手法，就這樣布下了一

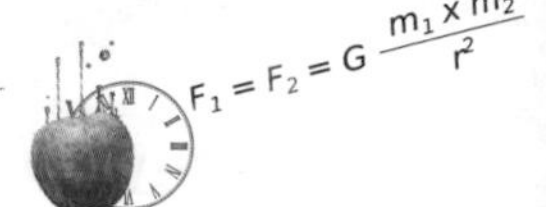

個死局。

李銀航從一開始就用行動表明了立場：她只會選小，且會堅定不移地堅持下去。

那麼，江舫的目的也被簡化了，只剩下一個無比明確的目標——想辦法搖到小。而對方既然要通過控制骰子獲勝，那就必然會高頻率選擇「大」來獲勝。

假如把三枚骰子各自標號為 A、B、C，早先的十局勝負，就給了江舫熟悉這 A、B、C 三枚骰子翻轉角度和規律的最好方式。在休息的間隙，江舫一次次對三枚骰子施加不同的力，讓它們從不同的高度墜、滾、掉落。他都是為了試驗骰子在被施加一個力度，從高處掉落時，會發生什麼樣的彈動？

那次雙骰共立，可以算是他試驗中出的一個小小差錯。這一切，都是為了他最終的局做準備。

江舫選擇的是搖骰中的炫技手法之一，立骰。這手法其實並沒有什麼意義，只是純粹的表演項目，因為在大多賭場中，只要骰子是重疊的，本局的結果就算作廢。

當江舫落骰時，骰盅內被嚴密罩住的骰子其實是疊立起來的塔狀。李銀航下注的同時，出千的人按下了翻轉按鈕。這麼一來，疊起的骰塔會隨著翻轉自然倒塌。

這時候，只有最底下的 A 骰能保持最初搖出的數字。B 骰、C 骰則會紛紛翻滾著下墜。

當重新落到吸音墊上時，它就不會是原來的那個數字了。

但是，江舫要做到這一點，他就必須要清楚，當骰塔立起來時，下面的 A，中間的 B，上面的 C，分別是什麼數字朝上。以及在完成翻轉之後，數字一定要從大變成小。

這樣精準的把控力，真的有可能實現嗎？

為了驗證這一點，南舟按下了遙控器上的「小」鍵，骰塔瞬間傾塌。

最下面的 6 被打得向「3」的方向晃了一下，但還是保持 6 沒有變化。

中間的骰子滾了一圈，變成了 2。

上面的骰子滾了兩圈，變成了 1。

見狀，戴家兄弟頭皮發麻，口不能言。他們心知肚明，自己是跌入了一個精妙的陷阱中了。

而在這個陷阱中最妙的是，江舫把原本身在局外的那位「老千」疊碼仔的心理，也充分計算在內了。

疊碼仔站得很遠，根本不知道這邊的局勢。雖然他不在「如夢」之中，但他是全然站在曲金沙的立場上的。他當然會高度服從曲金沙的指示，但沒人告訴他接下來該怎麼做。

於是，他自然而然地慌了手腳。

——我按了啊，我在按啊！

只是沒人管他的表忠心，沒人給他下達指示，沒人能理解他此刻的手足無措，就連曲金沙也沒有對他投以任何一瞥。

在上限驟然提升到兩百枚的賭局中，他的慌亂達到了頂點。他隱約猜到了什麼，但他完全不知道自己接下來要做什麼。

這時候，是不是賭一下，什麼都不要做？或者，乾脆按一個「小」，看看情況？但萬一賭錯了呢？

一旦他自作主張，害得東家賭輸，必定是要吃怪罪的吧。他也只能盡職地反覆點擊著「大」，以顯示自己的無辜，顯示自己確實是在「努力幹活」的。

如果疊碼仔想要破壞江舫的計劃，唯一的辦法，就是去按「小」。

他只要按下「大」，局勢就會朝著江舫精心控骰的方向發展。

他要是不按，骰子就會是立骰，此局作廢。

但在東家接連落敗，甚至面臨了一局高達 20000 積分的賭局時，他身為一個普通的馬仔，敢膽大包天地去按「小」嗎？

但戴學斌知道，現在不是去想江舫的千術和心理操控的本事到底如何

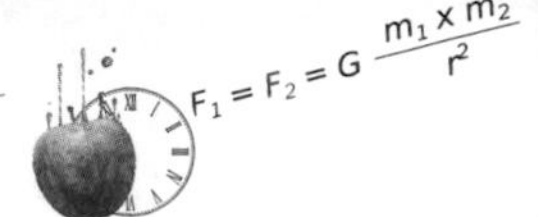

爐火純青的時候。

如今是人贓俱獲，他們要做的，就是馬上把自己撇乾淨。他強自穩住情緒：「這個人不是我們『如夢』的人，他或許做了一些不該做的事情，但這和『如夢』與『立方舟』的賭局無關。」

南舟把那早就嚇呆了的員工的胸牌抬了抬，「可他是賭場員工。」

「賭場員工又怎麼了？」戴學斌優雅抬手，平靜地劃清界限，「我已經說過了，他不是『如夢』三個人裡的任何一個……」

南舟直視了他，平靜道：「可是這一局是你們坐莊。」

「坐莊」？他們什麼時候答應要……

戴學斌起初沒能明白南舟的意思。可轉瞬之間，冷汗便轟地爬滿了他的全身。

江舫從賭局一開始就給他們埋下的隱雷，在此時此刻轟然引爆。

——「既然是機器賭，那還是你們坐莊啊。」

——「嗯。」

別的賭博方式還好說。在賭大小裡，「坐莊」的立場，就是賭場本身的立場，這一點是無可辯駁的規矩。

「這一局，我記得我們銀航押了兩百枚籌碼是嗎？」江舫適時地補上了一刀：「倒償十倍賭資，一共兩千枚，20 萬積分，我想，你們應該沒有意見吧。」

這一句話，就是讓千里之堤崩潰的最後一枚蟻穴。蓄攢壓抑了許久的情緒洩洪而出，衝擊得戴學林雙耳嗡嗡作響。

他的聲音已經不像是自己的了：「你出千！」

「啊，還能這樣顛倒是非的嗎？」江舫撫著唇畔反問：「你們用了遙控器，而我只是不小心疊了骰，我按照規則參賭，和你們相比，竟然也能叫出千嗎？」

「你……！」戴學林一口帶著血的氣瘀塞到了胸口，吞吐不得，滿心窒悶。

是啊，江舫又做了什麼呢？用技巧作弊，確實也是出千的一種形式。但目前的情況是，江舫根本什麼都沒有承認，也什麼證據都沒有留下，他真的只是讓三枚骰子疊了起來而已。

假如他們不出千讓骰子翻轉，江舫這一手根本毫無意義。江舫的「出千」，可以自我辯解，說是誤打誤撞的巧合。

他們出千，則是板上釘釘，人贓並獲。

可是，如果真的交出了這 20 萬積分，豈不是提前一天就鎖定了敗局，難以翻轉？

在氣氛僵持之際，曲金沙開了口。

他把在地上顫抖不休的男人拉了起來，撣了撣他身上的灰塵。

「他是我的員工。」他說：「從『斗轉』成立的第一個月，他就輸光了錢，把自己賣給了我。他私下裡越級操作，只是想讓我們贏而已。」

他的態度始終平穩和氣，如履平地：「我既然是老闆，就會對他的違規行為負責的。」

戴學林還在想著應對之法，沒料到曲金沙居然敢背後拆臺！細細的血絲頓時從以他的眼珠為圓心爬了出來，讓他漂亮的面孔霎時扭曲，「曲！金！沙！」

江舫卻完全無視了戴家兄弟的怒氣沖天，笑盈盈地應承了下來：「曲老闆這麼爽快，自然是好啊。」

20 萬積分，就這樣被他輕鬆地拱手送了人？！這下，戴家兄弟哪裡還能繼續這賭局？

戴學林少爺脾氣立時發作，一把將賭桌推歪，抬手扯住了曲金沙的前襟，「你給我過來！」

在他抬步欲走時，江舫輕輕柔柔地叫住了他們：「喂。」

戴學林瞪著他，恨不得用目光將他活活穿鑿出千百個洞來。

江舫對此視若無睹，將三枚機械骰子夾在指尖依次輪轉擺弄，用一雙手賦予了它們無比靈動的生命，「你們要去哪裡？」

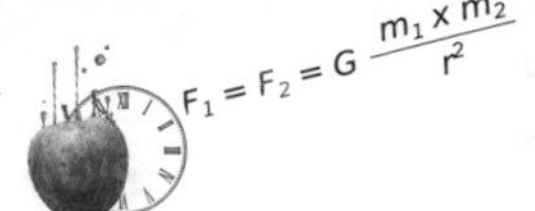

戴學斌的情緒控制力比弟弟更強一些，但眼前的逆轉，也大大超出了他的心理承受能力。

他是咬著後槽牙和江舫說話的：「這和你有關係嗎？」

「有啊。我們不是還沒有賭完嗎？」

江舫指向了兄弟倆面前未空的籌碼盤，那裡紅黃相間，還摻雜著他們從李銀航手裡贏來的小籌碼。他的笑容淬著讓人心動的毒，「不是說了嗎？不賭完這些，今天……」

「誰也別想走。」

江舫略深的眼窩，讓他的眼睛天然地容易藏蔽在陰影中。如今，這雙眼睛就沉埋在讓人心悸的影子中，像是一隻從水中浮起的鱷魚，帶著冷血爬行動物特有的陰冷豎瞳，直直盯著完全落入了他攻擊範圍的獵物。

「……或者說，幾位想直接認輸了嗎？」

戴學林五官的扭曲程度，堪比江舫直接往他臉上踩了一腳。

他們已經知道了江舫操骰的本事，讓他繼續掌盅，和把積分白扔給他有什麼區別？

戴學林險些衝口而出，這些都算在那 20 萬積分裡了，沒有必要再賭下去了！

然而，話堪堪到了嘴邊，他又生生嚥了回去。這不是認同了他們要為出千付出 20 萬的代價？那現在拉走曲金沙，還有什麼意義？

一時間，戴家兄弟進退維谷。進，前方是可以預見到的陰謀深淵。退，就是割喉放血！而且無論進退，這 20 萬的積分，都是他們根本繞不開的問題。

策略組一時都不知道該如何是好，戴學林焦頭爛額地催了好幾聲，可通訊器那邊是無盡的忙音，大概是正在緊急討論中。

無奈，戴家兄弟只能自行發揮了。

戴學斌故作沉靜，提出了新的要求：「我們當然可以繼續。但是，你不能再碰骰子。我們莊閒互換，讓我們來搖盅。」

江舫的尾音微微上揚：「啊，又要變換規則了？」

巨大的損失之下，戴學斌臉頰發燒，腮部發麻，「是。」

因為理虧，一個「是」字，被他咬得輕飄飄的。

江舫禮貌道：「對不起，我拒絕。」

「……什麼？」

江舫嘴角的笑容淡了些，「賭局一開始的規矩是定好的，人也是你指定的，誰也不休息的話也是你們放出來的，老千也是你們的人出的……」他環視了一圈，「如果規矩可以隨便更易，那不妨讓我提出一個更合理的要求。」

說到這裡，江舫的聲音又放低了些，帶著溫柔的蠱惑性。

他將手中的遙控器丟上了桌，「我們還是賭大小，一把梭哈。我搖，你們來賭是大是小。」

「賭注就是這 20 萬積分。倘若我們輸了的話，你們欠的 20 萬一筆勾銷；贏了的話，你們如數支付，眼前的賭局算是完成，再……」他撐住下巴，思考了一陣：「給我們南老師去對面的咖啡廳買三款最貴的甜品。」

戴家兄弟登時心動。

他們知道，一旦答應，就是要跟著江舫的節奏起舞了。可這樣的誘惑，實在太大了，現在沒有遙控器左右賭局，這也就意味著，不管賭大還是賭小，江舫也無法提前預測是大是小，勝率是對半開。

贏了的話，這 20 萬就有追回的可能。

足足一半的勝率……足夠讓賭徒為之瘋狂了。或者說，眼下的局面，根本不允許他們不答應。

戴家兄弟在將一口牙齒咬碎前，重重點下了頭，「……好。」

同樣的桌子、同樣的骰盅、同樣的骰子，但心情早已是兩種天地。

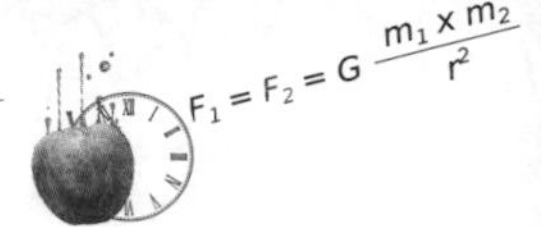

經過短暫的商議後，參與賭局的人是戴學斌。站到賭桌前，他第一次清晰地感受到了何謂腿軟。

咬肌沉甸甸地透著疼，蓬鬆的髮梢被冷汗沁濕，擋住了他一半的視線，額頭的碎汗已經形成了一定的規模，順著臉頰，徐徐下淌。他用雙手撐住桌面，好穩住已有東倒西歪之態的身體，像極了一個走到了窮途末路的賭徒。

20 萬，整整 20 萬。

他的腦子中頻繁地轉著這個數字，以至於骰子撞擊膠盅的聲音傳來時，他才驚覺，賭局已經開始了。

在這一瞬間，這位高維人士，看到了人類賭徒眼中的世界。

所有的感官都在這搖骰聲中被放大了無數倍，骰子撞擊著內壁，激蕩出了濃重的膠皮氣味，熏得他頭暈眼花，幾欲落淚。當那骰盅兜攬著三枚骰子轟然落下時，他彷彿聽到了命運之鐘敲響的層層迴響。

戴學斌竭力瞪大眼睛。

看不見。隔著一層膠盅，什麼都看不見啊。不到一公分厚度的膠皮，隔絕了任何可以侵入的視線。

曲金沙的「斗轉」，是高維人無法輕易踏足和干涉的小小天地，任何立場都有可能星移斗轉，陰陽變幻。一霎天堂，一霎地獄。

江舫含笑的聲音，彷彿也帶了層層遝遝的回音：「是大，還是小？」

戴學斌想，是大吧。江舫已經搖了那麼多輪的「小」，應該會利用自己的思維定勢，誘導自己選擇「小」，實際上是大……不，不對。如果江舫認為自己會這樣想，反其道而行之，讓自己敗在「小」上，豈不是更加諷刺？江舫到底會怎麼選擇？

江舫重複的聲音，宛如催命的耳語：「是大，還是小？」

「大，還是小？」

「是……」戴學斌狠狠吞了一口帶著血氣的口水，「是……」

「……小。」

「大戴先生，20 萬積分買小。」

江舫的聲音鈍刀子一樣，重複著、提醒著戴學斌的選擇，切割著他的神經。

「買定⋯⋯」

「等等！」戴學斌的聲音驟然疾利起來：「⋯⋯等等，我押大。」

「好的，大戴先生 20 萬積分押大。」江舫的神情沒有一絲變化，「買定離手，開盅無悔——」

骰盅揭開，而命運之鐘也在此刻倏然奏響。

在看清數字時，戴學斌的大腦，像是被鐘錘猛力搗了一下，稀碎成了一地糨糊。2、3、3。小。

「好——」江舫戲劇式地一弓腰，恭敬道：「多謝兩位慷慨的戴先生參與賭局。」

戴家兄弟已經傻在了原地。

「今天的賭局，就先這樣吧。」江舫擲下骰盅，笑道：「我看兩位戴先生都很需要休息和復盤呢。等結算過後，如果有什麼需求，就再到我們的房間叫我們吧。」

他邁步走向兌籌機器時，又收回了步伐，禮貌提醒道：「幾位，別忘了我們的甜品。」

回到房間後，南舟剛想問他最後那一局怎麼獲勝，剛一轉身，就被江舫撲了個正著，整個人向後仰倒在了床上。

江舫把臉埋入南舟肩窩，舒服地蹭一蹭。他用撒嬌的腔調跟南舟說：「⋯⋯好累。」

在南舟眼裡，江舫是一隻抱著他撒嬌的銀狐，尾巴柔順地搭在他的身上，一搖一蕩。

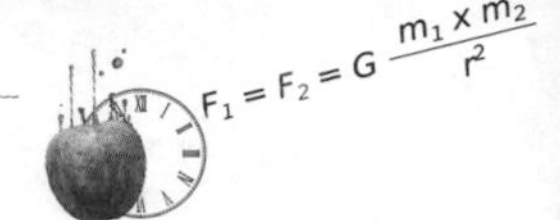

南舟拈起江舫垂落的一縷銀髮，別到耳後，輕聲詢問他：「你要躺平了睡覺嗎？」

「這樣抱著就好。」江舫摟著南舟的肩膀，報數道：「充電中，目前電量 30%。」

李銀航端著一大盤子從自助餐廳那裡取來的免費食物推門而入，開心道：「我……」

她前腳尖剛一點地，就看清了屋內的狀況，立刻用腳尖借力，原地向後轉了 180 度，「我走了。」

閃充剛到 31% 的江舫從南舟身上翻了下來，但手臂還是舒舒服服地搭在南舟身上。

反正他們現在四周都是監視器，在這樣的條件下，他也不可能和南舟做更親密的事情了。

李銀航端著餐點湊了進來，自己從裡面拿起一個小麵包，咬了兩口後，好奇地問：「舫哥，剛才那一局，你怎麼知道他們要押大啊？」

這也是南舟想知道的問題。

面對著兩雙充滿求知欲的眼睛，江舫笑咪咪道：「沒有哦。我什麼都不知道。」

李銀航：「……」

她以為自己的耳朵壞掉了。

江舫攤開手，「我隨便搖的，就是想逗逗他們而已。」

「反正不管是輸是贏，我們今天有南老師，都是穩賺了，所以就想和他們開個玩笑嘍。」

李銀航手握著小麵包，後知後覺地出了一身冷汗。

雖然早就知道自己在和大佬兼瘋子搭檔，但每一次都能刷新自己的認知上限，也是神奇。

南舟說：「但是，他們現在輸我們很多了。如果不出意外的話，他們要申請場外救援了。」

「如夢」裡還有兩個空位。

「未必是場外。」江舫道：「也許是某個出人意料的內部援助呢。」

李銀航一開始沒能聽懂。

在短短的靜寂後，她的面色發生了劇變，東張西望了一陣，澀著聲音問：「……元明清在哪裡？……他不在洗手間裡嗎？」

南舟異常平靜，似乎早就和江舫一樣預想到了這個局面：「不在。他就沒有跟著我們回來。」

現在是晚上 8 點 15 分。

賭場裡唯一有時鐘的地方只有房間，方便提醒客人，你該去賭博了，翻盤的機會或許就在下一刻哦。

咔噠、咔噠、咔噠。不斷走字的秒針提醒著「如夢」，距離他們的末日越來越近了。

戴學林捉住曲金沙的領口，把他狠狠抵到了牆上。即使是在被系統臨時派發任務、趕鴨子上架時，他也從未想過自己會輸。因此眼前的一切，對他的心理防線是毀滅式的打擊。

他壓低了聲音：「曲金沙，你想死是不是？！」

曲金沙被壓在牆上的模樣有點滑稽。

他本來就不是很瘦，剛進入遊戲時還勉強有點腰線在，經過長時間閒散安逸的老闆生涯，身材吹氣球一樣胖了起來，被人挾持時，看起來就像是一個米其林輪胎被人強行壓扁在牆上。

「我不想。」米其林一樣的曲金沙答道：「我要是想死，早在一開始你們找上我的時候就拒絕你們了。」

這話雖然說得輕鬆，可他此時的狀態完全和「輕鬆」絕緣。被自己的唐裝領口活活鎖喉了，脖子被勒出了一圈紅痕，他努力把下巴往後縮去，

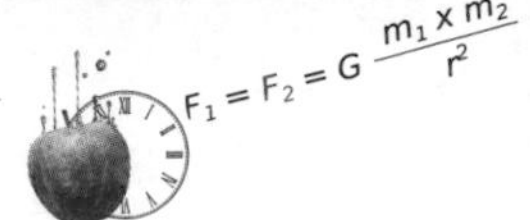

伸手給行將窒息的自己鬆了一顆紐扣，哼了一聲：「哎喲，很痛。」

戴學斌壓下了戴學林的手。現在還不能輕易動曲金沙，儘管他自作主張支出了 20 萬積分，但他如果死了，損失最大的還是他們。

曲金沙也知道自己目前的分量。在從戴學林的掌心中解脫後，他正了正脖子，對戴學斌說：「謝謝啊。」

面對曲金沙的感謝，戴學斌的神情也不大自然。剛才，是他的大小選擇讓他們輸了 20 萬積分。他自認理虧，不自覺地就和曲金沙站在了一條戰線上，但他對曲金沙也是有著怨氣的。

「你既然跟著我們，就要按照我們的節奏來。」戴學斌沉聲道：「你的信號遮罩器呢？那時候為什麼不用？」

「你們這麼在意勝負，卻又偏偏放不開手腳。是因為有限制、有監督吧。」一語道破了他們的顧慮後，曲金沙理了理自己的儀容，看向戴學斌，「那三個人先是從你身上搜出發信戒指，再是從我的人身上搜出遙控器。死不承認當然可以，可你以為那些在上頭盯著你們的人是傻子嗎？」

他頓了頓，繼續道：「還有，在那個時候，你以為『立方舟』只會單單盯著我那個出千的手下嗎？」

戴家兄弟神情一頓，意識到了什麼。

「他們想要抓到出千的，可不止我的手下。」

在輪盤賭時，江舫現場抓到了戴學斌出千。那戒指明明出現得相當不合時宜，但江舫在使用後，卻並沒有成功操縱輪盤的數字，所以，「如夢」雖說僥倖逃過一劫，但早在那時，他們就已經暴露了手頭有緊急制動裝備的祕密。

而在賭大小中，遙控器被從疊碼仔的身上搜出來的瞬間，曲金沙以極高的直覺，意識到了來自江舫、南舟、李銀航的三方視線。於是，他靜靜地把手指從遙控器上挪開了，攤開掌心，放棄掙扎。他們分明就在等著自己出手，一舉錘死，斷絕後路。

而遮罩器因為能無差別干擾賭場裡的大量賭具，因此在賭場建造伊始

時只製作了兩份。一個戒指、一個小型遙控器。戒指沒了，如果當時曲金沙貿然出手，不僅會被抓到雙重出千，接下來的賭局，他們手頭就完全失去了最後一道保險。

曲金沙可以接受失敗，但不接受沒有意義的失敗。

見戴學林腦子清楚了點兒，不再有發瘋的苗頭，曲金沙便把被揉亂的領口整理好，又恢復了和和氣氣的彌勒佛模樣：「要不要吃點什麼？我去拿點兒？」

戴學斌也扯鬆了領口，好緩解至今沒有消散的窒息感，「有勞了。」他又說：「等你回來，我們再錄一下正經討論的視頻。」

在場外觀眾的嚴格監督下，這幾分鐘的私下交涉時間，已經是直播組刻意重播剛才他們慘敗的鏡頭、努力勻出來的了。他們要儘快收拾好情緒，把盡可能體面的敗者形象展現出來，再決定下一步的行動方向。

曲金沙應過一聲後，走向了門口，卻在手扶上把手的時候停止了動作。他問：「哎，你們不累嗎？」

戴學林剛摁下去沒多久的火氣又蹭地一下冒了頭：「你什麼意思？」

曲金沙回望向這兩個西裝革履、精英模樣的年輕人。他們比初見自己時，頭髮略亂了一些，冰冷得體的樣子像是被戳破了一層的塑膠膜，雖說狼狽了些，還能勉強維持住一個架子。

但曲金沙見過很多這樣的人。他們之中有腰纏萬貫的土老闆、有前途無量的大學生，甚至有上市公司的老總。他們抱著隨便玩玩的心情踏入賭場，認為自己的智慧可以操縱賭局，然後在經歷幾輪慘敗後，不僅沒有知難而退，反倒越挫越勇。然而在賭場裡，這絕對不是什麼良好品質，而是吹響死亡衝鋒的號角。

戴家兄弟不知道，自己的樣子，已經是標準的泥足深陷的賭徒樣子了。現在的他們需要休息、需要調整心態。

話到了嘴邊，曲金沙卻只是彎了彎嘴角，「隨便問問。」

反正他們也沒有時間去調整自己了。在曲金沙動手將門拉開的瞬間，

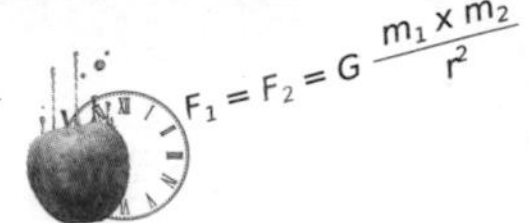

他看到了不知何時靜立在了門外的元明清。

曲金沙被嚇了一跳，「唉呀媽呀。」

元明清顯然不是來找他的，目光只在他臉上停留了半秒鐘，就看向了屋內。

而曲金沙也無意同他交談。

這位前「亞當」成員，排名坐火箭一樣上升的原因就很蹊蹺，莫名其妙地加入「立方舟」更加蹊蹺。相較之下，他來找「如夢」，反倒是最不蹊蹺的一件事了。

曲金沙帶著疏離客套的笑容，對他點了點頭，側身繞開他，準備去找些東西來吃。

現在距離節目組告知他們的鏡頭回轉還有不到 1 分鐘的時間。

戴學林毫不客氣地劈頭問道：「你來做什麼？」

元明清說：「我來提醒你們，你們還欠甜點。」他豎起了手指，「……三份。」

戴家兄弟同時噎了一口風。

戴學林諷刺道：「我們 20 萬積分都交了，還會欠你們甜點不成？」

元明清點了點頭，但並沒有要走的意思，問：「你們『如夢』，現在是三個人，還有兩個要補位的人，大概明天就會進場了吧？」

聽他突然找上門來提到這件事，戴家兄弟和他背後的策略組齊齊精神一振。他難道打算倒戈了？

「亞當」作為雙人組，能凌駕於「立方舟」之上，個人手握的積分當然不可小覷。「立方舟」剛剛入帳的 26 萬多分都均分到了每個人身上，加上他手頭原有的積分，折合算來，元明清可是足足帶著將近 30 萬點積分來投奔他們的！

可他早不加入，晚不加入，為什麼偏偏在他們慘敗的時候選擇加入？是為了凸顯自己的重要性，營造出「力挽狂瀾」的效果，好將功折罪？不會是想先麻痹他們，先占據一個席位，逼迫著他們拆分早就準備好的預備隊，然後等到比賽結束的前一刻再回轉「立方舟」，給他們一著痛擊吧？

但眼下他們正處於難解的困局之中，到底要不要接納他呢？策略組和戴家兄弟同時陷入了頭腦風暴中。

在近 30 秒的思考中，策略組拍了板。接納！

他們之所以非要在賭場跟「立方舟」決勝負，一來是曲金沙很久沒有下過副本了，心寬體胖，根本不適合回報率高、難度同樣也高的副本。「如夢」就算手捏攻略，也必須分神保護他，萬一他不小心死了，他們就是搬起石頭砸自己的腳。

二來，他們自認為占據主場優勢，不可能輸。

三來，觀眾愛看特定場所的博弈，你都占了賭場，最後換成肉搏，觀眾不僅不愛看，還要罵娘。

四來，也是最重要的一點。他們的分數和「立方舟」相差不大，且斗轉賭場每日還要自動消耗大量積分，用回報率低的副本很難弭平帳面。所以，他們不得不賭。

但只要元明清選擇離開「立方舟」，加入他們，那情形就和現在完全不同了。到時候，反超了的他們可以完全放棄和「立方舟」的賭博，關停「斗轉」，直接離開。

只要扣留好元明清，不讓他和「立方舟」接觸，到時候，就算元明清想重歸「立方舟」，他也是無計可施！

想到這裡，「如夢」萎靡的情緒像是被注入了一劑強心針，連戴學林眼裡都添了幾分光，「是啊，他們馬上要到了。你是怎麼想的呢？」

「哦。」元明清平淡道：「那，你們加油。」

還沉浸在有可能翻盤的喜悅當中的高維人們：「……」

戴家兄弟：「……」哈？！就這？

元明清竟然像是特意來跟他們說這句話似的，撂下話後，轉身就走。

就在高維人愣神時，直播已經恢復。有不少觀眾直接切換到了戴家兄弟這裡，於是，大量高維觀眾同時聽到元明清說：「對了，別忘了甜點。

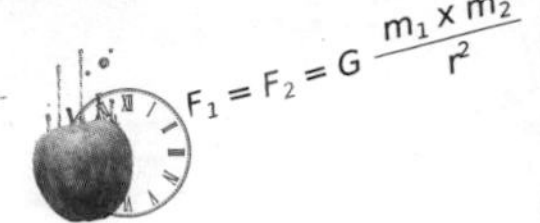

如果覺得過意不去的話，也可以給我帶一份。」

一口氣走出百步開外，元明清重新站在了「立方舟」的房間門外，呼出了一口氣，俯下身，撐住了膝蓋，小幅度喘起氣來。

在今天之前，他是真的有認真想過要投靠回去的，但在目睹過今日的賭局後，他的念頭打消了。

他相信，自己的動搖，一直被看在「立方舟」的眼裡。今天發生的一切，就是江舫和南舟徹徹底底的陽謀。把他們打敗到體無完膚，讓對方看不到任何希望，將他投靠高維的信心徹底扼殺。

如果說今天之前，元明清還對「如夢」抱有一點希望的話，現在已經蕩然無存。既然如此，那就安心留下吧。

他沉下一口氣，推開了房間大門。

「……我回來了。」

見到他時，李銀航露出了明顯的詫異情緒，但還是乖巧地點了點頭。

床上的江舫回過頭來，笑吟吟地注視著他。

南舟則回應了他的招呼：「嗯，回來了。」

元明清握住門把的手有些發汗。高維人向他伸出了橄欖枝，告訴他，他可以自由選擇。那麼，這就是他的選擇了。

或者說，也算是一場豪賭，不到最後一刻，也不知道誰輸誰贏。但他放棄了最後一次可以下桌棄牌的機會。他有些自嘲地想，唐宋要是在的話，可能又要暴躁上頭，罵他蠢貨了。

在戴家兄弟的無能狂怒中，「斗轉」賭場迎來了每日午夜 12 點後的總結算。這積分的變化，落在了所有玩家眼裡，其效果無疑是往沸騰的油鍋裡潑了一碗冰水。

加上賭場每日的必要支出，「如夢」掉了整整 27 萬分？這是直接死

了個人？結果大家定睛一看，「如夢」現有的三個人一個不拉。看他們都活得好好的，大家更加摸不著頭腦了。

有人在世界頻道裡發出了靈魂拷問。

「人都活著，還能輸成這樣嗎？」

本來幾個不喜南舟，打算要去給「斗轉」送分的玩家見狀都縮了頭。他們只是想去錦上添花，沒打算去精衛填海啊。

這也正好達成了南舟和江舫的目的之一。毫無保留，大贏特贏，既能自動留住元明清，也能勸退那些想要送分的自由玩家。

而「如夢」顯然也觀測到了這一變化。在 12 點剛過一刻鐘的時候，剛剛睡了兩個小時的「立方舟」就被滿眼通紅的「如夢」叫了起來。

江舫軟軟地打了個哈欠，「這麼著急呀？」

戴學林反嗆：「怎麼，不敢賭了嗎？」

南舟態度平和地接話：「可我們為什麼還要跟你們賭呢？」

27 萬積分，雖然還沒有入他們的帳，但已經進入交易系統，他們隨時可以兌換走人。「立方舟」的確沒有再賭下去的必要。

經過這件事，基本沒有正常的人類玩家會把寶壓到「如夢」身上。而高維人的幾組預備隊都被元明清如實告知，這些隊伍的積分，就算臨時拆分重組，加起來也沒有超過 27 萬的。他們只需要在這裡白住一個晚上，第二天早上走人即可。

不過，「如夢」既然叫了「立方舟」來，就已經有了能留下「立方舟」的籌碼。在 19 點到 24 點這五個小時之間，「如夢」一直在激烈地討論解決辦法。但最後下定決心，卻是在 12 點過後的這一刻鐘裡。

因為「斗轉」的一日一結算制度，外界是無法看到他們積分的即時變化的。戴學林拍了拍手，賭場的即時積分交易系統，出現在了大廳裡最大的螢幕之上。

「如夢」的積分，居然再一次和「立方舟」持平了。原因也很簡單，他們按照「斗轉」的規則，向系統做了借貸。三顆心臟，15 萬積分。三

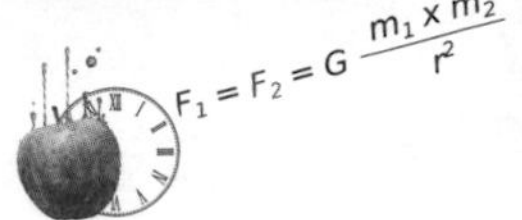

雙手臂、三雙腿，12 萬積分。剛好弭平了差距。

如果再有預備隊加入他們，他們只要敢豁去自己的胳膊腿兒，也還是在新生力量加入的基礎上，險勝「立方舟」一籌的。

看到這一幕，李銀航整個人都懵了——賭徒都有病吧？

而南舟和江舫齊齊望向螢幕，各自如有所思。

戴學林直勾勾望向兩人，目光裡開始漾出狂熱的底色，「那麼，我們又可以開始了嗎？」

見狀，江舫吹了聲口哨。

感受到了對方的嘲諷，戴家兄弟耳根充血，臉頰熱辣辣地發著燙。他們還記得數小時前，自己對江舫的提議是如何嗤之以鼻的。

——「我們不必要和你對賭這麼無聊的賭注。」

現在想來，江舫先前提議賭手賭腳，難道是早就挖好了陷阱，為他們提早備好了選項？一想到這種可能，戴家兄弟雙雙牙根作癢，有心把眼前這隻狡猾的人形狐狸剝皮抽筋。但如果此時開口回擊，他們作為敗者，只能落得下風。

江舫也懶得和他們眉來眼去，問曲金沙道：「曲老闆，你也要賭？」

曲金沙笑容裡帶著一絲無奈。早在被人殺上門來要脅時，他就預知到了現在的局面。當初都答應了，現在還有拒絕合作的空間嗎？反正如今他們是一榮俱榮，一損俱損。

更何況，現在的戴家兄弟不是正常狀態的人，是賭得正起了興的賭徒。不正面招惹賭紅眼的賭徒，是曲金沙的人生信條之一。

江舫抱著胳膊，回身看向南舟，「南老師，你怎麼想？」

南舟的思路仍是一貫的簡單直接：「這回輪到我們選了？」

「嗯。」江舫充分尊重他的意見，「想玩什麼？」

此時，十幾種賭具都陳列在了他們眼前，任君挑選。曲金沙袖著手，隨著南舟的目光，巡視了整個他一手建立起來的小型王國。在明天結束、後天到來之前，他也不知道這個地方還能不能繼續存在。

既然是不確定的問題，他索性就不去想了，且顧眼下。

曲金沙猜想，如果南舟他們要選的話，應該是撲克牌，或者是麻將、花牌。說不定他們會繼續要求賭骰寶或輪盤，只是戴家兄弟這兩尊大神會不會答應，就很難說了。

戴家兄弟實際上也是色厲內荏，全靠胸膛裡的一股火氣繃著，自己隱約覺得自己有些虛，虛得幾乎要像氣球一樣飄上天。

但事到如今，他們哪裡還有退路呢？他們的目光和心跳，一併隨著南舟視線的落點波瀾起伏。

在萬眾矚目下，南舟抬手指向了賭廳的一角，「那個。」

當看清他指尖的方向後，空氣凝滯了數秒。就連向來伶牙俐齒的曲金沙，舌頭也在口腔內僵硬住了。

而戴家兄弟在緩過最初的怔愣過後，熱血嗡的一下衝上了面頰，紅頭脹臉地狂喜起來——找死！

南舟選中的，是和老虎機的坑人程度不相上下的小丑推幣機！

李銀航蹙起了眉。她不很懂這東西的規則，但見過這玩意兒。小時候，她家附近有一個電玩城，這東西算是主打玩具，還挺受人青睞的，經常有人面對著它，在讓人目眩神迷的光芒中，一坐就是一整天。

她家裡沒什麼錢，也不喜歡把錢花在這種見不到回頭錢的遊戲上。不過，趁暑假的時候坐在一邊看人玩，也是殺時間的好去處。在她的記憶裡，有個 40 多歲的大叔很愛玩這個。

大叔人還挺好，戴著副黑框眼鏡，斯斯文文的，平時喜歡抽兩口，可在發現李銀航喜歡看他打推幣機後，每當她站在自己身後，他就會主動把菸掐滅。他還會絮絮叨叨地主動給李銀航解釋遊戲規則，但由於她毫無參與的心思，聽過就忘了個乾淨。

李銀航沒敢說，之所以愛圍觀大叔，只是很喜歡看到錢嘩啦啦往下掉的感覺而已。那時候她的財迷屬性已經初見端倪。

李銀航不關心規則，只關心大叔的損失。她曾精心計算過，大叔輸多

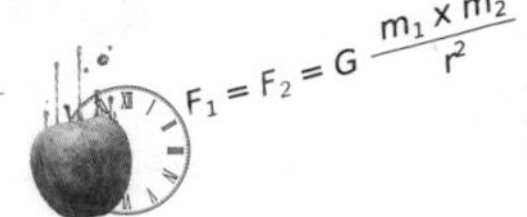

贏少，滿滿一塑膠缸子，總計兩百多枚的遊戲代幣，一個上午他就能花光，但收穫總是寥寥。

遊戲廳為了不沾上「賭」的嫌疑，就算大叔贏了，也只能給他更多的遊戲代幣、彩票獎券以及飲料作為獎勵，贏到的代幣是不能兌換成錢的。

李銀航問過大叔，又拿不到錢，為什麼要對這機器這麼著迷呢？現在想來，她當時沒挨打，堪稱奇跡。

大叔不僅沒跟她發火，還好脾氣地解釋道：「好玩，挺上癮的。」

李銀航聽不懂，也跟著傻樂。

大叔有個滿獨特的怪癖，總叫前臺的小姐姐給他留著一排推幣機中的左起第一臺，不叫其他人碰。

起先，李銀航以為大叔是看上了這臺推幣機旁的垃圾桶，方便他滅菸頭，所以根本沒往心裡去。

但有一天，她來到遊戲廳時，發現這裡被員警封鎖了，有兩個人唧唧噥噥地八卦剛才在這裡發生的熱鬧。

「到底怎麼打起來的？」

「唉，就那個推幣機，左邊第一臺，有個戴眼鏡的男的經常去那兒玩，說這是他的專用機。」

「結果有個小年輕今天第一次來玩，直接坐上去了，剛投了倆幣，那臺機子就開始嘩啦啦往外掉錢。正好被那個戴眼鏡的抓了個正著。」

「這有什麼了不得的？人家路過玩兩把，是該著的好運氣啊。」

「嗨，話是這麼說的，可那戴眼鏡的不幹啊，說是搶了他的機子，壞了他的運氣，那幣本來該是他的。那小年輕也不肯讓，兩邊就這麼打起來了，看，把派出所的給打來了吧。」

李銀航站在遊戲廳門口，看到了不遠處被踩碎的一副黑框眼鏡。從此後，她模模糊糊地意識到，賭博會讓一個人的腦子出大問題。沒過多久，推幣機也從這家遊戲廳消失了，成為了時代的眼淚之一。

而現在，一共三臺推幣機，正在「斗轉」之中靜靜運行。

戴學林興奮得幾近發顫，忙不迭拍了板：「好！」

南舟向機器走了幾步，順手往戴學林沸騰的熱情上澆了一瓢冷水：「我沒說要玩這個，只是看看。」

南舟在機器前站定。它是一臺立式的機器，規格像極了一臺 ATM 機，只是螢幕面板廣闊，有半個人高，上面繪滿了卡通色彩的圖案，最引人矚目的，就是一張貼在機器側面的馬戲團小丑笑臉海報，這也是讓南舟注意到它的原因。

面板四周鑲嵌了一圈色彩俗豔的小燈泡，隨著音樂節奏依次絢亮。但面板和燈泡都被封在一面防彈玻璃罩裡，帶著一股異常虛假的華麗感。面板最上方，是兩條相對而下的塑膠斜坡，坡度挺緩，中間開了一個約 5cm 長的小口，好像是方便什麼東西藉著坡勢落下來。

旁邊標注著遊戲規則，解釋著它的用途。

【從下方的投幣口投入數量不等的籌碼，按下「開始」鍵，籌碼將會從螢幕上方落下】

南舟「嗯」了一聲，和機器和規則無障礙交流，表示自己看懂了。

他繼續觀察面板。

在面板中間位置，鬆散、無規律地排列著一些彈珠格子，看樣子會在籌碼下落的過程中製造一些麻煩和阻礙，改變籌碼下落的軌跡。

這些彈珠格子中，還安插有電腦遊戲「三維彈球」中的彈性擋板，玩家也可以參與籌碼下落的操作，讓籌碼按照自己的想法運動。

同時，一個橫向三格的隨機搖桿的遊戲頁面正在面板中央浮動。上面有蘋果、香蕉、檸檬、柳丁、葡萄、西瓜共計六種水果，還有小丑的圖紋，正在不斷變幻。

在圖案格子的下方，有一個勻速游移的、泛著藍光的擺臂。擺臂上方有一個不大不小的凹槽，應該能儲存下至少五六枚、至多十幾枚的籌碼。而在擺臂的下方，也即面板的最下方，還有六個不按順序亮起的指示燈。

指示燈下也有一方凹槽。

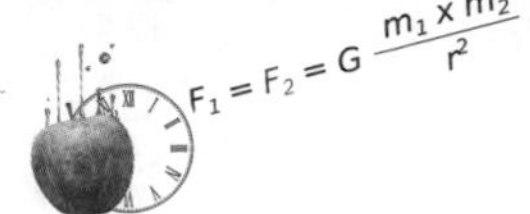

遊戲對這幾樣依序排布的東西作何功能，也做出了具體的介紹。

【當籌碼通過鋼珠牆、成功掉入移動中的擺臂凹槽中時，會啟動一輪圖案組合小遊戲】

【一枚籌碼啟動一輪，當多枚籌碼落入凹槽中時，啟動輪數以落入的籌碼數為準】

【圖案總計有六種水果，正向對應下方的六個無序亮起的指示燈】

【當指示燈亮起時，其他籌碼如果正好落入亮起的燈槽，會分別累計該水果的分數，最高分為 100；超過 100 分後，水果的累計分數自動清零，從 0 計數】

南舟看向了這臺機器上各個水果的累計得分。蘋果 51 分、香蕉 82 分、檸檬 19 分、柳丁 55 分、葡萄 11 分、西瓜 91 分。

如果下落的籌碼成了凹槽的漏網之魚，落到了與之對應的指示燈燈槽，比如說進入了代表「蘋果」的燈槽，「蘋果」所代表的積分就會上漲到 52 分。

這積分的增長並不是毫無意義，而是為了接下來的搖桿遊戲而服務的。搖桿遊戲就是最普通的那種，當拉下控制桿後，七種圖案會在 1 分鐘的隨機搖動後，拼湊出三個圖案。

【當圖案實現成功連線時，可以獲得籌碼獎勵】

【如果有連續兩個圖案相同，獲得連線獎，獎品為相同水果累計分數的兩倍籌碼】

【如果三個圖案連續相同，獲得幸運獎，獎品為相同水果累計分數的五倍籌碼】

【如果三個圖案中第一位是小丑，獲得一連線彩金，可獲得 1000 枚籌碼】

【如果三個圖案的前兩位有兩個小丑，獲得二連線彩金，可獲得 2000 枚籌碼】

【如果三個圖案有三個小丑，獲得三連線彩金，即最高獎金，可獲得

3000 枚籌碼】

【其他情況不獲得籌碼】

但是，這些籌碼並不是玩家最終能獲得的獎勵。

【獎勵的籌碼會從通道自動掉落到推盤前方，被推盤推落的籌碼，就是玩家最終獲得的獎勵】

接下來，才是推幣機的精髓。

一面盛了十數枚籌碼的推盤和遊戲面板呈完美的 90 度夾角，散射著白茫茫的光，迴圈地、有規律地向前機械運作著，像是一隻機械嘴巴，或是一隻始終處於饑餓狀態的鋼鐵胃袋。它徐徐運作著，會把自兩側管道掉落的籌碼往前推去。

前方是一道深淵。數不勝數的籌碼匯聚到了深淵邊緣，而下方才是真正的出幣口。

大把大把面值為 10 點的遊戲幣在溢出的邊緣，已經堆疊了好幾層，看樣子搖搖欲墜，隨時會掉下來。

南舟在心裡簡單歸納了一下。簡而言之，這是三個彼此獨立的小遊戲整合成的遊戲。

第一個，是要操控自己投入的籌碼，讓它通過小口，穿過會造成阻礙的鋼珠陣，用擋板進行軌跡修改，確保籌碼落入移動的凹槽和不定時變幻的水果燈，累積積分。

第二個，則是純粹的搖桿型機率遊戲。

第三個，就是看機率遊戲換來的籌碼，有多少能最終到達出幣口。

大寫的機械式賭博陷阱，恨不得在上面寫上「請君入甕」四個大字。

這是賭場裡公認的死亡遊戲。

只要一個再簡單不過的設置，就能框死他們——只要修改搖出小丑和水果三連的機率即可。

「嗯。」對推幣機進行一番端詳和初步研究後，南舟說：「那就先這樣吧。我們選擇這個，等明天賭場開業後再說。」

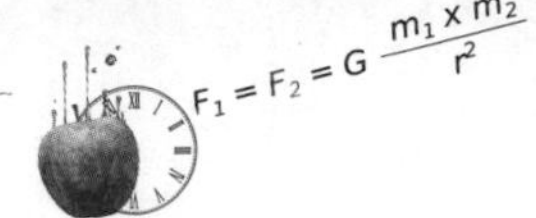

戴家兄弟一面因為南舟看上了推幣機而驚喜萬分，另一面卻不敢放鬆警惕。

戴學林躍躍欲試：「現在就開始吧。」

南舟的態度也很堅決：「你要現在玩，我就不玩了。」

即使知道斷沒有壓著人手逼人賭博的道理，戴家兄弟還是不甘心放棄立即翻盤的誘惑，更不甘心夜長夢多。

萬一南舟這是緩兵之計，在逗他們玩，故意拖延時間，到明天又改了主意，那該怎麼辦？

他們想要一個能讓自己安心的理由：「為什麼不能是現在？」

南舟理直氣壯：「舫哥和銀航累了。」

江舫聽出了他話中的意思：「我們都休息了，那你呢？」

南舟望著流光溢彩的推幣機，說：「……給我 10000 點積分。我想先玩一玩。」

（未完待續）

【紙上訪談】

作者獨家訪談第五彈
創作及日常花絮雜談

Q17：有沒有曾經讓您難忘（或覺得好笑）的讀者互動經驗？

A17：這種經驗還滿多的。

最快樂的應該就是在讀者群肆意開一些番外腦洞，把角色們在故事結束後享受的幸福快樂，用簡單的三言兩語描述一下 w

Q18：您覺得自己私底下是個怎樣的人？筆下有沒有哪部作品的角色跟您最像？

A18：做過最近流行的 MBTI 人格測試，最後測出來的是保護者人格 ISFJ，方方面面還挺像的。

角色的話，還真的沒有很像我自己的。

我寫東西一般儘量會以一個旁觀者的角度，寫一個我嚮往的人設，如果說一定要找一個相像的人的話，應該是李銀航吧，怕拖後腿、怕影響別人的人類利益至上主義者 w

Q19：請問最近有看過什麼印象比較深的小說或電影或連續劇嗎？

A19：好像也沒有。我是一個寧可把《肖申克的救贖》（臺譯《刺激 1995》）、《駱駝祥子》、《三傻大鬧寶萊塢》（臺譯《三個傻瓜》）看一百遍，也很少去看新故事的守舊派 w

Q20：除了兩位主角外，書中還有其他幾對 CP，能否也花些篇幅介紹一下這些角色？有沒有對哪對 CP 藏有私心？或是有為了主線劇情忍痛砍掉哪對 CP 的戲分嗎？

A20：那就很多啦。

易水歌和謝相玉，是一對價值觀完全相悖，卻因為身體而拉近了距離的奇怪情侶。

虞退思、陳夙夜和陳夙峰，他們對彼此的愛性質不同，卻都是一模一樣的深厚，是最奇怪的共生體，最後靠著三人中一人的自行剝落，湊出來了一個圓滿。

唐宋和元明清，是一對在輝煌時只有隊友情，卻在落魄時彼此扶持的濡沫之人。

私心的話，應該是沒有特別偏愛的，我平等地愛著他們所有形態的愛情。

Q21：請問接下來有沒有想挑戰什麼沒寫過的題材嗎？

A21：接下來想要試一試賽博龐克題材，是未涉足的領域，不過還是我最喜歡的唐吉訶德挑戰風車類型的故事，請大家稍微期待一下吧。

Q22：請問有沒有什麼話想對購買《萬有引力》的讀者說(灬°ω°灬)♡

A22：非常感謝你們喜歡這本書，喜歡這個故事裡的人。

在你們的陪伴下，他們已經走過了一段精彩的人生。

希望大家能從文字汲取到敢愛的力量，遵從自己的內心，過好這一生。

（未完待續）

i小說 046

萬有引力5

國家圖書館出版品預行編目（CIP）資料

萬有引力 / 騎鯨南去著. -- 初版. -- 臺北市 : 愛呦文創有限公司, 2024.2-
冊； 公分. -- (i小說 ; 46-)
ISBN 978-626-97498-7-4(第5冊 : 平裝)

857.7 112017796

愛呦文創

作者 騎鯨南去
封面繪圖 黑色豆腐
責任編輯 高章敏
特約編輯 楊惠晴
文字校對 劉綺文
版權 Yuvia Hsiang
行銷企劃 羅婷婷

發行人 高章敏
出版 愛呦文創有限公司
地址 10691台北市忠孝東路四段59號10-2樓
電話 （886）2-25287229
郵電信箱 iyao.service@gmail.com
愛呦粉絲團 https://www.facebook.com/iyao.book

總經銷 聯合發行股份有限公司
電話 （886）2-29178022
地址 231新北市新店區寶橋路235巷6弄6號2樓

美術設計 廖婉禎
內頁排版 陳佩君
印刷 沐春行銷創意有限公司
初版一刷 2024年2月
定價 360元
ISBN 978-626-97498-7-4

愛呦文創